岩波現代文庫／学術 400

ベンヤミン

破壊・収集・記憶

三島憲一

岩波書店

「歴史的現象としての神秘主義は、危機の産物にほかならない」

G・ショーレム

まえがき

間違った状況に正しく対応することは私には無理です。
（ショーレム宛、一九三一年四月十七日）

ベンヤミンの知的生涯の基礎にあるのは、ドイツ青年運動、ユダヤ神秘主義、そしてプルーストとシュルレアリスムである。マルクシズムに関する議論や社会史的事実の収集も重要だが、それをはじめたときには、もう最初の「刷り込み」は終わっていた。最後まで、決断的な精神論、ミメーシス的言語哲学、メシアニズム、追憶と瞬間に関する経験と理論を彼は放棄することはなかった。異なる知的傾向との媒介をはかるよりも、重ね合わせたり、忍び込ませたり、または自己の中に極端な対立を作ることで、なにかが起きるのを待っていた。

本書はそういうベンヤミンを、つまりドイツ青年運動とユダヤ神秘主義が交わるところから出発し、プルーストおよびシュルレアリスムの経験によってさらに先鋭化した彼の思考方法を、描こうとしたものである。それはまた、主観とか主体とか内面というものをいっさい知らない客観主義的モダニズムという隠れた水流を掘り当てることでもある。この点においてはベンヤミンは、アドルノよりも徹底しており、およそモダンとは縁の遠そうなラビたちのユダヤ思想とモダニズムのさまざまな実験がなぜ通底しあうかを身を以《もっ》て知っていた。

だが、同時に本書は、スペースの許すかぎり、このベンヤミンの思考をできるだけ時代の中に置き入れて描こうとしてみた。ある程度彼個人に即して追わざるを得ない後半は別にして、前半では特にその点が留意されている。大した意味はないが実人生にもできるかぎり触れてみた。思えば、ヴィルヘルム皇帝時代、ヴァイマール共和制、ナチス体制、そして生き延びた者は戦後のドイツ連邦共和国(ないしドイツ民主共和国)というように、ベンヤミンの世代は、統治形態、価値と規範、ライフスタイルの完全な変化を数度にわたって経験している。そうした変化の先取りと予言が、また反発と順応がさまざまになされる中で、じつに多様な知的な構想と設計が、妄想と狂気が、内乱と反逆が渦を巻き、入り組み合い、重なり合い、出口が入り口に、上が下に、左が右に転変する複雑な模様を作っていた。こうした配置のなかにベンヤミンをおいて見ると、否応なく浮かんでくるのは、彼の一貫性である。だが、それは抵抗運動の将校たちが時としてその幻影を見せる、高潔な人格の一貫性、精神の徹底性などとはほど遠い。そうしたものを信じないことにおける一貫性である。認識は分裂と中断、破壊と解体、展開と迂回の中にしかないとする、精神が実体であった時代にも本当は精神がしていた作業の徹底化のことである。

ベンヤミンはしかし難しい。だが、そこには、自分と同じように難しく見なければ、世界の動きの真相が理解できないとするような高慢さはない。流行の思想は常に、同じ難しさの水準に立てない者に対して、そういう者は世界が「理解できていない」「遅れている」と思わせるところがあったが、ベンヤミンの場合には、それはない。「私の窓からの景色ですら私には広すぎます」と手紙に書いたカフカの精神のいくばくかがベンヤミンのテクストにはある。それゆえ難しいものをやさしく書くことができるという信念を本書は共有していない。

全体像を描くことなどはもとよりできない。そういうものがあると思ったのは、ベンヤミンが戦った、いまだに根強い十九世紀のコンセンサスである。知的プロフィールを描くナレーションが不可能な時代にできることは、ベンヤミンのテクストという読解の難しい楽譜から不協和音をほとんど聞こえないほどに響かせることだけである。

目　次

プロローグ――巨大な「否」

世界の意味は神話にある。
（ショーレムの日記中のベンヤミンの言葉）[1]

アクチュアリティを生きる

ベンヤミンにとって歴史は、単に連続する時間の総体ではなかった。彼にとっては現在のこの瞬間における、実現するかしないかわからない絶対的なものの可能性こそがテーマだった。そして、それは過去において実現しなかった解放の可能性を現在へと救済することでもあった。少し長いし、込み入ってもいるが次の文章を読んでみよう。

ある歴史観は、時間の無限性を信じ、人間も時代も進歩の軌道を進んでいくと考え、違いを見るとすれば、そのテンポが早いときもあれば遅いときもあるとするだけである。こうした歴史観は、中味に一貫性がなく、現代になにを要求するのかが曖昧模糊としている。それに対して、これから述べることは、昔から思想家たちのさまざまなユートピア的イメージがそうであったように、歴史がひとつの焦点に凝集しているある特定の状態に向けられている。最終状態の構成要素というものは、曖昧な進歩的傾向として見えていると思ったら大間違いである。そうではなく、そうした構成要素となる所産や思想は、最も危殆《きたい》に瀕し、最も嫌われ、嘲けられるものとして、そのつどの現代の中に深く組み込まれているのだ。完璧性に内在する状態を絶対的な状態へと純粋に作り上げていくこと、そうした状態を可視的にし、そうした状態が現代において支配的となるようにすること、これこそ歴史に関わる課題なのだ。この完璧性に内在する状態を描くのは、(制度や習慣といった)個々の瑣末な物事を実際的に述べることでは不可能で、そういった描き方では逃げていってしまう。そうではなく、この状態は、メシアの王国とかフランス革命の理念といった、その形而上学的な構造においてのみ把握可能なのである(講演「学生の生活」Ⅱ-1, 75)(2)。

学生時代のベンヤミンが、当時支配的だった自由主義的な進歩思想を批判した文章(一九一三年)の冒頭である。内容的には、亡命の日々に書かれた晩年の「歴史の概念について」(一九四〇年。この断片については本書の最後で扱う)にまでつながっている。

こうした文章は、歴史の連続性よりも断続性を、物語的な継続よりも瞬間への凝縮を、発展や展開よりも中断と破裂を、ようするに流れよりも切れ目を重視している。形而上学的な希望は、歴史の進歩、つまり未来にではなく、現代の奥底に、その暗く深い夢の中にあるとするのだ。こうした視線は、ベンヤミンの別の表現でいえば、アクチュアリティへと凝固した視線である。ベンヤミンほど思想のアクチュアリティを重視した人は少ない。もちろんのこと、ここで言われている「アクチュアリティ」とは、ある思想が「時宜にかなっている」とか「時代をよく見ている」とか、「時代状況に立ち向かっている」などという通常の意味、つまり、ベンヤミンが崇拝するカール・クラウスが軽蔑を込めて述べる「ジャーナリズムのアクチュアリティ」(「カール・クラウス論」II-1, 335)を遥かに越えている。

このアクチュアリティについてベンヤミンが、「イメージ空間……それは全面的かつ総合的なアクチュアリティの世界」(「シュルレアリスム論」II-1, 309)であるとか「メシア的世界こそは、全面的かつ総合的なアクチュアリティの世界であり、そこにおいてこそ普遍史が存在する」(「歴史の概念について」のメモ、I-3, 1238)といった言い方をしているのを見ると、活動性とか顕勢態といった、この言葉が哲学史上で持っていた古い意味の方がかなっているようだ。先の引用で言えば、「歴史がひとつの焦点に凝集しているある特定の状態」である。ひょっとしたら臨界点に達したプラズマ状態のようなものかもしれない。ただし、この活動性は瞬間の活動性である。「どの瞬間にも無数の群れとなって天使が作られ、神の前で賛歌を歌ったと思うと、歌をやめ無のうちに消えてゆく」というタルムードの伝説をベンヤミンは引いている。自分の企画した雑誌が短命に終わることの予告でもあるこの文章は、アクチュアリティの深い瞬間性をよく表している(『新しき天使』と題したこの雑誌は実現しなかった。II-1, 246)。同時にまた彼は、一七八九年七月十四日、暦が変わる瞬間のようなものをもイメージしていた。シュルレアリスムを、特にブルトンを知ってからは、〈爆発的な静止状態〉というように捉えている。そのアクチュアリティを生きることを、ベンヤミンは「ペシミズムの組織化」(「シュルレアリスム論」Ⅱ－1, 309)とも表現している。

選択の拒否

ベンヤミンの思想の始まりと到達点のあいだをつなぐ一本の鋭い綱は、このアクチュアリティの緊張である。第一次大戦の少し前に始まったその知的活動は、二つの戦争のあいだの短いヴァイマール共和制(一九一八年十一月〜一九三三年一月)の時期を経て、荒れ狂うナチズムから逃亡を続けた一九四〇年九月までの三十年弱にわたっている。それはまた、ヨーロッパ大陸における現代史の最も悲劇的で、かつ最も見通しのつきにくかった期間でもある。さまざまなオプションが可能であり、また模索されていた。そうした中でベンヤミンの思想は、右か左かといった出来合いの単純な選択の立て方を拒否していた。そのような選択をつきつけるリベラルな平和運動的な方向と進歩史観は、すべてを葬り去ったファシズムの暴力と並んで彼のもっとも嫌うところであった。もちろん、彼のこの態度が現代に通じるかどうかは別問題である。政治的意思決定への平等な参加を通じての分配的正義にわずかでも進歩を見るという発想は彼にはまだない。むしろ、左右図式へのこうした嫌悪感は、歴史における集団的同一化の徹底的な回避とむすびついている。

つまり、二十世紀知識人のひとつの傾向としてある特定の集団に希望や抵抗の拠点を見る宿弊がある。かつてはプロレタリア階級がそれであった。戦後日本の議論で言えば、三井三池の労働者、三里塚の農民、文革の中国人民、キューバのゲリラ兵士、ベトナム農民、全共闘の学生、第三世界、クレオール、アウシュヴィッツのユダヤ人、沖縄の民、アイヌの人々、最近ならレスビアンやホモセクシュアル。それぞれ真摯な姿勢からであったが、そうした集団への知識人による同一化、場合によれば差異への同一化――そういうことをベンヤミンは徹底的に避けながら、なお抵抗と批判と巨大な「否」の態度を崩さなかった。もちろん、ナチス的福祉主義にも、また二十世紀初頭からのリベラリズムによる幸福の分配にも与しなかった。

それゆえこうした態度、たえず選択を迫られる緊張のなかであえて遅疑逡巡することをも意味していた。選択できなかった可能性をも失うまいとする視線だったからである。すべての可能性を活性化すること、つまり「全面的かつ総合的なアクチュアリティの世界」こそ望まれていたからである。にもかかわらず、通常の単純な選択を迫られれば、ナチスばかりでなく、資本主義の暴走を拒否し、自分を襲う敵はどこにいるかをはっきりと確認できる思想であった。(3) アクチュアリティの追求のために生じる、選択の拒否。七月十四日の破裂を求めながらもあえて行動の拒否という選択。ここには通常の考え方からすれば、当然矛盾がある。しかし、この矛盾だけがもたらす認識の世界、それこそがベンヤミンの世界であり、そこに蓄えられた意味のポテンシャル、それが彼のテクストなのである。

こうした態度はしかし、孤立を誘いやすい。「もっともアクチュアルで、もっとも深く歴史的状況を把握する、未来豊かな思想は、ある時期には、その担い手を孤立無援な境遇につれていくこともある。知識人たちは、この厳しさに耐えることができない」と書いたのは、フランクフルト社会研究所の総帥マクス・ホルクハイマーであるが、(4) ベンヤミンのために書かれたかのようだ。ベンヤミンはこの孤立無援の厳しさにおおむね耐えた。

ナショナル・リベラリズムへの嫌悪

振り返ってみれば、ベンヤミンの誕生から学生時代にいたる第一次世界大戦前の時期は、全ヨーロッパで、就中《なかんずく》ドイツで、ナショナリズムと癒着したリベラリズムの最盛期であった。世界の中心として、植民地からの富を吸い上げる西ヨーロッパの最盛期だった。ブルジョアジーの「再封建化」もしくは「再貴族化」と言われる現象が見られただけでなく、「労働者の市民化」も進行していた。豊かさのなかで、民主主義やリベラルな生活様式への絶対の信頼が、文明の名の下に表明されていた。実際には当時のドイツは言うに及ばず、ヨーロッパ全体で見ても、とても民主主義とは言えず、現実には相当な権威主義がまかり通っていた。そうした欺瞞的な自信への嫌悪は、最初にニーチェを読んだ世代の一員としてベンヤミンの出発点となった。〈教養〉や〈人格の形成〉などというリベラルな権威主義は唾棄の対象であったし、「ドイツ帝国」とそのナショナリズムに加担する気は毛頭なかった。

こうしたナショナル・リベラリズムはヴァイマール時代に大きく揺さぶられはしたが、政権中枢にたえず参画していた社会民主党をはじめ、論壇も含めて公的には依然として相当な力を持っていた。ナチスが政権を握ってからもヨーロッパ的にはなおも、ヒューマニズムと反戦、そしてソ連へのある程度の希望というかたちに変容しつつ、この知的態度は残った。

ウォーラスティンの言うとおり、マルクスの中の進歩の基準は、ブルジョアジーも共有していたからである。封建的権威主義よりは理性による平等を、貴族的特権よりは勤勉な個人の労働の成果を、怠惰や迷信よりは合理的で生産的な態度を高く買う、という価値観が共有されていたからである。それゆえ、反ファシズムの戦争を闘う勇敢な人々を模範に、善意の人々が協力すれば、平和と自由と民主主義が実現すると思いこまれていた。

今となっては微苦笑を誘うこうしたメンタリティは一九三五年六月にパリで開かれた「文化の救済のための反ファシズム作家会議」によく現れている。アンリ・バルビュスやロマン・ロラン、アンドレ・ジイドやトーマス・マンの息子のクラウス・マン、兄のハインリヒ・マンやソ連の作家イリヤ・エレンブルクなどが参加者に名を連ねていた。文化という言葉はそれだけで高雅で、戦争や暴力とは無縁と思われていた。文化を維持し、「精神の尊厳」〈パリ会議の分科会のタイトル〉を守ることが謳われた。そのためにどれだけの搾取がなされねばならないかという〈啓蒙の弁証法〉には目が届かなかった。それは、日本であれば、戦後にいわゆる進歩的知識人が固執したメンタリティである。三島由紀夫が蛇蝎《だかつ》のごとく憎み、今でも「保守派知識人」が仮想敵とする心情である。多くの亡命作家が参加したこのパリの会議には、ベンヤミンも出席したが、ブレヒトと同じく懐疑的だった。フランスに人民戦線路線を敷くために「ブルジョア作家」を味方につける意図が見え透いていたこの会議についてブレヒトは、すでにアメリカに亡命していた風刺画家のジョルジュ・グロスに「重大なお知らせです。我々はたった今文化を救ったところです。四日で済みました」と皮肉たっぷりに書き送っている。(5) ブレヒトに会えたことだけが嬉しかったベンヤミンも同じ印象を抱いていた。

ベンヤミンは、人類や平和や福祉のための具体的な社会活動、政治活動を、すでに第一次大戦前から拒否していた。貧困層への福祉活動に励むブルジョア出身の学生を揶揄《やゆ》している。「平均的人間による社会活動はたいていの場合は内面的人間における根源的でいつわりのない向上を押し殺す」(「学生の生活」Ⅱ－1, 78)。最晩年の回想でも「社会活動をする学生たちは私の攻撃の主目標」であったとはっきり書いている(「ベルリン年代記」Ⅵ, 476)。

また、進歩信仰と並んで、二〇年代に依然としてドイツ社会民主党の主流であった技術信仰も軽蔑していた。こうした技術信奉者を彼は一九三七年のフックス論の中で「実証主義者」と呼んでこう書いている。

技術は純粋に自然科学的な要件ではない。……実証主義は技術の発展を自然科学の進歩としてしかとらえず、そこに社会の退歩を見ることができない。技術の発展が決定的に資本主義によって条件づけられていることを実証主義は見ようとしない。社会民主主義の理論家の中の実証主義者たちは、……この発展の破壊的側面に目を向けない。……この社会にとって技術は商品の生産にのみ奉仕しているのだ(「エードゥアルト・フックス─収集家かつ歴史家」Ⅱ－2, 474f.)。

さらにベンヤミンは技術によって解き放たれるエネルギーは戦争遂行技術の進歩に役立つだけであり、また戦争を宣伝する世論工作のメディア技術に奉仕するにすぎない、と続けている。もっとも、こうした文章は今ではほとんど理解されないと思われる。現在では、技術批判と商品批判の接点は見えにくくなっている。

決定しないままのラディカリズム

ヴァイマール体制を支えたリベラリズムへの批判は、すべてが崩壊し、亡命生活に入ってからも変わらなかった。亡命先からアドルノに宛てた手紙には例えばこう記されている。「ドイツに戻りたい気持ちはありますが、その郷愁には問題的な側面が備わっています。もしそれがヴァイマール共和国への郷愁だとしたら……まったくもって動物的愚劣さでしかありません」(一九三九年二月二十三日)(6)。

もちろん、進歩信仰への批判だけならベンヤミンにかぎられたことではなかった。ホルクハイマーやアドルノも共有していた。少し大胆に言えば、時代の危機、文化の問題性を多少とも敏感に感じとっていた知性の持ち主たちは皆、そうだった。例えば、ヴァイマールの文化的危機を代表するハイデガーにも、また左翼の尖端的な理論家たちにも共通していた。二〇年代のベルリンにうごめいていた多少ともあやしげなユダヤ人思想家たち、そのなかでベンヤミンとも関係のあったゴルトベルクも「進歩 Fortschritt」という単語に二度出てくるRを特に侮蔑的に舌の上で転がしていたという。

しかし、ベンヤミンはハイデガーに色濃い保守革命路線とも、共産党型の革命運動とも、いかにリベラリズムと進歩信仰への批判において共通しているとはいえ、やはり大きく異なっていた。ハイデガーの哲学的噴火のような文化批判に共鳴することは一度もなかった。すでにハイデガーの就任講演「歴史的時間の問題」をはっきり拒否しているし、三〇年代には、ブレヒトと一緒にハイデガーの「粉砕」も計画していた。ただ、一部の公式左翼からは、ハイデガーとの相違がまったく理解されず、むしろ近いとさえ思われることも事実である。ベンヤミンの『ゲーテの親和力』(今後『親和力論』と略すことがある)の一部が一九三七年、クロソウスキーによってフランスの雑誌に翻訳されると、青年運動以来の友人のアルフレート・クレラは、結果としてハイデガーの名声を高めるような仕事だと批評したというエピソードのとおりである。このクレラは戦後は、退屈で硬直した東ドイツの文化政策の中心人物となり、ハイナー・ミュラーと折り合いが悪かったどころか、彼の自伝『闘いなき戦い』(未來社)で徹底的に馬鹿にされている。破壊的・メシア的批判は公式左翼のもっとも嫌うところだった。

他方、友人が共産主義に傾倒しているのではないかと心配する長年の友ショーレムに対してベンヤミンは、自分はいかなる幻想も持っていない、現状への抵抗からこの思想を採用しているだけだと述べている。「こうした対抗モデルは私にとってはいかなる生命的な力の影すら帯びていません」(一九三四年五月六日)。あるいは、自分が唯物論の学問に触れているのは、それが自分自身の長年の形而上学的な言語哲学と緊張関係を持っているからであるとも述べ、ハイデガー学派のような「深遠そうな理念の王国」よりはまだしも左翼の方がましなのだと、スイスの高名な評論家マクス・リュヒナー宛の手紙(一九三一年二月)に書いている。「まだしも左翼の方が」とは左翼批判として強烈である。決して保守派や右翼になることのない反左翼であり、反進歩主義である。

さらにベンヤミンは、以上のように保守革命および共産主義という対抗モデルからも距離を取っていたばかりか、個人的出自を共有する人々の多くが受け入れ、実行した脱出モデルにも燃えなかった。すなわちユダヤ人のヨーロッパ離脱、パレスチナ移住をめざしたシオニズムにも、心は揺れながらであるが、熱くなることは終始なかった。

このように彼は、保守革命でもなく、共産主義でもない立場を、さらにはシオニズムでもない立場を追求していた。その意味では「立場」などというものを拒んでいるわけである。したがって、実際問題としては、クレラがハイデガー臭をかぎつけたように、どの立場にも関与していたかに見えるのも、やむをえない。有名なカール・シュミットとの関係がそうであり、マルクシズムとも深い関わりを持つことになった。パレスチナ移住を考え、ヘブライ語を習い始めたこともある。リベラルな幸福主義でなければ、つまりラディカルであれば、よかったのかもしれない。決定しないままのラディカリズム、この自己撞着とも思えるものがベンヤミンの求めたアクチュアリティの後ろ姿であろう。それしか追求できなかったのが、現代史が破局にいたらなかったかもしれない可能性、つまり実現しえなかった可能性を思うという意味での、あの時代の彼なりのアクチュアリティのあり方であった。自分個人についても、「私の人生の重大な事態のたびごとに緊張に張りつめた躊躇が私の性格になってしまうのです」(ショーレム宛の手紙、一九三〇年四月二十五日)と書いている。ここに読み取るべきは、生来の性格などというものよりも、知的態度のあり方であろう。

過去の支配を打ち破ること

だが、まさにそのことがベンヤミンの文章や生活への理解を難しくしている。彼のアクチュアリティの後ろ姿でなく、それを前から見ることは意外と難しい。第一次大戦前は、ドイツ青年運動の流れをくむ自由学校運動に没頭し、精神の純粋性に生きようとしていた。やがてユダヤ神学的な思考とマルクシズムのあいだを最後まで揺れ続け、他方で、保守革命にも共産主義にも関わりをもった。初期の言語哲学や純粋な理念の追求という「形而上学的」主題と、一時期の恋人アーシャ・ラツィスや同じく深い交流のあったブレヒトに象徴される、社会主義に向けての実践的な批評活動、その両者のどちらも、多少の重点移動はあっても基本的には捨てないことが、ベンヤミンの追求するアクチュアリティのあり方だった。そこに文章の難しさや矛盾の理由があろう。

「神学的=政治的断片」と言われている一九二〇年頃の短い文章のなかで、ベンヤミンはこのことを比喩を使って述べている(II-1, 203)。世俗の秩序というのは幸福の理念と関わっている。この幸福主義的な秩序(最大多数の最大幸福)とメシア的な救済の関連は、一本の矢と同じである。矢の尖端は世俗の歴史の目標をめざしている。しかし矢の別の方向は、メシアの強い集中力の方向を向いている。とすると人間が自由と幸福を求める動きは、メシアからどんどん離れようとすることになるが、作用・反作用の原理で、離れる力が強まれば強まるほど、メシアの救済の王国の到来をもたらす力も強まる。そして矢の両方の端が別の方向を向いて引き裂かれようとしながら、それゆえに、つまりそれぞれの斥力のゆえにまたひとつになっていて、おそらくは静止していると述べている。後に彼は「静止状態における弁証法」という言い方をする。

だがまた「コーヒーカップの底にたまった澱《おり》から予言の可能性を取り込もうとしないのは、そしてそれを読みとれないのは、真なる哲学ではあり得ない」(7)といったこともベンヤミンは、友人ショーレムに書いている。鳥の骨の割れ具合から未来を読みとろうとした古代ローマ人のおまじないにも等しい。進歩史観を拒否するベンヤミンは、本当に神話の信奉者で、ただのオカルト好みだったのだろうか。神話の力を、つまり現代に対する過去の支配を愛していたのだろうか。モダニズムの騎手よりは、「後ろ向きの予言者」であるロマン派の最後の末裔だったのだろうか。あるいは、真の救済と地上における解放という矛盾する両極を求めながらも、一風変わった収集家、夢見心地の変わり者にすぎなかったのだろうか。

実は、パサージュ研究にまでつながっている、こうした、コーヒーの澱への執着に見られる態度にこそ、政治的選択を拒否しながら、同時に神話を拒否するベンヤミンの真骨頂がある。過去から由来する暴力の現代に対する支配を打ち破ること、彼の目標はこの一点である。

ただし、それをこれまでの人類史を自由の前史と見るような啓蒙主義や『精神現象学』のヘーゲルのように考えることはもはやできなかった。あるいはこう言ってもいい。神話の暴力を拒否しながらも、神話の中にあるエネルギーをユートピアへと組み替えようとするのがプログラムである、と。そしてそれは、いっさいの被造物のあいだに言語的交響を見ようとする彼のメシア的な言語観とも支え合っていた。

そういうなかでベンヤミンが使った方法は破壊と追憶である。「破壊的性格」や「経験と貧困」と題したエッセイで彼は、デカルトやアインシュタインや、モダニズム建築の創始者ロースや、画家パウル・クレーのように、これまでのものをいっさい放棄し、破壊し、ゼロからはじめ直す人々への愛を表明している。これまでの経験の放免を企てる飛躍、「どけどけ、全部ぶっこわせ」と叫ぶこと、そして常識的な意味で人間らしい感情や生活やファースト・ネームを拒否すること、ロシア革命直後のように子供に「十月」という名前をつけること、こうした破壊の激烈さをベンヤミンは愛した。

破壊は過去の芸術作品に対しても行われる。過去の小説や詩や彫刻がいかにすばらしいかを解説し、その楽しみ方を教えるような批評ではなく、それらを歴史的な距離によって破壊し、理性的理解にもたらすことを彼はめざした。文学的感性などという概念とは無縁だった。作品の破壊によって連続的な時間枠を粉砕することを通じて、作品の真理、過去の行為の真理、実現しなかった可能性を意味する場合もある真理を追憶し、救い出すことをめざした。それはまた収集家の孤独に耐えることでもあった。だが、本書で多少なりともその解述を試みようとするこうした孤独なアクチュアリティの思想は、実際の政治や、個人的な生活の場では挫折を余儀なくさせた。

とはいいながら、そうした失敗と挫折の中に、彼の追求した「アクチュアリティ」への思いが充満している。戦争と、絶叫と、巨大な死の時代の遅疑逡巡が重く立ちこめている。その知的遺産はどのような背景から、どのようにして生まれ、そして我々に、ベンヤミン愛好会の会員ではない我々にどのようなメッセージを語り続けているのだろうか。錯綜した個人史と同じく錯綜した彼の議論を、時代のコンテクストに置き入れながら、少しでもときほぐしてみよう。

注

(1) Scholem, Gershom, *Tagebücher nebst Aufsätzen und Entwürfen bis 1923*. 1. Halbband 1913-1917, Frankfurt 1995, S. 391.

(2) ベンヤミンの作品からの引用は、原則としてズーアカンプ版の全集の巻数(ここではⅡ－1)と頁数(ここでは75)によって、本文中の引用直後の括弧内に記す。

(3) ベンヤミンはバッハオーフェンを読み、ゲオルゲ派のシューラーと知己があり、クラーゲスを研究し、またカール・シュミットとも文通したことがある。にもかかわらず、二〇年代のベルリンで、敵がどこにいるかははっきりと理解していた、とハーバーマスは述べている。Vgl. Habermas, Jürgen, Bewußtmachende oder rettende Kritik, in: Habermas, *Philosophisch-politische Profile. Erweiterte Ausgabe*, Frankfurt 1981, S. 363.

(4) Horkheimer, Max, *Notizen 1950 bis 1969 und Dämmerung, Notizen in Deutschland*, Frank-

furt 1974, S. 242.

(5) Brecht, Bertolt, *Werke, Große kommentierte Berliner und Frankfurter Ausgabe*, Bd. 28, S. 510.

(6) 手紙からの引用は、早くに出たショーレムとアドルノの編集になる二巻本の書簡集(選集である)および一九九五年以降の六巻にわたる手紙の全集(Benjamin, Walter, *Gesammelte Briefe*, hg. v. Christoph Gödde und Henri Lonitz, Frankfurt 1995-2000)による。煩瑣に渉るので、巻数や頁数は記さず、日付によって当該箇所を指示してある。

(7) Scholem, Gershom, *Walter Benjamin — die Geschichte einer Freundschaft*, Frankfurt 1975 (dritte Aufl. 1990), S. 77.

第一章　ベルリンの幼年時代

思い出とは過ぎ去ったものの中への果てしもない書き込みの能力である。(1)

1　豊かさの記憶／記憶のなかの豊かさ

ベルリンでも十指に入る財産家

ヴァルター・ベンヤミンは一八九二年七月十五日にヴェステンと称されるベルリン西部の高級住宅街で、文化的に同化したユダヤ人の家に生まれた。出生届け上の正式名はヴァルター・ベネディクス・シェーンフリース・ベンヤミン。ヴァルター以外の二つの名前のうちベネディクスは父方の祖父のファースト・ネーム、シェーンフリースは母方の姓である。

ベンヤミンの母方の曽祖父にあたるモーリッツ・シェーンフリース(モーリッツはユダヤ名のモーゼスの変更であろう)は、プロイセン領だった現ポーランド領ポズナンのユダヤ人の家系で、ドイツ北東部のポンメルンに育ち、前世紀中葉にタバコとシガーの会社を作って大成功を収めたが、奇しくも生まれは一八一二年。つまり、プロイセンでユダヤ人解放令が発せ

新年に撮られた家族の写真
（父，母，弟ゲオルクと共に）

られた年である。それに伴う営業の自由を生かしたわけである。ヴァルターの父はケルン出身のユダヤ人で、商業の訓練を受けた後、ベルリンに出てきてやはり経済的に成功を収めた。

ひと口に「豊か」「成功」といっても、ベンヤミンの家は桁が違い、ベルリンでも十指に入る財産家だった。例えば、活発な知性の持ち主で、彼の才能をいち早く見抜いた父方の叔母のフリーデリケは銀行家と結婚したが、八人の子供たちはそれぞれ洗礼の祝いに基本財産として、父から十万ライヒスマルクを贈与された。ちなみに一八九〇年当時のドイツ労働者の平均年収は六百五十ライヒスマルク（熟練労働者だと千三百以上）。プロイセンの大臣の年俸は、三万六千、県知事一万一千四百ライヒスマルク、一八八九年のハンブルク市の十五万六千世帯のなかで、年収三千マルク以上の世帯は九パーセント。少し時代が下るが、一九一二年ベルリンの高級ホテル「アードロン」の一泊料金は六マルクからという時代である。その中で八人の子供が生誕時にひとりひとり十万マルク贈与されるというのだから、想像を絶する。単純労働者の年収の百年分以上である。

子供時代の私は、旧ヴェステンおよび新ヴェステンで囚われの身であった。私の眷属《けんぞく》は、この両地区で意固地と自尊心のまじった態度で、この両地区をゲットーにして暮らしていた。しかもこのゲットーを当然の報酬とみなしていた。持てる者たちの住む地区に閉じこもったまま、他の地区のことは知らなかった(『ベルリンの幼年時代』「乞食と娼婦」Ⅳ－1. 287)。

亡命中に書いた『ベルリンの幼年時代』の一節である。眷属(Clan)とは、大金持ちの親戚全体を多少とも揶揄的に表現した言葉である。ヴァルターの母方の祖母は、未亡人になってからは、当時一番の旅行会社シュタンゲン社の企画に参加して、中近東、アフリカにも旅行する行動的な女性で『ベルリンの幼年時代』にも「ブルーメスホーフ十二番地」というタイトルの下にその面影が、旅先からの彼女の絵はがきとともに偲ばれている。そして後のベンヤミンの絵はがきコレクションの始まりはここにあるが、その彼女が住んでいた高級マンションは、一八七〇年代の堅牢な家具に溢れた宏壮な部屋が十もあった。ひとつひとつの部屋がまた大きかったことは言うまでもない。ヴァルターの家の客間も三十人分のフルコースの食事が可能で、そのための銀の食器が、「モカコーヒー用スプーンとかナイフ置きとか、果物用ナイフとか牡蠣《かき》用フォークとか」が食器棚に整然と光っていた。眷属の皆がみなそうしたライフスタイルでヴェステンに住んでいたのである。

「ベルリンの西、西、西……」

ヴェステン(西部)とは、都心から若干西に入った地区のこと。王宮があったブランデンブルク門近辺や、銀行、デパート、商店、高級ホテルがひしめき、殷賑《いんしん》をきわめたウンター・デン・リンデン街やフリードリヒ街がある都心から西に数キロ、動物園と大きな森林公園のティーアガルテン地区周辺の最高級住宅街である。現在ではその面影はまったくない。旧ベルリンの中心部は爆撃で完全に破壊されたうえ、戦後は東ドイツとなり、ろくな再建もされなかった。西ベルリンに残されたヴェステン地区は東ベルリンの近くということもあり、うらわびしい町並みになってしまった。また、新ヴェステンとは、一九〇〇年頃からベルリンが西に発展してできた、現在の繁華街クーアフュルステンダムから湖沼の点在する西郊の森グルーネヴァルト地区をいう。東京でいえば、高級住宅街が麻布・青山あたりから世田谷へと拡大・移動していったのと似ている。とはいえ、東京とは豊かさのスケールが違った。新ヴェステン地区では今日でも往時を偲ぶことができる。

市街地の部分は、街路で囲まれたブロックを埋める形で壮麗な高級マンションのファサードが続き、グルーネヴァルトのような森林地区には、広い庭の大きなお屋敷が森の中に点在している。彼の一家もベルリンの発展に合わせて、旧ヴェステンから新ヴェステンへ、そしてやがては、その中でも奥の方のグルーネヴァルト地区へと移っていくが、いずれにせよ、それ以外の世界とは、子供のヴァルターはまったく交渉を持たないように育てられた。後にヴァイマール共和国の外務大臣となるユダヤ人実業家ヴァルター・ラーテナウも住んでいた

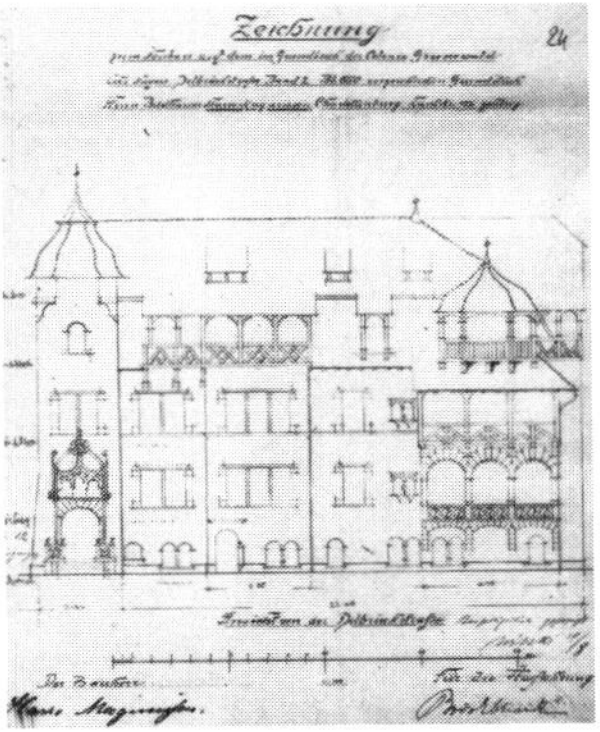

右：グルーネヴァルトの家の設計図．典型的な金持ち好みの間取りになっている
左：現在は別の家が建っている

グルーネヴァルト地区はユダヤ人の銀行家や金持ちが多く、地元の農民たちが特急モーゼ号と呼ぶ、特別チャーターの乗合馬車が毎朝都心まで出た。とはいえ、ユダヤ人が皆金持ちであったわけではなく、東ベルリン地区には、ショイネ地区と言われるユダヤ人労働者の住む地域があったが、そういうところとはかけ離れて暮らしていた。また社会民主党や共産党の牙城だった東や北のいくつかの地区があるが、そうしたところはまったく知らなかった。ようするに資本主義の実相には目を触れることがなかった。

この豊かなヴェステンにベンヤミンは愛着を抱いていた。一九三一年になっても、パレスチナにいる友人ショーレムに書いている。「私の生産の場はどこでしょうか。それはベルリンの西、西、西です。……最も行き届いた文明と〈モダンな〉文化こそは私の個人的な快適さの一部というだけではなく、部分的には私の生産のまさに手段なのです。つまり、私の生産の場をベルリンの東地区や北の地区に移すのは、私がしようと思ってもできることではないのです」(一九三一年四月十七日)。ちなみにちょうどこの頃、日本人で一九二七年以来ドイツ共産党の運動に参画していた元東大医学部助教授の国崎定洞《くにさきていどう》は、三二年片山潜《かたやません》を頼ってソ連に亡命するまで東ベルリンの労働者街に、労働者のドイツ人女性と赤貧の中で暮らしていた(彼は三七年十二月スターリンの粛清にあい獄死する)。

当時マルクシズムに傾斜していたベンヤミンは気取って「生産の場」などと書いているが、そして豊かな西に住んでも窓から赤旗をはためかしてもいいだろう、などと甘えたことを引用した箇所の先で言っているが、「ブルジョアジーの廃墟」について論じる彼も、ブルジョアジー崩壊前夜のいわば「育ち」は決定的にしみついていた。子供の頃から夏は有名保養地に行くのが当たり前の生活。その保養地で知り合う同じく上層ユダヤ人子弟との交流(シオニズムを知ったのはそのような機会である)。また「おでかけ」のときは、フロイラインという住み込みの女性が、少し年齢が進むとお目付係りというフランス人の家庭教師の女性が同行するのが当たり前だった。

人生の迷宮が、夢のように開けて

子供というのは孤独な遊びのなかで都市との緊密な関係がおのずから生じてくるのだが、そうした子供は、町の遠くの地域に行くときは案内者を必要とするし、探し求める。そして最初の案内者はおそらくは――私のような富裕な市民層の子供にとっては――子供係りの女性だった。彼女たちと一緒に、動物園や……動物園でないときはティーアガルテン公園に出かけたものである(「ベルリン年代記」Ⅵ. 465)。

ティーアガルテン公園の森の中にはフリードリヒ・ヴィルヘルム三世とその王妃で、ナポレオン戦争の苦楽をともにしたためにその後ドイツ国民から長く慕われたルイーゼ王妃の像が建っていて、子供にとっては目安となった。森と人生の迷宮の中での目安である。「この像から遠くないところで、あのアリアドネがその寝床を持っていたに違いない。このアリアドネの近くで私は初めて、三歳にも達しない子供としてその言葉を知っているはずもなかったただろうが、発されたときにはすぐになんであるかを理解させてくれたものを知ることになり、そしてそのことは二度と忘れることがなかった。つまりリーベ(愛)という言葉である。ところがそこでまたしてもフロイラインが現れて、愛の対象を消す冷たい影となるのだ」(Ⅵ. 466)。フロイラインに付き添われた夢見がちの子供に人生の迷宮が、公園の中を散策するご令嬢たちが、夢のように開けてくるさまがうかがえる。いつも圧倒的な保護の下で。あるいは、「一九〇二年ボーア戦争に負けたオーム・クリューガーが、タウエンツィエン街［繁華街の一つ］でパレードをしたときに私は、お目付係りの女性と列の中に立っていた」(『ベルリンの幼年時代』「戦勝記念塔」Ⅳ-1. 241)。

もちろん、子供心には、そうした世界が崩壊前夜にあり、晩年の『パサージュ論』のメモにあるように、「ブルジョアジーの記念碑がまだ崩れ落ちない以前にすでに、それを廃墟として見抜くこと」(『パサージュ論』V-1, 59)が課題であったとは予感できなかった。とはいえ、崩壊しつつある社会はしのび寄っていた。例えばほとんど会わなかった従兄弟の死を父が告げたときに不自然な感覚を抱いたが、それは、実は彼が梅毒で死んだためであった。そのことはもちろん後でわかったのだが、ある種の違和感が漂うのを子供のヴァルターも直感していた(『ベルリンの幼年時代』「訃報」IV-1, 252)。また先に名を挙げたフリーデリケ叔母さんは、詩人のエルゼ・ラスカー・シューラー(同じくユダヤ系)などをサロンに招く、知的関心の強い女性だったが、六十二歳の一九一六年、憂鬱症から自殺してしまった。ニーチェの超人思想に触れ、自らがいかにそうした強い思考に値しないかに打ちひしがれ、死を選んだ。安定と豊かさの中にも、ニーチェアニズム、ユーゲントシュティール、表現主義と渦巻く時代の風が吹き込んでいた。

夢魔はいたるところに潜んでいた

だが、それは水面下のことで、表面上の安定は永遠に続くかに思えた。第一次大戦による全面崩壊の後でマルクシズムに傾斜していた時期に書かれた『一方通行路』には、追憶の中での崩壊の予感が巧みに表現されている。先にも触れた、大きな部屋が十もある住居についての短いエッセイを抜粋してみよう。タイトルは「貴顕用の家具付き住居」。「貴顕用」とは、十九世紀後半から二十世紀初頭の、つまり日本が西洋に憧れた頃の、ブルジョアジーの壮麗なヴィラやマンション住居を形容する不動産屋用語で、「大旦那様方の住む立派な」というニュアンス。若干のアイロニーが響く。

十九世紀後半の家具の様式をうまく描き、同時に分析もしてくれているただひとつのものは、住居自体の与える恐怖感を筋書きのポイントとしているようなある種の推理小説である。家具の並び方は、そのまま殺人の罠を仕組む見取り図であり、部屋が次から次と続く間取りは犠牲者の逃げまどう道筋を示している。木彫りの模様をたくさんほどこされた巨大な食器棚。陽のあたらない隅に立つ棕櫚の木、欄干をめぐらした張り出し窓、ガス灯の炎が音を立てて燃えている長い廊下。このような、一八六〇年代から九〇年代にかけてのブルジョアの家の内部に住むのにふさわしいのは、屍だけである。「このソファの上では叔母が殺されるしかない」というわけだ。あまりの多さに魂の抜けたような家具は、屍があってこそ快適な場を提供する。推理小説の中で、本物のオリエントの風景よりもはるかにおもしろいのは、インテリアに溢れかえるオリエントである。ペルシャ絨毯、オスマン様式の長椅子、ランプ、コーカサス地方の極上の短剣。カーテンのように襞《ひだ》をつけて重々しくたれ下がるキリムの向こう側では、家の主人が株や債券のぼろ儲けに陶酔している。気持ちはアラビアの商人、けだるい魅惑の漂う大汗国の物憂いパシャのようだ。だがやがて、ある晴れた日の午後、ソファの上に垂れ下がる銀の風帯《ふうたい》に入ったあの短剣が、主人の午睡をやぶり、彼自身に終止符を打つときがやってくる。このようにブルジョアの住居の内部の作りは、正体不明の殺人犯を求めて打ち震えているのだ。ちょうど、好色な婆さんが、かっこいい男性を追い回すように。何人かの作家、つまり推理小説家たちがブルジョアの住居のこうした性格を隅々まで描いてくれている(IV－1. 88)。

実際に、この頃のブルジョアの邸宅の部屋という部屋は家具で埋め尽くされていた。いや家具だけではなく、床はペルシャ絨毯を(時には何枚も)しきつめ、壁にも布を張りつめ、時にはキリムや絨毯を天井からつるし、さらに壁には、床から人間の腰もしくは肩の高さあたりまで濃い茶色に塗られた木製の側板を張り付けるのが普通だった。窓はないか、あっても小さく、多くの場合、光をあまり通さず、外がぼんやりとしか見えない格子の入った鉛ガラスであった。緞帳を張った壁にはさらに、絵や写真や絵はがきなどをべたべたと張り付けた。「空所恐怖症(horror vacui)」と言われたとおりである。部屋に溢れるソファ、机、衣装ダンス、巨大な造花、壁際のマントルピース、そのうえに載る小間物、そうしたものはできることなら最上の品物ばかり。

このような蒸し暑いほどの過剰装飾を岡倉天心が嘲笑《あざわら》い、対抗して日本の茶室の簡素で単純な美を自慢したのも理解できないことはない。やがてベンヤミンが関わる青年運動、山野の自由を求めたヴァンダーフォーゲル運動、また建築のうえでは簡素な機能主義を模索したバウハウスの革新運動が生じてくるのは、こうした父祖たちの世界への反抗からである。「プロローグ」で触れた建築家のロースの「破壊的性格」のよって来るところである。

このような様式が支配的になった理由はある程度説明できる。つまり、現実には、自分たちの富裕な生活のために不可欠な巨大な労働者階級が存在していた。彼らとの間に開いている深淵に目を閉ざし、政治や社会をめぐる公共の議論の場に参加することを放棄した市民階級の自閉症的なあり方が、そして再貴族化した生活スタイルを誇る彼らの暗鬱な夢がこうした室内風景に現れている。

ベンヤミンの炯眼《けいがん》は、このような室内装飾そのものに、後知恵とはいえ、崩壊前夜の集団的な意識の結晶を見たところにある。いつ殺されるか分からないパシャは株式市場で大儲けをしている。その儲けでいくらでも手に入るオリエントの珍品。オリエント商売は骨董を扱っていたヴァルターの父にとってもいい金になった。だが、そうした富は、表向きの品の良さとは別に、かなりいかがわしい成り立ちと取り引きの歴史を持っているはずであり、また依然としてかなりいかがわしい争いの対象のはずである。最後には殺人が待ち受けていることも珍しくないだろう。部屋に並ぶ一つ一つのオリエント風の家具が、殺人者を求めて叫喚しているように思えるかもしれない。物の中の叫びが、爆発寸前である(「物」はベンヤミンの思想の核になる言葉のひとつとなる)。

「この住居から漂ってきた、ブルジョア的安定感がもたらすなんとも言えない懐かしさを、私はどんな言葉で描いたらいいというのだろう」(IV－1, 258)という文章の出てくる祖母の家の描写(『ベルリンの幼年時代』中の「ブルーメスホーフ十二番地」)も、階段室を上りながら、突然襲う脱力感に触れている。さらに祖母の部屋も、昼間は静かに落ちついているが、夜は「悪夢の舞台」となる。住居の外、つまり建物の玄関を開けてから祖母の住居にたどり着くまでの立派な階段室も夢魔が潜んでいる。「階段室は、足を踏み入れると夢魔の住みかとなった。夢魔の仕業で、私の手足は重くなり、力が抜けてしまい、必死にめざす祖母の住居の入り口まであとほんの数歩だというのに、私は麻痺してしまうのだ。こうした数々の悪夢は、私がこの家で得られたやすらぎの代償だった」。安定感そのものが悪夢だったとでもいうようではないか。

そういう祖母の家でのクリスマス・パーティには親戚中の子供が呼ばれる。盛大なご馳走。隣の部屋のツリーの脇のテーブルに輝くチョコレートやキャンデー。そして祖母からの贈り物。それを女中さんに包んで貰って、小雪の舞う街路に出ると、それぞれの子供のために馬車が待っている。ベルリン全体がクリスマス・イブの寒気の中に沈み込んでいる。あたり一面の静けさ。動きといえば、遠くにかすむリュッツォウ街のガス灯が一つ一つ灯り始めるだけ。「こんな甘美な祝日の夕べにも長い棹をかついで」(Ⅳ-1. 459)仕事をしている「点灯夫」がいるのだ、との感慨が、四十年後の文章で思い起こされている――こんな生活が長く続くわけはない。夢魔はいたるところに潜んでいた。「貧しい人々――同じ世代の金持ちの子供たちにとって貧しい人々は乞食としてしか存在していなかった」(Ⅳ. 287)。逆に言えば、自虐的に白状しているとおり、お育ちの良さのゆえに、四十歳すぎても「コーヒーひとつ入れることができなくなってしまった」(「ベルリン年代記」Ⅵ. 466)。

無心に蝶を追う夏の日々

いかに社会的矛盾に支えられていようと、幼いときの完璧な幸福の日々はそれとして記憶に残っている。特に休暇の、夏の日々の思い出に。毎年一家は、フロイラインそのほかの使用人も一緒に夏の休暇に行った。この階層の人々にとっては、芝居やオペラが終わる六月はじめ以降は、ベルリンを離れるのがいわば礼儀であり、規則だった。バルト海や北海の有名な海水浴場、ハルツ地方やチェコの山地の保養地、あるいはシュヴァルツヴァルトの、そしてスイスの宏壮な別荘用の村。ヘーリングスドルフ、コーゼロウ、ヴェニングシュテット、ハイリゲンダム、ハーネンクレーなどなど。ベンヤミンの書簡集を見ると例えばスイスはアイガーの麓のヴェンゲン発の書簡がかなりある。そのどれも貴顕の夏の滞在地として、今でもあるなつかしさ、いや、あるアウラを持った地名だが、そういうところにまたいくつも部屋のある邸宅を借りる。

休暇は解放を意味していた。通常は、毎晩両親と一緒に食卓をともにしなければならないが、休暇中はそうではないだけでも嬉しかった。出発の朝、駅まで行く馬車の中でも、「両親の家の客間や居間で一緒に顔を並べねばならない状態」が悪夢のように重々しく頭の中に立ちこめている。「これから数週間はそれから免れる」(VI. 468)はずなのに。解放の日々への期待に、解放前の重圧がのしかかっている。後の青年運動の心理的背景でもあるが、それはともかくとして、出かけた先は、夏の光と自由と静けさと、そしてお坊っちゃまたちへの絶対的な保護とが待っていた。

こうした遠くの外国の村々にだけでなく、一家は、ベルリン郊外のポツダム近くの村にも別邸を持っていた。子供のヴァルターは、そこで無心に蝶を追う。追っても追っても、蝶は身をかわし、こちらが近づけば飛び去る。「自分も光と風になって、気がつかれないように獲物に近づくことができればいいのに」と思うのは当然だろう。獲物と同じ気持ちになりきるという昔からの猟師の掟が次第に身を満たし、見守る羽のかすかな揺れが感じられるようになる。「全身全霊を挙げてその動物に身を合わせていくにつれ、そして、心の内部で羽と化すにつれて、蝶の方はその動きが人間の決意の色彩を帯びてくる」。そして一瞬の網の動き。捕まえた獲物を代償に私は再び人間に戻る。正確には「獲物こそが、再び人間に立ち戻るための代償であるかのようだ」(『ベルリンの幼年時代』「蝶を追いかけて」Ⅳ-1, 244)。

重要なのは「かのように」の一語。獲物の蝶に限りなく模倣によって近づきながら、つまり、日本の用語でいえば「無心」に、そして「無我」の心境で近づき、結局は動物殺戮《さつりく》を行う。そしてそれによって強者である人間が意識される。それだけなら、いずこにもある人間と自然の「運命的」関係を感じとった文章にすぎない。子供のヴァルターが感じるのは、いや正確にいえば、子供のヴァルターのことを思い出にまとめる四十歳をすぎたベンヤミンが描くのは、模倣による自然との同化と、そこからの回帰が、「代償」である「かのよう」であるという現在の経験である。あくまで「かのよう」なのである。こうして今や彼は「この蝶と花たちが自分の眼前で交わしていた未知の言語——その言語の法則のいくつかを奪い取ったのである」。ここにはベンヤミンに重要な「類似」「同化」「ミメーシス」といった契機がある。

〈幸福の地名〉

この「類似」による自己の獲得である「かのような」経験は、どんな子供でもする夏の光の中での昆虫採集の楽しさであるが、その思い出がごく一部の子供にしか与えられない高級保養地の地名に結晶している生活である。〈幸福の地名〉の話が続く。いや〈地名の幸福〉といった方がいいかもしれない。

とはいえ、この蝶が舞っていたその大気は、今日から見れば、この数十年来というもの、私の耳に響くことのなかった、また私の唇を動かすこともなかったある一つの単語に満たされていた。大人になってからも幼年時代のさまざまな固有名詞が持つあの謎めいた深さを、この言葉は保ち続けている。長いあいだの沈黙に覆われてこの単語は、神秘的な光を放っている。蝶の姿が充実の気配を与えてくれるあの空気のなかで〈ブラウハウスベルク〉という単語が揺れ動いていた。ポツダム郊外のブラウハウスベルクには、わたしたちの夏の家があった(同)。

人にはよく、行ったことのない場所なのになんとなく惹かれる地名、一度は訪ねてみたい地名の響きというものがある。現代ドイツの作家ヒルデスハイマーは、あるときテュンセットという北欧の地名を聞いて以来、どうしても行きたかったその地への出発について小説を書いている。そこには名辞とその実用上の意味との一種の分離があるわけだが、そうした音による「幸福の約束」は過去についてもあろう。地名だけではなく人名でもあるかもしれない。はるかな地に去った恋人が時間とともに姿も表情も消え、名前になることを彼は指摘している。記憶の中の名前のひびきが与えてくれる幸福の思い出は、実際に子供の頃の幸福感についての日常的な記憶とは異なった、あくまで「かのように」の性格を持っている。ここには同じく晩年のベンヤミンで重要な「回想」や「追憶」や「アウラ」の問題がある。

こうした〈幸福の地名〉、いや〈地名の幸福〉を、後にベンヤミンの友人となったアドルノは、いっさいが崩壊し、なにもかもがいわば散文的となったポスト・ファシズム社会の戦後の西ドイツで、『否定弁証法』の一章に自分の思い出に即して次のように記している。出だしはこうである。カントによる批判以降、形而上学の経験は不可能になっているかもしれない。とはいえ、カントも本当は常に奥底にこの形而上学の経験を秘めていたのだとアドルノは書きながら、続ける。「ちょうどプルーストが行ったように、村の名称が与えてくれる幸福の約束を思い浮かべるのが最もよいだろう。例えばオッターバッハ、ヴァッターバッハ、ロイエンタール、モンブルンといった村の名前が約束している幸福である」。

これらの村々は、アドルノが育ったフランクフルトから南東に下った保養地帯のオーデンヴァルト——ハイデルベルクの奥、マイン川沿いのミルテンベルクなど、名前も姿も美しい町々が並ぶ地帯からアモールバッハにかけての地——にあり、そこにアドルノの両親は別荘を持っていた。『否定弁証法』のこの箇所はさらに次のように続く。

そこに行きさえすれば、充実した生があるかのごとく思われるのである。……その場合、幼年時代の心象風景において重要となる風土や地域の違いは、おそらくそれほど重要ではない。イリエにおいてプルーストに見えたことは、同じ社会階層の多くの子供たちには、町は違っても似たようなかたちで与えられていた。しかしプルーストの叙述を真正にしているこの共通性が生まれるためには、やはりこのひとつの村や町に魅了された経験が不可欠である……プルーストの語り手が子供のときはじめてゲルマント公爵夫人の姿を目にとめた結婚式は、まったく同じようなかたちでちがった場所、ちがった時間に、後の人生にとって同じように強烈な印象を残すかたちで催されたかもしれない。だが、いかなるものにも解消しがたい絶対的に個別的なものを見ることによってのみ、まさしくこのものがかつて存在したし、また未来にも存在するだろうと希望することができるのである。……幸福というのは、形而上学的経験のなかでただひとつ空しい願望にとどまらないものである（アドルノ『否定弁証法』作品社、四五六―四五七頁）。

「はかなく消え去る」もののアウラ

「同じ社会階層」の子供にとって、オッターバッハ、ブラウハウスベルク、そしてコンブレー（『失われた時を求めて』のなかでのイリエの架空の地名）が持つ幸福の約束。もちろん、アドルノも「充実した生があるかのごとく」と非現実の仮定法で語っている。ベンヤミンが後に訳すことになるプルーストこそその名手である。しばらくプルーストの〈幸福の思い出〉——それは〈幸福の約束〉でもある——を聞いてみよう。

そのような散歩で、午後のあかるいあいだは、ゲルマント公爵夫人の友達になり、ヴィヴォーヌ川で虹鱒を釣り、船あそびをするたのしみを夢みて過ごすことができたし、幸福に飢えていた私は、そんなとき、いつまでも幸福な午後がつづくことよりほかに、何一つ人生にねがわないで過ごすこともできた。……あのころ、草の上にたわむれていた花、日なたを流れていた水、すなわちさまざまの真実の出現をとりまいていた風景は、すべて無意識のような、または放心したような顔をしながら、いまもなおそれらの真実の回想に寄りそうことをつづけている、むろん、自然のそんな一角、庭園のそんな片すみは、ささやかなあの通行人、夢みていたあの少年によって……じっと長くながめられていたとき、自分たちがその少年のおかげで、この上もなくはかない、、、消えさる自分たちの特徴をいつまでもあとに残すようになろうとは、思いもよらなかったであろう、にもかかわらず、生垣に沿ってやがて野ばらにあとをゆずることになるさんざしのあの密集した花の匂、小道の砂利の上をふんでゆく反響のない足音、水草にあたる川水にむすぶかと見えてただちにくずれさる泡、私の高揚は、それらのものを、こんにちまでもちこたえ、それらのものにあのように多くの年月をつぎつぎに遍歴させることに成功したのであり、一方周辺の道は姿を消し、その道をふんだ人々も、その道をふんだ人々の思出も死んでしまっているのだ（プルースト『失われた時を求めて 1』井上究一郎訳、ちくま文庫、三〇五―三〇八頁、傍点筆者）。

人より場所の思い出が残ることは、ベンヤミンもベルリンのカフェーについての文章で記していたが、さらにプルーストはつづける。「それぞれの土地には、それに固有の何物かがあるために、ゲルマントのほうをもう一度見たいという欲望が私をとらえるとき、ヴィヴォーヌ川とおなじほど美しい睡蓮、それよりももっと美しい睡蓮が咲く川のほとりにつれてゆかれたとしても、私の欲望は満たされないであろう」。「この蝶と花たちが自分の眼前で交わしていた未知の言語――その言語の法則のいくつかを奪い取った」少年ヴァルターは、庭園の片すみが「少年のおかげで、この上もなくはかなく消え去る自分たちの特徴をいつまでもあとに残すように」なるプルーストの主人公と通いあっている。そして「プルースト論」でプルーストの〈幸福への激しい欲求〉（II－1. 313）について語ることになる。

上流の子弟が、自分の名門ぶりを誇示しながら子供の頃の話をするだけならやりきれない。軽井沢、追分、富士見の森、志賀高原ホテルなどと並べられても、戦前の上流階級の話でしかない。アドルノの文章にはそのきらいがあるが、プルーストにならったベンヤミンのやり方は、まさにプルーストのいう「はかなく消え去る」もののアウラに記憶のなかで幸福をどのように結びつけるか、しかも、そうした幸福を可能にしたブルジョアジーの階層への批判を忘れずに結びつけるかという課題に、場所と記憶の関連を見すえながら答えようとしたものである(後のベンヤミンのアウラ論にはこの「はかなく消えるもののアウラ」の側面があることをアドルノが『美学理論』でなんどか指摘している)。プルーストのあの有名な小説の校正ゲラは、誤植が一つも直っていないだけでなく、欄外に膨大な新しい書き込みと訂正がほどこされて戻ってきて、印刷屋泣かせだったという逸話をベンヤミンは「マルセル・プルーストのイメージについて」で書きながら、プルーストの方法を自覚的に変奏した「ベルリン年代記」で「思い出とは過ぎ去ったものの中への果てしもない書き込み Interpolation の能力である」と述べている(VI. 476)。あるいは「思い出すことによって初めて見るイメージ」や「思い出す前は見たことのないもの」という言い方もしている(四十歳になったときに行ったプルーストについての講演。II－3. 1064)。公園のアリアドネの話は、スワンの庭園ではじめてジゼーレを見て「愛」を知ったプルーストの主人公と同じに、過去に書き込まれた〈かのように〉なのである。

ベンヤミンの家と同じく、プルーストの小説の世界には、あきれるほど多量で多様な食事の細かい描写ひとつからも分かるように、途方もなく豊かな人々が暮らしていた。ちなみに、ベンヤミンの父が、株でも儲けていたように、プルーストの母は、ユダヤ系の株式仲買人の娘であり、ベンヤミンの父がベルリンのワイン取引の権益も握っていたように、アドルノの家もワインの取引を手広くやっていた。

「私が私に似ることへの強制」

豊かさへの回想に関して、正確にいえば、先の室内の家具や飾りで述べた〈物〉についての回想との関連で理論的に重要なもう一つのポイントがある。

上流階級の子供の常として、ヴァルターはときおり写真屋につれてゆかれる。写真屋には、当然さまざまな小道具がある。部屋のなかを家具と小道具で満たす歴史主義の時代は仮装の時代であった。宮廷でもデューラーの時代の衣装を皇帝以下全員がまとって舞踏会をする愚劣な時代だった。現在のベルリンの建築にも残っているが、バロック風、ロココ風、古典主義風と、建築でも施主の好みで、ありとあらゆる「仮装」が試みられた。写真を撮られる子供も、アルプスの風景を背景に登山の格好をさせられたり、棕櫚《しゅろ》の木の前でメキシコ風のソンブレロをかぶらされたりした。ベンヤミンはのちに、同じ世代のカフカがやはり子供の頃撮らされた写真の悲しそうな目からカフカについてのエッセイを始めている。つまり、そうした「物たち」に同化もしくは類似することが求められた。こうした「物への同化」は先に触れた、蝶への幸福な同化や類似とはちがうとはいえ、ベンヤミンの回想のなかでは、同じ問題領域に属する。

アルプスの風景を背景に，登山の格好をしたヴァルター(右)

類似を認識するという「人間に与えられた」

賜物は、似たものとなること、似た行為をすることを強いた太古の強制のかすかな名残り以外のなにものでもない。だが、私にそうした強制をしたのは言葉である。礼儀作法に私を真似させようとする言葉ではなく、住居、家具、衣服に類似させせようとする言葉だった。ただ、私自身の姿に私を真似させせることはなかった。だから私は、自分自身との類似性を要求される場合、まったく困ってしまったのだ。写真屋がそういう時だった。どこに目をやっても私は、スクリーン、ソファ、台座などに囲まれていて、そうした事物たちが、……私の姿を追い求めていた。……私は、私の周りにあるそうしたいっさいの物との類似性のために歪められていた(entstellt vor Ähnlichkeit)(『ベルリンの幼年時代』IV－1, 261)。

「似る」ことは成長する子供の死活に関わる。大人になっても、集団の掟に自分を合わせねばならない。つまり、似せねばならない。集団の掟は神々とその暴力が定めたものである。それは近代社会でもあまり変わらないかにみえる。結局は神話との類似性に浸ることが生きのびることであった。神話自身が、さまざまな照合関係と類似関係から成り立っている。そうした太古の暴力の名残りが類似性への願望である。だが、類似性には、愛する人への同化の願望という側面もある。蝶との同化はむしろそちらに近かった。普通に読めばこの文は、母の望みにあわせてお仕着せの衣装を着て書き割りのアルプスの前に立つのは、「本来の」自分からの離脱、役割期待への対応と理解しうる。仕方がない、母親が望むから。反抗すれば損するから。つまり類似は母の希望に対してなされることになる。その経験を扱いながら、しかしベンヤミンは、そのことを「私が私に似ることへの強制」という奇妙な表現をする。最後には、周囲の小道具との類似性のために自分が歪んでいた、という語り方をする。

これはいったいどういうことだろうか。大体からしてドイツ語の単語 entstellt は、こういうかたちでは普通は使わない。「彼の証言は事実を歪める」とか「傷のために彼の顔が歪んでしまった」というように使う。「私が〜によって歪んでいる」とは実に変な表現である。むしろこの単語の語源的な意味(場所をはずされている)で捉えるべきだろうか。実は、この箇所をどう見るかは、ベンヤミン解釈の中心的な問題と関わる。一説によれば、この語の背景にはフロイトがある。(2) この写真館のシーンの先には「子供時代のこの歪められた世界(entstellte Welt)のすべて」という表現もある。プルーストについては、彼の郷愁は「類似性の状態において歪められた世界への郷愁(Heimweh nach der im Stande der Ähnlichkeit entstellten Welt)」(II - 1, 314)と難しい表現がされている。だが、これについても後で詳述しよう。むしろ今は、子供のヴァルターの生活環境と、それについての記憶から夢や覚醒や、それに伴う「ゆがみ」や「類似性」の概念が生じてくる背景の紹介にとどめておこう。

太古の神話は、暴力の表現である

太古の神話の話が出たところで、もう一つ生活環境のなかでの神話の現前、類似性の経験に触れておこう。ヴェステンの高級住宅街のアパートの入り口のファサードをギリシアの神々が飾っている。優美な女性のカリアチードの姿もあれば、たくましいアトランテスの像もある。ブルジョアジーの宏壮なアパートを、ベル・エタージュと言われるその二階を、自分たちの背や頭であたかも担っているかのごとく。あるいは、プッテンと言われるラッパを吹いたり、バイオリンを奏でたりしている可愛らしい童子たち、そしてたわわに実った果実を手に持つポモーナ。ベンヤミンは彼らを、境界に通じた者、敷居の事情に詳しい者たち(die Schwellenkundigen)と呼ぶ。境界、敷居も追憶や思い出との関係で彼の中心的概念だ。しかし、ここで指摘したいのは、太古の神話の力と現在との関係である。

私が一番好きだったのは、人生や家屋のなかへの歩みを見守る、あの境界に通じた、あの埃をかぶった神々の一族たちだった。彼らは待つということを知っていた。……彼らの気配によってベルリンの旧ヴェステン地区は、古代の西方となった。［黄金のリンゴの番をするアトラスの娘である］ヘスペリスたちのリンゴを載せた小舟を舟人たちは、西風に乗って遥かな西方からラントヴェーア運河をさかのぼってやってきて、ヘラクレス橋のたもとで舫《もや》っている(『ベルリンの幼年時代』「ティーアガルテン」Ⅳ－1. 239)。

この文章の理解には少し文化的背景に触れる必要がある。時代の基調はいぜんとして擬古典主義だった。ヨーロッパの諸国民はいずれも古典古代の正嫡の文化的継承者を自任し、ギムナジウムではラテン語、ギリシア語が徹底的に教え込まれ、権力と富は政治や経済の中心的建造物や豊かな住宅を飾る古代風の円柱と神々の像によって守られていた。そういう住宅街のなかを流れるラントヴェーア運河を、肥沃な土地のある西郊の農村地帯から果物を売りにくる農夫たちの舟があがってくる。それだけのシーンをベンヤミンは、太古の神々の名前を引いて語る。だが、それは彼が、古典古代の知識を正当化の隠れ蓑に使う教養俗物だからではない。そうした太古の神話は、すべて暴力の表現であることを知っているからである。自然の暴力であり、その暴力の秘密にあずかる神官たちの支配の暴力である。

ベンヤミンの夢は、そうした神話の力と美を、その暴力的な社会的統合のエネルギーを、合理的なそれに組み替えることにあった。彼はこうした潜在的エネルギーは有限であって、そのつどの当事者たちの合理的なディスカッションによって増してくるというふうには考えなかった。したがってブルジョアの家の入り口を飾る神々、後にアードルフ・ロースが「装飾は犯罪である」とはき捨てるように形容し、バウハウスの建築運動が峻拒したこうした神々の姿をただ権力と富の粉飾というかたちで暴露するにとどまらず(それはいわゆるイデオロギー批判にすぎない)、そうした粉飾のなかにすら潜んでいる、現状を越えようとするユートピアの夢を見ようとする。その転換は入り口の敷居で起きる。彼の言葉で言えば「神話の上爆砕」である。いわゆる「救済する批評」という方法である。そして第一次世界大戦前の上流階級のベルリンには、そうした夢の姿があふれていた――いや後から思い起こすベンヤミンにとってはそうした夢を「昨日の世界」に読みとることが重要だった。とはいえ、ヴァルターがそのほとりを毎日のように通ったラントヴェーア運河には、彼の幼年時代の十数年後の一九一九年一月、虐殺されたローザ・ルクセンブルクとカール・リープクネヒトの死体が浮かんでいた。結局現代は、暴力への敷居を跨いだのである。

2　ユダヤ人としての運命

なにをしているのか分からないけれど豊かな人々

夢の話で古代ギリシアが出た以上、ユダヤ人世界の話もしておきたい。先に触れた、ブラウハウスベルクで蝶を追った思い出の文章の終わりにはエルサレムが出てくる。つまり、紺色の地の上にエルサレムの城壁が描かれたリモージュ焼きの皿に、捕えた美しいアゲハチョウがちりばめられているさまが描かれている。〈地名の幸福〉はブラウハウスベルクだけでなく、エルサレムと、〈類似の幸福〉はその城壁ともつながっていた。ベンヤミンは決してシオニストではなかったが、ユダヤ人の家庭に生まれたことはやはり重要である。母方の遠縁の祖先にはハインリヒ・ハイネがいた。もっとも一、二ヵ所の好意的な記述はあるが、基本的には進歩主義者ハイネのことは好きでなかったが。

ベンヤミンの父も母も、成功したユダヤ人の家系である。父はベルリンで骨董品・芸術品取引商の共同経営者であった。オリエントの絨毯やキリムも取り扱っており、そうした商品の購入にオリエント贅沢品貿易の中心地パリにしばしば出かけていた。こうした贅沢品が莫大な富をもたらすこと自体が、普仏戦争に勝って以来のドイツの豊かさと、歴史的由緒のあるもの、遥かな地方のものならなんでも飛びついてしまう、様式のアナーキズムを、そして

「空所恐怖症(horror vacui)」を物語っている。

しかし、父エーミールは得た富の投資先を次第に拡大し、骨董取引の比重を減らしていったようで、一九一八年には最終的に、共同経営権を売り払っている。基本的には株の配当で食べていたようだ。有名な建設会社やワイン取引商の株以外には、ルター街に作られたアイススケート場の株も大量に持っており、職業を名乗るときは「配当生活者」とすることが多かった。なにをしているのか分からないけれど豊かな人々(漱石の「高等遊民」の父が思い出される)だった。「両親の経済的な基盤は、子供時代、青春時代を通じてずっと深い秘密にとりまかれていた。おそらくは長男の私にとってだけでなく、私の母にとってもそうだったのではなかろうか」(「ベルリン年代記」VI. 495)。後にヴァルターは経済面の問題をめぐっては父と争い、同時に彼を徹底的に利用するが、なにをしているか分からないけれど豊かというブルジョアジーの生活スタイルから、彼も一生離れることが、どんな貧乏のなかでもできなかった。母について高級店に入ると、「父のお金が、お店のカウンターと売り子のあいだに、そして鏡と母の視線のあいだに小道を開拓していった」(VI. 499)思い出はずっと生きていた。上流階級の散歩道であった動物園にヴァルターが毎日のように散策に出かけられたのは、そしてそこで通りすがりの令嬢やご婦人の美しさに目覚めえたのは、動物園会社の株主優待券のおかげだった。

ユダヤ人は、一八一二年の解放勅令以降、次第にドイツ社会に進出しはじめていたが、一八六九年北ドイツ連邦のユダヤ人に同権が認められ、二年後のドイツ統一に伴って全土に拡大されていっそう目立つようになった。とはいいながら、軍人や官吏への道は閉ざされていたため、なによりも医者と法律家(弁護士)を意味する「自由業」が活躍の場となった。ユダヤ人は数ではドイツ帝国の人口の約一パーセントにすぎなかった。つまり、総人口は一八七一年から一九三三年に四千百万から六千五百万に増加しているが、ユダヤ人は終始五十万から六十万人程度だった。ところが、自由業に関しては、一九〇七年時点で医師の六パーセント、弁護士の一四パーセントを占めていたから、相当なシェアである。大学教授も増え始めていた。

もっともこのあたりも、「ユダヤ人」というカテゴリーを先行させて考えると、「驚嘆」すべき進出率になるが、中間層の上昇という当時の全体的傾向に位置づければ、それほど驚くべきことではない(これは思想史家ピーター・ゲイの議論である)。つまり、工業化とともに、絶対数が増加した大学教授、医師、弁護士のなかに中間層出身者が流れ込んできたが、もともとユダヤ人の多くが、識字率、収入などの面から見て、そうした動きの母胎となる社会的中間層に分布していた以上、平均より少し多いという程度かもしれない。「ユダヤ人」で括るのは、その後の反ユダヤ主義、そしてなによりもホロコーストを通じて、ある種のユダヤ人伝説(「ユダヤ人は優秀だ」「金持ちだ」)を作ることにもつながるので慎重でなければならない。

「ユダヤ信仰を持つドイツ国家公民」

いぜんとして複雑な問題があったとはいえ、ドイツ帝国の初期から、ヴィルヘルム二世の影響力の強まる一八九〇年代前半のドイツ社会は、ユダヤ人で才能のある人々にとっては最も花を咲かせやすかった。才能の頻出度はユダヤ系でも非ユダヤ系でも差がないはずだが、いろいろな社会的ファクターが、いくつかの職業に彼らを集中させていた。しかも、それまではできるだけ目立たない生活スタイルをしてきた彼らが、学術、演劇、ジャーナリズム、文学、音楽といった、人目につきやすい職業に、しかも尋常ならざる才能をもって進出していった。

思いつくままに挙げても、一世を風靡した演出家マクス・ラインハルト、新カント派の雄ヘルマン・コーエン、モデルネの芸術の最先端を切る自由劇場運動と結びついた雑誌『ノイエ・ルントシャウ(新しい展望)』のオットー・ブラーム、リベラルで定評のある雑誌『ドイツ・ルントシャウ(ドイツ展望)』のユリウス・ローデンベルク(そのパリ滞在記は、後にベンヤミンが『パサージュ論』で何度も引くことになる)などなど。評論家では帝王といわれたアルフレート・ケルがいる。出版社経営で成功したフィッシャー、ウルシュタインも出世物語には欠かせない。一八七七年創設のウルシュタイン社はドイツ古典の出版でも成功し、最大級の出版社にのし上がった。ウルシュタインの経営する『フォス新聞』は超一級の新聞で、森鷗外も海外情報「椋鳥通信」のタネに利用していた。それ以外にもモッセの『ベルリン日報』、ゾンネマンの『フランクフルト新聞』(今日の保守派高級紙『フランクフルター・アルゲマイネ』の前身だが、当時はリベラルで、ベンヤミンもなんども寄稿することになる)のように、ユダヤ系資本の経営する雑誌・新聞はリベラルでコスモポリタンな精神を体現し、水準が高かった。芸術商、画商にもユダヤ人は多かった。目に見えない差別もいぜんとしてあったとはいえ、大学にも、言語学のシュタインタールや民族心理学・社会心理学のラツァルス、社会学のジンメルをはじめ、有名学者が輩出するようになった――こうしたリベラリズムが限界に達し、若い世代がその虚妄を目の仇にしはじめたのがベンヤミンの青春時代である。

哲学者コーエンに代表されるように、こうしたユダヤ系知識人や経営者のほとんどは、カント、レッシング、ゲーテ、シラー、フンボルトに象徴される十八世紀の啓蒙主義、ドイツ観念論と新人文主義の教養を、ベートーベンとモーツァルトを、そしてドイツ古典主義文学からビーダーマイヤーの詩文をこよなく愛した。コーエンの『美学』を読むと、ゲーテの詩こそ叙情的なものの最高の形態であると書かれている。彼らは、ユダヤ教の儀礼や習慣とは無縁な、啓蒙された情操教育を受けていた。後にユダヤ思想に深く関わるコーエンであるが、若いときは、土曜日を安息日とするユダヤ教の習慣は誤解されやすいのでやめようではないかとまで提案している。その意味では、ほぼ全員がドイツ人の教養階層と変わりなく、教養信仰に生きるリベラルな愛国者であった。

つまり、ナショナリズムとリベラリズムという第一次大戦前の自明性に服していた。キリスト教への改宗は拒否し、ユダヤの出自は否定しないが、事実上は無宗教で、自分たちをドイツ精神の体現者と思っていた。といっても偏狭なナショナリズムではなく、哲学的には、国家主義的にも読めるヘーゲルよりは、カントを信奉するコスモポリタンとして自分たちを位置づけていたのは、彼らの立場からして当然であろう。ピーター・ゲイの言うとおり、ドイツ人であることとユダヤ人であることは矛盾せず、それはドイツ人であることとラインラント人やケルン市民であることが矛盾しないのと同じだった。ユダヤ人の全国組織はあったが、そこでも彼らは自分たちを「ユダヤ信仰を持つドイツ国家公民」と称していた。つまり、ドイツ史上、ユダヤ人であることを一番意識しないでよい時代がベンヤミンの子供時代だった。

もちろん、一時代前のトライチュケの反ユダヤ主義パンフレットが示すとおり、そう簡単に割り切れない深層も依然として流れていたろうし、また東方から流れ込んでくるユダヤ人が、ドイツ人にとってのみでなく、ドイツのユダヤ人にも複雑な反応を起こしてもいた。若いベンヤミンの手紙でも、東方ユダヤ人への違和感が表明されている。さらに複雑なことにユダヤ人の反ユダヤ主義者もいたが、そうした問題が吹き出すのは後のことである。

二つの名前

ドイツ社会への「同化」のために、明らかにユダヤ系と分かる名前を変える作家や演劇人も多かった。先に触れたオットー・ブラームは元来はアブラハムゾーン（アブラハムの息子の意）、マクス・ラインハルトはゴルトマン、ローデンベルクはユリウス・レヴィという一目瞭然のユダヤ系の本名だった。ファースト・ネームのモーゼスをモーリッツと改名するのは日常茶飯事。そうしたこともあったのか、ベンヤミン自身の回想によれば、ゆりかごの彼にも「改名」の可能性を両親は贈り与えていた。「私が生まれたとき、両親は、ひょっとして私が物書きになるかもしれないと考え、そのときは、私がユダヤ人であることがすぐ分からない方がいいと考えた。そこで彼らは呼び名以外に、あと二つのあまりない名前をつけた。……でも私はそれを公表する気はない」(「アゲジラウス・サンタンダー」VI, 520)。

　多くのユダヤ系家族と同じに息子が知的職業に就くことを期待したのか、あきらかにユダヤ名である「ベンヤミン」では場合によっては不利と考えたのだろう。本人が「公表する気がない」と書いているこの二つの呼び名が、最初に述べたベネディクス・シェーンフリースである。シェーンフリースは母方の姓の綴りを少し変えたもの。元々は出身地の村の名前である。多くの場合、祖先が東方に追われたときに出身地のドイツの村の名を名乗った。とはいえ、シェーンフリースなどは典型的なドイツ語の響きであり、かつ誰も知らない小さな村で、聞いただけでユダヤ系を連想する人はいない。

　余談になるが、このふたつの名前がなんであるかをめぐって後に研究者のあいだで論争があった。引用した短い文章のタイトルであるアゲジラウス・サンタンダー(Agesilaus Santander)はベンヤミン自身がこのとき選んだ仮名である。長年の友人ショーレムは、このふたつの名前が両親のつけた名前かもしれない、あるいは本当のところは、両親がつけたという話は嘘で、ベンヤミンがある理由からこの名前を作ってみただけではないかと、戦後に推測した。[3]

　ある理由というのは、アゲジラウス(スパルタの王様の名)とサンタンダー(スペインの町の名で有名な銀行名でもある)という二つの名前の陰には、「悪魔の天使(Angelus Satanas)」が隠れている。つまりぴったりではないがアナグラムだというのだ。悪魔は神に逆らった天使であるが、神に逆らってまで精神と化そうとしたのである。あるいは、メシアと称しながら回教徒になった十七世紀のあの転びメシア、サバタイ・ツヴィのように悪を体現することで、メシアの到来を早めるという考えもある。このように、ショーレムは親友であった権威と、カバラの知識を駆使して論じきった。ところが、少なくともこの二つの名が両親に由来する可能性は事実の前に、しかも悲しむべき事実の前に破れてしまった。それはこういうことである。

ナチの政権奪取後パリに亡命していたベンヤミンは一九三六年十一月モスクワで出ていたドイツ亡命者を中心とする雑誌『ヴォルト(ことば)』に短い文章を寄稿したが、それだけの理由で、一九三九年二月にドイツ国籍を剝奪されてしまった。剝奪の手続きをめぐってパリのドイツ大使館領事部とゲシュタポとのあいだでやりとりされた正式書類が見つかり、そこにベンヤミンが親友にすら一度も明かさなかった、二つの別の姓を含むパスポート上の正式名が書かれていた。名前を重視し、時には真の名前を秘匿するユダヤの伝統がこのようなかたちで踏みにじられ、それによって我々はこの複雑なヴァルター・ベネディクス・シェーンフリース・ベンヤミンの名を知っているわけである。

精神の抹殺から身体的抹殺へ

実際ナチスはドイツ・ユダヤ人の生活と文化のすべてを葬ってしまった。先に祖母の家にあがるときに襲ってくる不安感を描いた文章を引いたが、その箇所の少し前には、「私が当時出入りした上流のアパートの中で、祖母のそれだけが唯一、世界市民的な(weltbürgerlich)住居であった」(傍点筆者)と記されていた。しかし、『ベルリンの幼年時代』のこのエッセイを掲載した『フランクフルト新聞』の編集部は、ナチスに遠慮して「世界市民的」を削ってしまった(亡命知識人の作品が母国の新聞雑誌に掲載されるのは、決して珍しくなかった)。自主検閲である。やがて新聞は著者の名前も外し、無署名原稿として掲載する。かつてはユダヤ系の経営であり、ブルジョア・リベラリズムの尖端を切っていた高級紙がである。

　こうした精神の抹殺はやがて身体的抹殺へと進む。例えば、ヴァルターの従妹にゲルトルート・コルマール(本名ゲルトルート・ホドゥツィースナー、一八九四—一九四三?)という女性詩人がいた。ブランデンブルクの町々を歌った「プロイセンの紋章」など現代ドイツ文学をかじった人なら誰でも知っている上質の詩を書いた。同じく裕福に育ち、フランス語をドイツ語と同様に操り、ヴァルターとは仲が良く、ドイツに残っていた彼女と亡命先の彼とは、現代フランス文学をめぐって手紙をやりとりしていた。時代の嵐を避けて父とベルリン郊外の村にひっそりと暮らしていたが、ついに捕まり、アウシュヴィッツに送られた。いつ殺されたかすらも分かっていない。分かっているのは、戻ってこなかったことだけである。

　ヴァルターの弟ゲオルクは医学・衛生学を修めた後、保健医の仕事をしていたが、勤務のかたわら共産主義に接近し、党のために外国文献の翻訳などをしていた。一九三三年四月に逮捕され、収容所送りになるが、そこでは、かつてミュンヘン革命で活躍したアナーキストのエーリヒ・ミューザムや平和主義者でノーベル平和賞を受賞するオシエツキーなどと一緒だった。一時釈放され、スイスでの休暇中そのまま逃げることもできたのに、戻って非合法活動を選んだ。最終的に逮捕されてからは、マウトハウゼンの強制収容所に送られ、一九四二年八月に虐殺される。ミューザムやオシエツキーはとっくに殺されていた。

　妹のドーラはヴァルターとともにパリに亡命したが、一九四〇年ヴァルターの死後、ひそかにスイスに逃れた。すでにパリ時代から慢性リウマチに苦しんでおり、戦争直後にチューリヒの病院で亡くなった。かつてベルリンに咲いたユダヤ系ドイツ人の生活、その高度に精神的かつ霊的な文化、ドイツ文化とユダヤ的霊性との共存、メシア的な政治的アンガージュマン――それらは文字どおり跡形もなくなってしまった。我々に残されているのは、抹殺された人々のなかのごく一部の者たちのテクストのみである。

注

（1） VI, 476.

（2） Weigel, Sigrid, *Entstellte Ähnlichkeit. Walter Benjamins theoretische Schreibweise*, Frankfurt 1997, S. 34-38.

（3） Scholem, Gershom, Walter Benjamin und sein Engel. Interpretationen der Notizbuch-Aufzeichnungen "Agesilaus Santander". 1932, 1933, in: Unseld, Siegfried (hg.), *Zur Aktualität Walter Benjamins, aus Anlaß seines 80. Geburtstags*, Frankfurt 1972. さらにこの問題をめぐって

は、Fuld, Werner, Agesilaus Santander oder Benedix Schönflies: Die geheimen Namen Walter Benjamins. Zur Ausbürgerungsakte Benjamins und einer autobiographischen Notiz mit der Überschrift "Agesilaus Santander". Mit Faks. des Antrags auf Aberkennung der deutschen Staatsangehörigkeit, in: *Neue Rundschau*, 89 (1978), S. 253-263.

第二章　精神の反抗

精神的なるものとは、話が通じ合うことなのです。……私にとって重要なのは、シオニズムのプロパガンダにあるユダヤ民族などではなく、今日の物書きユダヤ知識人なのです。……政治的エネルギーの中心は左翼にあります。(1)

1　青年運動

権威主義的リベラリズムの時代

一九〇二年十歳になったヴァルターは、ギムナジウムに入学する。ギムナジウムという針の穴ほどの狭き門を通って大学入学資格を得るのは、人口のごく少数で、現実には親の階層と財産が進学の決定的ファクターだった。「文化」はその階層だけに領有されていた。ヴァルターは小学校には行っていない。財産と教養のある階層の子弟として彼は、フランス人女性のお目付係り以外に、数人の子供と一緒に家庭教師から教育を受けている。

ギムナジウムの雰囲気はヴィルヘルム二世の時代のミリタリズムを反映していた。教練で生徒が集団行進する風景は「市民階級のもっとも素朴な形態であった」と「ベルリン年代記」に記されている。日本でもそうだが、山の手教養階級の子弟は、教練と配属将校を自分たちの世界の反対物として嫌うのが普通だった。丸山真男の出発点はそこにあった。ところが一九三〇年代に回想するベンヤミンの目から見れば、乱暴で粗野な軍国調は、実は繊細な階級に内属するもの、その表現形態のひとつであった。「教師の前で帽子を脱がなければならない」牢獄のような学校で頭に浮かぶのは、シラーの『マリア・スチュアート』の幽閉された主人公の言葉「さすらう雲よ、空の帆かけ船よ」。ようするに楽しいことはひとつもなかった。

もちろん、すべて命令と罵声と怒号に、整列と復唱に尽きていたわけではない。時代のコンセンサスはリベラリズムと教養である。当然、自由な議論もあった。バートランド・ラッセルの自伝を読めば、妻と訪れた第一次大戦前のドイツの百家争鳴ぶりが、自由で激しい議論や反体制運動の様子が感じられる。とはいっても、こうしたリベラリズムが、裏に権威主義を宿しつつ、ナショナリズムや進歩の思想ともっともよく共存しえたことが重要なのである。

そのあたりの雰囲気をよく伝えてくれるのが、同じくベルリンの裕福なユダヤ人家庭の出身でベンヤミンより三歳若いルートヴィヒ・マルクーゼが自伝『私の二十世紀』で描く、一九〇〇年、ベルリン大学で皇帝臨席の下に行われた世紀転換の祝典風景である。記念講演は古典文献学の巨匠ヴィラモーヴィッツ＝メレンドルフ教授。彼が学んだエリート・ギムナジウムではニーチェの数年後輩で、『悲劇の誕生』（一八七二年）で魅力的に描かれたディオニュソスの話を「偏見」でしかないと、激烈な攻撃を加え、この十九世紀の批判者を学界から葬った。酒と性の狂乱の中での自己解体が神話的共同性を生んだという、ニーチェのラディカルな文化批判を容認することは、十八世紀末のヴィンケルマンとゲーテ以来の「高貴な単純と静かな偉大」に象徴される、明朗で理性的な古代ギリシアという理解への攻撃であり、人間性（フマニテート）に支えられたリベラルな文化の破壊であった。絶対に許せなかった。

あの事件から二十数年後、狂気のニーチェがこの世を去った同じ一九〇〇年、大学の階段を登りつめたこの男の記念講演の始まりと終わりは、当然ゲーテの『ファウスト』の引用。そして、ゲーテに畏敬の念を払うリベラルな教養主義の巨匠にとって「十九世紀最大の事件として人類の記憶に残るのは」、なんのことはない、「ドイツが列強の一員になったこと」である。偉大な学者といっても、いやそうだからこそかもしれないが、その辺にいるただのナショナリストにすぎないのだ。マルクーゼの報告を読んでみよう。

その際ヴィラモーヴィッツは、ナショナリスティックな慢心を戒め、現在の我々がフランス革命にいかに多くを負っているかを強調した。［ナポレオン戦争の］屈辱の日々を忘れない誇り高きプロイセン人の彼だが、フランスを愛したゲーテの次の言葉を引いた。「私の教養の非常に多くを作ってくれた国民をどうして憎むことができようか」と。また彼はロシアもほめたが、それはもう胡散臭《うさんくさ》い支配者意識を宿していた。「ロシアは、文化を殺戮する愚劣な集団［モンゴル人のこと］がしばしば西方へ侵入する出発点となったステップ地帯を越えて遙か東方へと、アーリア人の文化を運び続けた」。次に彼はアメリカへテーマを移し、ほめたたえた。……社会主義の理念は子供と乞食の憧れでしかないとしてこの大先生は一蹴した。彼は〈自由の運動〉を要請し、ドイツ民族は［一八四八年三月革命後の］フランクフルト国民議会のあのパウロ教会ほどに自己の存在にふさわしい代表者を持ったことはない、と述べた。(2)

今でも平均的な歴史像だが、フランス文化を忌避しない、リベラルな教養への信仰告白の裏に、スラブとモンゴルを見下した西欧中心主義が歴然としている。また、参謀本部の教養ある将校たちをドイツ人の模範と持ち上げた箇所があるが、そのことと、ドイツ民主主義の輝かしい一章であるフランクフルト国民議会を懐かしむのとは矛盾しない。続く文章で、ヴイラモーヴィッツが、世紀末文学をデカダン呼ばわりしているところが引かれているが、それも典型的である(後に若いハイデガーもヴェルレーヌやランボーを酒飲みの自堕落として蔑んだ)。当然のことながら彼は、第一次世界大戦の開戦にあたってドイツを全面的に擁護した。ベンヤミンたちの世代が直面したのは、このような権威主義的リベラリズムの文化とそれが秘めている攻撃性と、最終的には自己破壊に向かう流れだった。

ドイツ青年運動の奇妙な体質

リベラリズムと進歩主義の閉塞性をベンヤミンに強く感じさせ、またそこからの脱出願望に火をつけたのが、一九〇五年に転校したテューリンゲンのハウビンダという田舎の寄宿学校（正式には「田園教育舎」）での二年間の生活である。イギリスのニュー・スクール運動に倣ったこの学校は、世紀転換期頃、ヨーロッパ中にさまざまなかたちで展開した自由教育運動の一環だった。エレン・ケイ、モンテッソーリ、あるいは一九〇二年に人智学を始めたシュタイナーなど、それぞれ違いはあるものの、国家に管理された、選別一辺倒の教育を乗り越えようとする果敢な実験だった。ドイツではディルタイ学派のヘルマン・ノール、新カント派のユダヤ人哲学者コーエンなどもそうした思想に栄養を提供していた。ノールは自力更生をめざした少年刑務所の設立に尽力している。

こうした新たな試みの学校では、学業と実人生の分裂の克服が説かれ、工作、音楽、野外活動などの生活関連の実科が重視された。他方で、丸暗記に走らない、真に批判的に考えさせる「学問的‐理論的」教育も標語となった。失われた実生活との触れ合い、同時に理論性の強調、そして情操を重視する少人数の全人教育、総称して「改革教育」といわれる当時の運動の共通点である。

いいことずくめだが、そういうものの常としていささか怪しげなところも否めない。ベンヤミンも後のミュンヘン時代に、またハシッシュ体験の記録でシュタイナーの思想を罵倒している。「あの嘘ずくめはたまらん」と。それに、こうした改革教育の理想がいかに高邁でも、教育と富の結合は、社会を変えなければ不可避である。教育の国家管理への抵抗を叫びながら、年間の授業料は二千ライヒスマルク。先にも見たように、年収三千マルク以上の家庭は最も豊かな都市でも一割に満たない時代である。結局は、大学教授、高級軍人、高級官僚、ユンカー、そしてプライベート・バンカーの子弟が圧倒的に多かった。青年運動の培養土となった改革教育とはその程度のものでもあった。

転校は、病弱なヴァルターに転機を与えようという両親の配慮によるが、実際にこの二年間は転機となった。心身ともに健全な、社会の担い手としてすくすくと成長する若者に変わったということではない。社会の文化的革新をめざして「精神の純粋性」を熱っぽく説く青年運動の使徒へと脱皮したのである。特に教師ヴィネケンの影響は大きかった。

このハウビンダでは、ドイツ青年運動の魔術的な指導者ヴィネケンのもとでベンヤミンは、ヘルダーリンやゲオルゲの詩から純粋な精神の力を感得することを学んだ。多くの証言によれば、ヴィネケンの授業は、できあいの解釈を押しつけたり、細かい知識を問いただしたりせず、テクストに即して討論を深める中で問題を生徒たちが自分で考えるように促したという。「青年の権利」を承認し、彼らの中に眠っている力を、社会がねじ曲げる前に伸ばそうとした。民主的な討論による授業を通じて、教育の場を社会の歯車へと回収させまいとする努力——改革教育の核心はここにある。

しかし、その場を満たしている雰囲気は、独特だった。それは、精神の純粋性への不抜の信仰、世俗を遠く離れた修道院的な共同体を貫く「エロス」に満ちていた。さらには、「指導者(フューラー)」と「従者」、もしくは「指導」と「信従」が標語であった。ヴィネケンは偉大な革新運動の「指導者(フューラー)」なのであり、彼につきしたがって、青年たちは親の世代の権威ばかりでなく、なまぬるいリベラリズムの目に見えない壁を突き破り、真の自由へと「偉大な出発」を果たすべきとされた。個人主義の欺瞞を打ち破って一人一人は、「個人的存在であることをやめて」「新しき信仰」に身を献げ、大いなる全体へ向けての果敢な脱出へと思いを高める――こういった語り口がなされていた。「盟約」「星」「突破」「奉仕」の語が溢れていた。生徒の自主性の重視と彼らの権利の擁護、学校運営へのある程度の参加、他方で、「フューラー」待望――二十世紀の政治地図から見たら相容れない要素が同居していた。青年運動がナチスとつながる〈保守革命〉の要素を持っていたことは否定できない。精神を掲げる改革教育の指導者ヴィネケンはハーメルンの笛吹きでもあった。

ここにはドイツ青年運動の奇妙な、独特の体質がある。青春を、やがて成熟へと吸収される人生の一段階と見ることを断固として拒否し、青春に固有の文化的・認識論的権利を、その制度的保証とともに彼らは要求した。今のことばで言えば、独自のヤング・カルチャーがもつ変革のパワーに固執した。他方で、そうしたパワーの根拠を、青春の生命と宇宙の根源的神秘との一体性めいたものに求めた。独特の鍋をかついで野山に出ていくそのスタイルはただのハイキングではなく、自然との交歓は宇宙的生命への参加であった。野山で円陣で行うフォークダンスは、ただの男女交流ではなく、古代民族の宇宙論的儀式に比せられた。火はただの炊事の手段ではなく、宇宙との交感の媒体とされ、古代ゲルマン民族が祝っていた夏至の祭りの炎が復活する。ここには一種のオブスキュランティズム(蒙昧志向)がある。

例えば、ベルリン郊外シュテークリッツで始まった青年運動の一部のヴァンダーフォーゲルの創始者の一人は中国学の学生で、かつ速記術ができた。素人には魔術でしかない速記の記号が、また読めない者には不可解な漢字の図柄が、ロマン派にとっての古代エジプトのヒエログリフ(神聖文字)と同じに、宇宙の生命と神秘への鍵であった。トーマス・マンの『ブッデンブローク家の人々』にも次男のクリスチアンが中国語を学んでいる話が短く出てくる。リベラルな親たちの拝金主義や物質主義への「否」には、このようななんとも神秘的でオカルト的な面があった。親たちにとって自然は技術的利用の対象にすぎず、それが語りかける密やかな響きへの感応器は失われていた。繁栄と悪徳の園と化した都市に住んで、子供には形骸化したラテン語やギリシア語の教育を押しつける、そうした汚辱のリベラリズムに強烈な「否」をつきつけ、純粋さと精神性への憧れを秘めた生活改革運動は、正気の沙汰とはいえない知的退行の要素をはじめから秘めていた。

「あそこで、後の人生の種が蒔かれた」

青年運動は決して特殊な人々の集まりではなく、当時のギムナジウムの生徒の非常に多くの心をとらえた。この時期に育ち、ハイデガーに学び、東北大学で教えたこともあるレーヴィット(一八九七年生まれ。ユダヤ系)——彼のニーチェ論はベンヤミンも晩年によく読んでいる——の自伝にも、湖のほとりでの夏至の祝いが描かれている。(3) 原子物理学者のハイゼンベルクも若き日には末期の青年運動の熱心な一員で、ミュンヘン郊外の野山で炎を囲んで一夜を過ごすが、深夜思いついた物理学の着想を確かめるべく朝一番の汽車で大学に戻るエピソードがある。「真理探究」と青年運動はひとつのものであった。また、後にハウビンダを追われたヴィネケンがテューリンゲンの寒村に創設した「自由学校共同体ヴィッカースドルフ」の校長にやがて就任したのは、ペーター・ズーアカンプ、すなわち、現在のドイツで最も重要な出版社のひとつであり、ベンヤミンの全集も出ているズーアカンプ書店の設立者その人である。その他、実業界のトップにも青年運動出身者が後に相当数進出することになる。

青春の秘儀の実生活への反映のひとつの例は女性の服装である。ベンヤミンの妻ドーラの写真にも、流行のふっくらした服と、ゆるい帯が見える。それ自身が反抗であり、生命の豊かさ、伸びやかな成長を象徴していた。炎の崇拝、ゆったりした服装、またユーゲントシュティールの曲線――こうした新しい記号の背後にはニーチェの言葉があった。一八八九年狂気の闇に閉ざされた頃は無視されていたニーチェは、一八九〇年代後半から一躍有名になっていた。ベンヤミンも愛読した「生に対する歴史の利害」(一八七四年)という、硬直した学問を糾弾するニーチェの論文の最後には青年への希望が高らかに謳われている。

現在の教育を打ち破るためには青春(ユーゲント)をして語らしめねばならない。……大切なのは神でも人間でもない、自分たちの青春だ。青春を解放せよ、そうすれば君たちは青春によって生を解放することだろう。

いずれにせよ、ヴィネケンの影響は圧倒的だった。彼は新カント派を自分なりに解釈して、真理や認識は人間による構築物ではなく、それとして存在し、啓示的に顕現する、と論じた。そうした純粋な精神に奉仕する青年を妨害するブルジョア文化の駄弁の粉砕を声高に唱えるヴィネケンの断定調の思考は、十年以上後に書かれたベンヤミンのバロック論の序文にも色濃いし、やがて彼と絶縁するとはいえ、問題構成、発想、そしてなによりも既成の政治の枠組みに入らない革新の探求という点で、青年運動とヴィネケンによって触発された火は燃え続けることになる。二十年近く後の一九三二年の回想にも、「あそこで、畑が苦しみとともに耕され、私の後の人生の種が蒔かれた」と記されている(「もう一度」Ⅳ.435)。

文化的にも政治的にも後進国であったドイツで、マルクス主義にも、ラディカルなデモクラシーにも無縁な上層の若者たちがなんらかの革新を求めたときには、こうした、熱っぽいだけの混沌しか道がなかったのだろう。だが、逆にそれが、二十世紀の政治地図とは違う可能性をベンヤミンに追求させるきっかけになったのだから思想というのはわからない。菜食主義運動、新型靴運動、新石鹸運動、反アルコール運動、全裸日光浴運動、男女混合日光浴運動、芸術家コロニー運動、ヘッセやミューザム(戦後のドイツ社会民主党の指導者の一人ヘルベルト・ヴェーナーは一時このミューザムに従っていた。決して大昔の忘れられた運動ではない)も関係したアスコナの新コミューン運動、また都市では自由舞台運動や生活協同組合運動、およそありとあらゆる脱出の運動が、相当あやしげなものも含めてうごめいていた。一部は二十世紀の悲劇を生み出すメンタリティにもつながる青年運動もそうしたコンテクストにおいて見る必要がある。

その中でも、ニーチェに発し、ヴィネケンの運動や、場合によってはハイデガーにもつながる文化的革新運動は、後に青年保守主義と呼ばれる。単純な守旧派ではなく、存在しなかったかつての生活の壮大なヴィジョンを呼び出すからであろう。初期のベンヤミンに確実に存在し、変形しながらも最後まで続くこうした青年保守主義的メンタリティは、左翼的ベンヤミンを強調する人々は好まないが、見過ごすことはできない。この側面にしっかり光をあてないと収集家ベンヤミンを理解できないと論じるのは、青年保守主義の頭目ハイデガーのもとで学び、かつベンヤミンとも交流のあったハンナ・アーレントである(アレント『暗い時代の人々』ちくま学芸文庫参照)。

哲学と青年運動に通じるもの

二年の寄宿舎生活を経て、ベルリンに戻ったベンヤミンは、一九一二年にアビトゥーア(大学入学資格試験)に合格。その夏学期に南ドイツはスイスとの国境に近いフライブルク大学で哲学の学生となる。当時のドイツ哲学は全般に低調だったが、まだ文化の全体に関わる唯一の分野と、思い込まれていた。青年運動自身が、また種々の生活改革運動が、反アカデミズムとはいえ、後に青年保守主義と命名されるとおり、自らを哲学的な背景において理解していた。哲学科を選んだのは当然である。バーデン地方の小邑《しょうゆう》フライブルクに行ったのには、家からできるだけ遠いところという選択もあるが、低調な哲学の世界で数少ない中心がフライブルクだったこともあろう。

同じくフライブルクに学んだルートヴィヒ・マルクーゼは書いている。「新カント派の後継者たち。ベルリンのアロイス・リール、マールブルクのヘルマン・コーエンとナトルプ、ハイデルベルクとフライブルクのヴィンデルバントとリッカート。この四つの町でドイツ哲学の中心は尽きていた(4)」。そのとおりで、この時代、新カント派だけが「唯一世界的に認められていた哲学」(ハーバーマス『近代の哲学的ディスクルスI』岩波書店、二四九頁)だった。ベンヤミンもリッカートの授業を中心に出ていた。講義や教授たちには失望したが、一般社会を知らない精神の世界に生きている点では教授たちと共通していた。カントの読解に明け暮れていたマルクーゼも、一九一四年、第一次世界大戦のきっかけになったセルビアという国を地図で探さねばならないほど自分たちは外の世界を知らなかったと述懐している。青年運動もその点では大同小異だった。ドイツの先哲に憧れた、京大を中心とする日本の哲学にもこの頃こういう体質がしみついた。

ちなみにリッカートの講義にはハイデガーも出席していたはずだが、ベンヤミンがこの問題的な哲学的天才と直接知り合うことはなかった。しかし、ハイデガーの名は見えかくれしながらベンヤミンの知的生活をずっと煩わすことになる。大戦が始まっていた一九一六年ベンヤミンはミュンヘンにいたが、たまたま入手した一九一五年七月のハイデガーの就任講演について友人のショーレムに宛てて書いている。

「歴史的時間の問題」を扱ったハイデガーの論文。これは、人がその問題をどのように扱うべきでないかの、精密な証左だ。とんでもない論文だ。……ぼくの推定するところでは、歴史的時間について筆者が述べていることが……ナンセンスであるだけでなく、メカニックな時間についての彼の議論の方も、ひずんでいる(一九一六年十一月十一日)。

歴史、時間、言語について根源的な思考を始めていたベンヤミンの敏感な反応である。この講演にはベンヤミンの絶筆となった「歴史の概念について」を思わせるような「時間の結晶化」とか「質的時間」といった概念が出てくるが、歴史や時間についてのベンヤミンの考察には、ロマン派の哲学者フランツ・フォン・バーダー、その友人のカバラ主義者モリトーア、そして新カント派の元祖の一人ロッツェの影響が重要で、見かけの類似からハイデガーの受容を云々するのは間違いである。都会人でフランス語に堪能なベンヤミンと、南ドイツの田舎しか知らない、大学の哲学科しか生きる道のないハイデガーとではメンタリティの差は歴然としている。

大学に入ってもベンヤミンの最大の関心事はヴィネケンの自由学校共同体ヴィッカースドルフの運動であり、それを支えるための学生サークルを、師の「指令」で創設することだった。全国の大学にそうしたものを作るのが、この精神主義的な改革論者の作戦だった。大学生は職業の予備軍ではなく、「純粋な文化」なるものの担い手にふさわしく、この濁った、生温い時代に、当時好まれたニーチェの『ツァラトゥストラ』の比喩で言えば、高山の冷気と砂漠の灼熱の太陽を持ち込む盟約の人々とヴィネケンは考えていた。

フライブルク、ベルリンとヴィネケンの運動のために大学をなんどか替えた後、ベンヤミンは、一九一三年の冬学期から一五年の夏学期まではこのドイツ帝国の首都にとどまる。ベルリンでは、「学校改革サークル」や「自由学校共同体連盟」の支部会員、「自由学生連盟」の執行委員と多くの活動に加わっていた。既成の学生団体は、飲酒放吟と乱暴狼藉を好み、決闘沙汰を厭わない国粋派的なブルシェンシャフトであった。それに対抗して、青年運動の心酔者たちによって作られたのが「自由学生連盟」である。東ベルリンのフンボルト大学の文書館には、大学当局に提出した設立届けが残っており、議事録の中にベンヤミンの会長選出が記されている。そのときの講演が「プロローグ」の冒頭に引いた「学生の生活」である。ベンヤミンの活動はそれに尽きず、さらに二つの活動を行っていた。

2 灼熱の炎としての精神——経験の拒否

「青年によって青年のために」

それは雑誌『出発(アンファング)』と、定期的集会としての「討論室」である。まずは雑誌について。これは、一九一〇年の終わり頃からベルリンの高校生たちのあいだで作られていた雑誌で、ベンヤミンもアルドーアというペンネームで時々寄稿していた。アルドーアとは、熱、炎といった意味のラテン語だが、確たるプログラムのないままに、いや、ないからこそ燃えていたこの運動の特徴をよく表していた。抽象性によって高温となった灼熱の魂。この雑誌はじきにつぶれるが、一九一三年五月には青年運動の精神によって復刊し、第一次大戦開始までのわずかな期間とはいえ、相当なセンセーションを引き起こすことになる。

青年運動の情熱的表現をめざしたこの雑誌の中心にいたのはゲオルク・バルビゾンという人物で、ベンヤミンとも友人関係にあった。もちろんペンネームで、フランスのバルビゾン派の画家たちの根拠地バルビゾンで育ったためにこのように称していた。バルビゾンという地名も新しい生活スタイルを告げる魔術的響きを持っていた。全体にこの雑誌はベンヤミンのアルドーアもそうだが、匿名、偽名、ペンネーム、ファースト・ネームだけの署名が多い。それもそうである。学校教育への不満、現実と妥協している親の生活についての慨嘆、愛や性欲についてのエッセイに溢れている以上、検閲、場合によれば召喚、罰金、退学などを気にせねばならなかったからである。出版社は、表現主義の雑誌『行動』を出していたフランツ・プフェンフェルトが引き受け、少年たちが未成年だったため、ヴィネケンが形式的に発行人の役を果たしていた。

ヴィネケンは第一号に寄せた短文で、固有の権利を求める青年たちの文章に性急に反応しないで、ともかくしばらく読んで欲しいといった趣旨のことを大人の読者宛に書いているが、世間が怒り狂うことを予想していた。予想はあたり、わずかな発行部数のこの雑誌に対する激怒の波は一気に拡がり、一部の州では議会で、発禁決議案も出されたほどだった。逆に哲学者ナトルプや文芸評論の大御所アルフレート・ケルが支持の投稿をしているのは、さすがである。青少年が「自分たちのことは自分たちで考えるから、大人はよけいな嘴《くちばし》を入れるな、一番迷惑なのは皆さんの教養と経験という代物なのだから」、といった発言をしただけで、教養俗物たちが怒り狂うほど敏感な社会だったのであり、それだけ秩序維持のために無理な力が帝政末期のドイツ社会に働いていたことがわかる。

マールバッハのドイツ文学資料館に保存されている現物を見ると、「青年によって青年のために」と高らかに謳われ、「青少年を縛っている人為的な鎖からの解放」(第一号巻頭のバルビゾンの文章)が説かれている。「禁じたところで所詮は考えたり感じたりすることまで禁じることは不可能なものがはっきり声をあげる」(同)べきである、と。ベンヤミンと親しかったヘアバート・ベルモア(亡命後の名前。ドイツ時代はブルーメンタール)が、青少年の性欲を認めるところから議論を始めるべきで、さもないと薄汚い処理の仕方しか残らない。もちろん、エロスは決してきれいなものではないが、エロスは美を生み出すといった議論を反抗的スタイルで書いている。また読者から、自分の学校の問題点を指摘した投稿も多く、反抗のためのネットワークができあがるさまがうかがえる。第二号に載った「ある指導者より」と題した匿名原稿の一節は象徴的。「この運動の核心はもちろん一言では言えない。自立への渇望、冒険欲、ロマン主義志向、健康と自然への意志、思いきり暴れ回る快楽。こうしたところがコンスタントに存在する心理的背景である」。プログラムなどないのである。

ベンヤミン自身の文章も激烈な学校批判だった。例えば、「授業と評価」という文章がある。ここでいう「評価」は、国語の授業での作品評価のこと。「クライストからこっちは取り上げる気はないよ」、「いわゆる現代文学(モデルネ)は醜悪の限りだ」、「イプセンはチンパンジーのような顔をしている」と公言してはばからない保守的な教師。作品の真の内実に立ち入らないで、筋書きの分析のようなことばかりして最後は常套句でまとめる授業。中世のテクストはただ現代語に訳すだけ。作品の本当に「精神的な」評価、その内実が論じられるべきなのに、現実の中で深くあきらめている教師たちにはその意欲がいっさいない、と筆法は鋭い(II－1, 35ff.)。次の号に載った続編では、ギムナジウムのお家芸である「課題作文」への批判が記されている。やることのない教師が暇つぶしに自分の権力を楽しむために、作文を書かせていることが見抜かれている。生徒はお見通しなのだ。

真理とは志向の死であり啓示である

反抗的なベンヤミンにとって、教師の標語は、「我々も若いときは変革を求めていた。しかし、経験が教えてくれるさ、所詮無理なものは無理だということを」といったところである。これこそ「啓蒙された」「リベラルな」大人たちの考え方である。『出発』に載った「〈経験〉」と題した短い文章が示唆的である。「いっさいの真善美はそれ自身のうちに根拠を持つ」客観的で即自的な存在である。必要なのはその認識であるが、そのためには「経験」という主観の側の条件はなんの意味もない。経験などというものは、「偉大なもの」に無縁な「俗物の福音」でしかない、と彼は論じる。歴史的に語り継がれてきた経験、親の世代が服したものに子の世代も服さねばならないことを告げ知らせる言葉としての「経験」、「大人のかぶる仮面」、要するに現在に対する過去の支配、これこそ彼は「経験」というタイトルで最も憎んだ(II－1. 54ff.)。経験神話は認められない、というのだ。

彼の知的仕事は常に過去が対象だったが、それは過去の支配を打ち破るためだった。ただし、それは十八世紀の啓蒙が望んだように、ただ過去を葬り去るというのでなかったところがややこしい。神話の組み替えがプログラムであったことはすでに示唆した。過去を教養材や人生の知恵として経験するのでなく、「経験できない客観的な価値」——これをベンヤミンは求めている。後に彼はまったく違った経験評価のエッセイを書くが(「経験と貧困」)、それに関連して、自分でも不思議なことに若いときと逆のことを書いてしまったが、趣旨に差はないと友人に書き記している。

「経験できない客観的な価値」、「作品の本当に精神的な評価」、「それ自身のうちに根拠を持つ」客観的で即自的な存在としてのいっさいの真善美、これらは一時代前の、とてつもなくナイーブな理想主義にも聞こえるが、それほど簡単ではない。こうした思考は、ほぼ十年後に書かれたゲーテの『親和力』についての評論やバロック悲劇についての論稿の中でもっと熟した形で展開されていく。その点を少し検討してみよう。

『ドイツ悲劇の根源』(今後、時に略してバロック論もしくは『根源』ともいうことがある)の「認識批判的序説」では、理念(イデー)の実在について、理念と物との関係は星座と星との関係と同じであると言われている。個々の星という個別的な「現象」が問題なのではなく、メタ次元としての星々の〈関係〉こそが重要なのである。その関係の組み合わせに古代の人々はある図柄(例えばオリオン)を読み込んだわけであるが、だからといってその図柄が単なる脳髄の妄想や投影ではないとベンヤミンは考える。そうした図柄(コンフィギュレーション)は、「現象の客観的な解釈」(Ⅰ－1. 213f.)であり、それ自身として存在しているのである。「イデー」とは永遠のコンステレーション」である(Ⅰ－1. 215)。さらには、そうした「認識批判的」図柄として発見されるのを待っているのだ。あえて現象学の言葉を使えば「イデア的な存在」(Ⅰ－1. 216)なのである。したがって真理なるものもそうした「理念の組み合わされた志向性なき存在」である。「志向性」は現象学での意味ではなく、「志向性なき存在」とは、主体からの目的志向的な働きかけ、いわばなにかの利用を目指した行為とはいっさい無縁で、道具的利用の対象とはなり得ない存在ということである。

物(星)、理念、真理という三層構造については今は問わないが、そういう自存的な理念とその組み合わせの真理に対して我々の取るべきふさわしい態度は、それを見てみようとか、手中に収めようといった志向性にとらわれたあり方であってはならない。「認識によってなにかをめざすのではなく、真理の中へと消失していくことである。真理とは志向の死である」(Ⅰ－1. 216)。認識による暴露を通じて「秘密」を破壊した啓蒙主義や科学の力による〈脱魔術化〉の結果が真理なのではなく、「真理とは啓示なのである」(Ⅰ－1. 211)。そうしたいっさいの現象を越えた真理に対しては、あのザイスの弟子たちの寓話があてはまる。祭壇の像を覆っていた幕を外せば真理をとらえられると思って、覆いを取った本人がその瞬間に崩壊するというあの寓話である。真理とは主体の破壊と結びついた啓示として把握されている。他方でこの「認識批判的序説」では、次のようにも言われている。

いっさいの本質的な存在者は完璧な独立性と不可侵性のうちにある。現象から独立しているだけでなく、そうした本質的存在者は相互にも独立している。ちょうど天空に流れるハーモニーが相互に接触のない天体の運動によっているように、叡知的世界(mundus intelligibilis)の存在は、純粋な本質的存在のあいだの距離の解消不能性に依拠している。どの理念(イデー)もそれぞれ一個の太陽であり、相互の関係は太陽同士のそれと同じである。こうした本質的存在相互間に鳴り響く関係こそ真理なのである(I－1, 217f.)。

物(星)の間の関係を表すコンフィギュレーション(星座)が理念(イデー)としての純粋に本質的存在であるなら、そうした本質的存在同士の間から響き出すこれまた〈関係〉が真理だということであろう。もちろん、これは経験という神話などによって観取できるものではない。すぐわかるように、天体の音楽というピタゴラスの考えに依拠している面があるが、ライプニッツのモナド論の影響を見ることもできる。モナドとは相互に無関係な、それ自身のうちに全体を映す即自的な存在であった。だがまた、こうした理念——そのそれぞれは星に対する星座のように、関係によって構成されたコンフィギュレーションである——が、相互に無関係な、真や善や美として把握されるときには新カント派的な価値論も無視できない。新カント派、特にその支流である西南ドイツ学派では、そうした価値領域(Wertsphäre)は、いかに認識論が主観中心になろうと、厳然として妥当し(gelten)、存在すると考えられていた。ベンヤミンが高校生の頃にマクス・ヴェーバーは近代の分化(もしくは複雑化)についての彼の理論をこうした新カント派の志向にヒントを得て作り上げている。最後には、真なるものは善とも美とも無関係に、いや無関係だからこそ真であるという、ベンヤミンのことばで言えば「本質的存在の断絶」の議論をして第一次大戦後の悩める学生たちを驚かした(ヴェーバー『職業としての学問』)。実際にはヴェーバーの理論は社会の機能分化に関わっているが、考えの基礎だけ取れば、理念の非連続的で無関係なあり方(「完璧な独立性と不可侵性」)というベンヤミンの考え方と類似している。ベンヤミン自身も、フライブルクでリッカートの授業に出ていた。先ほどから引いている「認識批判的序説」にはこうある。「哲学における個別システムだけでなく、哲学の用語をすら規定している大きな分類区別、その中で最も一般的なものとしては、論理学、倫理学、そして美学が挙げられるが、そのような大きな区分は、専門分野の名称として意味があるだけでなく、むしろ、理念(イデー)の世界が非連続的な構造をしていることを思い起こさせる記念碑なのである」(I -1, 213)。理念(イデー)は存在する。しかも非連続的に。

「作品は行為と同じで導出することはできない」

だが、もう一つ重要なのは、先にあえて「イデア的な」という現象学の言葉を使ったが、現象学的思考である。ベンヤミンはバロック論の序説で引用を交えながらこう書いている。

こうした本質的存在相互間に鳴り響く関係こそ真理である。命名された本質的存在の数は有限である。というのは、不連続性ということが言えるのは、「本質的存在について なのである。本質的存在は、対象や対象の性質とは完全に異なった天空の下にある生を送る。そして、ある対象に偶然見出される……複合体を取り出してそのそれぞれに付加することによって本質的存在を弁証法的に強引に作り出すことはできない。本質的存在の数にはかぎりがあるのであり、そのひとつひとつの本質的存在は、その属する世界のそれぞれに定められた場所に見出されるのであり、その場所を探すのは大変な苦労を必要とするのである。……そして無事に遭遇するときもあれば、それらが現実に存在しているという希望が誤りであったことが明らかになることもあるのだ」。この不連続的な有限性に対する無知が、初期のロマン派のそれも含めて、理念論を復活させようとする精力的な試みを少なからず挫《くじ》いてきた。真理はその思弁において、その言語的な性格の代わりに内省的な意識という性格を帯びるようになってしまった(I－1, 218)。

ベンヤミンが引用している文は、『哲学および現象学研究』誌に載ったジャン・ヘーリング(またはフランス語読みならエーリング、一八九〇―一九六六。後にレヴィナスは彼のもとで博士号を取ることになる)の文章である。真も善も美も理念としてはめぐり会えるかどうかすらわからない、しかし厳然たる妥当性として現実に存在している。ロマン派的な主観の内省的意識への批判は明らかである。後に述べるが、ベンヤミンはロマン派の反省概念を手がかりに、少なくとも初期ロマン派は実は客観性の思考なのだ、という知的アクロバットを演じてみせる――通常ロマン派は主観への無限の内向として捉えられているだけに注目すべきアクロバットである。

『親和力論』でもこの問題が、文学研究方法論とも絡めて論じられているので、やや先取りだが、彼の考えをつかむヒントになるので触れておこう。このエッセイの第二章で彼は、文学作品の研究にあたって、作者の伝記や人生経験を拠りどころにする方法、いわゆる「人と作品」という論じ方を厳しく斥ける。それに対して、作者と作品の唯一「合理的な」関係は作品の与える証言の内にしかないとするベンヤミンは「作品は行為と同じで導出することはできない」、つまり作品以外のものに基づいた作品の「本質」の説明はありえないと論じる。大体が、作者の人生の倫理性などを我々が判断することは許されない、我々が生きている通常の社会生活、ベンヤミンが自然史的生活と呼ぶものの中で、善悪とか倫理とかいうことを論じるのがいかに馬鹿げているかは、生涯にわたってベンヤミンにとっては「常識」だった。そして女性関係をはじめ彼の多くの行動は、通常の「倫理」で論じられたらひとたまりもない――そういうことは、自然史的生活のなかで断罪しても仕方のないことと考えたからこそ、彼は無茶苦茶だったのかもしれないが。

彼の議論の仕組みを見てみよう。たしかに偉大な作品を書いた作者の実人生がそれなりに

「純粋」なことは間違いないが、そうはいっても、この偉大な作品とそれを生み出した純粋さは作者の人生のさまざまな要因のひとつでしかない。作品が作者の人生にどれだけの意味を持っているかすら我々にはわからないのだから。作者個人には純粋でない部分だっていくらでもある。実人生上のことについておよそ人間は判断する資格を持っていないのだ、と言いつつ、にもかかわらず、かりに作家の実人生の一部にでも真に意味のある内容があるなら、それは作品の中にこそ、そして作品の中にのみ認められるはずであると考える。こうした自我の多面性ないし複雑性の承認は、小市民的倫理判断の拒否でもある。

このように論じながら、本質と作者と人生を統一的に見るゲオルゲ派的な発想は、神話を描くことでしかないと糾弾する。オルフェウスであれ、ヘラクレスであれ、神話的英雄にあっては、神話の本質であるデーモンが人生を運命と化し、デーモンと運命と英雄の三者は一体である。ゲオルゲ派の文芸学者はこのモデルにしたがってゲーテの人生を神話化し、そのデモーニッシュな運命的性格から『親和力』という作品を解きあかそうとする。それゆえにゲーテの実人生に存在する道徳的に認められないさまざまな事件も、より高次の正当性を付与するかたちで切り抜ける。

それに対して実人生上の行為の道徳性などを論じることを断固拒否するベンヤミンは、そのような神話化は作品を「魔術的文書」にしてしまうだけであると見る。作品は決して天才の魔術によって生み出されたのでなく、作家は技術者と同じで「合理的な」作業をする人である、と。ついでに言えば芸術家を技術者と見るのは、初期から、晩年の共産主義的な芸術論まで一貫しており、詩人を「天才」とか民族の予言者といった存在として特別視することからは常に距離を取っていた。往々にしてそういう形容をされるヘルダーリンその人のテクストから、ただの日常のさめた技術者としての詩人という考えを、ロマン派論で導き出しているることは象徴的である(次章参照)。

〈作品の核〉とは、彼の愛する言葉のひとつで、ときに「本質」という名で、あるいは「理念」という名で呼ばれる。しかも、こうした「核」「理念」「本質」といっても、決して永遠普遍に実在していて、こちらの認識論的な態度さえよければいつでも手に入るというものでもない。その点は、先に述べたコンフィギュレーションでも同じである。たしかにそれらは、それ自身としていわば即自的に存在していて、発見されるのを待っているには違いない。だが、問題はその発見のされ方であり、発見にともないなにが起き、なにがどのように変容するかということである。その問題を考えるためにベンヤミンがよく使う形象は〈光〉であり、〈炎〉であり、〈燃焼〉であり、そして〈死〉や〈壊死〉や〈破壊〉である。

この事情は例えば、作家と作品の神話化の拒絶によってのみ「救済をもたらす実質内容の光の核(Lichtkern)」を見ることができるといった具合に表現される。あるいはバロック論では、「もろもろの理念の圏内に入ってきた覆いの幕が瞬間的に燃え上がることであり、作品の形式がその輝度の最高点に達するようなかたちでの作品の燃焼」(I－1. 211)などと言われている。だが作品の形式もしくは覆いの幕が、もしも燃え上がり、その炎の動くかたち、そこに一瞬だけ「生けるものの謎」(『親和力論』)が自存的な真理として現れ、作品の本質が見えてくるというなら、そこに待っているのは死である。「批評とは作品の壊死である」といった有名な表現もそこに由来しているのであろう。ザイスの弟子たちが幕を取り払うと祭壇そのものも一瞬のうちに燃え尽きるのだろうか。しかし、このあたりについては後にもっと詳しく述べよう。

作品の「真の内実」に、その「精神的な形式」に教師が立ち入る気がないことを批判するベンヤミンは、おおよそ上述のような考え方を模索していた。俗物教師たちが鼻先にぶらさげている教養なるものへのラディカルな「否《ナイン》」である。その「否」は自らの読書方法に支えられていた。とはいえ、国家が管理する教養材を伝達すればすむ公教育にそのような難しいことを求めるのは無理というものであり、そのためには、国家と社会の現存のあり方が根本的に変わらねばならないことになる……。

共同性においてのみ人間は真に孤独である

ところで、「〈経験〉」と題する、一九一三年十月の『出発』に載った先のエッセイには直接のきっかけがある。一九一三年は、ナポレオンをライプチヒ郊外の諸国民戦争で打ち破った「解放戦争」百年祭にあたる。祝祭行事のひとつに自然主義作家ハウプトマンによる「ドイツ式韻律による祝祭劇」のドレスデンでの上演があった。マクス・ラインハルトの演出によるこの人形劇は一般の期待に反して、解放戦争の将軍やドイツ軍国主義をさんざんに皮肉っていた。社会民主党の機関誌『前進』を讃えるフシもあった。「ドイツの魂に押す紋章は、お前の戦争好みではなく、そうだお前の〈前進！〉だ」などという発言が出てくる。そのため保守的な公衆、特に皇太子の抗議で上演中止に追い込まれてしまった。ドイツをけなせば社会的に葬られた時代である。ハウプトマンのこの作品に賛同するベンヤミンが、「政治的に硬直した世論に返答すべきである」（ベルモア宛の手紙、一九一三年六月二十三日付け）との確信に基づいて書いたのが、この「〈経験〉」であり、引き続く「ゲルハルト・ハウプトマンの祝劇について考えるところ」という文章である。ベンヤミンは、はじめから政治的反逆児だった。ちなみにこの経験論を、ハイデガーの「ヘーゲルの〈経験〉概念」や『真理と方法』のなかでガダマーが雄弁を駆使する解釈学的経験論と読み比べてみるといい。どちらがいいというのではない。そこには二十世紀の亀裂が浮かび上がるだろう。

青年運動に身をささげたベンヤミンのヴィジョンは、こうした惰性的経験ではなく、イデーと孤独と共同体についての新たな〈経験〉を求めたものであった。それについて彼が仲間の女性カーラ・ゼーリヒゾーンに宛てて書いた手紙は参考になる。運動の内部で、性急な政治的行動を求める派とあくまで文化運動に徹しようというグループとが争っていた頃である。青年運動が一人一人を市民社会の孤独から共同性へ導くとは必ずしもいえない、むしろ、ニーチェの言う孤独こそ必要なのだとベンヤミンは説きながら、次にこう書いている。

孤独へと導くのも理念（イデー）であり、理念（イデー）における共同性こそが孤独を導きうるのです。……私の信ずるところでは、共同性においてのみ、しかも信じる者たちの最も熱烈なる共同性においてのみ人間は真に孤独であり得ます。つまり、自我が理念(イデー)に対して立ち向かうような、それを通じて自分自身に到達し得るような孤独のうちにです。……孤独とは、理想的人間と彼の隣人との関係のことではありません。……そうではなく、最も深い孤独とは、理念(イデー)に対して理想的人間が持つ関係のことです。つまり、彼の人間的なありようを抹消する理念(イデー)に対する関係のことです。そしてこうしたより深い孤独を我々が期待し得るのは、完璧な共同体からのみなのです(一九一三年八月四日、発信地は南ドイツの保養地フロイデンシュタット)。

孤独な一人一人が理念に把えられることによってのみ結びついてこそ真の共同体なのである。さらに彼は論じる。青年が無垢などというのはまったくの誤りであり、認識を通じた使命により行動する者は当然罪を負う者であり、その贖罪を果たすためには「義務に全力で、熱烈に、盲目的に向かうこと」以外にない。したがって教育においても特定の道徳など教えることは不可能である。純粋な魂はどんなことがあっても自由な決断によって行動するのだ。そうした自由な少数者がそのときどきに作り上げる価値は、時代によって変わろうとも、もしも、我々には理解できない恩寵の恵みがあるならば、長期的に道徳なるものを変えて、つきしたがう者たちを「象徴的な共同体」へと編成していくのだ。「どんな人間も彼自身が精神の実現する場であることをほとんどの人が忘れてしまっています。……だが、魂こそは永遠に実現をめざして活動するものなのです」と。

「人間の中の精神の実現」というのは、最近では今なお国際的に有名な芸術運動家のヨーゼフ・ボイス(彼も青年運動の遥かな面影を保っている)を思わせるところがあるが、ベンヤミンのこうした議論の背景に新カント派的な純粋価値の思想があることは述べた。さらに言えば、理念(イデー)への従属なるものは、同じく新カント派の流れを汲むヴェーバーの「事柄に即するという意味での情熱、ザッヘへの情熱的献身、その事柄を司っている神ないしデーモンへの情熱的献身」(「職業としての政治」)と同質とも考えうる。ベンヤミンは別のところで「学問への危険に満ちた献身」(「学生の生活」)とも語っている。我々の「人間的なありよう」、この世での欲望や、社会的しがらみや自己保存の策略などをまったく無視するだけの力を持つ「事柄」である。アドルノはベンヤミンについて、「自分の生命を自己目的とせず、自分を自らの思想の道具とみなす」ようなところがあったと述べているが、ヴェーバーが、自らを駆り立てる学問のデーモンに自ら耐えることを語ったのと共通する。その忍耐的な献身のいわば「非合理性」を、その罪をあがなってくれるのは、ただひとつ、事柄から発する義務に――先の手紙の表現でいえば――「全力で、熱烈に、盲目的に向かう」ことだけである。ヴェーバーはそれを「日々の仕事」と呼んでいた。「自我が理念(イデー)に対して立ち向かうような、それを通じて自分自身に到達しうるような孤独」――そうしたいわば客観に奉仕する自我のみが共同体を作りうる、とベンヤミンは言うのだ。おつき合いは共同体とは無縁なのだ。

話は違うが、モダニズムを主観性と捉えるだけでは、不十分なことがこのあたりから読みとれるかもしれない。例えば、アドルノが現代音楽を、バウハウスの建築を、カンディンスキーの絵画を「材料に即した(materialgerecht)」「事柄に即した(sachgerecht)」と性格づけるときには、まさに個々の芸術家の個性など焼ききってしまう客観の力を述べている。モデルネとはむしろ客観への主観性の解消でもある。

排除しあう知の形態が出会うところ

だが、引用文にあるのは、そうした「事柄」の思想だけではない。背後にニーチェの存在があることはあまりにも明白である。純粋な意志に貫かれた魂である少数の指導者(それは「自由の象徴」とも言われる)の共同体が、多数者のために新たな価値を創造する。ということは、真の精神と無縁な人間にとってのみ、価値が生まれ、交代していくだけで、実際に純粋な少数者を支えている精神の力は永遠のいわばエンジンとして不変であるということだろう。ここには、青年運動がニーチェから読みとったある構えがある。

共同体というものが象徴的でしかなく、不必要な価値であることを感じている者たち、つまり、一人一人のメンバーが共同の倫理を持っている〈かのごとくに〉共同体を創建する者たち、こうした共同体の創始者たちにおいてのみ、共同倫理に関わる理念(イデー)が現実となるのです。彼らは自由だったのです。認識における〈かのように〉であるものが、行動においては絶対的なものとなっていたのです(同じくカーラ・ゼーリヒゾーン宛の手紙)。

ここには、その後ドイツの不幸となった「指導者(フューラー)」ヴィジョンがある。指導者の純粋性の前に理念(イデー)の内容、それがもつ客観的な力は消し飛ぶかに、少なくとも取り替え可能であるかに見える。指導者の純粋性に訴えることがもたらす価値相対主義やシニシズムという逆説は、青年運動の危険として、今も批判される。

だが、その危険はベンヤミンにあっては、彼の中で燃え続けるユダヤ教的思考という別の重しによって緊張の中の平衡状態に保たれている。「人間的なありようを抹消する理念(イデー)」(七九—八〇頁に引用した手紙)とは、まさにユダヤの神、この不可知なるものの激しい力、人を一瞬にして焼き尽くすその顕現を思わせる。約束(あるいは盟約 Bund)にもとづく共同体、そこに実現する真の共同の倫理について語られているのは、太古以来の盟約の箱(Bundeslade)、あのモーゼ五書(『トーラー』)を入れた箱への忠誠に生きる共同体の理念(イデー)があるからでもあろう。そこでは、自由意志を抱えた一人の人間が、善をなそうか、やはり悪の誘惑に負けてしまおうかなどと、めそめそ悩む人間像とはまったく違ったものがある。後でも触れるがベンヤミンと同じにユダヤ神秘主義から汲んでいるフランツ・ローゼンツヴァイクと同じに、「人間像」などというキリスト教的な考えそのものが抹消される。

しかも、そうした共同体のイデーが実現するかどうかはまったくわからない。自分を抹殺するような理念(イデー)との関係における真の孤独が実現する完璧な共同体――その実現は、人間の力を越えた「恩寵」に属すると断言されている。ベンヤミンの思想にとってユダヤ思想や神学が持つ意味は一九六〇年代以降ひっきりなしに議論されてきたが、その帰趨はどうなろうと、アメリカの研究者ヴォールファールトが述べているとおり、「彼にとってユダヤ的なものは自明であった」ことだけはまちがいない。(5) 後に彼は『親和力論』で人間同士が仲直りするような和解を蔑視して、「真の宥和にともなういっさいの破壊的なもの」という表現をしているが、それもこうした背景からである。

実際、真の宥和はただ神との宥和としてしか存在しない。真の宥和においては個々の人間が神と宥和し、ただこれを通じてのみ他の人間たちと和解(Aussöhnung)するのに対して、仮象的な宥和[例えば苦しむ、はかなく弱い主人公の清楚な美しさに見られるような]は、人間たちを互いに和解させ、ただこれを通じてのみ神との宥和に至ろうとする[空疎な]ことを特徴としている(『親和力論』 I－1, 135)。

この文章だけからユダヤ神秘主義を読みとるのは難しく見えるかもしれないが、このように背景を見れば、ここにもその影響を解きあかすことが可能である。

新カント派を経由した純粋に妥当する理念(イデー)という、これまたきわめて特殊なカント理解、そして純粋な少数者による精神的共同体を説いたとするニーチェ観、事柄へのある意味では非合理的な、そして徹底的に孤独な献身というヴェーバーを思わせる態度にこそ(知的)共同体の可能性を見る思考、そして明白なユダヤ的盟約の思想、先に触れた、理念(イデー）の非連続性をめぐる現象学者の議論をこれに加えてもいい――これらは通常の思想史ではまったく別の枠組みの議論である。なぜならば、新カント派こそ現象学によって克服された、十九世紀後期の微温的リベラリズムと単純な主客二元論であり、ニーチェこそは、ファシズムやドイツ人種主義の温床であって、ホロコーストの一因である以上、ユダヤ思想とは無縁であり、ヴェーバーは夢うつつの待望論をするゲオルゲ好きたちに向かって「映画館にでも行ったらいい」と罵倒して、青年運動に激しく対立したし、ユダヤ神秘主義は、青年運動のなかに潜む聖なるドイツへの夢と無関係どころか、シオンの丘を夢見る以上、むしろそれと対立するはずである――これが通常の見取り図である。ところが、先の文章などを見ると、ベンヤミンとその周辺では（ベンヤミンだけでないことは強調しておく必要がある）、カント、ニーチェ、ヴェーバー、ユダヤ神学、そして現象学というそれぞれ異質の、時には排除しあった知の形態がきわめて特異なかたちで出会い、発火しあい、ポテンシャルの高い思考を生み出し得たことがわかる。当時のベンヤミンは、ヴェーバーのことはそれほど知らなかったと思われるし、他の知的系譜への理解も乏しかった。にもかかわらず、時代の中で動いていることうしたさまざまな支脈によっていわば「考えさせられていた」というべきだろうか。

いっさいを盛り込んだ言葉「若い jung」

だが、話はそれにとどまらない。今、それぞれに排除しあうはずの知の形態と書いたが、よく考えてみると、相互に異質であるかのように見せているのは、二十世紀の悲惨と残虐を経た後の、現在の我々の思想的地図であって、当時の知的交渉の中では、そして本当は、今から見ても思想の事柄としては、実は必ずしも排除しあってばかりいるものでもない。例えば、ヴィネケン自身後に認めているように、彼の周辺にはユダヤ人の青年が非常に多かった。そのヴィネケン本人はカントを熱っぽくした理想主義者であり、同時にニーチェに心酔し、ギリシア的な男性同士のエロスという思想も継承していたし、最終的にはドイツ中心主義に墜落した。しかし、青年運動とユダヤ思想とは通い合えたのである。カント主義とユダヤ精神もそうで、新カント派にはコーエンのようなユダヤ人哲学者が多かった。また後に触れることもあろうが、「ユダヤ人哲学者たちのドイツ観念論」という論文でハーバーマスが言うとおり、もともとカント以来のドイツ観念論には、単にドイツ人カントとユダヤ人メンデルスゾーンの友情だけではなく、その自然哲学的側面においてもユダヤ精神との親縁性が強かった(6)。

さらに、ホロコーストの後では信じがたいが、ユダヤ知識人におけるニーチェの受容は——いまだ十分に究明されていないものの——広く深い。カール・レーヴィットの名前だけでも十分だろうが、念のためにつけ加えれば、例えば、後にイギリスで十八巻本の最初の英訳ニーチェ全集の刊行者となったオスカー・レヴィーもユダヤ系である。医者であった彼は、早くに反ユダヤ主義のドイツに見切りをつけ、イギリスに移住し、そこでニーチェを広める活動をしたのである。大電気会社の社長で第一次大戦後のドイツで外務大臣を務め、ついには暗殺されたヴァルター・ラーテナウも初期にはニーチェにかぶれていたし、ショーレムやローゼンツヴァイクも、本人たちの発言以上にニーチェに魅了されたフシがある。それ以上に、東方から来たユダヤ神秘主義のラビたちにもニーチェ主義者がいた。特にこの時期ベンヤミンが理論的に近いものを感じていた『精神の道』のアハド・ハアム（本名アシャー・ギンツベルク）などがそうである。そもそも一八九〇年代にニーチェをヨーロッパ中に広めるのに力のあったのは、デンマークの文学史家でユダヤ系のゲオルク・ブランデスだった。ニーチェを紹介した彼の論文「貴族的急進主義」は、言葉だけを取れば、青年運動の知的リーダーたちにも、ヴェーバーの学問態度にも形容句として適用可能である。

このように考えてみると、ヴェーバーの講演「職業としての学問」や「職業としての政治」は、なるほど青年運動への批判に満ちてもいるが、考えようによってはきわめて青年運動的でもある。真・善・美の絶対的分離をめぐる有名な議論にしても、社会生活や学問のそれぞれの分野が要求する「事柄」の理念性にしても、個人の名誉や栄達という所詮は偶然的でしかない、実利的な結果を顧みずに、「事柄」に運命的に導かれていく他に進みようがないという冷厳な認識にしても、ベンヤミン及び周辺の若いユダヤ知識人のカント主義と十分通いあうものがある。そして、ヴェーバーの上記の二講演にニーチェの影が色濃いことはいろいろな方面から指摘されている。ヴェーバーは、青年運動を批判したのではなく、青年運動の真の精神に照らして、その亜流である性急な政治的冒険主義者や空想家たちに批判を浴びせたのだ。

カントからはリベラルな啓蒙精神や道徳思想ではなく、純粋な妥当性と理念（イデー）の客観性を(ちなみにカントにおける理念(イデー)の客観性という通常のカント解釈と大分離れた理解は後期アドルノにまで綿々と引き継がれる)、ニーチェからは権力思想やディオニュソス的陶酔ではなく、精神的指導の純粋性という構えを、ヴェーバーに代表される学問観からは、西欧の合理性への問いよりも、事柄もしくは事象への忠誠、あるいは事象の前では消え去る個人という客観の重視を、ユダヤ教からは、典礼や日常生活の細かい取り決めや些末な教義解釈でなく、個を一瞬にして消し去る真理の力を、そして理念(イデー)との真の関係を持つ孤独な個人たちの盟約としての理想の共同体、しかも恩寵によってしか実現不可能な共同体という知的確信を得ていることが、以上で見て取れるかと思う。特に最後の点は、後にベンヤミンが高く評価するフランツ・ローゼンツヴァイクの『救済の星』(みすず書房)にもつながる。

　そして、これらいっさいを盛り込んだ言葉がベンヤミンとその仲間たちにとって「若い jung」もしくは「青春 Jugend」であったのだ。それは目的のための運動ではなく、「精神を待望する」ことであり、未知のエロスにおののく純粋精神の震えであった。

　若いということは、精神に仕えることよりも、むしろ、精神を待望することであり、さらには、どんな人間のうちにも、そしてもっとも遠い思想のうちにも精神を見いだすことなのです。重要なことは、ある特定の思考に自分を固定化してはならないということです。ヤング・カルチャーという思考ですら我々にとっては、遥か彼方の精神を光のなかに引き入れるための啓示の光(Erleuchtung)でしかありません。ところが、多くの人々にとっては、ヴィネケンや討論室の存在ですら「運動」しか意味していません。彼らはなにかに自分を決めたい人たちなのです。そして精神がより自由に、より抽象的に現れるときには、彼らは精神を見ることができないのです。純粋精神を感じるこの常に打ち震えるような感情こそ私が青春と呼びたいものなのです(カーラ・ゼーリヒゾーン宛、一九一三年九月十五日)。

なにかの運動へと自分を決めるのが一番つきあいきれない存在である。なぜなら、「神の国はここやあそこにあるのではなく、我々のうちにこそあるのだ」というキリストの言葉を考えれば、精神は誰のうちにも宿っていて、実現可能なのだから、とベンヤミンは熱っぽく論じている。理念(イデー)は人間を打ちのめす強烈な炎であるだけでなく、我々のうちにも潜在的に宿っていることになる。

ところで、この「理念(イデー)」や「共同体」を、現代の学問の言葉にどう翻訳するかは重要である。ベンヤミン研究全体が抱える困難はこの問題に一番はっきりしている。例えば、最近ではヘブライの思想とアメリカ・プラグマティズムに共通性を見る研究なども出ている。プラグマティズム再読の現在の代表者の一人パットナム(やはりユダヤ系)の民主主義的対話の理論などを手がかりにして、元々が聖書における真理の概念は、決して客観的存在としての事物とのミメーシス的関係、あるいは対応関係を要求しているのではなく、その意味では認識論的な考察の対象ではなく、他人との関係における対話的正しさを要求しているのだという議論が出はじめている。その際に引かれるのは、「神の国は我々のうちにある」という先のキリストの言葉である。「私」ではなく「我々」と複数形であることが味噌である。我々の間の関係のうちにこそ神の国はあるというのだ。ベンヤミンが手紙でキリストのこの言葉を引いていることは、まだこうした議論をする人々に「発見」されてはいないが、すでにハーバーマスは、三十年近く前に、「暴力批判論」のなかの「合意という純粋な手段」という表現を手がかりに、ベンヤミンがめざす「無傷の間主観性」を示唆している。コミュニケーション共同体を構想する点で、多少手前味噌の感がなくはないし、ベンヤミンの問題をこの次元だけに矮小化することは無理があるが、事柄を媒介にした理念的な共同性という初期ベンヤミンの思想は、それと無縁な我々の日常生活への、ということは、資本主義の現代への強烈な批判として、対話理論に引きつけて理解することもある程度まで可能である。

必要なのは「理念（イデー）で自己を満たすという原則」

その点で、雑誌『出発』と並んで今一つ重要な活動が「討論室」である。これは講演と討論の夕べの世話をする活動であった。高級住宅街ティーアガルテン地区の北のはずれ、労働者街のモアビト地区と接するあたりに一室を確保し、そこに、自由学校共同体や青年運動のメンバーが定期的に集まっては講演を聞き、討論することで、自由な討議の中で文化の革新をめざした。この「討論室」の運動もベルリンだけでなく、全国的に広がっていた。それに応じてベンヤミンもブレスラウやヴァイマールなど、青年運動関係のさまざまな会議に出かけ、教職を剥奪されながらもいぜんとして知的リーダーの位置を保っていたヴィネケンに仕えていた。

実はこの立派な部屋は医学生の友人エルンスト・ヨーエルと借りていた。十五年後に医者としてベンヤミンのハシッシュ体験を指導することになるヨーエルは、ブルジョア社会運動のメンバーだった。女性解放も含めて多くの成果をもたらしたこうした慈善運動は「お人好し」的で、理論的な先鋭さがないために、政党指導下の左翼運動からも、知的ラディカリズムを好む大学内の批判的論客からも絶えず馬鹿にされてきた。今では一定の成果があったことを認めざるを得ないが、やはりベンヤミンのような純粋な精神主義者からは毛嫌いされていた(VI, 476)。こうした運動は、もしも関わるなら、トルストイ的絶対的な博愛、ほとんど聖人のような活動を覚悟しなければならず、学生などしていられないはずなのに、余暇の活動で満足しているのは欺瞞だとベンヤミンは論じている。

「討論室」には、マルティン・ブーバーやルートヴィヒ・クラーゲスのような論客も招いたが、ベンヤミン自身も講演している。先に触れたように、一九一四年五月四日、ベンヤミン自身が会長に選ばれた自由学生連盟の設立総会をこの討論室で行ったときの記念講演が、本書の「プロローグ」の冒頭で触れた「学生の生活」である。進歩的歴史観とその幸福主義を瞬間や断絶の名において批判したことはすでに述べた。

大きく見ると、ベンヤミンがこの講演でドイツの大学や学生の現状に見ている問題は三つある。第一は、大学と職業選択との、つまり学問と有用性とのあまりに緊密な結びつきである。裏で糸を引いているのは国家である。「大学の法的基盤は文部大臣に体現されているが、その文部大臣の任命権は大学ではなく、君主にある。こうした法的組織のあり方は、学生の頭越しに……大学当局と国家の諸機関とのタイアップが半ば隠蔽されている事態なのである」。この認識は今となっては忘れ去られてしまった。ドイツの大学では当局の人事介入が可能であり、ドイツ統一にあたっても旧東ドイツ地区で上からの人事が大量に行われた。その意味では、「君主」の語さえはずせば今でも通用するこの認識を口にした人は昔も今もごく少数である。「二回目の青年運動」(ヘルムート・ゴルヴィッツァー)といえる、一九六〇年代後半の学生反乱時代には、当局の大学でしかないというこの認識は、再び共有された。ベンヤミンにしてみれば、大学はタイトルや資格を、要するに格差を国家の名において作り出す場に成り下がっていて、「認識する者たちの共同体」とはなっていない。学生は没批判的で、精神的統一体を生み出していない、のである。

第二は、「青春時代」というのが、職業に就き、家庭を持ち、子供を作り育てる社会人の生活までの過渡期であると考えられているため、放歌高吟の学生団体の似非《えせ》ロマンチシズムと、その後の人生をにらんでのきわめて因襲にとらわれたエロスがあたりまえのようになっている。歴史的に見ても、エロスに導かれた精神的創造と生殖との関係をうまく結合させた時代はなかった。ギリシアでは精神的創造が重視されたため、女性と子供の存在が軽んじられ、結局は古代世界の崩壊につながったし、キリスト教では、精神的エロスと生殖の性という両者が別物としてそれぞれの重要性が認められることがなかった。現代の我々も女子学生を美化するだけで、結局は〈エロスの中性化〉をしており、そのために、売春制度を利用している。性の約束事があまりに定められている事態に学生はもっと目を向けて、「売春というひどい冒瀆的で索漠としたものを、純潔への勧告によって押さえ込もうとしているのは、実は、もっと美しい自分のエロスに目を向ける勇気がないからであることを告白すべきである」と述べている。売春に対するベンヤミンの態度は、既成の市民道徳による単純な非難では決してなく、両義的なところがあるが、ここでは、売春を批判してただ「まじめ」なだけなのは、話にならない、というのである。

第三は、すでに触れたが、労働者との連帯や社会福祉活動に血道を上げる学生たちへの強烈な批判である。彼らは大学と社会とのあいだの亀裂を大学内部で再生産しているにすぎず、奉仕に潜むエゴイズムは結局のところ国家に役立つだけである。彼らはリベラルな新聞・雑誌の水準を越えていない。また多少とも機械的な忠実さで福祉活動はできるかもしれないが、それでも本当のところ必要な「愛の態度」を取ることはできやしない。学生はそのための存在ではない。「平均的人間による社会活動は、通常の場合、内的人間の根源的で、自発的な衝迫を排除するだけである」とのちのハイデガーを思わせる文章を記しながら、むしろ、学生が本当に創造的な役割を果たすのは、「学問においてよりも芸術や社会生活において早く現れる新しい考え方を、哲学的態度を通じて学問的問いへと移しかえる〈大いなる変圧器〉としてなのである」と結論づける。学問の尊大さを戒めるとともに、一定の批判的意義を与えている。時代の匂いを先取りして学問的問いへと変換するのが青春に生きる学問の役割であるとする、この文章は今でも通じる考え方であろう。

こうした現状診断に対して、彼は、大学が「常なる精神的革命の場」となることを要求する。必要なのは、「理念(イデー)で自己を満たすという原則」であり、個人的動機によらない学問であり、たとえ二人だけの友情であっても――カーラへの手紙にもあったように――仲間うちとは無縁の、人類の普遍性につながる共同性である。実はこの演説は、自由学生連盟ですら、彼の理念(イデー)と離れていることへの遠回しの批判であった。

拒否・孤立・失望

このような「政治的実践」のラディカルな拒否は、次第に政治化する現実の青年運動への最初は内的な、やがてはっきりとした否定的態度につながる。その点で触れねばならないのは、前年の一九一三年十月十一日と十二日にカッセル近くの丘陵地帯ホーエマイスナーで催された、全ドイツの青年運動関係者の、歴史に残る野外大会である。学校での抑圧に見られる、親の世代の欺瞞的リベラリズムと教養主義を批判して、新たな文化を求めるユーゲントの初の全国大会であり、世論の大きな注目を浴びた。もともとが、ナポレオン打倒百周年を、官製の式典に対抗して別のかたちで祝うのがきっかけだった。この大会については、今でも語り継がれている。ここでは、戦闘的ナショナリズムと平和主義が、過激な自由主義と反ユダヤ主義が、政治的左翼と内面性の強調が、アクショニズムと精神性が奇妙なかたちで、つまり、その後の政治的地図とは無縁なかたちで混じりあい、重なりあい、ねじれて対立しあっていた。参加者には後にヒトラーの御用彫刻家となるアルノー・ブレーカーもいたのは典型的である。

この集会でも、絶対的な精神性と孤独を重視するベンヤミンたちの自由学校運動のサークルは、なんらかの綱領に基づく具体的な政治路線を求めるいくつかの強力なグループにとりまかれて、孤立していった。大体、この集会は既成文化への反対を唱えながら、組織という点ではその後の政党動員と大差がない。『出発』誌にも早くから広告が載り、参加希望者は、特別に設定されたドイツ銀行の口座に参加費を期日までに払い込むことになっていた。また大きな都市からはそのための特別列車もチャーターされた。日本の年号に直せば、大正二年のことである。当時の日本では考えられない若者の組織度である。集会の最中も野外炊事や片づけ、フォークダンス、議論などの時間が中央の指導部によってこまかく決められていた。内面性の個人主義者ベンヤミンが好むはずがない。地方紙に載った彼の批評「ユーゲントは沈黙していた」(II-1, 166-167)は厳しくこの事態を見ている。

全ドイツの青年運動関係者が開いた初の野外大会
(1913年10月11,12日)

この記事でベンヤミンは、種々の社会的勢力が青少年を味方につけようとして祝辞を寄せたうえに、青年運動グッズやデューラー関係の通信販売で儲けていたドイツ主義者アヴェナリウスが愚にもつかない演説をしたことを許していない。ユーゲントは自分たちの真の敵をつかまえて批判することができなかった、と結論する。「経験、成熟、権威、理性、大人の善意――こういった強力なイデオロギーをユーゲントは見抜くことができなかったし、したがって潰すことができなかった」。この世の具体的な動きに関わらない絶対の距離という非政治性こそが、つまり「なんにもしないこと」が批判と革新の根拠であるとするラディカルな立場に立つ以上、青年運動からの訣別は少しずつ用意されていた。

そして一九一四年八月に第一次世界大戦が勃発する。総動員令が発動されるとともに、『出発』誌や「討論室」の活動とその理想主義が一気に崩壊する。もちろんヨーロッパ全体がナショナリズムの炎に包まれて破局への坂道を駆け下る。フランスでもドビュッシーが「フランスの作曲家ドビュッシー」とサインしていた。ドイツも全国民が、ユダヤ系ドイツ市民も含めて「大いなる時の到来」に酔った。ユダヤ人にとっては、ドイツへの忠誠を示す絶好の機会であった。事実、多くのユダヤ人青年が最前線で「活躍」し、後に作家になったユダヤ人ツックマイヤーなどは、よほどの軍功にしか与えられない功労騎士勲章を受けている。だが、ベンヤミンとその仲間のベルリンの最上層のユダヤ人子弟たちは、「指導者」や「共同体」を語っても、ナショナリズムとも、戦争という名の国家による組織的殺人ともはじめから無縁だった。彼らの失望感は、大きかった。

その失望は八月八日に大事件となって表面化する。ベンヤミンの親友でその後も彼がただ一人「詩人」として認めていた美少年のフリッツ・ハインレが恋人のユダヤ系女性リカ・ゼーリヒゾーンと、討論室で自殺してしまったのである。「討論室に来れば我々が死んでいるのがわかるよ」という手紙で駆けつけたときはもう遅かった。

死を選んだ二人は、青年運動の理想が開戦気分のなかで泡のように消えてしまい、青春の精神の炎が別の炎に、砲火と硝煙に変じていくことに落胆したのだろう。ベンヤミンはこの友人の表情が、その笑いが、喧嘩してもわだかまりを一気に消してくれる微笑と謙虚さが単純に好きだった。ともにヘルダーリンとゲオルゲを読み、論じあった美男の友人とのあいだには、昇華のきわみへと純化されたエロスが生きていた。発行者のプフェンフェルトに対抗して『出発』編集部を乗っ取ろうとした、小さいとはいえ、文学史にも残るクーデターのときには一緒に戦ったこともある。

死んだ未婚のふたりを同じ墓に葬ってあげることすら法律のせいでできず、沈み込んだ友人たちは、せめて葬儀が終わるまで皆で一緒にいようと、いかがわしいシュトゥットガルト広場の安宿に泊まることしかできなかった。あたりには開戦の祝賀気分の大騒ぎが満ちていた。翌年にはゼーリヒゾーン三姉妹の今一人トラウテも自殺し、またベルリン青年運動の幹部たちもあるいは戦争、あるいはドイツ脱出と散りぢりになっていく。

抗議・絶縁・訣別

その上、かつて師と仰いで絶対の帰依をしていたヴィネケンが、開戦と前後してドイツ国粋主義を吹聴しはじめた。ホーエマイスナーでは戦争反対の演説をしていたのに、なんという変節であろうか。全ドイツが沸き立っていたなかで、ヴィネケンに抗議の手紙を書いて激しいやりとりを交わしたのは、ベンヤミンの友人のハンス・ライヘンバッハ（同じくユダヤ系）であった。ライヘンバッハは後にアメリカで科学哲学者として活躍し、日系二世の人類学者のハルミ・ベフなども習うことになる。二人の論争を受けてベンヤミンが、一九一五年三月九日付けでヴィネケンに発した絶縁の手紙の封印は自らの青春への封印となった。

いかなる留保もなく完全にあなたとの絶交を宣言する以下の文章を、あなたに対する忠誠の最後の証明として、そしてそれだけのものとして受け取ってください。忠誠というのは、戦争とユーゲントについてあのようなことを書いた人には一言も話したくないからで、にもかかわらず、私を最初に精神の生活へと導いてくれた人であることを今まではっきりと言えなかったそのあなたに話しかけたいからです。……あなたのなかのテオリア［観取する能力］は盲目となり、あなたは、あなたの弟子たちを愛している女性たちに恐ろしくも忌まわしい裏切りを犯し、国家はあなたからすべてを奪ったのに［ヴィネケンは教職を剝奪されていた］、その国家にあなたは青年たちを生け贄に捧げてしまったのです。だがユーゲントは、彼らを愛する人々、彼らのうちの理念（イデー）をすべてに先んじて愛する、観取能力のある理論の人々のものなのです。

ベンヤミンは開戦後しばらくして、青年運動とのいっさいの関係を友人との交際も含めて、絶ってしまった。この変身はよほど唐突だったようで、かつて『出発』にエロスの解放を求める激しい文章を書いた友人へアバート・ベルモア——後にカーラ・ゼーリヒゾーンと結婚した——などは、六十年以上経った一九七七年になっても、身勝手さを批判している。

結局のところヴァルターは人間のことをなにもわかっていなかった。彼は理念(イデー)の中で生きていた。そしてその理念(イデー)は多くの場合間違っていた。長い年月を経た現在でも私は、青春時代の友人との彼の絶縁を許せない。彼の人生に固有の馬鹿さ加減のひとつである心の冷たさを別にしても。(7)

こうしたことはよくあって、ベンヤミンは、とてつもなく知的かつ精神的でありながら、日常の行動においては判断が悪いばかりでなく、女性関係に限らないそのエゴイズムと身勝手さは、彼を天才と認める多くの人でも神経にさわったようだ。崇拝していた友人ハインレの詩も、安っぽい韻の踏み方ひとつをみればわかるように、思春期後期のあらゆる愚劣な特徴を示しているのに、それを最高の作品として長くほめちぎり、後には、あろうことかハイデルベルクのマクス・ヴェーバーの未亡人マリアンネのサロンで彼について講演し、顰蹙《ひんしゅく》を買っている。友人の死を乗り越えて青春と訣別しながら、青春の理想を保ち続けたさまを見ると、開いた口がふさがらない、とベルモアは述べている。

ベンヤミン本人はといえば、後に振り返って自己批判をしてはいるものの、彼の「青春」を支えていた「精神の炎」の考え方から訣別するには相当に時間がかかった。そして訣別後も、批評についての理論のように、青春の記憶をさらに精神の燃焼炉にかけ、その核を結晶させ取り出す作業は続けていた。その結実こそ、「学生の生活」の冒頭とも奇妙な暗合を見せる遺稿「歴史の概念について」である。だが、まずは自己批判に戻ろう。

時の断絶を思い起こさせる〈場所の記憶〉

十五年後の一九二八年末に新しい自主的教育の希望をはらませて書いた「プロレタリア児童劇場の綱領」(II-2, 763)という小文でベンヤミンは、ブルジョア社会に対する青年運動の戦いは妥協的にすぎたと述べている。青春のエネルギーを直接的に政治活動へ向けるわけにいかないこの社会で、変革を試みるのはひどい矛盾であることを認識していなかった、と。「青年文化は青春の感激を、自己自身についての観念論的な反省を通じて骨抜きにしてしまった。それによってドイツ観念論の形式的イデオロギーに代えて、気づかぬうちに市民階級の内容を入れ込んだのである」(II-2, 768)。用語から分かるが、ベルモアの言うとおり、青春の理想はまだまだ放棄されていない。それが、上層ブルジョアジーの子弟として、労働者からも一般市民からもかけ離れた場で生きていたためであると、はっきり述べているのは、亡命時代の「ベルリン年代記」である。

そのころわたしたちは、都会そのものには手を触れないで、その中の学校だけを改革し、生徒の親たちの非人間性だけを打ち破り、ヘルダーリンやゲオルゲの言葉だけをその中に位置づけうると信じていた。それは、人間の状況を攻撃せずに人間の態度を変革しようとするぎりぎりのヒロイックな試みだった。……当時ブルジョア・インテリたちの集会は現在よりもはるかに頻繁に開かれていた。それは彼らが自分たちの限界を認識していなかったからだ。しかしわたしたちは、この限界を感じていたと言っていい。むろん、悪しき学校や家庭を必要としている国家を粉砕しなければ、学校と親の家を改革できないという認識が熟するまでには、なおかなりの年月が過ぎねばならなかったが(VI. 478f.)。

金持ちのお坊っちゃんたちの文化改革運動になにができたというのか、ということである。もちろん、実際にはうすうすと嫌な予感が走っていた。酒場で文学論を交わすときにも「サービスをするボーイたちの目から片時も安全ではなかった」し、「ガールフレンドが部屋に遊びに来ても、部屋のドアを閉めることができなかった」(同)市民的な行儀の良さにも、自分たちの限界がすでに感じられていた、と思い起こされている。

このあたりから問題はまた追憶をめぐることになる。ベンヤミンは、こうした二十年後の自己認識を都会の記憶として、見かけは安定しながらも危機に立っていた都会ベルリンへの、次の危機の中からの記憶として青年運動を回顧する。二十年後のファシズムによる危機の中の外国で思い出す、安定の中に危機をはらませていたブルジョア的ベルリン。当事者たちにはうすうすと感じられながらも、認識されなかった危機。またしても記憶が場所と結びつく。「討論室」のトポグラフィーを描いた文章はこうである。

今日になって、……モアビトのプロレタリア地区との境界であるラントヴェーア運河の眠ったような水の流れや、ベルビュー御苑の人気のない華麗な木々、グローサー・シュテルン広場の車道の脇を飾る言いようもなく通俗的な狩猟の群像［すべて帝都の威容を象徴する］などを思い起こしてみると、当時わたしたちが偶然に居を構えたこの場所は、今日から見れば、ブルジョア的ベルリンの最後の真のエリートが占める歴史的位置を最も厳密に表現していた。彼らは、彼らの宿がラントヴェーア運河の急な斜面に近かったように、大戦の深淵に臨んでいた。彼らは、配当で食べている人たちが住むこの地区の家々がモアビトの家々と断絶していたのと同じように、プロレタリアの青年たちからはっきり断絶していた。そして、彼らは、あの高級マンション街の住人たちが、うるさい要求を掲げる無産者たちの影をさまざまの博愛主義的な儀式によって追い払うことのできた最後の人々であったように、彼らの種族の末裔だった。それにもかかわらず——あるいはまさにそのゆえに——その後ベルリンという都会そのものが、あの時期ほど強烈に私の心奥に深く入り込んだ時代はなかったことだけはたしかである(同)。

絶対普遍の理念(イデー)に生きる共同体の思想への思い出が、断絶の思い出となっている。

断絶の思い出とは、ベルリン内部に走っていた社会階級の断層線の思い出であり、なによりもそうしたすべての舞台となったベルリンのヴェステン地区を思い起こす亡命生活から見た過去との断絶への思い出である。場所の記憶の中では、友人や知己は影が薄くなってしまう、とベンヤミンはなんどか述べている。人よりも場所の方が記憶では重要なのである。内部に断絶と危機を宿した場所があり、その断絶と危機の場所が、第一次大戦でそうしたいっさいが消失し、さらにヴァイマール期を経てナチス政権成立後の一九三〇年代から見た過去との断絶感のなかで思い起こされている。

〈場所の記憶〉と〈記憶の場所〉の弁証法を成り立たせているのは、過去の危機と現在の危機の時間的・歴史的な断絶である。ところが断絶がある以上、本当は思い出されるものは、オリジナルの事件や経験ではなく、思い出の中の「歪んだ」イメージでしかない。ちょうど無意識から編み出される表象が、無意識のなかの「元来の」状態と比べれば「歪んで」別の姿を取らざるを得ず、無意識のオリジナルではどうであったかは意味のない問いとなるように。

実は、ここにはベンヤミンのフロイト研究が背景にあるのだが、それは今は問わない。むしろ、飛躍するようだが、同じようなことはどうもベンヤミンの理念(イデー)についても言えるのではないだろうか、と考えてみたい。もちろん、この理念(イデー)は神の顕現の一形態であるように見えることもある。あるいは、『ドイツ・ロマン主義における芸術批評の概念』を経てからの『親和力論』では、理念(イデー)は、作品の「真理内実」として「希望」であるかのように見えることもある。

しかし、先取りになるがベンヤミンは理念(イデー)を神とは呼ばないし、『親和力』の真理内実について語りながらも、それがなんであるかを別の言葉で言い換えることは周到に避けている。まさにそれこそポイントなのである。理念(イデー)とはなんであるかについてベンヤミンは語ることがない。ましてや真理についてはなおさら描こうとしない。いや理念(イデー)という名称すら理念(イデー)の思い出でしかないのではなかろうか、と考えられるほどである。理念(イデー)という概念自身が自己との断絶を宿していると言ってもいい。場所の記憶は記憶する場所との反照関係をもとに、時の断絶を思い起こさせる。記憶の対象は本当のところは時の断絶かもしれない(これについては、本書最終節の第八章第四節参照)。

前に引いたベルリン郊外のブラウハウスベルクについての文章や写真スタジオでの自分からの歪みについての文章もその問題を扱っていた。なんらかの実際に存在しなかったものが、つまりほとんど理念(イデー)が、あるいは理念(イデー)との断絶が、都会という場所を通じて、あるいは幼年時代の経験を通じて思い出されている。理念(イデー)も理念(イデー)との断絶もプルースト論の表現をもう一度使うなら「思い出すことによって初めて見るイメージ」であり、「思い出す前は見たことのないもの」なのである。

注

(1) ルートヴィヒ・シュトラウス宛の手紙(一九一三年一月七日〜九日)。
(2) Marcuse, Ludwig. *Mein Zwanzigstes Jahrhundert*, Zürich 1975, S. 16.

（3）Löwith, Karl, *Mein Leben in Deutschland vor und nach 1933, ein Bericht*, Stuttgart 2007, S. 7.

（4）Marcuse, a. a. O., S. 27.

（5）Wohlfarth, Irving, "On the Messianic Structure of Walter Benjamin's Last Reflections", in *Glyph: Johns Hopkins Textual Studies 3*, Baltimore: Johns Hopkins University Press, 1978, pp. 148–212.

（6）Habermas, Jürgen, Der deutsche Idealismus der jüdischen Philosophen, in: Habermas, *Philosophisch-politische Profile*, Frankfurt 1987, S. 39–64. 拙訳が『現代思想』一九九二年十二月号（ベンヤミン生誕百周年記念号）にある。

（7）Belmore, H. W., Brief an Scholem vom 25. 3. 1977. Nachlaß Scholem, zit. in: Puttnies, Hans, Smith, Gary (hg.), *Benjaminiana*, Giessen 1991, S. 17.

第三章　言語と神学への沈潜

もし自分の哲学ができあがれば、それはなんらかのかたちでユダヤ精神の哲学となるでしょう。

（ショーレムによるベンヤミンの言葉の引用[1]）

1　言語神秘主義の継承

右から左に首を振る神

青年運動からの訣別は、一九一五年秋に、婚約者グレーテ・ラート（ベンヤミンは一九一三年に友人フリッツ・ラートの妹のグレーテと婚約していた）のいるミュンヘン大学に転じて、いっそうはっきりした。フライブルクやベルリンの学生生活でもそうだったが、ミュンヘンでも大学の授業にはいちども真の関心を抱くことがなかった。ベルリン時代にジンメルに多少とも敬意を感じたが、それもジンメルから大きな影響を受けたブロッホやルカーチに比べると挿話にすぎない。フライブルクでのリッカートの授業は、彼に入れあげていたルートヴィヒ・マルクーゼとは反対に退屈でしかなかった。ミュンヘン大学にも現象学のガイガーや芸術学の巨匠ヴェルフリンがいたが、彼らへの罵倒や不平を手紙に書くだけだった。総じて彼は、教師から決定的な影響を受ける田舎者の哲学者の伝統とは無縁だった。なんとか学派だとか、誰々の学統につながるといった考え方の連中は、政治的に「自分を決めてしまう」人々と同じだった。もっとも読書を通じてのベンヤミンは公平で、例えば、ジンメルのゲーテ論を読んで、自分のバロック論のタイトルの「根源 Ursprung」が、ゲーテの「原現象 Urphänomen」を自然から歴史へ転用したものであることを知ったと認めたりもしている。

比較的熱心に出たのは、アステカ文明を扱った人類学のヴァルター・レーマン教授の授業。少数の出席者のこのゼミでベンヤミンは、神話と言語、宗教と祭儀についての関心を満たせた。『親和力論』に、死ぬオッティーリエについて、犠牲は清らかでなければならないことを論じるくだりがあるが、人類学的な議論から学んだ感がある。そのほか、例えば、パリ時代のバタイユやカイヨワとの交流（いわゆる聖社会学）の背景にもなっているが、『一方通行路』にはもっとはっきりした痕跡がある。タイトルは「メキシコからのメッセージ」。

研究調査団の一員としてメキシコに来ている夢を見た。高い樹木の茂る原始林を横断して山腹の高い場所で、網の目のようにつながっている巨大な洞穴に迷い込んだ。そこには最初の宣教師の時代から今日まで続いている修道会があった。修道士たちは今なお原住民に対する伝道を続けているのだ。中央の、巨大なゴシックふうの尖った天井の洞窟で、最初の頃からの儀礼にしたがって礼拝が行われていた。我々も集会に加わった。そして、礼拝の中心部分を見ることができた。洞窟の壁の上の方の高いところに据え付けられている父なる神の木製の胸像に向かって司祭がメキシコのおまじないの道具を差し出した。ところがそのとき神は右から左に三回首を振って拒否のしぐさをした(Ⅳ－1. 91)。

土着宗教と融合したおどろおどろしい呪物儀礼。しかも、それを拒否して右から左に首を振る神の像。「右」と「左」には政治的含みがある。ベンヤミンはのちにも(一九三〇年)、北の海のかもめの群れが天空に描く形態を船から見て「左側はまだこれから謎を解かなければならない。私の運命は左からのちょっとした動きにかかっている。右側はもう大昔になってしまった……」(『思考のイメージ』「かもめ」Ⅳ－1. 386)と書いている。ここには、ベルリンの豪邸街のマンションの入り口を飾るギリシアの神々に感じたあのプログラム、神話のエネルギーを、神話的暴力の象徴が左に向かって頭を振り、捧げ物を拒否する。ここには、伝道と土着宗教という神単純な啓蒙のように葬ったりせず、いやどのみち葬ることのできないものに無理して蓋をかけたりせずに、合理的な共同性のエネルギーに組み替えようというプログラムの土俗版がある。そのプログラムの実現可能性は「左」にしかないのだ。

ゼミには四十歳近い詩人リルケが出ていた。リルケとの知己は、後に翻訳を紹介してもらうメリットになったが、なによりも一九三九年開戦直後のフランスで役にたった。敵性外国人として収容所に入れられたとき、フランスで人気のあるリルケとの個人的知己を弁明書に書けたことも、ペン・クラブの助力で釈放されるのに役だった。それを除けば、リルケへの評価は低かった。典型的なユーゲントシュティール、甘い詩句と思い入れたっぷりの田舎香水的な匂いはベンヤミンの理知にはたまらなかった。貧困の内にも聖なる輝きが見えるなどという、アッシジの聖フランシスコを歌った詩句がリルケにあるが、そういうものに対して『一方通行路』のなかで暗々裡に批判している。「貧困が彼の民族と家の上に巨大な影のように覆いかぶさるとき、貧困を受け入れては絶対駄目だ。そういうときは、自分たちの蒙る屈辱に対して感覚を研ぎ澄まさねばならぬ。……貧困は反抗の上り坂にならねばならない」(「ドイツのインフレーションのなかを旅する」Ⅳ-1, 97)。彼は、ハイネのように具体的な状況に左翼的言辞で参画するのも評価しなかったが、ブレヒトが後に「消耗しきったブルジョアジーの感受性に富んだ部分、これら静謐《せいひつ》で、繊細で、夢見心地の人々」(「四百人の叙情詩人についての短報[2]」)に数え入れたリルケのように、人工甘味料を溶かし込むのはもっと空疎と見ていた。

バベルの塔を上から作る

政治的行動からの距離では、シオニズムに対する態度が最も徹底している。この事情は、彼の理解するユダヤ精神、そして彼の思想の核心となる言語観を浮き彫りにしてくれる。

一八九七年バーゼルで東西ヨーロッパや新大陸のユダヤ人代表者がパレスチナ「帰還」を宣言して発足したシオニズムの運動は、多くのユダヤ人の共感を呼んだ。だがユダヤ人の中にも反対者が多かったことも忘れてはならない(ちなみにミュンヘンのユダヤ人協会は反対で、そのために第一回会議の場所もミュンヘンからバーゼルに移された)。主導者のヘルツルの肖像画はいまでもイスラエルの国会を飾るが、彼らの国民国家願望は、ヨーロッパのナショナリズムの継承でしかなかった。戦後ハンナ・アーレントが批判するとおり、帰還を望んだパレスチナには、そこに住んでいる人々の生活があることを無視していた。ヘルツルは、パレスチナ国家建設後の公式言語はドイツ語、主導的文化はドイツ文化と当然視するほど根っからのドイツ好きだった。ヴァーグナーを愛し、翌年の会議では開会式に「タンホイザー序曲」が演奏されたほど。アウシュヴィッツの後の現在では愕然とするが……。

ベンヤミンが、シオニズムを「可能性として、ひょっとしたら義務として」(ベルモア宛、一九一二年八月十二日)考えはじめたのは、一九一二年二十歳の夏のこと。休暇中バルト海の保養地で知り合ったクルト・トゥーフラーらともこの問題を議論していたし、後にマルティン・ブーバーの娘婿となる学友ルートヴィヒ・シュトラウスとも頻繁にやりとりがなされた。皆、上流の子弟で青年運動の活動家だった。やがて加わるのが、ゲルハルト(ゲルショム)・ショーレム。一九一五年春に、クルト・ヒラーという左翼活動家の講演会の後の議論で知り合ったのをきっかけに、生涯にわたる友情が始まる。ともに徹底してヒラーを批判した二人は、戦争に対する拒否と、現下の政治情勢全般に対するラディカルな批判とで意見が一致した。ユダヤ人青年運動で活動していたショーレムは、後にパレスチナに移住するが、いわゆるシオニストではなかった。

この頃から反ユダヤ主義の風潮が強まる中で、親の世代たちのリベラルなドイツ教養主義への同化が空しい試みに見えていた一九一二年、モーリッツ・ゴルトシュタイン(一八八〇—一九七七)というそれまで無名のユダヤ人評論家が『芸術展望台』という雑誌に書いた記事がユダヤ人社会にセンセーションを巻き起こした。彼は、ユダヤ人がどんなにドイツ文化に貢献してもドイツ人からはいつまでもアジア系もしくはよそ者扱いされる状況を厳しく見つめるべきであると主張する。「ドイツに対する我々の関係は片思いのそれでしかない」と。マイノリティもマジョリティもアイデンティティに焦っていた。

ゴルトシュタイン論争についてベンヤミンは、シュトラウスへの手紙で、言語表現からシオニズムに行く道があるとは思わないし、我々がすべきは「ドイツ語によるユダヤ的精神生活」であると述べている。またしても「精神」。大体が東方ユダヤ人と西方ユダヤ人の自分たちとはまったく違うので、ユダヤ人であるという「自然的なもの」に依拠するのは不可能で、自分の立場は文書・言語・文学にもとづく「国際主義」であると宣言している。「物書きユダヤ人(Literatur-Jude)」だけが残るのだ、とも。シオニズムの運動に参加している人間を非難する気はないが、それはユダヤ精神とは無縁である、という趣旨を述べた後、次のように書いている。

私が決定的な精神的体験をしたのは、ユダヤ文化を知る前のことでした。……宗教としてユダヤ教は無縁でしたし、ナショナルな存在としてもユダヤ世界のことは知りませんでした。決定的だったのは、一年と四分の三年ほどいた田園教育舎で、後に自由学校共同体ヴィッカースドルフを作ったヴィネケン博士に出会ったことです。……そこでこの理念(イデー)に忠誠を守ったのは、ほとんどがユダヤ人でした(シュトラウス宛、一九一二年十月十日)。

ヴィネケンによってユダヤ精神を発見したというわけである。しかも彼の理念(イデー)を継承したのはほとんどがユダヤ人だったということは驚くべきことである。続けて彼は、自分が認めるのは、精神のシオニズムだけであって、具体的な政治プログラムの中ではどちらかと言えば左翼側であることは認めるが、「私のリベラルな文化基盤から言えば、政治的シオニズムははっきり拒否せざるを得ません」と断言し、次のような意味深長な言葉で手紙を終えている。

実り豊かな文化的ユダヤ主義とは、バベルの塔を逆向きに建設することです。つまり、聖書に出てくる「ユダヤ人以外の」諸民族は、石をひとつひとつ積み上げていったけれど、精神において望んでいた、天にまで届く塔は成りませんでした。それに対してユダヤ人は理念(イデー)を建築用の石のように使うのです。そのため根源には、つまり物質には決して到達できないのです。ユダヤ人は上の方から作っていって、地面にまで届くことはできないのです。

はじめから現実になにかを実現しようなどと考えない。作業は現実とは無縁の空中、上の方、精神の世界で行うし、それでいいというのである。バベルの塔を上から作る――いかにもベンヤミンらしい表現である。

ベンヤミンが一番思想的に近かったのは、『救済の星』を書いたローゼンツヴァイクかもしれない。ユダヤ人の彼はキリスト教への改宗も考えたほどだが、最終的にはヘブライの神の絶対的な「真理の啓示」と愛の力を信じていた。激しく人間を打ちのめすこの絶対の真理の前には、善悪の選択などというキリスト教的近代の発想はない。そしてこの真理に生きるユダヤ民族は、国境にも、共通の文化にも、共通の言語にも拘束されない民族となる。国家を持って外敵と戦うなどというのは、ユダヤ民族の思想に最も遠い、という考えである。自己の内部の神の光に収縮した生のありようを説くローゼンツヴァイクの考えは、政治的目標に向けた言語の道具的使用をいっさい拒絶したものでもあった。

ベンヤミンは、当時の代表的な週刊文学新聞『文学世界』に書いた「生き続ける本」で、専門図書館に埋もれているけれど、自分に大きな影響を与えた四冊の本の一冊としてルカーチの『歴史と階級意識』とともに、この『救済の星』を挙げている[3]。この本についてはショーレムに紹介されたと思われるが、それ以外にも、バロック論のなかでギリシア悲劇の恐怖における沈黙と言語の関係などを論じる時にも、ローゼンツヴァイクのこの本になんども言及している[4]。ギリシアの悲劇の世界、イスラームの世界、そして東方教会、カトリック教会、プロテスタンティズムの三つのキリスト教をローゼンツヴァイクは、それなりに評価しながらも、行動ではなく、いや行動をゼロにして神の愛と真理に生きるユダヤ民族のあり方を強調している。

共有されていた〈純化への決断〉

こうした考え方は、ショーレムとの対話でも、繰り返されている。はっきりわかるのは、一九一六年八月二十三、二十四日のショーレムの日記である。(5) 場所は、ミュンヘン近郊シュタルンベルク湖畔の風光明媚なゼースハウプトの豪邸。伝記的背景はこうである。ベンヤミンはすでにグレーテ・ラートとの婚約を解消していた。一九一四年五月「学生の生活」についてのベルリンでの講演後に、出席できなかったグレーテの委託によって花束を贈呈したのが、ドーラ・ゾフィー・ポラックである。グレーテの委託よりも、目の前にいるとてつもなく魅力的なドーラから貰ったことの方がうれしかったらしい。青年運動のサークルにいたマクス・ポラックと結婚していたドーラも、ベンヤミンの才能に惚れ込んでいた。ベンヤミンの議論を初めて聞いたドーラは「心臓が止まった」と友人のベルモアに書いている。(6) ドーラの父はヴィーン大学の英文学教授レオン・ケルナー＝チェルノヴィッツで、テオドール・ヘルツルの友人。ヘルツルの死後はその遺稿管理を委されていた。彼女もシオニズム運動の中で育ったが、他の姉妹と違って、運動からは距離を取っていた。夫のマクス・ポラックと離婚係争中のドーラが住む邸宅にベンヤミンが出入りしていたわけである。その後彼女は、頭のいい男に弱いと悪口を言われることになる。翌一九一七年に二人は結婚する。

ショーレムの日記によれば、ヘルダーリンの初版の全集、ピンダロスの古い翻訳、皆が好きだったジャン・パウルの豪華本の並ぶ書斎。大きな部屋の高い天井。風景は雨に煙っている。ピンダロスの頌歌をギリシア語で朗読するベンヤミン。「私は深い感銘を受けた。これらの歌には神々しい響きがある」。第一次世界大戦の真っ最中である。滅びゆくひとつの時代の教養――なんという知的で壮麗で、かつ絶望的に無惨な世界であろう。

ショーレムは、ブーバーの編集する雑誌『ユダヤ人』の第一号に書いた自分の論文を朗読する。ベンヤミンは深い沈黙の後「すばらしい」とほめた。「ユダヤ人青年運動」と題したこの論文は、今日読んでみるとベンヤミンよりもはるかにシオニズム的という印象は拭いえない。ヘルツルの遺志を継いで前進しなければならないのに、ユダヤ人青年運動が真の「決断」に達していないとショーレムはこの短い論文の中で嘆く。「ベルリンのことを考えてもシオンを望むことにはならない」と。ドイツのユダヤ人が考えるドイツ精神との総合なるものは「混乱」でしかないとも。ヘブライ語使用への決意も欠如していると彼は怒っている。ベンヤミンがしばらく沈黙していたというのが本当なら、それはかなり多義的かもしれない。

事実、その後の議論では二人の意見は一致しなかった。ベンヤミンにとって「シオン」はメタファー(おそらく瞬間における成就のメタファー)でしかなかったが、ショーレムはそうは思わなかった。ショーレムは、現行のシオニズムを批判こそすれ、「真のシオニズム」建設のために働く意志は変える気がない。「(ベンヤミンの言うように)シオニズムを否定するとしてもパレスチナへ行ってからだ」と日記に記している。とはいえ、「我々のユーゲントは決定的な時刻に、戦争に服してしまった。これこそは、混乱の大勝利であり、およそ我々の体験した最も深い罪である」といった、先の短い論文の中の表現や、ユダヤの家を建てられるかどうかは神の恩寵次第であるといった考え方、全体に宿る〈純化への決断〉は共有されていた。

その後ドーラ、ベンヤミン、ショーレムの三人で徹底的にブーバーの悪口を言った。特にブーバーが〈ユダヤ的なものの体験〉などと「体験」の語を多用するのはたまらない。貴方もそれはやめた方がいいと、ショーレムは言われた。主観的で個人的な体験概念は、客観的な理念(イデー)に焼き尽くされるという発想にとっては無意味だった。それにブーバーは、多くのドイツ教養人と同じに「戦争体験」に肯定的だった。シオニズムが農耕社会、人種イデオロギー、血と体験という三点を重視するのを、ベンヤミンは徹底的に嫌っていた。

またブーバーは、〈収縮する神〉の教義にとらわれすぎていて、はるかに高く存在する神という考えを無視しすぎているとベンヤミンは述べた。そういう彼は、ショーレムから見ると東欧のラビのアハド・ハアム(アシャー・ギンツベルク)に近い。特に〈正義〉の理解において近いことをベンヤミンも認めたようだ。これは若干説明を要する。

十六世紀のパレスチナのユダヤ神秘主義者イサアク・ルリアや『ゾーハル(光輝)の書』(十三世紀末)に代表されるスペインのカバラ思想に、神は次第に収縮し、物質となっていく、という教義がある。物質へと収縮しきった神は地上にいわば「亡命」しているわけである。いつの日か地上に真の共同体が成立すると、神は救済される、つまり物質もしくは自然が救済されるという考え方がある。このあたりは、後にカバラ学者になったショーレムが『ユダヤ神秘主義』や『カバラとその象徴的表現』などで描いているが、自然の救済と神の生成とが同一視されるこの思想は、有為転変の末シェリングにも吸収され、ブロッホやアドルノにいたるまで続いていて、ベンヤミンも無縁でなかった。

だが、ベンヤミンからすれば、この伝統を継承するだけでは不十分で、物質界の遥か上にいる、物質界とは無縁の至高の絶対の神、理念(イデー)の支配する精神の世界という今一つの神の理解を放棄してはならない、ということであろう。生成する神の考えには、物質へと収縮した神の救済のために人間が主体として自己の体験によって行為するという実践の契機がともなう。それは、歴史の実現への主体的参画という考えにもつながる。そうした方向をベンヤミンが拒否しているわけである。実はベンヤミンはすでにベルリンの「討論室」時代にブーバーを一度招いている。その後ブーバーから、雑誌『ユダヤ人』への協力を求められたが、断っている。この断りの手紙は、ユダヤ精神の問題を越えて、ミュンヘン時代に次第に熟してくる言語哲学の理解に示唆的である。手紙の要旨はおよそ次のとおり(7)。

「名前なきものの名前への翻訳」

ことばを使って人を政治行動に駆り立てる文章は、戦争の始まりにさんざん読まされた。そこにあるのは、言語を行動のための手段とする発想で、そうした発想に立つと、言語が行動の手段ではないような関係は想像がつかなくなる。ことばを次から次へと繰り出し、その結果として方程式の答えを出すように、行動を導き出すやり方は、「正しいと絶対的に確信されたものを実現するというメカニズム」に堕している。そもそも、書かれたものは、詩文、予言、そして事象の三通りの「効果」を持ちうるであろうが、どの場合でもそれは「魔術的な」「直接的な」(un-mittel-bar, つまり、行動のための手段ではない)ものとしてのみ考えうる。どの形態を取る場合でも、「伝達」ではなく、「言語の尊厳と本質の純粋な開示」が結果しなければならない。ブーバーの雑誌においてめざされるのは、三通りのありようから言えば、詩文や予言ではなく、〈事象に即した(sachlich)〉書き方であろう。こう言いながら、さらに彼は続ける。

つまり、それは「言い得ぬものを純粋な結晶で抽出する」ことであり、それこそが言語の内部で言語によって「作用」することである。それは「冷静で醒めた(nüchtern)」書き方によるしかない。政治行動を煽る時局分析などは問題にならない。「このようなことばなきものの領野が言い得ぬ純粋な力を明らかにする場合にのみ、ことばと揺り動かすような行為とのあいだには魔術的な火花が飛び、ことばと行為という、ともに現実的なものの統一が成るのです。最内奥の沈黙の核へとことばが凝集することが、真の効果に至ることなのです」(類似の文章は先のショーレムの日記にも出てくる)。

前章で、「無傷の間主観性」や関係性としての真理観に触れたことを思い出せば、青年運動とユダヤ神秘主義の出会いが見て取れる。実際に我々の日常的言語使用を注意深く見るならば、ベンヤミンがここで「伝達のため」といっている使用、つまり具体的な行動へと意見を一致させる使用は、生活スタイルによって異なろうが、思っているほど多くない。道具的な、また目的志向的な言語使用のみからなる生活、言語行為論でいう「発話内的行為」の一切ない生活というのは不可能ではないが、人間同士の内的な結びつきをもたらすものではない。「発話遂行行為」が言語生活の中心となることを彼は拒否する。

砕いていえば、およそ言語を人を操り動員する意図や目的と結びつけることを、ベンヤミンは一貫して避け、嫌った。それは、プルースト論でも意識的な記憶や追憶に意味を認めていない点にまで徹底している。いずれにせよ、ある種の客観的存在としての理念(イデー)に依拠することで、具体的な政治活動へのコミットメントを積極的に放棄する――こうした態度をより明確にしているのが、同じ一九一六年の秋に書かれた「言語一般および人間の言語について」(II‒1, 140‒157)という奇妙なタイトルの論文である。この難解な論文は、ミメーシス的・表現的(expressiv)言語理解といわれる彼の言語観が最初に本格的に定着したものである。

タイトルからして、「言語一般」と「人間の言語」とは別物のようだ。あるいは「言語一般」があって、「人間の言語」がそのなかに位置づけられているようだ。たしかに、比喩的には「音楽の言語」とか「建築の言語」という言い方も可能だ。彼自身この比喩から出発している。そうした各種の言語と人間の言語とは異なるが、なんらかのつながりがあると考えられているのだろう。結論的に言えば、音楽、建築、樹木、ランプ、なんでもいいが、ある存在の言語というのは、当該の存在の精神的本質が直接的に伝えられる媒体(Medium)であるという考えが表明されている。つまり、どんな存在にもそれ固有の言語があって、自然の全体には最下層の存在者から人間を経て神に至るまで、こうしたそれぞれの本質の直接的伝達が溢れ、流れている。それは無限の魔術的な連関であると彼は言う。

無限というのは、言語において伝達がなされるのであって、なんらかの外的なものに条件づけられたり、限定されていないという無-限定の意味である。「魔術的」というのは、森羅万象でも人間活動の所産でも、およそいっさいの事物の精神的本質が交流しあっているからである(彼は、生涯ボードレールの「照応」を重視している)。それぞれ下位の存在は上位のそれへと「変容の連続体」を作っている。人間はただ、そうした個々の精神的伝達を受け取り、それを通じて自然の名前なきものに名前を賦与するのである。それぞれの言語において精神的本質を直接に伝達していながら、自らは名前をもたないものに名前を人間の言語がつけるのである。「名前なきものの名前への翻訳」とベンヤミンはこの過程を名づけている。この名をつける(benennen)ことが人間の言語の特性であって、他の言語一般にはそうした特性がない、というのである。名前において言語が直接に伝達される。逆に、精神的存在が絶対的な全体性における言語であるときにのみ、名前というものが存在する。つまり、人間以外の言語も含めた言語の精神的本質は、名前として表現され、名前の中にこそ人間の言語の本来のありようが、つまり自然を認識し、自然の言語を翻訳するというありようが発揮される。

つまり、神は自分の言語によってすべてのものを無から作った。「光あれと言えば、光ありき」である。ところが神は、人間だけは無からではなく、「土」からつくり、言語の才(Gabe)を贈り与えたのである。それゆえ、神においては言語による認識と創造が一体であったが、無からの創造のできない人間は名前による認識能力を保持した。すべての存在者が人間によってその固有の名前を受けるということは、元来言語はすべて固有名詞からなっているはずである、ということである。普通名詞、つまり特殊性を一般性に包括する言語は知られていなかった。固有名詞は自然的存在物の有限の言語と神の無限の言語の境界にある。それゆえ楽園のアダムにおいていっさいの存在の精神的本質が交響しあう「魔術的共同性」が存在していた。神の言語と人間の言語も親縁関係にあった。

　ところが、アダムの堕罪とともに事態は一変する。それによって人間の単語は、名前をつける認識の言語ではなくなった。いわば無傷ではなくなり、普通名詞がはびこり、伝達機能という似非魔術を帯びることになる。蛇の約束する善悪の知識はただの「おしゃべり」をもたらすだけで、それに相応するのが伝達機能として実用に供される言語である。こうして言語は第一に情報伝達と行為を引き起こすための手段と化する。手段としての言語はベンヤミンが一番忌避するところである。ところが第二に、人間の罪によって固有の名前のもつ「永遠の純粋性」が傷ついたため、逆に裁きのことばの純粋性が立ち上がる。一瞬にして人間を焼き尽くす、裁く神の圧倒的な力が屹立《きつりつ》してくる。そして第三に、人間の言語はこれによって、抽象能力が備わる。こうした言語の道具化、つまり「奴隷化」とともに、自然も人間の利用の対象として奴隷化される。自然の表情は暗くなり、言語を失った自然は沈黙の中で、深い嘆きを発するだけとなる。風にそよぐ植物の音は自然の悲哀の歌なのである。純粋言語を失った人間は、それぞれが勝手に自然の言語を翻訳するだけであるから、バビロン的な言語的混乱が生じ、それぞれの勝手な名づけの中で自然は、自らの存在を承認してもらえず、ますます深い悲哀に沈む。

およそ、以上のような内容の論文である。とてつもない変なことを述べているかに聞こえるが、腑分けしてみれば、個々の要素はそれほど難しいことではない。少し解説めいたことを書いてみたい。

人間の言語と自然の言語の神における「魔術的共同性」

例えば、「創世記」冒頭のよく知られた箇所にはじまるロゴス神秘主義にもとづく神と人間の言語的相違が、ニコラウス・クザーヌスの『学識ある無知について(De docta ignorantia)』(一四四〇年)や『知恵に関する無学者考(Idiota de sapientia)』(一四五〇年)などで展開されていることは、よく知られている。神の言語では認識と創造が一致しているのに対して、人間にあっては認識のみが可能である理由が、クザーヌスでは展開されていた。ベンヤミンもクザーヌスはよく知っていた。また、「真なるものと作られたものとの交換可能性(verum et factum convertuntur)」というスコラの命題が背後にあることも明らかである。この命題からデカルト批判の人文主義的哲学を展開したナポリの哲学者ヴィーコをベンヤミンが読んでいたことは、後に(第七章)触れるヨッホマン論でヴィーコに言及していることからも明らかである。危機の時代によみがえるカバラ神秘主義もこの議論に作用していることは、ショーレムの指摘を待つまでもなく明白である。ショーレムは次のように書いている。

［カバラ主義者にとって］文字と名前とは、たんに伝達のための慣習的な手段ではない。はるかそれ以上のものなのである。それらのひとつひとつはいずれもエネルギーの凝結体であって、そのいずれもが、人間の言語にはまったく移しかえられないような、少なくともすみずみまであますところなく移しかえることはできないような、意味の豊富さを表わしている。……カバラ主義者たちは、伝達可能な意味という考えから出発することはない（ショーレム『カバラとその象徴的表現』法政大学出版局、一九八五年、五〇―五一頁）。

そしてなによりも、汎神論という退屈な名称で一括処理される、実際にはラディカルな思想の系譜がヨーロッパに、特にドイツ語圏にある。それはこういう考え方である。つまり、自然の全体を多少とも階層的にとらえて、植物のような生命を持ったものはもとより、石のようなどんなに無機的な存在にも、いかに不完全で原初的な状態であれ、神の生命の一抹の息吹が潜んでいて、人間に語りかけている。人間の仕事はそうした生命と響き合うこと、それを通じて自然の解放、すなわち神の救済をはかることであるという考えである。こうした、自然とのミメーシス的合一化の思想は、それが時間や歴史、もしくはシェリング的に言えば「世界時代」の構想と多かれ少なかれ結びついて、失われた自然の回復という哲学を生み出す。『魔笛』（モーツァルト）の笛が猛獣をやさしくし、自然の全体が調和の歌をうたっているかのような情景を生み出すのは、その所産である。自然との関係の再建（Restitution）、あるいは「自然の自己認識への人間の参加」(『ドイツ・ロマン主義における芸術批評の概念』)はロマン派、なかんずくノヴァーリスの文学やシェリングの哲学に、また別のかたちではマルクスに見ることができる。そして、この再建もしくは解放は孤独な個人の仕事ではなく、真の共同体ができてはじめて可能となる、とされていた。

こうしてみると、ドイツ神秘主義に淵源を持つこの自然哲学も、先にイサアク・ルリアの名とともに触れたユダヤ神秘主義とある種の同型性があることがわかる。収縮する神、此岸に隠れている神、自然へと凝固し、亡命している神の救済というルリアの神学は、ショーレムによれば、スペインからのユダヤ人追放が背景にあるが、そのスペインではまた、「神がいつの日か、隠れた状態、または名づけようのない事物の中から脱出して自ら〈創造主〉として立ち現れる」という考え方もあった。そこで使われたセフィロート(単数はセフィラー)という十の原カテゴリーは「生きた神のポテンツと活動形態すべて」を表し、その統一がさまざまな形象となって森羅万象の中に展開し複雑な象徴世界を作り出しているという、まことにカバラ的な考えもあった。これらはすべて政治的な含みを持つが、それを別にしても、シェリングとの類似は目を射る。

自然哲学系の思想とカバラ神秘主義とのあいだの同型性という、講壇哲学のなかで忘れ去られたこの事態はハーバーマスが指摘しているが(第二章八六頁参照)、啓蒙主義までは自明だった。ルネサンス後期、ヤーコプ・ベーメの弟子たちは師匠の思想とルリアの思想の一致に驚き、また、十八世紀のシュヴァーベンのプロテスタント敬虔主義の学者エティンガーといえば、解釈学の歴史にも重要な存在であるが、その彼が、フランクフルトのゲットーでカバラ学者と対話したときに、皆さんたちのベーメは、我々のルリアと似ていてそれよりもずっとはっきりしていると彼らから賞賛されたことを書いている。いやカントですらそうである。「自然はその美しいもろもろの形態において我々に比喩的に語りかけてくる。そうした自然の暗号文書を解釈する天賦の才は、我々の道徳的な感情として我々に賦与されている」という『判断力批判』の有名な文章は、閉じこめられた自然の放つ嘆きの暗号を、我々の道徳が、つまり、真のフマニテートの共同体が読みとるのだ、というように解釈可能である。カントもユダヤ人思想家と交流があった(8)。

人間の言語と自然の言語の神における「魔術的共同性」という一語でベンヤミンが考えていたことは、十分に伝統の枠の中であり、ある意味では、ドイツ観念論やロマン派の思想とユダヤ神秘主義のもはや見えなくなっていた関係を、ベンヤミンほど見抜いていた人はいないとも言える。「コーヒーカップの底にたまった澱から予言の可能性を取り込もうとしないのは、そしてそれを読みとれないのは、真なる哲学ではあり得ない」(「プロローグ」で引いた)という彼の有名なことばもこうした背景で読めば、そう謎ではなくなる。存在するいっさいのものが、言語を、――彼の使う比喩で言えば――ちょうど歩哨が合い言葉を次の歩哨に伝えていくように、伝えている。そしてその合い言葉の伝達はより低い言語からより高次の言語への翻訳であり、そして――ここが肝心なのだが――その合い言葉の内容はそのつどの段階の言語なのである。だからこそコーヒーカップの底の澱からも、いやまさに澱からこそ

「魔術的共同体」に流れる言語の階梯が浮かび上がってくるのだ。「言語運動の統一性」である「神のことば」、つまり理念(イデー)の世界が。

第一章で触れたベルリン郊外ブラウハウスベルクの別邸での蝶々狩りの思い出の文にはこうあった。「この蝶と花たちが自分の眼前で交わしていた未知の言語――その言語の法則のいくつかを今や彼は奪い取ったのである」――この文の背景が少しは明らかになっただろうか。

言語の類似性とミメーシス

こうした言語観は多少の変化はあるものの、基本的には最後まで維持される。一九三三年の夏にイビサ島で書かれたと推測される(成立時期については諸説がある)類似性とミメーシスをめぐる二つの短いエッセイ「類似性という教説」(II - 1, 205-210)および「ミメーシス的能力について」(II - 1, 210-213)はその代表である。議論はおよそ次のとおりである。

子供が大人のまねをするだけでなく、ひき臼ごっこや鉄道(機関車)ごっこをすることからも分かるとおり、まねと模倣の能力は人間の基本的能力であり、またその大部分は本当は無意識である。太古の人々が星々の関係に動物その他の姿を、つまり類似性を読みとって星座としたのも、基本的にはこの模倣の力である。同じく言語も動物の叫びと同じく、知覚世界への分節化されない模倣、つまり擬声音という類似性をひとつの起源にしている。つまり、発声という表現的(expressiv)な要素と類似性を生むというミメーシス的能力の結合が擬声音である。自然界のいっさいと人間とはこうした模倣と表現性の関係にある。模倣とは――蝶々狩りを思い出せば分かるとおり――自然への同化である。それは快感でもあるが、同時に、「まねをせざるを得ない、かつての強烈な強制」に由来している。つまり人間は生きていくためには自然に自己を合わせざるを得なかった。生きていくためには、星座の中に人間界との類似性を作り出さねばならなかった。

だが、こうした原始の、あるいは太古の能力は文明の進展とともに次第に姿を消してしまった。我々からは模倣という野性が失われている。とはいえ、この模倣のエネルギーが消失したわけではない。そうではなく、今は姿を見せない「非感覚的な類似性」としてシュリフト(書)と言語のなかに、しみこんでいるとベンヤミンは議論する――ちょうど擬声音のエネルギーが高度に分節化された言語の中にしみこんでいるように。例えば、ある言語におけるひとつの単語は別の言語における同じ意味の単語と較べるとまったく類似性は存在しないが、それぞれの単語はそれが名指すもののまわりに集まって、類似性を見せている――バラとローズはまったく音が違うが、「バラ」という音も「ローズ」という音も、それによって名指されているものとはそれぞれのやり方で類似している、というのであろう。ベンヤミンはシニフィアンとシニフィエの関係の恣意性というソシュール以来のテーゼは知っていたが、それにはいかなる興味も示さない。またにだいぶ後の「言語社会学の問題」(一九三五年)でも、コミュニケーションの手段、伝達、送り手、受け手といった記号主義思考は、言語活動に関する「ブルジョア的」見解として一蹴している。

このように考えると、言語もシュリフトも「非感覚的類似性のアーカイブ」として規定される。その意味では言語から非感覚的な類似性の炎が、燃え上がっている。文章の形態や意味は、ちょうど炎が蠟燭という台を必要とするように、いわば記号という土台なのであって、そこから言語のミメーシス的な側面が燃え上がっている。問題はその炎を読みとることである。一瞬の炎の形態を。かつて占い師が内臓や星を読んだように。こう言いながら、ベンヤミンはその間に学んだクラーゲスとフロイトの知識を組み入れる。「最新の筆跡学は、筆跡の中に形態を、本当のところは隠されている形態を判じ絵のように認識することを教えている。つまり書き手の無意識が隠し入れられている形態を」(Ⅱ-1, 208)と述べる。

それはこういうことであろう。精神分析医は徴候から患者の無意識を読みとらねばならないが、徴候と無意識の関係は実証主義的に、無意識が原因で徴候が結果であるから徴候から無意識へと逆に辿れば原因が分かるといったように因果的な思考で考えてはならない。無意識は開ければなにか入っている引き出しなのではない。そうではなく、徴候になるときにすでにデフォルメされているという前提の上に、医者は判じ絵を読み解くように無意識を読みとるのである。つまり、無意識と徴候のあいだの「同一性」ではなく、「類似性」を読みとらねばならない。ちょうど同じことを我々は「コーヒーの澱」からもしなければならない。自分が自分に似せることによって、つまり類似性によって歪んだイメージになるという第一章に触れたこと(三八頁以降)を思い出していただきたい。

つまり、類似性を読みとるというのは、自然の交響を人間のことばに翻訳することでもあったが、同時にそれは直接には見えないもの、非感覚的なものを読みとることでもある。占い師が可視的なものから非可視的な未来の運命を読みとるように。同時にこの読みとる能力、つまりミメーシスの能力は〈瞬間〉と結びついているとベンヤミンは考える。星の作るかたちがある特定の時間と結びついているように、占い師がある特定の集中した瞬間に未来を読むように、テクストを読むときには非感覚的な類似性を瞬間に読みとらねばならない。

類似性を感じるのはどんな場合でも光のひらめきと結びついている。それはほんの一瞬だけかすめ去っていく。ひょっとするともう一度得られることもあるかもしれないが、他の知覚のようにそれとして保存しておくことのできるものではない。……類似したものを類似していると見る知覚は時間の契機と結びついているようである。それは、二つの星の結びつきに対して星占いという第三者が加わるようなものである。その瞬間にこの結びつきは捉えられることを望んでいるのだ(「類似性という教説」II－1, 206ff.)。

思い出されるのは、解放に向けた過去の声を現在のこの瞬間においてキャッチするという、「歴史の概念について」のなかの思考形姿である。類似性はどうやら記憶や思い出と関連しているようである。筆跡をじっと見つめていると、星々をじっと見つめていると、そして最終的にはテクストを読んでいると、その物理的形態や意味を担い手として燃え上がる炎の形態は、存在しない第三者である。知られていなかった形象である。筆跡から形象を読みとるのは「一度も書かれなかったものを読みとる」ことである。つまり未知のものを見ることと類似性を認めることがこの考え方では同じことなのである。この存在しない「第三者が加わる」ことは、歴史の次元でいえば、プルーストの試みたことであるとベンヤミンは考える。つまり、我々が判じ絵の中の姿《ビルト》として認めるまでは見たことのないものを思い出す作業をプルーストはしたのである。「我々が思い出す以前には、一度も見たことのない形象」(四十歳になったときに行ったプルーストについての講演。II－3, 1064)なのである。後にベンヤミンのいくつかの短いエッセイに編集者によって「思考形象(Denkbilder)」と名づけられるのは、こういう背景においてである。

言語の役割

ここで今一つ重要なのは、現象の背後に本質があってそれを読み取るという発想はいかなる意味でもベンヤミンにはないことである。この点で彼はゲーテの最良の弟子であった――非感覚性の強調を別にすればだが。マルクスはまだ資本主義社会の表の諸現象の背後にそれを動かしている本質的構造なるものを見ようとした。ベンヤミンがマルクスの理解に苦労したのはそのためである。むしろ、筆跡学の考え、――ロールシャッハ・テストを連想してもいいだろう――じっと見つめていると別の形態が、当人の性格を見せる別の形態が浮かび上がってくるという考えに近い。あるいは、これも後に述べるが、モーゼ五書の『トーラー』は我々が分かる語彙と文法で書かれているかのように見えるのは偶然であって、じっと見つめ、配列を変えることによって、あるいは数文字ずつずらして読むことによって(「かねおくれたのむ」が「金をくれた、飲む」にも「金送れ、頼む」にもなる)、まったく違ったテクストになるのではないかという発想にも近い。ベンヤミンが後によく使うコンステラツィオーン(星座、配列、組み合わせ)も、このような観点からも見る必要がある。嘆き悲しむ自然も、我々は、その背後に本質を見るのでなく、その配列ないし組み合わせが変わる必要があるのだ。ずらしてみれば、違ったものが見えてくるはずである。

　こうした言語観やそれと支え合う政治的禁欲には疑念や批判も出されている。例えば、オースティンとサール以来の言語行為論で問題にされているような語用論的側面をまったく無視している。あるいは言語が事実関係を伝達するための述定的(konstativ)機能に関心がなさすぎるなどというのがその代表である。あまりにも単語集中型で、ヘブライズムとプラトニズムの相乗効果しかないともいわれる。後にパレスチナ行きの奨学金を得るために推薦状を依頼されたヴィーンのオリエント学のある教授は彼のバロック論について「インチキ・プラトン主義」と書いているが、無理もないところがある[9]。また、実践的発言をいっさい控える禁欲的態度は——青年運動が第一次世界大戦に歓呼の声を上げたことへの絶望に発するのだろうが——結局はナチスの前に無力であり、現実逃避だ、やはり平和運動もマイノリティの権利擁護運動も忘れてはならない、という批判もあちこちから聞こえてくる。公共圏の力を信じなさすぎるとも。さらには、ハイデガーの一九三六年の論文「ヘルダーリンと言語の本質」などと多くの点で共通していると、「危険な関係」を指摘する声すらある。

どれも一面をついているように見えるが、その多くは間違いである。早い話が、ハイデガーとの近さに関して、ジョージ・スタイナーのような、思想の微妙な差異に敏感な碩学ですら、ハイデガーと「部分的にはメシアニズム的なマルクス主義とはぴったりと調子が合っている」(ジョージ・スタイナー『マルティン・ハイデガー』岩波現代文庫、二七五頁)とまで述べているが、見損ないもいいところである。ハイデガーのヘルダーリン読解は神々に捨てられた大地を語るが、ベンヤミンにとっては神々の存在は過去の運命、過去の悲惨を意味している。太古のアルカイックな世界は、そのままでは決して〈再建〉されてはならないのである。自然を歌う詩人の役割には、ゲオルゲ派への対抗意識からも懐疑的だった。先にベルリンの高級アパートの入り口の両側を飾る神々の姿について述べたように、共同体創出の神話的エネルギーをどのように近代に適応した合理的なものに組み替えるか(しかも美を放棄せずに)、そのための神話の「破砕」はどういうものなのか、というのが課題であったのだ。言語の役割もその点から考えねばならない。

また公共圏における政治的発言に関してベンヤミンは決して人後に落ちなかったことは、二〇年代の批評活動が示しているとおりである。例えばエルンスト・ユンガーたちの危険な書を、そして、ジュリアン・バンダの『知識人の裏切り』を批判し、トゥホルスキーやケストナーのような、リベラル左派の能天気をはっきりとやりこめている(これについては第七章)。言語論が示しているのは、政治的発言の放棄というよりも、既成政治の枠組みにとらえ込まれることを拒否し、意味のポテンシャルを枯渇させないことが、目標だったということである。その意味では、単語中心主義と語用論的思考の違いはあるものの、すでに触れたように（一一八頁以降）道具的な言語使用の拒否という点では、むしろ共通点が目立つほどである。

ミュンヘン時代との関連ではゲオルゲ派、特にクラーゲスを中心とするミュンヘン宇宙論派サークルと、正確なことは分からないが若干の接触があった。クラーゲスは、ベルリンの「討論室」に講演に招いて以来、知己だったが、このサークルの鬼才シューラーの講演をベンヤミンは聴講しなかったとしても、よく知っていたことはまちがいない。というのも、後に有名になったアウラの概念はシューラーも多用し、ベンヤミンも、例えば、美の消滅にともなうアウラを論じるときにほとんど表現の細部にいたるまで似た言葉遣いをしているからである。パリのパサージュについて当初は共同執筆を計画していた友人のフランツ・ヘッセル――都市の卓越した解読者で、ベルリンを読ませたら右に出る者のいない――、このヘッセルの恋人は、クラーゲスとも深い関係のあった奔放な女性作家フランツィスカ・フォン・レーヴェントロウだったこともあり（ヘッセルは彼女のヒステリーからパリに逃げた）、このグループの議論をベンヤミンは熟知していた。古代ローマの神秘を語る一方で、ナチスの鉤十字の原案といわれるスヴァスティカをテーマ化したシューラーの講演にはヒトラーも出たことがあるといわれている。ベンヤミンは政治的な理由からはっきりと距離を取ってはいたが、太古の世界、神話的なものの放つ魅力は知っていたし、認めていた。後に彼はこう書いている。「美の快楽を鎮めることができないのは、……太古のためである。……芸術は（ファウストがヘレナを連れ戻すように）、時間の深淵から美を連れ戻す」（「ボードレールにおけるいくつかのモチーフ」Ⅰ-2, 646)。ヘレナについて『ファウスト』第二部の説明は特段要しないであろう。

周囲との交流を避けたベルンでの日々

少し伝記的なことに戻ろう。一九一七年ともなると、第一次大戦はドイツの敗色が濃くなっていた。ベンヤミンにも召集令状が来るが、坐骨神経痛ということで兵役免除となる。一説によると妻のドーラが催眠術に長けており、それを使って敏感なベンヤミンに神経痛を引き起こし、軍医の目を欺いたそうだが、真相はよく分からない。ともかく環境のよい外国での治療の必要を認める旨の、専門医の証明書のおかげで、二人はスイスに出国し、一九一七年の冬学期からベンヤミンはベルン大学に学ぶことになった。翌年には息子のシュテファン・ラファエルが生まれる。スイスの首都とはいえ、ベルリンから見たらまったくの田舎町、ベンヤミンはドーラが嘆くほど周囲との交流を避け、読書に埋没していた。すっかり引っ込んだ本当の理由は、やはり青年運動との訣別であろう。一九一八年七月三十一日の友人シェーン宛の手紙には、「討論室」時代の友人たちについて「彼らはもう存在していません」と残酷なまでにはっきり書いている。唯一深い交流のあったのは、ショーレムである。彼も知り合いの医者から偽りの診断書をもらって徴兵を逃れ、出国してきた。一時はベルン郊外の村に住んだ二人のあいだの友情は深まった。

中立国スイスは、ドイツを出てきた批判派の溜まり場でもあり、ベルンには、フランス大使館が資金援助をしていたとおぼしき『自由新聞』というドイツ脱出者たちのための、連合国寄りの新聞があった。編集者には、ドイツの軍事政策に疑念を抱いて逃げ出した元ドイツ外交官や、同じく亡命してきたクルップ財閥の元軍需物資部長といった奇妙な人物が多かった。ベンヤミンはこうした「政治活動」にはいっさい関わろうとしなかったし、友人たちとの議論でも「時局」についての発言を避けていた。読書といえば、ゲーテやシュレーゲル、ケラーといった古いものばかり。戦争が終わってミュンヘン革命が起きても、本の虫の彼は、予定された古本屋の競売が中止されることを、革命の動向よりも気にしていたほどだった。「現代に関わる読書といえば、予約購入していた『新フランス評論』だけだった。「現代に関わるのは、外国のことだけ」(上記シェーン宛の手紙)と、手紙で明言しているのは、なにを意味するのだろうか。

引っ込んでいたとはいえ、現代思想にとって重要な出会いがあった。ベルンの家では隣にダダイストのフーゴー・バルが妻の女優エミー・ヘニングスと住んでいた。ベルリン出身の医学生ヒュルゼンベック、ルーマニアから来た詩人トリスタン・ツァラらとともに、一九一六年二月チューリヒのカフェー・ヴォルテールであの「ダダダダ……」で始まるダダ運動の挑発を主導したバルである。高級住宅街を歩く品のいい中年婦人に近づいて、「あの、このあたりで女の買えるところありませんか」と尋ねてかんかんに怒らせ、傘をふりふり追っかけさせる……などというパフォーマンス。後にベンヤミンは「複製技術時代の芸術作品」(一九三五年)でダダイズムを、本来は映画という新しいメディアによってのみ行い得たこと、つまり古典的芸術のアウラの破壊を、文学や絵画という昔からの手段でやろうとした過渡的な、だがそれゆえに力の入った現象として位置づけている。

その頃バルはダダの運動を離脱して、『自由新聞』にかかわっていた。既成の芸術観の破壊者である以上、進歩の幸福主義を憎む点では、人後に落ちなかった。小冊子『ドイツ知識人批判』では、マルクスもルターも所詮は現実に弱いドイツ知識人の枠を一歩も出ていないとこきおろしている。その延長がドイツ社会民主党の経済主義と進歩史観であるとも。重要なのは、同じく『自由新聞』に寄稿していたエルンスト・ブロッホをベンヤミンに紹介したことであろう。

ブロッホとベンヤミン――相似と相違

ブロッホの『ユートピアの精神』についてバルは一九一九年一月に次のように書いている。

ユートピアつぶしの闘いがもたらした害毒ははかり知れない。対ユートピア闘争は、独善的な教条主義に発する。教条主義的態度こそ、〈思いつきに終始する〉インポテンツを生み出すのに少なからず寄与している。歴史の進行は彼らの思うとおりになっていないことが何百回となく明らかになっているのに、このインポテンツの連中は、できあいの処方箋こそ正しいと言い張るのだ。……ようやく社会主義者のサークルから、これまで悪しざまに言われてきた〈ユートピア〉にその正当な位置を与えようという声が、しかもますます大胆な声が、聞こえるようになったのは、本当に救いである(『ドイツ知識人批判』)。

『ユートピアの精神』の基本テーゼは、人が自我の奥底の未知の暗闇(ベンヤミンでは〈精神〉と言われていた)と出会うならば、そこで覚醒する夢は外部反転して、過去に実現しなかったユートピアの条件と化する、というものである。逆に「内面性は反乱的であることをやめ、所与のものに慰めを見出すようになったらいかなる意味もなくなる」と言われている。内面のエネルギーの外部への転換こそ、カントが主観の自発性ということで述べようとしたことだとされる。

逆に言えば、どんなイデオロギーでも、それを額面どおりに受け取れば、そのイデオロギーが正当化しようとする現実に対する批判的な内容が隠されているのを汲み取りうるし、また実際にそういう批判の機能が発揮されてきた。どんな宗教的な、あるいはどんな非道な支配の思想であっても、それを越える一抹の要素を持っている。もしも下部構造が上部構造を規定しているなら、逆に考えて、上部構造の中でなされる下部構造へのこのような批判の可能性は、すでに下部構造に根ざしてもいると考えることはできないだろうか。そこにこそ自我の奥底の思想化される以前の思想が外部反転しうる客観的な契機がある。

例えば、ルネサンス以来、トーマス・ミュンツァーの運命が示すとおり、ユートピア的な社会主義は常に現実主義によって否定され続けてきたが、だからといってそうしたラディカルな思想がもつ奇跡的な力が消えるわけでもなく、まして宗教の根源にある願望が吹き飛ぶこともないし、そこにこそ変革のエネルギーは潜んでいるのだ、というのである。「社会主義というのは伝統を批判することで生きているが、ブロッホはそこで批判されてきた伝統を社会主義のために救い出そうとする」――ハーバーマスはこのようにブロッホの意図をブロッホ論の中で適切に紹介している。(10)「すべての客がテーブルについてはじめてメシアが現れる」(『ユートピアの精神』)という一文にもあるように、今世紀のノンコンフォーミズム的マルクス主義に息吹を吹き込み続けたメシアニズムや辱められた自然の救済のモチーフ、なによりも過去において実現されなかった志向を救い出すという契機――そういったテーマ立てには、ベンヤミンと似たところがなくもない。後のベンヤミンの文章にはブロッホから頂戴したとおぼしき話題や素材がいくつか見られるのも事実である。

だが、よく見ると両者は相当に異なっている。ベンヤミンは、ブロッホに頼まれて、『ユートピアの精神』の書評を試みているが、原稿が残っておらず、内容は推測の域を出ない。書評を書こうとしたのは、この本にベンヤミンが共感を覚えたからではなく、ブロッホの人柄を好きになったからだった。そのために本音とは異なるほめ言葉を書こうとして苦労したようだ。なぜならブロッホの「実践的メシアニズム」では、内面の自己の外部への反転がユートピアへと橋渡しされうるのに対して、ベンヤミンでは、メシアの到来は人間の力の及ばない、歴史の終末(目的ではない)とされているからである。ここには明らかにポジションの相違がある。ブロッホがカントに見た自我の内発性、また自我の奥底の暗闇の外部転化といった、人間性を重視して、そこからなんらかの変革のエネルギーが立ち上がってくるという実践志向、主観性の重視は、ベンヤミンの頭にはまったくなかった。「理念の前での、あるいは理念を実現する文化の前での、人間性の死滅、あるいは物と化すること」(カーラ・ゼーリヒゾーン宛、一九一三年八月四日)とすでに青年運動時代に、友人に書き送っている。ブロッホには表現主義の実践的パトスが強い。ところが、まさに表現主義が人間の内面のエネルギーに依拠することがベンヤミンにはまったく認められないことだった。第一次大戦前、表現主義者が出入りしていたベルリンのカフェー・デス・ヴェステンスにはベンヤミンたちも出入りしていたが、双方のあいだにほとんど交流がなかったのは、もっともである。

また、ブロッホには、今日から見てあまりにも非現実的な全面的国家廃止論、ユートピア的消費社会の展望などもある。国民皆兵を「証券取引所と王室のための殺人装置」と形容するところまではいい。「国家は支配階級の執行委員会」という『共産党宣言』以来のテーゼである。そうした国家は資本主義にとっても機能阻害的もしくは破壊的になるというのも、おそらく正しい。だが、それゆえに国家は結局は消滅し「国際的な消費調整機構と生産調整機構」に姿を変えると言ってしまうと、ベンヤミンやアドルノと異なって、ブロッホは時折ユートピアを描いてしまったことになる。それが戦後東ドイツに行った理由かもしれない。そうなる理論的淵源をベンヤミンは見落とさなかったのだろう。

2　ロマン主義とメシアニズム

批判の概念をめざして

「ロマン主義の中心であるメシアニズム」――エルンスト・シェーン宛(一九一九年四月七日)のこの一言は、通常のロマン主義のイメージを抱く人々には違和感を与える。古城に涙を流し、白鳥に乗る湖上の騎士を歌う、甘く、叙情的な文学やオペラ、故郷や村や遥かな山並みを深い内面的感性の内に取り込む、例えばアイヘンドルフの詩、あるいは、初恋の最初の接吻という歌謡曲まがいのロマンチシズム――ロマン主義と言えば、まずはこうした通俗的なイメージであろう。あるいはもう少し立ち入った理解、つまり初期ロマン派における主観の無限の自己反省やイロニー、そして古典古代の「全体性」なるものから距離を取った近代の反省的断片性への信仰告白といったきわめて理論的な思考にロマン派の真髄を見ることもある。しかし、そのどちらにとっても、メシアニズムをロマン派の枢要点とするのは、いぶかしい感じがする。ヴィルヘルム・シュレーゲルはメッテルニヒ体制の中でユダヤ人の権利のために弁じたが、フィヒテは反ユダヤ主義的言辞を弄したことも、ロマン主義とメシアニズムの遠さを感じさせる。しかし、ドイツ観念論の究極のバリエーションとしてのロマン主義とメシアニズムの両者が決して無縁でないことをわからせてくれるのが、ベンヤミンの博士論文である。近代の断片性や分裂が、ユダヤ精神の尖端と触れ合った記念碑である。

一九一八年末から一九年春にかけて博士論文として書いた『ドイツ・ロマン主義における芸術批評の概念』をベンヤミンは、一九一九年四月ベルン大学に提出し、七月には口述試験に合格。最優秀の成績で博士号を取得する。その後のベンヤミンの仕事のさまざまな要素が複雑なかたちで宿っている大論文である。

元来の意図は、ロマン派において芸術作品を自立した存在と見る思考が生じてきたこと、そしてそれはカント哲学があってはじめて可能となったことを論じることであった。つまりカントの批判理論の中に潜む、客観性の存在論を取り出し（カントの〈客観性の存在論〉だけでも現在の教科書的カント理解から見たら挑発的である）、そうした思考と、芸術作品の自存性という理念との関連を見ることであった。予定したタイトルも「ロマン主義の芸術批評における哲学的基礎」。カントと客観性の関連、つまり、真理や善や美の領野が客観的に存在するとするベンヤミンのカント理解については、すでに前章でヴェーバーと関連させて少し説明した（七二―七三頁）。だが、結果として、カントとの関連は最小限に抑えられ、タイトルも変えられた。とはいえ、核心部分には、当時ショーレムと読んでいたヘルマン・コーエンのカント理解がある。論文の中心部、批評（批判）の概念に切り込むところには次のようにある。

カントの哲学的著作を通じて批判の概念は次の若い世代にとって、いわば魔術的な意味を獲得した。いずれにせよ、ここで批判の概念と結びついたのは、単に判定をくだすような、非生産的な精神的態度といった意味でないことは、きわめて明確に言われている。むしろ、ロマン派の人々および思弁哲学にとって、〈批判的〉という用語は、〈客観的に生産的〉、あるいは〈熟慮にもとづいて創造的〉という意味であった。批判的であるということは、いっさいのコンテクスト的な結びつきから思考を高みへと切り離し、こうしたコンテクスト的結びつきが偽りのそれであることを洞察し、そうした洞察からいわば魔法の力によるかのように、真理の認識が、響きわたり満ち満ちてくることである(I－1, 51)。

〈客観的〉、〈創造的〉、あるいはコンテクストから切り離されて高みに客観的に存在する真理。このあたりに着目すると、相手の意見を否定したり、文学作品についてその分析と審美的な解説を書き連ねたりするのとは異なる批判(批評)の概念がめざされているようである。しかも、そうした批判の概念を歴史と関連づけるのが目論見のようだった。ショーレムに彼はこう書いている。

私はカントと歴史についての仕事をこの冬にはじめるつもりです。……ある哲学的見解が真に教説の典範に即したもの(kanonisch)であろうとするなら、そうした見解の最終的な形而上学的な品格は、それが歴史とあい渉る過程において最もはっきりと見えるようになるでしょう。つまり、歴史哲学においてこそ、真の教説と哲学との特別の親近性が最もはっきりと現れるでしょう。というのも、この点にこそ、認識の歴史的生成という主題が現れざるを得ないからです。しかもこの主題は、教説(Lehre)が解消(Auflösung)せねばならないのです(一九一七年十月二十二日)。

「教説」とはベンヤミンの中でも最もわかりにくい言葉のひとつだが、ここではやはりユダヤ教の、彼も知らない、いや最終的には人間に知られ得ない、真理についての言説を考えてよいだろう。そうした言説は、歴史のなかでの認識の成立の問題を解消(Auflösung)に向かわせるが、それまでは認識の成立の問題を我々は考えねばならない、というのだ。いずれにしても、カント的な批判(Kritik)の概念が、ロマン派の批評(Kritik)を通じてメシアニズムとどう結びつき、どうしてそれが歴史哲学的な含みを持つのだろうか。しかも、真理の生成という歴史哲学的な問題を教説が解消し去るとは、どういうことだろうか。

思考に内在する反省への傾向

ベンヤミンの議論は、批評(批判)、反省、自己限定(Selbstbestimmung)、表現(Darstellung)、そしてイデーおよびイデアといったキー概念をめぐってなされている。結論は、「批評とは作品の解体(Auflösung)による完成である」というものである。「解体」は「解消」と訳すべきかもしれない。どういうことであろうか。委曲を尽くすのは無理だが、博士論文の大筋を踏まえつつ、こうしたいくつかのことを考えてみよう。

フィヒテおよび初期ロマン派(ベンヤミンにとっては、なによりフリードリヒ・シュレーゲルとノヴァーリス)のキー概念は「反省」である。つまりは、自我が自身の思考について、つまり思考の形式について行う思考である。人間は考えている内容について考え続けることもできるが、考えるということについて、その考えの手続きや形式というメタ次元について考えることもできる。よく考えてみれば、こうした反省への傾向、あるいは反省的本性とでもいうものは、思考に内在している。誰でもどんなに曖昧であっても多少とも系統だててものを考えるときは、その考えることとその道筋についても一緒に考えているはずである。しかも、それはいわば自分の中でのことであり、具体的な素材とは無縁のことである。ということは、なにかの媒介を経ないで直接に思考について考えていることになる。反省的思考は直観的、つまり感覚的に直観的ではないが、知的に直接的という意味では直観的でもある。

ところが、この反省性は、「思考についての思考についての思考」というように、はじめたらきりがない。いわゆる無限退行に陥りかねない。フィヒテはこうした反省の無限性を恐れて、世界という自分でないもの、つまり非‐自我を、自己の根源的な活力が設定すると考えることで、無限退行の鎖を断ち切った。いわゆる「事行 Tathandlung」である。「原＝事行 Ur-Tathandlung」といってもいい。それは同時に自我が自分自身を自我であると確認する、もしくは自我として確立するエネルギー、彼のことばで言えば活動性(Agilität)である。さらに考えれば、その際に自我が自我を設定しているだけでなく、設定されている非‐自我が設定するはずの自我を常にともに設定しているという、無限の相互反照がやっかいな問題となってくる。その問題をフィヒテは、実践に関心を転換することで切り抜けようとした。つまり知的直観なるものについて、それは、世界経験と自我経験という所与の直接性を意味することにした。こうして反省を打ち切って行為への道が開かれる。我々が現実と通常みなしているものが、哲学的にも復権する。しかもこの自我の活動の支配下に本来あるべきものとして。ベンヤミンはこのようにフィヒテをまとめ、さらに続ける。

こうしたフィヒテと反対に、ベンヤミンの見るところ、文学的ロマン派は、自我の活動性によって現実の無限の広がりを設定し、打ち立てるのは無理であると考えていた。そうではなく、反省のもつ直観性と無限性によってこそ現実が生み出されると見ていた。もちろん、その現実とは、フィヒテが考えたような非‐自我としての世界、つまり、自然や歴史や社会の現実ではなく、芸術的、表現的現実である。つまり、自我は世界を創造はできないが、芸術の創造はできるわけであり、その際に作品について、作品を造るとはどういうことかについて、ああでもなくこうでもなく考える。そしてその考えそのものもロマン派が重視した『トリストラム・シャンディ』のように作品に縫い込むことができる。そうした(芸術的)現実は、形式と内容によって規定されている。それを彼らは自己限定と呼んだ。ベンヤミンがシュレーゲルから取って好んで使うことばで言えば「リベラルな自己限定」(この場合のリベラルは、ラテン語の原義にしたがって、自己の気の赴くところに、あるいは自己の意志でという意味。意志的自己限定と訳してもいい)の所産である。そして、形式による自己限定は、意識的に選びとるという意味では、とりもなおさず反省の所産であるが、その自己限定の仕方には無限の可能性がある(芸術表現には無限のやり方がある)。そうした可能性の総体こそが芸術としての「絶対的なるもの」であるとベンヤミンは言う。総体と個々の芸術作品との関係はおそらく、先に触れた人間の言語以外の言語も含めたさまざまな言語とその総体との関係と同じに考えてよい。

独立に存在しながら相互に関連しあうこと

ロマン派は「絶対的なるもの」を、形式による自己限定(＝反省)である芸術の無限の可能性のうちに――ここがフィヒテの活動性と異なる――見たとするベンヤミンの敷衍は、とてつもないことを言っているのではない。例えば、なにかに人が感激するとする。だが、その感激だけでは、いくらロマンチックな心の動きであっても、空疎である。ただ譫言《せんげん》のような感激は「リベラルでない(illiberal)」、つまり自分で選んだのでない状態である。それをなんらかの芸術形式で表現することによって、つまり反省を通じて「進んで(リベラルな)自己限定」をすることによってはじめて意味を持つ。要するに表現しなければ意味がない。ところがその形式は実は無限に可能である。俳句にもできれば、長い小説にもできるし、ドラマの大団円のかたちで表現することもできる。簡単に言えばさまざまな表現手段(媒体)がある。文学を例に取れば、作者がなんらかの形式を通じて作品を生み出すのは反省による自己限定であり、その形式は無限にある。「ギリシア悲劇は「ルネサンスの」ソネットと関連している」と、この事情をベンヤミンは簡潔に述べている。

ところが、ここからが重要なのだが、それらは相互に「文学」としてつながっている。つまり、自己の思考の形式について考えることは、実は形式を生み出す思考であり、生み出された形式はそれぞれ独立に存在しながら相互に関連しあっている、というのだ。

どんな形式も反省の自己限定の独自の変形として自存している。……初期ロマン派の理論は、形式が所産としての作品の掲げる理想〔例えば古典主義的調和〕と独立に、それぞれ自存していることを根拠づけている（I - 1, 76f.）。

ベンヤミンの挙げる例ではないが、古典主義とかアナクレオン風の詩とかいった、いわゆる内容的な理想はとりあえず別問題で、トロヘウス式韻もダクテュロス式韻も自立した形式として別々に存在しつつ、つながっている、つまり関連しながら並存していると考えればよいだろう。そうすると、ちょうど理念（イデー）のように相互に無関係に存在するさまざまな形式が、総体としては一個の「連続体をなして」無限に充実しながら、つまり隙間なく存在していることになる。シュレーゲルはそれを「進展的な普遍的ポエジー」と名づけた。もちろん、その多様性にかかわらず、あるいはそれゆえにこそ芸術のイデーとしての統一性は個々の芸術作品（ポエジーという名の文学作品）の背後に隠れて、しかし常に実在している。「芸術の統一性というロマン主義的な理念は……もろもろの形式の連続体というイデーのうちに存在している」（I - 1, 87）。芸術は芸術作品の裏に隠れる形で存在しているという趣旨のことをゲーテが述べているが、それと似ている。真に見える者（真の批評家）にとっては「ギリシア悲劇は〔ルネサンスの〕ソネットと関連している」という先の一文はそのようなことである。

たしかに、真に文学を愛する人なら、背景も形式も素材もまったく違うギリシア悲劇と、シェイクスピアやペトラルカのソネットの両方を、「普遍的な人間性」などに還元せずに文学というコンテクスト(関連)で読むであろう。あるいは俳句とソネットと言ってもいい。ポイントは「関連」と「連続」にある。ちょうど言語哲学において、自然界のすべてがそれぞれの言語を発して、類似性のうちに共鳴・交響しあい、それが人間の言語を通じて真理のまわりをめぐっているのと同じに、すべてのジャンルや形式がまったく独立性を持ちながら、相互に隣り合い、関連している。似ても似つかないジャンル同士のあいだにもひそかな類似性がある。ちょうど「哲学的な単語のあいだにひそかな修道会的結束」(I－1, 49)があるのと同じに。

もちろんのこと、反省の自己限定が無限の多様性と広がりを持つということの、あるいは、シュレーゲルのように「進展的な普遍的ポエジー」というときの「無限」や「進展」という概念は、「人類の無限の進歩」について論じた啓蒙主義におけるような意味ではなく、すべての思考形式が無限の連鎖のなかでつながる思考であり、この形式を通じての自己限定が無限に充実しているということである。この〈形式の総体〉としてのありようをロマン派は、絶対的なるもの、もしくは絶対者、そしてイデーであると考えたというのである。

「ロマンとは詩的絶対者の名称である」

言語論における人間の言語に相応するのが、ポエジーにおいては「小説(ロマーン)」という近代的形式である。通常の理解では、種々の韻律の規則に縛られた詩に較べて小説は最も自由であり、またある時期までアリストテレスの『詩学』に規制された戯曲とも異なって、小説は最も形式を無視した、いかなる規則にもとらわれないものとされている。たしかに小説は、筋の進行そのものについてのとんでもない議論が入ってきたり、書き手や語り手が突然登場したりといったことがごく普通であろう。途中に詩を入れることも可能だ。

だがまさにそうした複雑さこそは、主体の情動の無限定な表白や吐露ではないことを示している。そうではなく、よく工夫された、手のこんだ、そして細工に富んでいる証拠、つまり「反省」がたえず発動し、形式によるそのつどの自己規定が起きている証拠である。つまり、「リベラルな自己限定」がなされている。「父と母が私を仕込むときにもっと気を配ってくれていたら」と目茶苦茶な書き出しで始まる『トリストラム・シャンディ』や、中にたくさんの物語や詩をまき散らした『ヴィルヘルム・マイスター』のように、どんなに破天荒な形式の小説でもそうである。むしろ、ロマン派がこの破天荒ぶりを模範としたところが重要といわねばならない。どんなに新機軸の突拍子もない構成であっても、「小説は決して小説という自己の形式を越えて飛び出すことがない。まさにそれゆえに小説におけるどんな反省も、小説自身によって限定されたものと見なければならない。というのも、小説を小説という枠に限定しているのは、どんな規則に即した叙述のためでもないからである」(I－1, 98)。小説を成り立たしめているのは、韻の規則のような外的な枠による限定ではなく、内部からの自己限定であるということをロマン派の反省概念は見抜いている。とこういうふうにベンヤミンは考えている。ノヴァーリスも、ポエジーが拡大しようと思うなら、ポエジーによる自己限定が必要であると述べている。それゆえに小説こそは、人間の言語が自然のいっさいの言語の翻訳であるように、すべてのジャンルの自己反省を「翻訳」として含む充実した連関、絶対者における自己反省という無限に進行する普遍的ポエジーを体現したものとなる。「ロマーン(小説)とは詩的絶対者の名称である」とベンヤミンは結論的に言う。

「初期ロマン派は、小説をただ、ポエジーにおける反省の最高の形式として彼らの芸術理論に組み込んだだけではない。彼らは小説こそ反省というものの強烈な超越的確認であると見た。その際彼らは、芸術のイデーという彼らの基本構想との直接的な関係性のうちに小説を置き入れた。こうした基本構想にしたがえば、芸術はもろもろの形式の連続体であり、小説は、初期ロマン派の考えによれば、この連続体の知覚可能な現出である。それは小説が散文であるゆえである」(I -1, 100)。「それゆえ形式とは、作品自身に内属し、作品の本質を形づくっている反省の対象化された表現なのである。形式とは作品における反省の可能性である。……芸術作品はその形式を通じて、反省の生き生きした中心となる」(I -1, 73)。芸術は生命的なものとのつながりを常に思わせるが、もしも反省が芸術作品の形式を形式たらしめているのならば、反省というきわめて形式的かつ空疎で色気のないように見える思考の運動こそが、最も生命の根源と結びついた色つやたっぷりの存在ということになる。そして、昔の叙事詩よりも、散文的な現代の作品の方が反省度が高いだけに充実しており、生命の豊かさを宿している、という、常識とは逆の逆説が成立する。

この「無限に進展的な普遍的ポエジー」なるものは全伝統を含み、未来の可能性も包摂するが、だからといって、先にも述べたように決して啓蒙的な進歩のことではない。むしろ、反省が充実しきって、一瞬停止し、自己限定へと凝縮する瞬間が重要である。ベンヤミンの引用するシュレーゲルの一文「なんで静止もなく、中心もなく、なにがなんでも前に進み進歩しなければならないのだ」(I－1.93)は、晩年の「歴史の概念について」における「静止状態における弁証法」という定式にまでつながる。

それではどうしてこうした小説観、芸術観を持つロマン派において批評の概念が重要となるのだろうか。ベンヤミンの答えは、まさにそうした作品に潜む「反省的傾向」もしくは「傾向としての反省」が、作品自身を越えて概念へと意識化されるプロセスが批判・批評だというのである。「反省は、作品の叙述形式のうちに含まれており、批判・批評において展開され、最終的には、法則にしたがった、もろもろの形式の連鎖である連続体のうちにおいて、自己充実に達する」(I－1.88)。ここで「傾向としての反省」とベンヤミンが言うときの「傾向」には、もちろん、フランス革命、フィヒテの『知識学』、そして『ヴィルヘルム・マイスター』を時代の三つの「傾向」として挙げたフリードリヒ・シュレーゲルの発言が下敷きにある。ベンヤミンでもシュレーゲルでも、「反省としての近代」から思考が発していることがわかる。そしてベンヤミンの特徴はこうした近代性の頂点とユダヤ思想が融合したことである。いや、さらに言えば、ロマン派のこうした思想のうちにメシア思想とのある種の親縁性が見られたことである。「ロマン主義の中心であるメシアニズム」という先の書簡の引用もさることながら、「学生の生活」のなかで、ここで「傾向」とされている「フランス革命」と並んで「メシアの到来」が語られていることを思い出していただきたい。

いかにして反省が偶然性を越えるか

こうしてみると伝統に発するさまざまな形式を引用し、時にはモザイクのように組み込み、そのいずれもから距離を取りながら、自己自身の進行について反省的論述を積み重ねていく、きわめて近代的な、さまざまな形式の集大成と混合の「傾向」を持つ小説（ロマーン）、その中に潜む反省的契機が、批評において自ずから発展して、自己充実に達し、芸術のイデーとの関係を得ることが批評、もしくは批判ということなのであろう。誤解してはならないのは、個々の芸術作品に美とか芸術のイデーといったものが実現するとか体現するとかいったプラトン的な理解ではない、ということである。もちろん、作品というのは、どれも偶然的な個人の偶然的な経験になんらかのかたちで依拠している。それがどのような形式を、そして形式の組み合わせを取るか、そしていつどのような反省を発動させながら進んでいくかも偶然的である。芸術という不可視のイデーに対する関係もしたがって相対的である。だが、まさにそのことを意識化することによって、反省は偶然性を越えるのである。

作品には、一抹の偶然性の契機がつきまとっている。この特別な偶然性を原則的に必然的なものとして、つまり不可避の偶然性として認めること、この偶然性を、反省という厳格な自己限定によって自己のものとして承認すること、これこそ形式というものの厳密な機能なのである。……というのも、批評が、あらゆる限界の廃棄であるためには、作品はこの限定に依拠していなければならないからである(I－1, 73)。

先に述べた「作品の解体」や「形式の破壊」が「積極的」もしくは「客観的に生産的な」批評という概念と結びつくのはこの点である。作品の形式が、作品における反省的自己限定であるとするなら、そしてその反省は作品に潜む「傾向」として、展開されることを望んでいるとするなら、批評の役割は、その「傾向」の行く先をこそ核として取り出すことである。そのためには今なお作品がとらわれている、そしてそれがなければ作品ではない、所詮は偶然的な形式を破壊し、乗り越え、その上に出ていくことである。そうしないかぎり、「傾向」を取り出すこともできない。「傾向」がはっきり分かるなら、それは十分に実現しているわけで、批評の余地はないし、まったく見えないならば、それは実現していないのだから、論じるにも価しない、とベンヤミンは書いている。

内在的批評としてのロマン派の芸術批評は、作品に内在する反省の力を外部に救い出すことによって、この問題を解消させる。したがって批判とは作品を「解体」することによって「核」を取り出すことであるといっても、それは、作品を要点にまとめ、絞り込むことでもなく、作品を越えた歴史的なコンテクストに位置づけることでもない。作品のいわばエネルギーとしての反省を、フィヒテの事行が世界を創出するようにとまでは行かぬとも、それといわばパラレルに、イデーの世界に救出することである、というのであろう。シュレーゲルの言う「絶対的リベラリティと絶対的リゴリズムの統合」としての芸術の構造について彼はこう述べる。

もろもろの形式の使用にあたっての純粋性と普遍性をロマン主義が求めるのは、そうした形式の簡潔性と多様性の批判的解体(kritische Auflösung)を通じて(形式に封じ込められている反省の絶対化を通じて)媒質における諸契機としてのそうした形式が作る連関に到達するという信念に依拠している。つまり、媒質としての芸術のイデーこそが、非ドグマ的な、あるいは言ってみれば、リベラルなフォーマリズムの可能性をはじめて生み出すのである(I－1, 76f.)。

因習的な文学形式の解体を生む形式の自己反省が、いっさいの形式の潜在的な相互浸透を現出させることこそ、真の自己限定としての自由、小説のような近代芸術に実現される自由なのである。

批評の使命

話は変わるが、西田幾多郎は彼の多くの論文においてこのロマン主義に由来する「自己限定」の概念を使用する。「絶対的な無の自己限定としての文化空間」といった考え方もある。基本的には「場所の論理」の支えとなっている。真の自己限定の中にこそ自由があるといった思考も認められる。だが、この自由はロマン派のモチーフである「自己限定」をナショナリズムへと変形したもので、ベンヤミンが読み取ったものとは百八十度異なる。絶対的な自己限定としての自由は、伝統的形式を破壊する、破天荒で無茶苦茶な小説にこそあるのであって、坐禅と歴史的形式に拘束された西田の意味不明の歌めいたものの中にあるのではない。しかし、二十世紀の初期という同じ時代における問題連関の共通性を見て取ることは、西田の空疎さとベンヤミンの知的方向を浮き彫りにするためには必要かもしれない。ベンヤミンの場合には、先に引いたショーレムへの手紙にあるように、形式とそれを支える認識の歴史的生成の問題、そして「教説」によるその解体なるものが念頭にある。さらに博士論文で彼の言うところを聞いてみよう。

作品の内在的傾向および、それゆえに、その内在的批評の基準は、作品に内在し、その作品の形式に刻印されている反省なのである。だがこの反省は真実のところ、評価の基準というよりも、まずなによりも、第一義的に見て、まったく異なった批評の基盤のことなのであって、作品のできを判断するといった態度ではない。こうして批評の重点は、個々の作品の評価よりも、その作品といっさいの他の作品との、そして最後には芸術のイデーとの関係の叙述にあることになる。……それゆえ批評とは、それがなんであるかについての今日の見解とはまったく相反して、その中心的意図においては、判定(Beurteilung)ではなく、一方で作品の完成(Vollendung)であり、補充(Ergänzung)であり、体系化(Systematisierung)であり、他方で絶対的なもののうちへの作品の解体(Auflösung)なのである。……作品の批評とは……作品の反省であって、作品にのみ内在している反省の芽を展開態へともたらしうるのである(I - 1, 77f.)。

作品の形式そのものに内属する反省の「傾向」が、批評によりさらに発展させられて、芸術のイデーとの関係のうちに立つ。そのための形式の破壊こそ、芸術における客観的審級である批評の課題となる。結果は、一般に批評と言われているものとはまったく異なり、作品の印象記述とは似ても似つかない文章になるだろう。そしてこの「破壊」もしくは「解体」としての批評は、神の精神が灼熱の炎としてかつて顕現したように、炎のメタファーで語られる。いわば作品を作品自身に内在する反省の灼熱の炎で焼き尽くして、そこに瞬間的に浮かび上がってくる、芸術のイデーとの関係を描き出すこと、それこそ批評の使命だというのであろう。あるいは、ベンヤミンが好んだ錬金術の言語で言えば、炎で焼き尽くすと、試薬が白熱と化する一瞬の姿、それを語ることでもある。時間、いや刹那性の中の姿が試薬の中の可能性の取り出しであり、「完成」であり「体系化」なのである。「ロマン派は、伝統をもう一度救出しようとした最後の運動といえる」(ショーレム宛、一九一七年六月)。

そのままの姿では見えない姿を一瞬浮かび上がらせる反省という炎、作品は批評を通じて自ら点火し、燃え上がる、それによる「滅び」もしくは「解体」としての「完成」、解体による救済――後に「救済する批評」と言われるものの基本志向である。それは作品の「本質」を言い当てるということではなく、芸術の理念(イデー)との関係を作品自身の自己解体のなかで見ようということである。あえて言えば、作品が自らと批評の精神との一心同体の中でクライマックスに達し、引き裂かれ、解体されてしまう瞬間に、壁に走る影とでも言おうか。ベンヤミンはあるところで、ギリシア悲劇の主人公の英雄は古き神々と戦い、没落していくのだと述べ、まさにそれは人間が自分の育った環境、文化、先祖の支配から逃れて普遍性へと脱出する戦いなのだ、と短く述べているが(例えば、本書一九九頁以下参照)、こうした見解などは、核を救済する批評のひとつである。

「ロマン主義の中心はメシアニズムである」とベンヤミンが言う意味が、これである程度理解できよう。メシアの到来によって歴史は解体され、すべてを焼き尽くす救済の炎によってはじめていっさいの事物は引用可能なものとしてその意味が明らかになり、自己の完成を祝う。同じように、それぞれ自存している形式は、批評による一瞬の解体と変容の中でイデーとの関係としてあるその意味を明らかにし、自己の完成を祝う。作品の宿す反省のうちに潜むメシア的なポエジーとその伝統が明らかとなるのである。『ゲーテの親和力』や『ドイツ悲劇の根源』においてもこうした問題系が論じられ、またこうした方法によって『親和力』という作品が、またバロック時代のアレゴリーが批評の光の下に浮かび上がることになる。

ところで、この炎のモチーフと小説との関係は、言語論と同じに息が長い。一九三三年の春から秋にかけての時期を、ベンヤミンは、地中海のイビサ島で友人のフランス人夫妻と過ごした。秋雨の時期となり、暖炉の薪に火をつける夫人を見ながら、ベンヤミンはつぶやいたと言われている。「貴方が今している仕事は小説家と同じですね。小説をなにかと比較するならば、燃え盛る薪以上にいい例はないでしょう(11)」と述べながら、薪が慎重に組み合わせられ、それが燃えて壊れていくのと同じに、小説でも破壊が起きるのだ、と説明した、という。一九三六年に書かれた「物語作者」でも、小説の読者(つまり批評家)は孤独の中で、ちょうど暖炉の中で火が薪を飲み尽くすように、小説を飲み尽くすといったことを書いている。「小説を貫く緊張は、暖炉の火を煽り、炎の戯れに息を吹き込む空気の流れと同じだ」(II - 1. 456)とも。

以上が、筆者のコメントを加えながらの、博士論文の要点であるが、さらに今後のベンヤミンの思想の骨組みと関わる特徴をいくつかあげておきたい。

用語の輝き

第一は、個性としての用語である。用語の輝きとでもいおうか。

初期ロマン派の文章についてベンヤミンは、「論述的な思考を極度に切り詰めながら、思想の体系的な広がりを極大化」(I - 1. 47)しようとする熱意があると述べ、そうした「体系の不可視の直観(unanschauliche Intuition)は言語である」(同)とする。つまり、言語というこの非感覚的なメディアには、くどくどした論述を経なくとも体系を直接に捉えることが可能であると考える(後にこの考えはモザイクについて展開される)。こうして、初期ロマン派はニーチェのアフォリズムが後にそうであったように、断片的で非体系的な思考であるとする通俗的見解がはっきり否定される。見た目には断片でもそれはそのまま体系なのである、理由は用語にあるというのだ。

たしかに初期ロマン派の文章では、「反省」「直観」「批評」といったそれぞれは珍しくもない単語が、独自の意味を充満させ、高電圧で光っている。ベンヤミンが引用するとなおさらそうである。「用語とは、シュレーゲルの思考が、論述性や直観性の彼岸で動いている領野なのである。なぜならば、用語、概念は彼にとっては、体系の芽を含んでおり、体系の事前的形成だからである」(同)。つまり、個々の用語そのものが特別な光を放って、その組み合わせがなんらかの体系性を見せている——だが、これは、一度でも読んだら誰でも気がつくベンヤミン自身の文体の特徴ではないか。また、彼はそれを引用でもやってのけたこともよく言われるとおりである。なんの変哲もない文章が彼によって引用されると、電位を高め異様な光を放ち始める。あるいは、別のところで彼はこうも言っている。「私の仕事における引用というのは、道の脇から武器をかざして飛び出てくる盗賊のようなものである。ぶらぶらと歩いている者から、信念を奪い取るのだ」(『一方通行路』「裁縫用品」)。

単語についてのこのような考え方、それもメシア的かもしれないが、それをベンヤミンはロマン派から得たようである。「文字(Buchstabe)とは魔法の杖(Zauberstab)である」というノヴァーリスの名句が引かれている(I - 1, 48)。ヘブライの伝統には、神を表す字(例えば聖四文字と言われるJHWH)そのものに救済の鍵を見る思考もある。後に彼は、ホフマンスタールに宛てた手紙で、用語の生命が動くときの幸福について語っている。

個別科学は、言語の記号的性格というおきまりの見方にとらわれていて、用語に無責任な恣意を押しつけています。哲学はこれに対して、認識をそのつどまったく特定の語へと向けさせる力を持つ、ある秩序の、恵み多い作用を知っています。概念のかさぶたに覆われた語の表面は、そのとき、磁力に触れてゆるみ、その表面の下に閉じこめられていた言語的生命のさまざまな形態を、明らかにするのです。ものを書く者にとっては、しかしこの関係は、彼の眼前でそのように言語が広がっていくかどうかを、彼の思考力の試金石とする、という幸福を意味します(一九二四年一月)。

精神、批判、形式/内容、普遍/特殊、本質、核といった用語が、その退屈な表情を振り払い、埃にまみれた書庫の片隅から立ち上がって、独自の光彩を放ちはじめる経験を自分の文章で持つこと――ベンヤミンでも、彼がロマン派に驚嘆するこの目標がいかに困難かを知っていた。うまく光らないときは、文章がただの「呪文」となり、「ペダントリー」となることを、手紙のこの箇所に続く文章で嘆いている。

イロニーですら、客観性の契機を持っている

第二に、こうした用語の光から推し量られる体系性の存在は、ロマン派の思想を客観性の思想と見る考え方と一体である。

一般に、ロマン派こそは近代的な自我の内面性の開始を告げるとされている。主体の自己反省の経験をさらに突き放して作品にも反省させるイロニーこそは、主観性の時代の典型的な産物と思われている。複雑化した社会において、自らの位置を定めがたい市民層の矛盾と緊張の所産として、この多少とも自閉症的な自我中心思考を理解する傾向も強い。後にベンヤミンと短い文通のあったヴァイマール期の大物国法学者でナチズム法学の雄となるカール・シュミットも、その有名な『政治的ロマン主義』の再版の序文で、ロマン主義を「主体を場とする偶因論(subjektivierter Occasionalismus)」と呼び、どのような主題によっても自我を祭壇に祭り、跪くのがロマン主義であると性格づけ、そのように見てこそ相互に矛盾したもの、例えば、心情の吐露や恋愛讃美と、きわめて先鋭な反省的理論の共在が説明できるとしている。いわゆるエゴマニーである。知的議論においても自分が自分にとって最大の問題となる。だが、ベンヤミンから見ればそれはロマン派の一面の過大評価でしかない。もう一つの面は、客観化への意志である。「初期ロマン派の客観的思考の力は、多くの著作家によって過小評価されてきた」(I－1, 81)と、この博士論文の中で断言している。

主観性の頂点であるイロニーですら、実は客観性の契機を持っているとベンヤミンは言う。芸術作品の構成原理となったイロニーは、作品の形式としてまさに自己限定という客観性そ

のものとなり、そうしたものとして批評の概念の近くに位置する。カール・シュミットはロマン主義論で、ロマン主義者のイロニーは、自尊心を救うためでしかないとして、その弱さを批判するが、ベンヤミンはそのような個人的なイロニーを言っているのでなく、形式的な作品上の原理としてのイロニーの客観性を重視している。「形式的イロニーは勤勉とか正直といった著者の意図的な態度のことではなく、……作品の客観的な契機として理解しなければならない。……取り壊しながらなおも作品を作る原理であり、作品においてイデーとの関係を明らかにするのである」(I-1.87)。後の時代が、個人のアイロニカルな性格と作品の原理としてのイロニーの区別を忘れたことが、ロマン主義を主観性の文学とする誤解の始まりとなった、とベンヤミンは批判しながら、小説におけるイロニーについて、「芸術の超越論的な秩序を覆うカーテンを吹き上げる嵐」(I-1.86)という比喩を用いている。その意味では、ギリシアの社会と国家を解体するソクラテスのイロニーの客観的暴力の方がロマン派のイロニーに近いとされる(この問題の背後にあるベンヤミンのキルケゴール読解については今は論じない)。

我々は自分自身については沈黙する——醒めた専門家の要請

第三は、芸術の技術主義的理解である。

ロマン派やヘルダーリン以降、文学の仕事は訓練と手仕事的な能力が不可欠な存在、つまり技術となった点をベンヤミンは強調する。「醒めた nüchtern」(I-1.103)反省こそが「交響」を呼び起こすとされる。ヘルダーリンでは有名な「醒めた nüchtern」という語がシュレーゲルでも重要なキーワードであることをベンヤミンはおそらくはじめて指摘している。ヘルダーリン自身、作家は市民の生活をしつつ訓練を必要とすると、醒めたことを述べている。「真の芸術的ポエジーは計算可能である」というノヴァーリスの言葉、あるいは詩人を「工場主」にたとえるシュレーゲルの言葉が引かれる(同)。「情熱」や「放浪」や「インスピレーション」、そして「天才の激情」といったロマン主義の通常のイメージとは正反対である。技術とは客観的なものであり、理性の産物である。先にも触れたが、モダニズムとは客観主義なのである。近代の主観主義的理性による自然支配をベンヤミンは批判したとする、よく言われるテーゼは、間違いではないが、それだけなら他の人にもいくらでも見出すことができ、きわめて空疎な解釈である。

客観的技術の重要性を指摘するベンヤミンは、後年、共産主義に向けて芸術家、特に著作家を技術者《エンジニア》と捉える(例えば「生産者としての作家」II－2, 683-701)態度を先取りしている。あるいは「叙事的演劇とはなにか(1)」(II－2, 519-531)の中でブレヒトについて次のように述べている芽はここにとっくに存在している。「この大衆の興味を専門家として――教養を通じてではまったくない――引きつける努力のうちにこそ、ブレヒトの弁証法的唯物論が貫徹しているのだ」。芸術家は、ただの技術者なのであって、いろいろと語るべき内面を持った立派な主体ではないのである。主体の個人的経験や感情や私生活は、事柄の前では燃えてしまうのである。最晩年の「ベルリン年代記」にある次の文章は、こうした背景で言われている。

「私が同じ世代のたいていの著作家よりもいいドイツ語が書けるとしたら、その多くは、二十年間にわたってただひとつのささやかな規則を守ってきたおかげである。規則とは、手紙以外では、〈私〉という言葉を使わない、ということである」(VI. 4745) ―― もちろん、自身認めるとおり、まさにこの回想の文ではこの規則を守っていないが、ここにある「自己についての沈黙」は重要である。それで思い出されるのは、ラテン語の一句 De nobis ipsis silemus (我々は自分自身については沈黙する)である。ベーコンが『大革新』の序(Praefatio)に掲げ、さらにはベンヤミンが独特の理解をしたカントが『純粋理性批判』のエピグラフに引いたこの一文は、近代の最良の伝統として、ロマン派の技術主義的理解をするベンヤミンに引き継がれている。だが、二十世紀の知識人はその大多数が反対のエゴマニアにかかってしまった。自分の経験、自分の意見、自分の思想的行き詰まり、自分の思想的変化、自分の一貫性の釈明、自分のエピソード……。私小説の伝統がそれに加わった地域もある。

博士論文は指導教官ハーバーツ教授の主催するシリーズで刊行された。印刷業を営むショーレムの父が印刷を請け負い、ベルン大学が補助金を出して、名門フランケ書店で出版された。こうした論文の常として売れ行きはかんばしくなかったし、一九二四年には書店の倉庫が焼けて、残ったのはほんの少部数という著述家としての悲惨なスタートとなった。

注

(1) Scholem, Gershom, *Tagebücher nebst Aufsätzen und Entwürfen bis 1923*. 1. Halbband 1913-

1917, Frankfurt 1995, S. 391.

（２）Brecht, Bertolt, Kurzer Bericht über 400 (vierhundert) junge Lyriker, in: *Gesammelte Werke in 20 Bänden*, Bd. 18, Frankfurt 1967, S. 56.

（３）この点については『救済の星』の翻訳（みすず書房、二〇〇九年）の訳者あとがきを参照。なお、そこに他の著作として挙がっているマイヤーの『鉄道』は『鉄骨建築』の誤り。

（４）例えば、Benjamin, Walter, *Ursprung des deutschen Trauerspiels*, Berlin 1928, S. 89.

（５）Scholem, G., a. a. O., S. 382-395.

（６）Dora Polloak an Herbert Blumenthal vom 14. 3. 1914 (im Nachlaß Scholem), zit. in: Puttnies, Hans, Smith, Gary (hg.), *Benjaminiana*, Giessen 1991, S. 136.

（７）Brief an Martin Buber von Juli 1916, in: Benjamin, *Gesammelte Briefe*, Bd. 1, Frankfurt 1995, S. 325-327.

（８）このあたりは、前期ハーバーマスの論文に拠っている。

（９）Scholem, G., *Walter Benjamin — die Geschichte einer Freundschaft*, Frankfurt 1975 (dritte Aufl. 1990), S. 184.

（10）Habermas, Jürgen, Ernst Bloch, ein marxistischer Schelling. in: Habermas, *Philosophisch-politische Profile*, Frankfurt 1971, S. 141-167.

（11）Unseld, Siegfried (hg.), *Über Walter Benjamin*, Frankfurt 1968, S. 42f.

第四章　法、神話、希望

ユダヤ精神は私にとってはいかなる点でも自己目的ではありません。そうではなく、精神的なるものの最も高貴な担い手であり、かつ代表者なのです。[1]
希望なき人々のためにのみ希望はわたしたちに与えられている。[2]

1　新しき天使――言語論の究極

当然のなりゆき、両親との葛藤

博士号を取得したベンヤミンは、一九一九年の夏をアルプスの保養地で過ごした。妻のドーラも、前年に生まれた息子シュテファンも、そして養育係の女中も一緒に。贅沢といえば贅沢。もちろん、費用は父親からの仕送り。しかも、父親には博士試験に合格したことは内緒にして、出かけている。まだ試験が終わっていないことにすれば、仕送りが続くという計算。その父親も、敗戦後のドイツ経済の瓦解に直撃され、以前のような余裕はなくなっていたのに、ヴァルターたちは戦前の大ブルジョアの生活スタイルと簡単に手を切れなかった。その後も長いこと「金銭上の問題について戦前の考え方にいかに強く支配され続けていたか」はハンナ・アーレントが指摘しているとおりである(3)。

だが、どこからか博士号取得を聞きつけた両親が突然、若夫婦の休暇先にやって来て厄介な事態になった。将来を気遣って、実業に就くことを要求する両親との葛藤が始まる。裕福であってはじめてユダヤ人は認められるという経験則からしか考えられない両親と、書物と文字の世界にしか興味のない息子。しかも妻と子供を抱えて親の援助を当然視する態度。今から見ればどっちもどっちということかもしれない。順調に進めばベルン大学で教授資格論文まで行けそうだというあまり根拠のないことを言い、ヴァルターは強硬な父をとりあえず引き取らせた。若夫婦はさらに九月末から十一月はじめにかけて、今度はスイスのルガノ湖畔で休暇を続けている。そこでは「運命と性格」という重要な、一九二一年に雑誌『アルゴナウテン』(ギリシア神話のアルゴー号に乗った人々の意)に掲載された論文を書いている。

ルガノでの休暇の費用の一部は、妻ドーラのアルバイト収入で賄った。敗戦でライヒスマルクが反古同然の時期に、彼女は英語の推理小説の翻訳で外貨を稼いでいた。後のベルリン時代にも、英米の特派員の事務所に勤めてドルを得ていたのは彼女である。ベンヤミンが後にカプリ島に行けたのもその資金があったからこそ。彼も結構虫がいい。

ルガノの休暇の後、仕送りを止められ、スイスに居続けるのは不可能となり、ベルンでの教授資格取得も夢に終わった。最終的に一九二〇年春、ベルリンのグルーネヴァルト地区、緑の豊富なデルブリュック通りの両親の邸宅に戻ったものの、たちまちのうちに親と大喧嘩になった。「この時期についてなにか話すことはとてもできません。……両親と私との関係は一番大変な時代をもう乗り越えていたと思っていたのに、それがまた何年も経ったこの時期に同じ大変なことになって、爆発してしまいました。奇妙と言えば奇妙ですが、どこかで当然のなりゆきでもあります」(ショーレム宛、一九二〇年五月)。

結局一家は親の家を飛び出したが、幸い友人のグートキント夫妻が手を差し伸べてくれ、郊外の団地にある彼らの住居に居候することができた。上流ユダヤ人家庭の出身であるエーリヒ・グートキントもやはり同じ理由で親と衝突したため、「身分」にふさわしくない団地に住んでいた。彼も大変な人物だった。一九一〇年に出した、メシア的救済への憧れの書『鉄の誕生——世界の死から行為の洗礼にいたるセラフィウム天使の彷徨』は国際的にも知られて、ロンドンには彼の崇拝者グループができており、後に亡命の途上で支えとなった。ちなみにこの団地は、バウハウスの建築運動の所産で、ブルーノ・タウトの設計による。もっとも、豊かに育ったベンヤミンは、ここで団地住まいの楽しくないところもたっぷり味わったようだ。

不安と危惧の高まりの中で

この時期はしかし、ユダヤ思想のなかで神秘主義的傾向が強まっていた。一九二〇年、二一年という第一次大戦後の不穏な時期は、ドイツのユダヤ人社会に不安と危惧が高まっていた。すでに戦局が傾く頃からドイツ社会に急速に反ユダヤ主義がみなぎり始めた。食料が足りなくなれば、ユダヤ人の陰謀と騒ぎ立てられ、物価が上がれば、国際ユダヤ資本の策略と喧伝された。共産党のビラすら、ミュンヘン革命を「ユダヤ人共和国」と形容するほどだった。そうした中で、さまざまなユダヤ系知識人が独自の神秘的な理論を展開した。およそ危機の時代に、自分の宗教を捨てずに頑張ろうとすると、聖典を新しい内的経験で読み直し、なんらかの隠れた意味を発見することを求めだす。「歴史的現象としての神秘主義は危機の産物である」(ショーレム『カバラとその象徴的表現』法政大学出版局、四五頁)。

十五世紀のスペインにおけるユダヤ人追放という危機とイサアク・ルリアのカバラ神秘主義に密接な関連があることは、ショーレムの指摘するとおりだ(ショーレム同書第七章参照)。だが同じ危機の時代の神秘主義でも、中世以来ユダヤ人をいくども襲った危機とひとつの点で今回は、危機の性質が大きく異なった。啓蒙主義を経た脱魔術化の時代という点である。神秘のなくなった時代における神秘主義の可能性の限りなき追求が、第一次大戦直後の特徴だった。他方で、やはりシオニズムの言うとおり、パレスチナしか行く先はないのではないかという気分も拡がりだした。ベンヤミンもこうしたユダヤ人サークルと交流する中で、集中的にユダヤ神秘主義の勉強をはじめている。

「プロローグ」で触れた「神学的=政治的断片」はその産物である。一貫して固執しているのは、歴史の終結はメシアの到来によって訪れるのであって、人間の行為によって歴史の目的が実現されるのではないという、進歩主義への深い拒否であり、現実と精神的交流との峻別である。「メシアこそがいっさいの歴史の動きを完成させる。しかも、歴史の動きとメシア的なものとの関係そのものをメシアが救済するのである。それゆえに歴史的なものは、メシア的なものと関連づけられてはならない」(II－1. 203)。ロマン派論とのひそやかな呼応関係もこの文章から読みとれる。先に引いた文章を思い起こしてみよう。

ある哲学的見解が真に教説の典範に即したもの(kanonisch)であろうとするなら、そうした見解の最終的な形而上学的な品格は、それが歴史とあい渉る過程において最もはっきりと見えるようになるでしょう。……というのも、……認識の歴史的生成という主題……は、教説(Lehre)が解消(Auflösung)せねばならないのです(ショーレム宛、一九一七年十月二十二日。一四二―一四三頁に全体を引用)。

ドイツ帝国の箍《たが》がはずれたこの時代には、現世に理想社会を、メシアの国を実現すべく活動するユダヤ人が雨後の筍のように蠢きだしていたが、ここにあるのは、そうした意志的活動の明確な拒否である。政治的計算や打算の否定でもある。

ベンヤミンはまた、ショーレムやグートキント夫妻の影響もあってヘブライ語を習い出している。パレスチナ行きもなんども考えた。一九二三年にパレスチナに移ったショーレムが彼のためアメリカから奨学金を確保してくれるところまで話が進んだこともある。しかし、結局彼はパレスチナ移住の決意ができなかった。実人生の遅疑逡巡、結局「なにもしない」

知的凝集力は、彼の思考方法と深く結びついている。

どこで暮らそうとドイツを忘れない

ベンヤミンには、父親の友人で、フロレンス・クリスチアン・ラングという年長の文通相手がいた。役人生活の後、神学を学び牧師となり、また役人に戻り農協系銀行の重役を務めるかたわら、シェイクスピアのソネットの解釈を書き、ホフマンスタールとも密接な文通をするという、プロイセン保守主義の最良の教養の持ち主だった。後年もドイツ精神のラング、ユダヤ精神のローゼンツヴァイクというようにヘッカー論(「特権的思考」)で並記することもあるほど尊敬していた(Ⅲ.320)。一九二三年十一月十八日のラング宛のベンヤミンの手紙には、ドイツからの疎外感がにじみ出ている。この手紙のきっかけは、中立国ベルギーやオランダに攻め込んだドイツの過去を厳しく問いただす自著のタイトルに、ラングが、支持者の名としてマルティン・ブーバーなどと並んで、ベンヤミンの名も挙げたいと、要望したことにある。ちなみにラングは、この頃のベンヤミンの知的交流サークルの中ではほとんど唯一ユダヤ人でなかった。この要望に対して、ベンヤミンは、ドイツのもたらした戦争による荒廃、その責任についてユダヤ人は発言すべきではない、と書いている。

どれほど私がドイツと深くつながっているかは、一度として私の意識から離れたことはありません。……しかし、ある民族がきわめて恐るべき状況にあるときに、語る使命を帯びるのは、その民族に属する人々、しかも、言葉の最も優れた意味で属する人々でなければなりません。……ユダヤ人は語るべきでないことはたしかです(私にはラーテナウが死んだ深い必然性は常に明らかでした)。……それとまったく別に、ドイツ人とユダヤ人のあいだのひそやかな関係はそれ自身として正当な仕方で守られる可能性があります。……今日、ドイツ人とユダヤ人のさまざまな関係のうちで、目に見える働きをしている関係は、禍をもたらす関係であり、両民族の中の高貴な人たちは、真に有効なつながりを守るためには、今日では自分たちの結びつきについて沈黙を守るべきでしょう。国外脱出の問題に戻ると、それは私を仲間にしようとする貴方の試みに対する防御的な返答の試みとのつながりでのみ、ユダヤ人問題と関係があります。他の点では関係ありません。……今後どこで暮らそうと私はドイツを忘れないでしょう(上記ラング宛の手紙)。

右翼に暗殺されたユダヤ人富豪のラーテナウについてカフカも——ハンナ・アーレントが指摘することだが——「彼らがこれほど長く彼を生かしておいたことの方が理解できない」(ブロート宛、一九二二年六月三十日)と述べている。とするならば、自分たちはユダヤ人だから、ドイツの過ちに関するドイツ人たちの議論には参加すべきでない、というのは、単に自己保存のためではない。単純な共生などにはいかなる希望もつないでいなかった。反ユダヤ主義があるかぎり、知的交流をする人々のあいだだけの、目に見えない秘密の関係のみが、意味を持つのであり、しかもそれは外部に語ってはならない——ちょうどメシアと歴史との断絶と同じに、秘密の精神的関係は外部の社会と断絶しているべきというのだ。青年運動時代の純粋性への固執は続いている。もしも、ドイツを出るとしてもその点は変わることがないというのである。かつて青年運動の頃は、「ドイツ語によるユダヤ的な精神的生活、これだけが唯一可能な道に思われます」と友人ルートヴィヒ・シュトラウスに書いていた(一九一二年九月十一日)が、それもあくまでドイツの政治には介入しないということも含んでいたろう。

他方で、国外脱出は必ずしもパレスチナ行きを意味しないこともこの手紙は告げている。ベンヤミンの属する階級にとっては、インフレ下の厳しい生活で、かつて豊かな市民階級が作り上げたいっさいのもの、宏壮な家のなかの大きな部屋が与える安定感、余裕のある読書時間、経済的な打算に汚されない友人関係——そういったいっさいのものが崩れていくことが耐えられなかった。「今日、ドイツで真剣に精神的な仕事をしようとする者は、恐るべきかたちで飢えに脅かされています。……これこそ私が外国行きを考える理由です。……ひょっとしたら数週間後にはスイスでもイタリアでもともかく出てしまうかもしれません」と先のラング宛の手紙は続いている。インフレは、ただでさえ父の援助を失ったベンヤミン一家を直撃した。数年後に『一方通行路』のなかの「ドイツのインフレーションの中の旅」と題した文には次のようにある。

いっさいの親しい人間関係は、ほとんど耐え難いほどの徹底した明快さ、人間関係自体の存在がまず無理なほどの明快さによって貫かれてしまっている。というのも、いっさいの生活の利害の中心に破壊的なかたちで存在しているのは、金銭であり、まさにこの金銭こそが、ほとんどいっさいの人間関係が失敗する障害となっている。そうである以上、自然に関しても人間社会の倫理に関しても、無邪気な信頼、静かなやすらぎ、そして健康がどんどん消滅しつつある(Ⅳ-1, 96)。

あるいは、「物から暖かさが消えていく」とも。反ユダヤ主義が激しくなり、ドイツからの疎外感を抱くのと、どこでもいい、生活の楽なところへ脱出しようというのとは、同じ盾の表と裏であった。彼の理解した「物書きの」ユダヤ精神にとって、行き先はパレスチナである必然性はなかったのだ。

だが、父との諍《いさか》いの最中、そして外部ではインフレが荒れ狂っている最中にベンヤミンは、高価な古書籍を買い漁っている。書籍収集に関する彼のエッセイを読むと、すでに学生時代から古書のオークションに参加していたらしい。本好きと収集癖については、後で述べるが、ショーレムには、古書、例えばボードレールの友人アセリノーの、三百五十部しか刷られなかった豪華本を購入したことを手紙で打ち明けながら、でも人には黙っていて欲しい、と書いている。苦しくなると散財する自己破壊的性格は近代文学では珍しくないので、理解できよう。もっとも古書のおかげで亡命中生き延びたところもある。一九一七年スイス移住の直前に購入したロマン派のフランツ・フォン・バーダーの全集は、「歴史の概念について」に大きな影響を与えたバーダーの論文を含んでいるが、それを一九三四年秋にショーレム経由でエルサレムの大学に売却して、一時の生活費に充てている。また本に通じているために、古本を転売して利ざやを稼ぐこともできた。とはいえ、いつまでもグートキント家に居候もできず、一家は一九二〇年九月には親の豪邸に戻るが、父との言い合いはずっと続いた。

「翻訳者の使命」

この時期の仕事として重要なのは、戦時中に始めたボードレールの『悪の華』の「パリ風景」の翻訳およびそれをきっかけに飛び込んできた新しい雑誌刊行のプロジェクトである。ボードレールはドイツでもすでに早くから知られていた。マクス・ヴェーバーが『職業としての学問』で、真・善・美の分裂を如実に示す例として、ニーチェの名と並んでボードレールの詩に言及していることはよく知られている――この講演はベンヤミンも読んでいる。とりわけ有名なのは、ベンヤミンにとって愛憎半ばする屈折した戦いの相手シュテファン・ゲオルゲによる『悪の華』の翻訳である。ゲオルゲの翻訳は、ボードレールの詩想を自分なりに発展させているのに対して、なによりモデルネの地獄の詩人という、都会のボードレールを真に発見したのは、ベンヤミンだった。とはいえ、翻訳の出来映えは、なんといってもゲオルゲの独特の文体の方が、調子も美しく、言葉の選択もうまかった。美しい言葉が美しい順序で並んでいる。ただ「煙突」は都会の煙突でなく、風景もドイツの丘陵地帯の小さな町といった雰囲気は拭えない。その点では、ベンヤミンの訳の方が都会を感じさせる。とはいえ、有名な「通りすがりの女《ひと》に」の訳などは、ゲオルゲの方がベンヤミンの芸を遥かに越えていることは、否定できない。

ちなみにこの「通りすがりの女《ひと》に」は、のちの「歴史の概念について」にある、とかく見逃されがちな小さなフレーズとの呼応関係がある。この詩は、パリの喧噪の街角を喪服の裾を手で上げながら喪の苦悩に耐えるかのように、静かに通り過ぎる細く美しい高貴な女性への一瞬の恋心を歌った詩である。彼女の目と一瞬こちらの視線が交錯したのか、しないのか。しかし、私はそこに深い快楽の泉を読み取る。だが彼女は、いずこへともなく消えてゆく。

はかなく消えた美しい女《ひと》、／そのまなざしが、私をたちまち甦らせた女《ひと》よ、／私はもはや、永遠の中でしか、きみに会わないのだろうか？／違う場所で、ここから遥か遠く！もう遅い！　おそらくは、もう決して……(阿部良雄訳『悪の華』筑摩書房)

私の腕の中で震えたかもしれない美しい人とのすれ違い、という都会のどこにでもある、それなりに身勝手な、しかし、きわめてモダンな経験である。「歴史の概念について」の第二テーゼでは、「われわれに身を任せたかもしれない女性」が、あり得たかもしれない、しかし、決して来なかったユートピア的メシア的幸福のイメージとして語られている。ユダヤ神秘主義そのものでもあるこの「歴史の概念について」のなかにボードレールのモダニズムが呼応している。モダニズムと神秘主義の出会いこそベンヤミンの真骨頂である。

このように、パリとの生涯にわたる関わりの原点はボードレールのパリであった。時代と決して和解しない詩人への、同じく時代との和解を知らないベンヤミンの思いを我々は読む必要があろう。この翻訳は対訳のかたちで一九二三年十月にハイデルベルクのヴァイスバッハ書店で、インフレの最中とはいえ、わずか五百部出版された。まったく売れないに等しく、十年後も在庫があったという。ヴィーンのシュテファン・ツヴァイクが『フランクフルト新聞』に決して好意的ではない書評を書いて、ベンヤミンを怒らせた。

この翻訳はしかし、出来栄えよりも訳者の前書きにあたる論文「翻訳者の使命」(Ⅳ-1. 9-21)で重要である。この論文も、「言語一般および人間の言語について」あるいは、非感覚的類似性やミメーシス的能力に関する諸論文と密接に関連している。そしてこうした「言語の思想」と、彼の時代批判、社会批判、マルクス主義への傾斜との複雑な緊張関係が重要である。

一般的には翻訳とは、原作の意味をできるだけ忠実に伝達する仕事と考えられている。そのためには、いわゆる逐語訳でどうしても足りないところがあれば、多少とも母国語の自由を駆使した言い換えやパラフレーズが許され、そうした逐語訳と意訳の、つまりベンヤミンの言葉を使えば、「忠実」と「自由」の微妙なバランスを使いこなせる人こそ翻訳の名人ということになっていよう。あるいは解釈学の翻訳理論であれば、原文が多義的で難解であるときには、訳者はどれかひとつの解釈に決めてそれに合わせて訳すべきであって、さもないととてつもないものができあがるし、それは原作の意に沿わないことと考えられている。この論理はガダマーがずっと後に『真理と方法』(一九六〇年)で展開している。(4)

ベンヤミンは、予想されるこうした考え方に真っ向から反対する――もちろんテクストが伝達のために書かれたものでない場合に限定されるが。彼は、解釈学や受容美学とはまったく異なった、芸術の絶対的自存性という前提から、翻訳が独立的存在であることを、それが原作の書かれている言語ではなく、翻訳される別の言語の可能性を限りなく広げることを、そしてそれは作品の翻訳における〈死後の生 Nachleben〉であり、作品の一側面の自己展開であることを、つまり、結果として逆説的にも受容美学にも影響を与えた考え方を展開する。

言語論関係の論文と同じく、核心にあるのは、第一には、言語は行動のための伝達の手段では本来はない、というベンヤミンの強烈な信念であり、第二には、先の諸論文では森羅万象の諸言語間の類似性が強調されていたのに対して、人間における多様な諸言語間の親縁性なるものが論じられている。そして第三には、芸術作品(ここでは文学)の自立的存在の客観性である。さらには四番目として、今まではそれほど大きな要素でなかった、あるいはどちらかというとうまく嚙み合っていなかった時間性の問題が大きく登場する。

「純粋言語の前ではあらゆる志向が消滅する」

「言語」論文では、名前なき森羅万象にアダムが名前をつけることによって、そうした事物の言語を人間は精神的な人間の言語へと翻訳し、神の創造の御業《みわざ》にあずかっていたのが、アダムの堕罪によって言語は、人間同士が協力して自然に立ち向かうための連絡手段、つまり意味伝達の手段になってしまったとされていた。それを踏まえつつ翻訳論のベンヤミンは、無数にある人間の言語のあいだに依然として翻訳が可能であるのはどうしてか。それは，いっさいの言語はそれぞれが言おうとしていることにおいて親縁だからである，という議論をする。「パン」はドイツ語ではBrot，フランス語ではpainと異なるのは誰でも知っている。それは類似性の議論を援用するなら，そのつどの時代やグループの人間たちが，自分たちなりに「パン」という事象に適合しようとした叫びなのである。そのどれもが，完全に対象に同化しきれていない以上は，多様であるのは当然である。そうした個別的な言語表現の総体として純粋言語なるものをベンヤミンは想定する。それぞれの個別言語は，その実現（自己限定）の限界において，実現できなかったものを，つまり真理への，純粋で透明な神の言語への通路をかすかに示しており，そのことにおいて親縁である，というように考えられている。

もろもろの言語のあいだの歴史を越えたいっさいの親縁性は，それぞれ全体をなしている個々の言語のどれにおいても，そのつどひとつの，しかも同一のものがめざされているという点にある。しかもその同一のものがそうした言語のどのひとつによっても到達不可能であり，それら諸言語の志向（Intention）が相互に補い合うその総体においてのみ到達可能なのである。そのめざされているものが純粋言語なのである（Ⅳ－1，13）。

ここのベンヤミンの議論は難解だが，おそらくは，無数の芸術作品のかげに芸術のイデーが隠れながら、個々の芸術作品はそうしたイデーとの関係において批評によって把握される、というあの思想とパラレルに考えていいだろう。純粋言語なるものと個別の自然言語との関係は、決して物自体と現象とか、本質とその輻射《ふくしゃ》としての現象、あるいはプラトン的なイデアとそれに部分的に参与する(methexis)感性界の事物といった、古典的な二項対立で考えてはならない。「諸言語が互いに補完し合うもろもろの志向(Intention)の総体によってのみ到達しうる」のである。ただし、それは量的な意味での総体ではなく、すべての個別言語が純粋言語の層へと吸い込まれ消滅していくようなあり方なのである。

純粋言語とは、もはやなにものをも志向せず、なにものをも表現せず、表現を持たない、創造的な語として、いっさいの言語においてめざされているものそのものなのだが、この純粋言語においてついに、あらゆる伝達、あらゆる意味、あらゆる志向は、それらがいっさい消滅するべく定められているあるひとつの層に到達する。あるいは、あらゆる言語が求めてやまない究極的な秘密が沈黙のうちに保管されている真理の言語というような考え方もされている。「純粋言語の前ではあらゆる志向が消滅する」という発想も、真理の炎の前で燃え尽きる個人的存在という考え方の延長であろう。いわば真理の前に、無数の言語の天使が、賛歌を歌いつつ飛び回っている、そして真理に近づいた瞬間に消えていく、そういったイメージがいいのかもしれない(一九六―一九七頁参照)。

そういえば、デリダは、バベルの塔を論じたエッセイで、こうしたベンヤミンの議論から、ある一言語によるエスノセントリックな言語帝国主義を越えた、つまりどんな言語も多様性の一環と考えるからこそ純粋言語にそれぞれが縫い合わされるのである、という考えを見出そうとしているが、後で述べるように、ベンヤミンの発想と近い(5)。

こうした「諸言語間の最も内的な関係の表出に対して合目的的 zweckmäßig」なものが翻訳であるとベンヤミンは考える。真理のまわりを乱舞しては消えていくもろもろの言語の間の内的な関係、つまり相互に補完しあって純粋言語を志向している関係にもっとも内的整合性と適切性を(「合目的的」はこうした「有機的」関係を表すカントの用語)もって相応しているのが翻訳だというのである。その理由はなかなか複雑である。

翻訳とは非連続的存在である

まず挙げられるのが、芸術作品は、絶対的に客観的な存在であり、公衆のために、つまり受容のために存在しているのではないという、イデーについて自存性が言われていたのと同じ考えである。「芸術はそのいかなる作品においても、人間に注目されることを前提としてはいない。というのも、いかなる詩も読者に向けられてはおらず、いかなる絵画も鑑賞者に、いかなる交響曲も聴衆に向けられてはいないからである」。このエッセイの冒頭部のこうした文章は、受容美学に内在する社会学的発想の正反対である。その上で「翻訳はひとつの形式である」(II－1.9)と言われる。この一文の意味を理解するためには、ロマン派論の中で「小説という形式」について語られていたこと、つまり自己限定としての形式という議論を、そしてさらには、それぞれのモナドへと自己限定されているイデーという発想を思い出す必要がある。

翻訳も読者のためにあるのでなく、ちょうど芸術作品がそれぞれ形式として相互に非連続的に接しているように、またもろもろの言語がそれぞれ内的な全体性をなしながら、相互に非連続的に自存し、そのことによって並存しているのと同じように、翻訳テクストもまた、原作と離れて非連続的に自立的に存在し、並存する。「原作とはその翻訳可能性によって密接な連関のうちにある」とはいえ、この連関は原作にとってはなにも意味しないことにその事態はよく示されている、と彼は言う。ちょうど生命の連関において、生の現れが他の生きる物にとってなにも意味しないのと同じように。私の生の現れである私の子孫はそれ自身独立した存在であり、究極的には私とは無縁の非連続的存在(かつ並存する存在)であると考えれば、ヒントになろう。そして私にも、私の子孫にも、カントが人間についてそれ自身が「目的」として扱われねばならない、と言ったことがあてはまる自立的存在であるのと同じことが、芸術作品にも、翻訳にもあてはまる、というように考えればいいだろう。

他方でベンヤミンはもちろん、翻訳可能性が原作の中に内包されていることを忘れてはならない、と強調する。作品が翻訳を要請するのである。およそ生きとし生ける物が、別の存在を、しかもさまざまな別の存在(子孫)を生み出す可能性を内包しているのと同じである。ただし、生物的な場合と異なり、その可能性は作品の中の自己意識、反省といったロマン主義論で言われていたものと通底している。作品の核を批評が燃焼によって救出するように、作品の形式を解体しつつもその〈傾向〉を別の言語に救出し、「次の生活」を、いわば作品の死を越えて死後の生(Nachleben)を与える作業が翻訳なのである。

芸術作品の生とその死後の生という考え方は、メタファーとしてではまったくなく、本当にそういう事態として捉えねばならない。有機的な身体をもったもののみを生として認めるだけですまないことは、最もとらわれた思考が支配していた時代においてすらうすうす感じられていた。……歴史を持つあらゆる存在、たんに歴史が起きる場であるにとどまらないあらゆる存在に生を認めてはじめて、生の概念は十全なものとなる。なぜなら、生の圏域を最終的に規定するのは、自然ではなく、ましてや感情や魂といった揺れ動くものでもなく、最終的には歴史だからである。そこからあらゆる自然の生を、より広い歴史という生から理解する、という使命が哲学者に対して生じる。少なくとも作品の死後の生は、被造物の死後の生よりも、はるかにたやすく認識できるのではないだろうか。偉大な芸術作品の歴史には、源泉に由来するその発生、作者の時代におけるその形成、そして引き続く諸世代のもとでの、原則的には永遠の死後の生の時期が備わっている。……翻訳において、原作の生はそのつど新しく最終的な、そのつど最も包括的な発展に達しているのである(II－1. 11)。

原作の時代の言語は歴史の中で変わっても、原作の言語は作品が伝承されているかぎり残る。それに対して、翻訳する側の言語は、歴史とともに変化していく以上、常に新たな、常に最終的な、作品の死後の生が作られねばならない。そしてそれぞれのバージョンは、原作の特定の側面を、独自の存在へと救出しているのである。「言語の歴史のある特定の時点でなされたあるひとつの作品の翻訳は、いつでも、その作品の内容のある特定の側面に関して、他のすべての言語による翻訳を代表する」。こうして、時間性が大きな契機として登場する。純粋言語への「聖なる成長」の過程で翻訳が「燃え上がる」のは、「一時的で暫定的な解決でない、瞬間的で最終的な解決は、人間性には拒まれている」からである。そうであるからこそ時間性が重要なのである。

瞬間的で束の間の性格を表すのにベンヤミンは、円にほんの一点だけ触れる接線の比喩を使い、また翻訳は、原文にあった核と包皮の密接な関係が失われているけれども、やはり独自の尊厳が伴っていることを、緩やかにのみ身体を包むが、刺繡を豊かに施された王様のマントと同じであるという比喩で語る。

このように考えるベンヤミンは、伝達性を持たない芸術作品というものは、そういうものとして多様な翻訳を、純粋言語に向けた乱舞として要請すると論じる。それは、ちょうど忘れられていることとでも、記憶を要請しているのと同じである。

ある種の関係概念は、そもそも人間にのみ適用されるのではないときにこそ、その優れた意味を、いやひょっとしたらその最良の意味を守れるのだ、と指摘しなければならない。だからこそ、ある忘れがたい生とか、忘れがたい瞬間という言い方が可能なのであり、それはたとえ、すべての人間がその生や瞬間を忘れてしまったとしても可能なのである。すなわち、その生ないし瞬間の本質が、忘れられることがないようにと要請しているのだとするなら、忘れがたいという述語はいかなる偽りも含まないものとなり、人間には応じることのできないひとつの要請を宿したものとなろう。それはまた同時に、おそらくそれに応じうるはずの領域への、つまり神の記憶への指示を宿していることになるだろう（II－1, 10）。

「言語」論文でも、自然の言語と人間の言語のあいだの翻訳の客観性は神によって保証されるとされていた。

「忘れがたいもの」

たとえすべての人間が忘れてしまっても、「忘れがたい生」という言い方が可能なのと同じように、作品の中のいっさいの側面、いっさいの可能性は他言語の中で独自の生を、作品の死後の生を生きることを望んでいる。純粋言語へ向かっての乱舞は、失われたものの「全面的かつ総合的な活性化」――つまり、哲学史の古層の意味でのアクチュアリティの実現を、神の記憶の実現を意味する。翻訳は実現できなかったものの実現化への、記憶への参加の手段なのである。それは、本書の最後に触れる有名な歴史論とかねあわせるということであろう。

ベンヤミンには、一般に個人の人生で実現できなかったもの、失われたものへの限りない喪失感や思い入れが強い。「我々は皆、我々に与えられている人生のなかで数々の真のドラマを生きるだけの時間がない。ほかならぬそのことが我々を老いさせるのだ。顔の皺や溝は、我々を訪ねてきた大いなる情熱、罪悪、そして認識の書き残していったものなのである。だが、そのときご主人様である我々は家にいなかったのだから仕方がない」（「プルーストのイメージについて」II-1, 321）。出会ったかもしれない女性について、つまり、実現したかもしれない愛について彼が遺稿となった「歴史の概念について」で語るのも、それだけならセンチメンタリズムだが、こうした背景で考えれば忘れることのできないものの活性化への希望のしるしである。それは、冒頭「プロローグ」に述べたように二〇年代のさまざまな政治的選択の可能性の前での遅疑逡巡というアクチュアリティ感覚についても言える。

「忘れがたい生」という表現から、一見すると翻訳問題を離れた議論に立ちいったのには、以上のことを裏打ちする理由があるからである。一九一七年頃に書かれたドストエフスキーの『白痴』についての短いエッセイで（II-1, 237-241）、前頁に引いた神の記憶についての文とほとんど同じ表現を使って、『白痴』のムイシュキン公爵の「不滅の生」は「忘れがたい」と述べている。「忘れがたいという言葉には、我々がそれを忘れることができないという以上のことが込められている」。つまり「主観性」としての我々の、忘れないという決断などは関係ない。「それは忘れがたいものがまさに忘れがたいものとなる、このものの本質自体にあるなにかを指し示している」。人類が全員忘れてしまっても、それは偶発的なことで、

「忘れがたい」というそれ自体の本性に変化はない。解釈者によってはここには忘れられない青春の友人ハインレの思い出が込められているともいう。「けれども不滅性のうちにある生を表す、ひとつの純粋な言葉がある。青春がそれだ。……青春の生は不滅のままだ。だが、それは固有の光の中で失われてしまう」。青春の忘れがたさとヘブライの神の記憶(の復活)が緊密に結びつく。

青年運動のエネルギーをこのように組み替えることでベンヤミンは、過去の実現しなかった可能性——それは作品の核と同じに過去の本質でもある——の救済という時間の中のアクチュアリティの問題を翻訳論においても取り上げている。翻訳としてあり得たかもしれないものの実現の作業が〈死後の生〉である。同時に、輪舞が作り出す純粋言語というユートピアが暗示されている。ついでに言えば、先に触れたデリダのバベルの塔を論じたエッセイの後半は、ベンヤミンの翻訳論についてのいささか騒がしいひとりよがりの文章だが、逆にそれによって重要なところを見事に押さえている。

つまり、バベルというのは神自身の名であり、それは「混乱」という意味を持っており、その名が天から降ってきて言語の混乱を引き起こす——そのことによって神自身が、そして神の聖なるテクスト(「創世記」)自身が、言語の混乱として翻訳を要請するのだ、という議論である。言語の混乱が、それゆえに翻訳の必要性が、神のあり方に内属している事態が、ベンヤミンのテクストの色ガラスをかぶせることできれいに浮かび上がっている。「聖なるものは翻訳なしにはなにものでもないだろうし、翻訳は聖なるものなしには生起しないだろう」。翻訳という類似性の作業は、ベンヤミンを読むデリダから見ても「神に対する追想」として以外に考えられない。ベンヤミンが、翻訳の例として、難解きわまる、というよりほとんど理解を越えている、ヘルダーリンによる『アンティゴーネ』のきわめてぎくしゃくした翻訳を、そして聖書の行間逐語訳をあげている理由が、このデリダの——いささか騒がしい——解釈を通じるといっそう得心できる。

瞑想の媒体「新しき天使」

先に「真理の前に、無数の言語の天使が、賛歌を歌いつつ飛び回っている」とか「輪舞が作り出す純粋言語というユートピア」といった表現を使ったが、それには「新しき天使」に関する次のような背景がある。

一九二一年五月末、ベンヤミンは、ヴィーン郊外で療養していた妻を訪ねる途中で、ミュンヘンのショーレムのところに寄った折り、ユダヤ人画商ゴルツ(現在でも同名の店が存続している)のギャラリーで、パウル・クレーの前年の作品「新しき天使(Angelus Novus)」を見た。どうしても欲しくなり、千ライヒスマルクという、高額を厭わず購入した。すでに四月のベルリンで、やがて彼にとって運命となるユーラ・コーンという同級生の妹と一緒にクレーの展覧会を見て、彼の作品への関心を高めていた。ベンヤミンは当時このユーラに強い恋心を抱いていたから、クレーへの共通の思いも買う気を強めたかもしれない。和紙をトレーシング・ペーパーに使った複雑な手法で作られたこの水彩色の小品にベンヤミンは、文字どおり引きつけられてしまった。これ以降、最後までこの絵は、ベンヤミンにとって歴史や救済をめぐるさまざまな瞑想の媒体となる。顔を中心に手足が短くついているようなついていないような、また表情も驚愕なのか微笑なのか、決死なのか、読みようによってはさまざまな図柄になる天使像。クレーはかなり多くの天使の絵を描いているが、やがて「歴史の天使」と同一視されるこの絵は、二十世紀の思想史に銘記されることになる。

そして、買ったばかりのこの天使像をショーレムにあずけて、ベンヤミンはハイデルベルクに向かった。そこで彫刻の勉強をしていたユーラに会うためもあったが、なによりも重要な仕事は教授資格論文の引き受け教官を探すことであった。ハイデルベルクでは、後にフランクフルト社会研究所の所員となり、批判理論の伝統の生き証人となったユダヤ系の文学社会学者レオ・レーヴェンタールの、古城跡近くの、ネッカー川を見おろす眺望のいい立派な住居で暮らすことができた。

パウル・クレー「新しき天使」
(イスラエル美術館蔵)

なによりも、このネッカー河畔の町では、まだ古きよきドイツの大学の神話が生きていた。ヤスパースも、フライブルクから移ってきたリッカートも、若きロータッカーも教えていた。ベンヤミンが実に退屈でくだらないとその著作を手紙の中で形容したロータッカーであるが、彼はベンヤミンの『親和力論』を『精神科学と文芸学のためのドイツ季刊誌』という新しくできた雑誌(その後この雑誌はいわば名門雑誌として現在まで続いている)に掲載するのを断っている。後にナチスに全面的に加担するが、戦後うまく立ち回り、ボン大学でハーバーマスやK・O・アーペルのような戦後ドイツの哲学界をリードする俊秀を指導した。ハイデルベルクには、カール・マンハイムもおり、ベンヤミンも接触しているが、同じ年の秋にリッカートに学ぶべくハイデルベルクに到着し、マンハイムとも短期間だが知り合った三木清が、ベンヤミンに紹介された形跡はない。またハイデルベルクといえばグンドルフ、というほど有名だったこの独文学教授の講義には学生だけでなく、新しき精神の王国を夢みる教養市民が多数聴講に来ていた——そのなかにはこのユダヤ人教授の指導を一時受けた、後の第三帝国宣伝相ヨーゼフ・ゲッベルスもいた(博士号の指導教官もユダヤ人だった。それゆえ、ハイデルベルク大学は、ナチスになってから、ユダヤ人が与えた博士号は無効ということで、大学としてもう一度博士号をゲッベルスに授与している)。

ボードレールの翻訳の出版を引き受けてくれそうなヴァイスバッハ書店の社主との話し合いもあった。話し合いの中でヴァイスバッハはまったく突然ベンヤミンに彼の雑誌『アルゴナウテン』の編集責任者となることを依頼してきた。ベンヤミンが断ると、それは廃刊にしてまったく新しく出す雑誌を全面的に委せると言ってきた。よほどベンヤミンの能力を見抜いたのだろう。引き受けたベンヤミンはしばらくこのプロジェクトに夢中になる。タイトルも、クレーの絵にあわせて『アンゲルス・ノーヴス(新しき天使)』。ショーレム、ラング、そしてベルリン大学にいる親戚の言語学者レヴィなどに協力方の依頼と説得、内容の構想の作成など、忙しいがそれなりにはりきった時間がすぎていった。

しかし、時期が悪かった。同年秋ヴァイスバッハは経済的理由から雑誌の計画を放棄、代わりに出版元としてパウル・カッシーラー(哲学者エルンスト・カッシーラーの従兄)を引き込もうとするが、結局彼も断ってきた。もしもスタートしていたら、『アンゲルス・ノーヴス』はトゥホルスキーやオシエツキーらの『ヴェルトビューネ(世界舞台)』、ヴィリー・ハースの『文学世界』などと並ぶか、それを凌いでヴァイマール期を飾る雑誌になっていたかもしれない——ベンヤミンの純粋主義のためにすぐに破綻した可能性も強いが。雑誌の計画は一九三〇年頃ブレヒトと企画した『危機と批判』をはじめその後もなんどか浮上するが、結局どれも、ベンヤミンの人生に典型的なことだが、実現しなかった。

粉砕批評と積極批評の両刀使い

それでも『アンゲルス・ノーヴス』発刊の辞ともいうべき重要な短文(「雑誌『新しき天使』発刊のお知らせ」II-1, 241-246)が残っていて、その最後に、無数の天使が乱舞し、真理の前で消えていくという、クレーの絵から得たイメージが展開されているのである。この綱領的文章の中心的意想が、その絵に触発されている、といっていい。この文章でベンヤミンはまず、雑誌の使命とは、「時代の精神のアクチュアリティ」を示すことであると宣言する。「プロローグ」で書いたとおり、アクチュアリティとは彼にあっては、イメージ空間の中での自然と歴史の全面的な活性化といった意味であり、時代のなかでの見せかけの尖端性を意味するものではない。「その時代の精神を告知することこそ雑誌の真の規定である。この精神のアクチュアリティこそ雑誌にとっては、統一性や明晰性より重要である。……どんな雑誌も、思考において譲らず、発言において惑わされず、読者公衆をまったく無視したものであろうとするなら、新しいもの、最新のものという不毛で表層的なものの奥で真のアクチュアリティとして生まれてくるものに依拠しなければならない」(II - 1. 241)。

真のアクチュアリティは、読者公衆を無視することにより生まれる、という発想は、芸術作品は公衆のために存在するのではないという、「翻訳者の使命」の議論や、なんども触れているあの理念(イデー)の話ともつながっている。大抵の心情的批判派が喜ぶような「ジャーナリズムのアクチュアリティ」や現代性は、彼にとってはどうでもいいことなのである。

そのような雑誌の課題は、批判・批評であるが、だからこそ普通の雑誌のように活字を落とした批評欄(いわゆる書評欄)は設けない、なぜなら本文全編が批判なのだから、と戦闘的な文章が続く。そうした批判の定義は、「粉砕批評 annihilierende Kritik」であるとされているが、これはロマン派研究で学んだものである。

先に触れなかったが、ロマン派論においてベンヤミンは、批判・批評は作品についての価値判断ではないことを強調しながら、それでも実際には作品判断におよぶことになり、そうした判断は三つに分かれると、論じていた。ひとつは、判断の間接性。つまり作品に内在する反省が批評によって展開するという回り道を経る必要があることである。第三章で解説した、博士論文の中心的テーマである、完成のための創造的批評のことである。「方法とは回り道である」と後のバロック論でも記されている。第二は、実定的な判断基準の不可能性。なんらかの客観的な判断の物差しを芸術作品に当てはめることはできない。アリストテレスの『詩学』などに依拠した規範美学に対抗するロマン派の功績である。第三は、「劣悪なものの批評不可能性」。要するに文学や芸術にかぎらず、哲学を含む「精神的生活のすべての分野において」箸にも棒にもかからないもの、芸術の発展に寄与しないもの、そういうものは批評にも価しないということである。その事態を表すロマン派の用語として博士論文で取り上げたのが、「無化」もしくは「粉砕」を意味する annihilieren である。具体的な方法は、「黙殺する」、「アイロニカルなほめちぎり」、「善なるものとして賞賛する」とされている。

発刊の辞に戻ると、こうした「批評のテロル」によってまずなすべきは、表現主義のような大言壮語を潰すこととされている。それに対して、本当の「積極的批評」(ロマン派論以来の「完成」「救済」する批評)は、これまで以上に、つまりロマン派以上に作品に集中すべきである。「比較ではなく、沈潜」こそめざすところである、と彼は言う。この雑誌に載せるべく始めた『親和力論』ではまさに「粉砕」と「完成」の両刀が使われている。グンドルフ式の神話的ゲーテ論の粉砕と、テクストへの沈潜から錬金術師の燃焼実験によるかのように取り出される作品の「真理内容(Wahrheitsgehalt)」なるものこそ積極的批評が取り上げるべきものとされる。

読者の無視によるアクチュアリティへの固執。粉砕批評と積極批評の両刀使い。これに並んで三つめに発刊の辞で強調されているのは、翻訳である。翻訳こそがドイツ語という生成しつつある言語の滋養とならねばならない、したがって対訳で翻訳を載せていきたいという希望が述べられている。

例えば、別の機会に書いた、ヴェルレーヌの翻訳を批評した文には、「ヴェルレーヌが単語において詩作したものは、ドイツ語のポエジーにいわくいいがたく親縁である」(Ⅲ. 40)と記されている。また翻訳の課題は原作をドイツ語としてわかりやすくするのではなく、ドイツ語をフランス語やギリシア語に近づけることである、といった文章が翻訳論にあったことも思い起こされる。またそこでは、ヘルダーリンの『アンティゴーネ』の翻訳というドイツ文学の中でも最も難解な逐語訳的な翻訳を賞揚し、最終的には昔、聖書の翻訳になされていたような、行間逐語訳にその最良の形態を見ていた。このあたりも対訳重視につながっているのだろう。

「息をつく」批評のみが、普遍的合理性につながる

次に、重要なのは、普遍性とアクチュアリティの関連についての彼の考え方である。つまり、いかなるものであれ、精神的生活の表現から哲学的な意味を、つまり真理の核を焼結させることで、はじめて普遍性(Universalität)が得られるのであり、そうした普遍性に依拠してのみ真のアクチュアリティが可能となるという議論である。

哲学的普遍性こそは、その解釈を通じてこの雑誌が真のアクチュアリティへの感覚を最も厳密に示せるものなのである。真のアクチュアリティにとっては、精神的生活の表現の普遍的妥当性(universale Geltung)は、そうした表現が、生成しつつあるさまざまな宗教的秩序のうちにある地点を占めるのだとする自負があるのかという問いにつながっていなければならない。こうした宗教的秩序の実現が近い将来あるように見えるなどというつもりはない。しかし見通せることは、こうした秩序なしには、ひとつの時代の最初の日々である現代の日々に生まれようとしてもがいているものが実際に出現することはないであろうということである(Ⅱ－1, 244)。

メシア的マルクシズムの濃厚な文章だが、個々のテクストの素材が普遍的でなくとも、それについての批判的反省によって普遍性への道が通じるし、そういうもの以外は相手にするに足りない、という議論は、我々の時代でも重要である。そしてそれこそベンヤミンがはっきりと努力目標として掲げる「合理性(Rationalität)」なのである。耳あたりのいいテクスト、弱い者や排除された者への優しいまなざしといった、「銀の盆に盛られた金色の果物」を期待しないで、「合理性」への努力こそ見て欲しいというのである。批判は、コンテクストを越える上昇(Erhebung)であると、ロマン派論でもいわれていた。作品に沈潜することは、その作品のおかれた歴史的状況を深く調べることではなく、核を焼き出すことで、作品のコンテクストを越えることなのである。コンテクストなど最後にはすっぱり切り捨てねばならないのだ。事情を斟酌しはじめればきりがない。合理性といっても啓蒙のそれの単純な継承でないことは、これだけからも納得できるであろう。

ベンヤミンは「息をつく Atem holen」という表現をこうした議論で好むが、流れるような論理展開やレトリックではなく、断片的思考が切れ切れに続き、切れ目ごとに息を入れ、そのつど話題も、語り口も変わるそうした批評のみが、普遍的合理性につながると彼は考える。抽象絵画、アレゴリーの非連続的な組み合わせからなる詩、非現実的なシェーアバルトの建築思想、シュルレアリスム、なによりもロマン派やヘルダーリンのぎくしゃくした詩に彼が見たのはそれである。一時独学でやりだしたものの楽才の欠如はいかんともしがたかった彼だが、もしも音楽を理解したなら、古典的なハーモニーではなく、当然シェーンベルクに始まる不協和音や無調の伝統を注視したであろう。この課題はやがてアドルノに引き継がれる。ぎくしゃくと切れ切れが合理性であるというのは、啓蒙の子供たちには挑発である。

しかも、そうした意味での普遍的合理性を照準したアクチュアリティ、読者公衆を無視したアクチュアリティを追求する個々の記事は、雑誌である以上短命を定められている。それは編集者たちが決して仲良しクラブではなく、いかなる統一性も持たない論争的な組織であることと裏腹でもある。記事は相互に異質で、それゆえ短命とならざるをえない、というのだ。「この雑誌が真のアクチュアリティを求める以上、支払わねばならない代償はその命のはかなさである。それどころかタルムードのある伝承によれば、天使たちは、瞬間瞬間に無数の群れをなして生み出され、神の前で賛歌を歌った後で消滅し、無の中に消えていくとされているではないか。この雑誌にこのような、それのみが真であるようなアクチュアリティが備わることをタイトルが示してくれることを願う」(II‐1. 246)。このような文章で、雑誌創刊の意気込みを記したこの文章は終わる。

クレーの絵「新しき天使」が理念(イデー)の前で身を焼かれる、事象に捧げた存在としての知性のありよう、真理のまわりの乱舞という思考をさらに深化させている。これは、すでに純粋言語をめぐる議論にも見られた。しかも、重要なのは、瞬間におけるアクチュアリティという後年の思想の萌芽が、すでに翻訳論やロマン派の批評概念にも見られ、それがユダヤ神秘主義に由来する比喩によって形象化されていることである。神の前で賛歌を歌っては消えていく無数の天使、次から次へと生み出される天使――人間とその書き物を天使に重ね合わせるのは傲慢の罪を免れないかもしれないが、美しい比喩ではないだろうか。十年前、二十年前、いやもっと前の雑誌を手に取ったときに、今ではもう忘れられた著作家の忘れられた、しかし、それなりに一生懸命書いたであろう論文が並んでいるのを見て、悄然たる気持ちになる人もいるかもしれない。しかし、それは、それぞれが天使の歌なのであり、それとして「忘れがたいもの」に属しているのである。「命のはかなさ」こそ普通の意味以上に、ベンヤミンの意味での「アクチュアリティ」の条件なのである。

「運命とは生きるものの罪連関である」

青年運動を離脱してから、一九二〇年頃に再び著作活動を始めるまでの沈黙期間のベンヤミンは、一方では今まで見たように言語、しかも伝達機能と対立関係にある言語のあり方、および万物の言語的照応について思考をめぐらせていたが、他方では、神話、運命、法をめぐる問題圏を掘り下げ、またふくらませていた。換言すれば、人間の共同体のあり方をめぐっての、人間同士の非暴力的なむすびつきについての思考である。しかも原始の神話的共同体の持っていたすさまじいまでの暴力による結合のエネルギーの転換を目指していた。ヴァイマール民主主義の公式ドクトリンである単純平和主義者のお説教めいた空疎な訴えのように、神話を非合理的として葬り去ろうとするのとは正反対である。彼らはどんなに無視しようとしても無視しきれないものになんとか蓋をしようとしていたのだ。無視できないものを認めようとすると、人間の残酷さ、力への意志、恐ろしさを認めて、ある種の保守主義——左翼お人好しを批判する形での保守主義——に流れがちだが、日本に多いこのタイプへの道は、ベンヤミンの選択でなかったことは言うまでもない。お人好しでも、叡智を自称する保守主義でもない道が模索されている。

その最初の成果のひとつが、一九一九年秋、ルガノの休暇中に書いた「運命と性格」(II-1, 171-179)である。この短い論文でベンヤミンは、ギリシアの運命悲劇とシェイクスピア以降の性格悲劇といった教科書的区分を越えて、運命を宗教の領野から解放し、法と罪の分野に設定し直し、他方では性格と喜劇の関連に目を凝らしている。運命は、神々に対する人間の戦いのなかで生まれた概念とベンヤミンは考える。神々とは――社会学的に言えば――古き集団の掟である。集団の掟を破り神々との戦いに負け有罪を宣告される人間は、恐怖のあまり、言語を失いながら、なお、人間の中の不可視の姿を救い出すのだと壮大な思考が展開される。不可視の姿とは、おそらくは古い掟を破り、新しい生き方と共同体を模索する普遍性の精神のことだろう。やがてこの思想はバロック論の中では、逆に有罪と宣告され、かろうじて逃げおおせた英雄が人間の世界に、いや、人間たちが獲得した世界に言語を、暴力なき合意のメディアとしての言語を贈与するという考えに発展する。

同時に、いかに人間の不可視の姿が救い出されようとも、神々の支配は形を変えて現代でもいぜんとして存続していることも忘れられていない。根底にあるのは、法(Recht)は、神話を越えた正義(Gerechtigkeit)と多くの場合間違って同一視されるが、実際には正義との深い断絶のうちに暴力としての神話を体現しているとする考え、つまりこの現世への断罪である。

法の秩序というのは、人間がデモーニッシュな生活段階であった時期の名残りにしかすぎないし、その段階では制定された法は、人間同士の関係のみか、人間と神々の関係すら取り決めていたほどであったが、そうした法が正義と取り違えられたために、デーモンに対する人間の勝利が始まった太古の時代を越えて、法秩序なるものが維持されてきたのだ。この点は誤解されやすい。ゲーニウス［精神］が、［法と運命の定めた］罪の薄暗がりのなかから頭をはじめて持ち上げたのは、法においてではなく、悲劇においてだったのだ。なぜならば、悲劇においてこそ、デモーニッシュな運命が破られたからである。……悲劇の中でこそ、古代ギリシアの人間は、自分たちは神々よりもよい存在であると思いはじめたのである。だがこの認識のあまり、彼らは言葉が出なくなってしまった。そのためこの認識は明確な表現を見なかった(II - 1, 174)。

「デーモンに対する人間の勝利」という啓蒙の歴史と「神話の永遠なる支配」という啓蒙の不可能性——この矛盾した両者をベンヤミンは一緒に考えようとしている。実はこの矛盾は言語論に関しても本当はあって、ショーレムが最良の読者としていつも厳しく批判していた。そしてこれは今なお、暗い夢に満ちた我々の時代の問題であり続けている。

「コーヒーカップの底にたまった澱」に予言の可能性を見ようとしたベンヤミンにふさわしく、この論文にも手相やカード占いの話が出てくる。生きていくことは罪の連関にいることである以上(「運命とは生きるものの罪連関である」)、「人間の中の自然」の暗号を読みとろうとする占いと、人間の認識能力とは矛盾しないというのだ。なぜなら、「単なる生命としての人間」が服する時間は、真に運命から解放されようとする人間の不可視の姿が生きている時間にぴったり寄り添っているからである、と言われる。占いと科学的な将来予測との間には、ベンヤミンから見て差がないのである。

この論文を、ベンヤミンはショーレムに、自分の書いたものの中で最良の出来と自慢しているが、法がその存立においていかに暴力と不可分に絡み合っているかは、そしてそこにどれほどの神話が作用しているかは一九二一年の「暴力批判論」において、より先鋭かつアナーキスティックに展開される。第三章で触れたゼースハウプトでの対話の後、ショーレムは日記に書いている。「ベンヤミンの精神は今後とも神話をめぐって動き続けるだろう。……歴史の側面に関してはロマン派から、詩の側面に関してはヘルダーリンから、宗教の側面に関してはユダヤ精神から、そして法の側面からも」。炯眼と言うべきである。アドルノは、晩年に、知識人の希望とは、人に影響を与えることではなく、自分の書いたものを、いつの日か誰かがどこかで、自分の書いたつもりどおりに読んでくれるかもしれないというかすかな期待であると述べたことがあるが、ベンヤミンはひょっとするとすでにショーレムのうちにそうした存在を持ってしまったのかもしれない――もちろん、ショーレムも過度にベンヤミンのユダヤ性を強調するために、ある時期以降のベンヤミンに関しては、ブレヒトからの影響は「不幸かつ多くの点で破局的」と述べているように、この希望を満たしているとはいささか言いにくいが。

神話と暴力の連関

いずれにせよ、「神話」という言葉のベンヤミンにおけるさまざまな意味を、すべては尽くせぬまでもこのあたりでちょっと確認しておいた方がいいだろう。啓蒙の成果は捨てずに、啓蒙とは違った概念戦略を彼は取っているからである。啓蒙の神話観は、基本的には神話

（多神教）→高等宗教→世俗化（理性による真理）という図式で歴史の進展を、そして精神のヒエラルキーを見ていた。たしかに、効きもしないお呪いをしているよりも、知の力によって分析的に自然を探求する方が高等だというのは、現代においても共有されているし、これを変えようとする人は、自分でも信じていないことをしようとするだけだろう。

ベンヤミンもとりあえず共有するこの図式においては、神話とは、自然の中に人間世界との無限の類似と照応の関係を読み取ることであった。天変地異があれば、集団の罪の報いとされ、犠牲を捧げることによって神々の怒りを鎮める儀式が行われる。雷はゼウスの怒りであり、海の荒れるのはオケアノスがなにか気に入らないためである。ようするに自然の中に人間社会の関係を読み込む、自然の人間化である。さらにこの読み込みは言語にまで表現される。典型的なのは「ごろごろさま」というような擬音語であろう。啓蒙はこのような魔術からの脱出の歴史、つまり自然の脱人間化であり、脱魔術化である。「ごろごろさま」と言わずに「数十万ボルトの荷電の放電」と言うであろう。

このような進歩中心主義に対する批判は早くからあった。ロマン派がその代表である。ロマン派の人々は、こうした啓蒙によって、かつて神話が果たしていた社会的統合が崩れさるとする近代批判を展開した。彼らは、「新しき神話」を要求した。この考え方は、ドイツの場合には彼らの多くを「後ろ向きの予言者」にし、政治的保守主義者にしてしまった。もちろん、啓蒙批判は必ず保守的政治思想に退行するというものではないが、ドイツの諸事情もあって、そうなってしまった。ベンヤミンは、このロマン派の戦略も啓蒙の自己信頼も選ばなかった。

彼にとっても神話とはまずは、自然の中に人間の世界の関係と照応を読み込むことによる社会的統合には違いなかった。しかし、ロマン派の人々と違って、彼から見るとこの統合は、暴力の連関でしかなかった。それは、自然に合わせること、第二の自然としての人間社会の法的規則に合わせること、つまり恐怖のミメーシスを必要とした。彼は、現代社会には伝統が失われているから混乱が生じるのだ、良き伝統をもう一度見直そうというような、よく政治家の、いや政治家だけでなく思想家も論じるような議論とはまったく無縁だった。昇進のためにはゴマスリもしなければならない、つまり人に合わせねばならない、ようするに模倣(ミメーシス)が必要であること自体が、つまり生きた伝統なるものが、神話的暴力の延長なのである。ところが、啓蒙の進歩図式であれば、神話という蒙昧を振り払えば、人間は真理を手にでき、理性的社会が創出できるとされるのに対して、ベンヤミンは、真理と神話の間にそうした進歩主義的関係を認めない。真理と神話の間はまったくの無縁、まったくの無関係によって特徴づけられると彼はさまざまな箇所で述べている。「暴力批判論」などはその典型である。むしろ、作品の核を燃焼によって取り出すように、神話の物語を「破砕」することによって、そこにあった暴力を越えた、統合の理性的エネルギーが得られると考えていた。後に触れるが、『親和力論』がそれである。

類似性への強要としての神話、暴力の正当化としての神話というこうした発想は、『親和力論』あたりまでは強いのに対して、後年のベンヤミンでは、「真理」や「神」は背景に退き(一番最後にはまた「救済」が登場するが)、今少し複雑な神話観を取り始める。それは、啓蒙が取り払ったはずの神話が、十九世紀の都会にも夢や幻想として生きているという認識である。それを彼はパリのパサージュを手がかりに展開してみせることになるのだが、手短に言えば、資本主義の生み出す商品の幻想のなかには集団の夢としての神話がある。これはもちろん、批判し尽くされるべきなのだが、実際にはただの啓蒙的批判によって取り払うだけではすまない両義性が潜んでいる。——ベンヤミンの考えがいかに正しいかは、文化産業批判や消費社会批判では多くの人々が十分に納得していないことに示されている。

今言ったように、『親和力論』までは現代資本主義と神話を結びつける考えは薄いが、こうした神話の持つ「ユートピア的」な要素と「シニカルな」要素の両義性が語られるようになる。精神分析における夢の概念をフロイトから摂取して、神話の概念と融合させることによって彼は、集団に自覚されていないユートピアのエネルギーを、十九世紀の商品神話に読み取ろうとする。そこで重要になるのは、神話論とは無縁なアレゴリーの概念であり、断片的な物の中に潜むエネルギーの解放という思想である。

つまり、暴力の連関という神話観と、ユートピアの夢が歪んだかたちで込められているという神話観と少なくともふたつの考えがある。しかも前者の場合、単なる批判の対象と一方でしながら、他方で、「破砕」によって取り出す核を見ようとする面を分ければ、さらに二つに分かれ、現代でも神話が生きているとする後者の場合も、批判されるべき商品幻想という面とユートピアのエネルギーを見る面の二つに分けることができよう。

当時はこうした意味での神話論が盛んだった。それはロマン派以来の神話研究やケレーニーらのそれとは別の議論背景においてである。例えばヴェーバーが『職業としての学問』の最後で、価値領域の多様化を認めない世界観争いがもし展開するなら、「古き神々が墓場の中から蘇るであろう」と述べているのは、たまたまいい比喩を彼が思いついたからではない。「蘇る古き神々」という表現は暴力の復活を示唆している。初期のルカーチにも、ブロッホにも、そして青年運動の有名無名の人々の残した文章にもこうした用法が多い。そのひとつは第一次世界大戦直前のハイデルベルクで、ルカーチの周辺で始まっている。「今日、椅子ひとつ作るにもミケランジェロの天才が必要である」という、ベンヤミンもブロッホも引用するルカーチの発言は、実は神話と物との不可思議な関係に向けられていた。また、詳述できないが、ヴァールブルクの伝説的講演(一九二三年)も神話と理性の絡み合いを注視していた。(6)

法には暴力が内在している

こうした背景を念頭に置きながら、一九二一年に書かれた「暴力批判論」(II-1, 179-203)に目を向けてみよう。

「暴力批判論」ははじめ『ディ・ヴァイセン・ブレッター』(「白草紙」)』誌(大戦中は検閲を逃れてスイスで出版されていたこの雑誌は、表現主義の平和志向的な方向を代表していた)に載るはずだったが、あまりの難しさに編集にあたっていたエーミール・レーデラーの意向で、同じく彼が編纂していた専門誌『社会科学および社会政策紀要』誌に載ってしまった。購読者たちにはベンヤミンの問題意識はまったく無縁で、注目されなかったのも無理もない。単純にツキがない。

脱線するが、この編集者レーデラーに少し触れなければならない。優れた経済学者で新カント派の哲学も理解し、後には大衆社会論も書いている彼は、ハイデルベルク大学の社会政策学教授時代の一九二三年から二五年に東京帝国大学経済学部に招かれて、教えている。日本での経験にもとづいて書いた『日本=ヨーロッパ』(一九二九年)で、大正十二年(一九二三年)の摂政宮襲撃事件(虎ノ門事件)に際しての「無限責任」に驚愕しているさまを、丸山真男がその名著『日本の思想』で論じている。しかし、レーデラーを通じて、当時の日本のドイツ語読者のなかにベンヤミンを知った人がいる形跡はいまのところない。実際にはこの本に知己のベンヤミンとルカーチの名前が登場しているのだが。

この論文も、法に暴力が内在する事態の暴露から始まる。正しい目的のためならば、正当な手段としての暴力が許されると一般には考えられている。だが、その正しい目的の設定自身が実は暴力であることが往々にして無視されている、というのである。例えば、国家はストライキは許すが、それがエスカレートしたゼネストは許さないのはどうしてなのか。それは、ストライキという正当化された手段が実は、もしもゼネストになれば新たな暴力として新たな法秩序を、つまりこれまでの法秩序を転覆し、新たな秩序を打ち立てうることを、国家は直感的に知っているからである。したがって、論文のタイトルに「暴力批判」とあるとおり、社会民主党型の物取りストでない、政治権力の奪取をねらった政治的ゼネストであっても、それは「政治的」つまり、新たな法関係を作る以上、ベンヤミンから見たら批判されるべきものとなる。

あるいは、どうして近代になるにしたがって、個人が正当な目的を自分の腕力で実現することの許される分野が減らされ、国家への暴力の集中が起きてきたのか。個人の腕力が、例えば教育の場のように、違法とされない部分も残っていても(現在のドイツでは体罰を加えただけで教師は免職となるが、当時は体罰は平気で行われていた)、やはり嫌われ、公的暴力に譲り渡されてきたのはなぜなのか。それは、なんといっても暴力は最終的には既存の法秩序を損なうだけでなく、転覆させうることが予感されているからである。最終的には、既存の法秩序も暴力に依拠しているからである。それは法を維持するために暴力が必要という外在的な関係ではなく、法には法を維持する暴力が内在しているからである。暴力という手段が目的としての法秩序に反するという「論理的矛盾」ではなく、法に暴力が備わっているという「事実としての矛盾」が問題なのだ。法措定および法維持という暴力は、平和主義や民主的活動家の薄っぺらい議論や、ただ抽象的な自由概念に基づいた権力批判では越えることができない、という含みがある。

こうした暴力に対してベンヤミンが提示する「純粋な手段」、いかなる既存の神話的暴力手段をも越えた「純粋な手段」はふたつある。ひとつは、言語もしくは対話。「争いを暴力抜きに収めることはそもそも可能なのだろうか？　もちろん可能だ。私人どうしの関係ではそうした例はいくらでもある。暴力なき合意は心の文化(Kultur des Herzens)が人間たちに、同意という純粋な手段を与えたところではどこでも起きている」。「心の礼儀」「情愛」「平和愛好」「信頼」の生きているところでは「言語という本来の了解の領野」「暴力にはまったく手の届かないこの領野」が機能する。あるいは「数千年来の国家の歴史」において外交官たちの果たしてきた「優しさの仕事」を思い起こして欲しい。彼らの仕事は外面的だからといって、その生み出した交際の形式や美徳は決して外面的だけではない、とベンヤミンは論じる。

もちろん、「言語という本来の了解の領野」というとき、それは皆が胸襟を開いて話し合えば、厄介な問題は解決するという、あの「話せばわかる」ということではない(よく誤解されるが、ハーバーマスもそうしたホームルーム的発想とは無縁である)。ベンヤミンは、こうした了解は技術によって生じる、しかも「ザッヘ」および「財貨」を通じてのみ、「純粋な手段の領野」は開かれてくる、と述べる。技術重視はロマン派研究以来強いことはすでに述べたが、「ザッヘ」「財貨」を言うのは、直接的な心情的一致ではなく、常に事柄に依拠した合意のみが合意の名に価するということである。彼が、「直接的解決」ではなく、「間接的解決」というのもその意味であろう。だがこのテーマはその後のベンヤミンで深められることはなかった。

神話的暴力を越える今一つの「純粋な手段」は、「最近の階級闘争」にも垣間見られたプロレタリア的ゼネストである。ソレルの『暴力論』に依拠しつつ、ベンヤミンは先に否定した政治的ゼネストとプロレタリア的ゼネストを区別し、きわめてアナーキスティックな暴力終結論を展開する。権力が権力に取って代わり、特権階層が別の特権階層に代わるだけの革命ごっこをソレルは断固拒否して、およそ社会政策とか改革といった概念と無縁の、「物質的利益への無関心」を特徴とする一瞬の変革を想像していたとベンヤミンは考える。労働条件改定のためのストライキは、たとえそれが場合によっては新政権を生む政治的ゼネストへと発展しても、暴力でしかない。それに対してはっきりとベンヤミンが「アナーキスティック」と形容する、綱領も、ユートピアの定式化も、いっさいの具体的イメージを持たない変革、つまり法措定的でない、「純粋な手段」である以上、「非暴力的な」変革をソレルはマルクスのある種の発言に依拠して夢見ていた、というのである。

とはいえ、実際の世界史の「呪縛圏からの救済」が、あるいは「およそ人間の課題についてのいっさいの可能な解決」がまったく暴力なしにできるとは考えられない。いっさいを一瞬にして葬り去るアナーキスティックな非暴力的な純粋手段としてのゼネストなどありうべくもない。あるとすれば、それは「神話的暴力」に取って代わる「神的暴力」である。これまでの暴力とは質の違う、新たな時代を開く神的暴力。そしてこれは純粋な手段としての対話が間接的手段であるのに対して、「直接的手段」とされる。「神的暴力の特徴はいかなる点においても神話的暴力の反対ということである。神話的暴力が法を措定するとするなら、神的暴力は法を廃棄するのであり、……神話的暴力が罪を呼び起こし、同時に償いを要求するとするなら、神的暴力は罰を除去する。神話的暴力は脅迫的であり、神的暴力は一瞬の衝撃であり、神話的暴力は流血を呼ぶが、神的暴力は無血でしかも致死の力を持つ」(Ⅱ-1, 199)。

青年運動以来の「ただの生命」への軽蔑と同時に、個人個人の思惑などを一瞬にして焼き尽くす神の炎というイメージがなおも生きている。神話的暴力は人間の自然的な生命のうちに罪を作り上げ、かつそれゆえに運命とそれに無駄な抵抗をする占いを生み出すが、神的な暴力は真の精神的生命が生きるための暴力ということであろう。神話の領域は犠牲を要求する。犠牲は太古から、清められた清純な存在(多くの文化では処女)であり、それによって殺人が合理化されるが、神的な暴力は犠牲を、よしとして受け入れる、とも言われる。

「神的暴力」という用語を使って一方では、ありそうもない理想的な、つまり非政治的でアナーキスティックなゼネストを思い描いていたが、他方で旧約の神の怒りを思わせる比喩が使われる。実際には、ベンヤミンはこうした神的暴力の近似値を求めているようだ。行論から推測されるのは、法をいっさい粉砕するこの暴力は、いわゆる絶対非暴力の思想ではない、ということである。場合によっては殺人すらあり得る。「汝殺すなかれ」という絶対の思想は行為の結果に対する判断(罰)の規準ではなく、行為者にとっての規則でしかない、と言われている。とはいえ、実際にいつどのようなケースの暴力が本当に純粋手段としての暴力であったかを人間が決めることはできない、という議論もあり、いわゆる大衆蜂起の暴力、あるいは六〇年代後半の学生反乱における象徴的暴力やそのエスカレートした退廃形態を意味しているわけでもない。

この論文が、一九一八年十一月に始まり一九年初頭には収束させられたいわゆるドイツ革命を背景に書かれたことはまちがいない。それゆえ、文中の激しい議会制民主主義批判、ミリタリズムと警察への批判は、透徹した論理を見せている。議会は、その成立に暴力(革命)があったことを忘れた法維持暴力でしかないし、警察は、法維持のためにあるのに、法に基づかない条例や取締令や現場での勝手な指令を通じて法措定までする卑しい混合形態である、などなど。警察署の建物や廊下が誰にも与える、ある種の不潔さ、薄汚さの理由が見事に抉《えぐ》り出されている。

一方でこの論文は、メシアニズム的(存在し得ない神的暴力)でありながら、他方で具体的なゼネストとそのアナーキズム(これも近似値的にしかあり得ないが)に触れている、というわかりにくさを見せている。かつての絶対的な政治的禁欲は姿を消しているようにも見える。しかし、神的暴力は具体的なものとしては依然として最終的に名指されてはいない。このあたりは、この論文にも議会制批判との関連で名前の出てくる、ユダヤ神秘主義のエーリヒ・ウンガーとの交流が鍵のようである。ベンヤミンと当時交流のあったウンガーは、「プロローグ」で名の挙がったゴルトベルクの解説者であった。トーマス・マンが『ヨーゼフとその兄弟』の第一巻でその思想を借用するゴルトベルクは、きわめて秘教的で、同時に神権政治的なユダヤ教解釈を展開し、二〇年代を通じてベルリンで大きな影響力を持っていた。ベンヤミンはショーレムが嫌うにもかかわらず、その後もこのサークルにヒトラー以降も興味を抱き続けた。その意味でこの論文は、最も神権政治に近づいている――ただし、定義不能の神権政治にである。

2　決断できぬ者たちのために

ゲーテ『親和力』への取りくみ

一九二一年末から翌春にかけてベンヤミンは、『ゲーテの親和力』(『親和力論』と略)に没頭する。ベルリンでは親とまたしても大喧嘩。夫婦の間もすでに亀裂が入っていたため、再びハイデルベルクに逃避し、そこで仕上げた。

このきわめて晦渋なエッセイはしかし、ベンヤミンの批評の方法の極北を示している。「ただの生命」「ただの自然的存在」としてのみ人間が行為しているかぎりどうなるか、そのとき神話はいかなる法的暴力となり、いかなる犠牲を要求するか。神話の牙を押さえ、乗り越えているかに見える教養と自己抑制、思いやりと文化のなかに静かに生きることが、いかほどに「ただの生命」「ただの自然的存在」としての生活でしかないか、ゲーテはいかにして権力との自らの妥協を犠牲によって維持し、からみつく権力秩序から少しでも逃れようとしたか、そして、日常はいかなる腐食作用を愛に対して持つか――こうした問題が、ゲーテの、あまり広く読まれてはいない作品に即して論じられている。しかも、批評そのものについてもロマン派論をさらに発展させた精緻な議論を展開しながら。

『親和力』はゲーテの作品の中でもことさら無気味な恐ろしさを秘めた、没落と崩壊のロマーン(小説)である。簡単に梗概を述べておこう。登場人物たちは、啓蒙された自由な意識と高い教養を備えている。生活のための苦労は出入り職人など数名を除けば誰も知らない。田舎に大きな邸宅を構えるエードゥアルト、その妻シャルロッテ。二人ともそれぞれ気のそまない結婚の相手に死に別れた後でようやく結ばれた。そこに一緒に住むように招かれるエードゥアルトの友人の大尉と、シャルロッテの姪のオッティーリエ。毎晩彼らがサロンに集まれば、小説の中の語り手のコメントにあるとおり「会話も読書も、市民社会の福祉と利益と安楽を増進するような、そういう対象に捧げられている」。今でも存在し続けるリベラルな市民階級の生活様式のはじまりである(ただし、ここでゲーテが使う「市民社会」はヘーゲルの意味よりも、今なお政治的共同体 civitas のニュアンスが強い)。

大尉を相談相手とする主人夫婦は、丘に新しい屋敷を建て、庭も新しくし、そのために水を引いて大きな池も作ることを計画する。そのためには土手や水路をともなう大きな土木工事が必要となる。その間にはすかいの関係が芽生えはじめる。つまり、エードゥアルトとオッティーリエが、シャルロッテと大尉がそれぞれに熱い恋心を燃やし始めたのだ。小説は工事の進行とともに、そしてナポレオン戦争と思われる遥か遠くの戦乱の響きとともに進んでいく。途中で訪れる知り合いの貴族やシャルロッテの前夫との娘なども絡んで複雑な話が展開するが、エードゥアルトは、オッティーリエを忘れるべく、いわばやけくそで戦乱の場に志願して出ていく。その間、シャルロッテと大尉はお互いに激情を押さえ、諦念に生きようとするが、軍務から戻ったエードゥアルトとオッティーリエにはそれは不可能。最後にはオッティーリエは食事を絶って死んでしまい、まもなくエードゥアルトも衰弱死する。口をきかなくなり、静かに細っていくオッティーリエを描く詩人の筆は美しく、かつすさまじい。それより大分前、途中で仲直りをしたエードゥアルトとシャルロッテから生まれた子供は、オッティーリエと大尉に似ているという薄気味悪い出来事もある。おたがいにベッドで相手とは違う人のことを考えながら抱擁しあったため、この「ほとんど迷信から自由な」人々にも苛酷な運命が襲った。そしてこの子供のおもりをするオッティーリエが新しくできた池でボート操作を誤り、子供を溺死させてしまうあたりから筋は一気に、二人の衰弱死という破局に向かう。途中では、棟上げ式の奇妙な徴《しるし》、土手の崩壊による、ふだんは静かな水というエレメントの暴走、あるいは不思議な地磁気をはじめ、花壇の花、建築家をはじめとする客人たち、客人たちと演じる活人画、村人たちなどなど、それのどれをとっても、人物も小道具も地理関係も細部にまでわたる複雑な照応関係によって徹底的に構成されたロマーン(小説)であり、筋書きを書いただけではとても実質的な内容に触れたことにはならない。

知力と教養は「諸力の支配下にある」

現行の全集で八十頁ちょっとのエッセイでこの作品の秘密に迫るベンヤミンの武器は一方では、神話、法、運命をめぐって「運命と性格」や「暴力批判論」などでなされてきた考察であり、他方では、ロマン派論と翻訳論以来の、芸術と批評と、作品の死後の生についての、また作品の燃焼によって得られる核についての議論である。そしてこのエッセイに勢いと味をつけているのが、一方でゲオルゲ派、特にグンドルフのゲーテ論に対する戦いであり、他方でヘルダーリンから彼が読みとった、作品の神秘的生命としての〈断絶〉という考え方である。これは後に、シュルレアリスムなどとの関連でなされる〈瞬間〉の破壊力をめぐる議論ともつながる。

結論的に言えば、相互に思いやりと配慮をしあいながら教養豊かに無為のうちに生きる自由な人々が、法がはらんでいる神話的暴力をいかに助長し、いかにそれに無抵抗であり、結局はその暴力の祭壇に犠牲となっていくかが、この作品の、ベンヤミンの言葉を使えば「事象内容」とされる。「この小説の人物たちの、形を完璧に守った暮らし方は、まさにそれゆえに彼らが刻一刻と苛酷に平和な人々の共同社会から締め出されてゆき、やがて犠牲が払われることに対抗するいかなる手だても講じ得ないのである」(I－1, 170)。もちろん、婚姻という制度がそのまま暴力や神話である、という単純な議論ではない。そうではなく、崩壊しつつある婚姻を契機として神話的暴力が猛威を振るうのである。

彼らが神話を無視することによって逆にいかに神話に弱いかを、工事の都合から墓地をいとも簡単につぶし、そこに道路を通し花壇を作ろうとする冒頭の小さなエピソードからベンヤミンは読み取る。伝統習俗から完全に離脱することはありえないのに、啓蒙された自由の中で、墓地と墓地でない土地との間に区別をつけない生活は、結局は恐ろしい力に対する盲目性を引き起こさざるをえない。花壇の花をはぐくむ太陽の光も自然の一つなら、墓地に眠る祖先たちもそうなのだから。空疎な自由の中で登場人物たちは、いとも簡単に自然の力の犠牲になっていく。自分たちの技術力で引いた水をたたえる池の土手の突然の決壊、そしてなによりも子供を呑み込む静かな池の水。神話は啓蒙による批判という図式で消えることはあり得ない。むしろ屈折して作用し続ける。その事態が読み取られる。

湖が、その鏡のような死のごとき表面の下に秘めた、恐ろしい本性に背くことは、決してない。……運命が支配している以上、愛しあう者たちは滅びゆく。揺るがぬ大地の祝福をさげすむならば、彼らは、動かぬ水の中に太古の姿をとって現れる究めがたいものの手に陥るのだ(I - 1, 133)。

主人公たちの恋愛沙汰自身が、単なる生命の、単なる衝動の、単なる性の関数でしかないのに、彼らはちょうど池の水のように知力と教養によって処理できるものとして、自然の花壇に対するように穏やかに対応する。ときどき感情の行き違いがあっても、なによりもエードゥアルトとオッティーリエの相思相愛が明白になっても、シャルロッテが感情を爆発させることはない。棟上げ式にあたって打ち砕かれるべきオッティーリエとエードゥアルトのイニシアルの入ったグラスがたまたま壊れなかったのを特別の予兆とエードゥアルトが思っても、シャルロッテはとがめることもしなければ、そもそも棟上げ式がオッティーリエの誕生日に行われても、妻のシャルロッテは怒らない。夫婦間の不実の抱擁から生まれた子供もオッティーリエが養育係のように面倒を見ている。たえず洗練された会話と、客人の来訪と、いささか過度なセンシビリティ、そして季節の変化と遠くの戦争。人前での暴露や侮辱や罵りあい、いわゆる修羅場はいちどもない。抑制された控えめな人々の落ちついた生活。だが、実際には、「彼ら人間たち自身が、この自然の力を露呈せざるを得ない。というのも、彼らはこの作品のどこにおいても自然の力を離脱してはいないからである」(同)。「彼らは教養の高みにありながら、教養によって克服されたと思い込まれている、かの諸力の支配下にある。教養はそれを制御する力のなさをたえずさらけ出しているにもかかわらず」(I-1, 134)とベンヤミンは語る。

逡巡と無為によって陥る罪と犠牲

このような四人の取り合わせと対照的なのが、この小説に挿入されている「隣り合わせの不思議な子供たち」というある客人の物語るノヴェレ(短編小説)である。その意味を、ベンヤミンの概念的な武器は見逃さない。その筋書きはこうである。子供の頃から激烈な喧嘩と憎しみあいをしていた男女がいたが、その憎悪は興味の裏返しだった。彼女は別の立派な男性と婚約したが、再会した幼少時からの喧嘩相手こそ真の愛情の対象であったことに気づく。しかし、そのことに気づかず、婚約に祝意を表するだけの幼友達。その彼に愛情の復讐をするために、つまり彼が一生彼女のことを忘れられないようにするために、舟遊びの日に彼女はブリッジから川に身を跳《おど》らす。死による愛の告知と永遠の復讐である。その一瞬、舵《かじ》を取っていた男も、幼なじみの存在がなにを意味するかを悟る。決断の嵐が吹き抜ける。彼は、彼女を助けるべく川に飛び込み……。最後はめでたしめでたし、というノヴェレである。

ベンヤミンは交差恋愛に陥った四人の主人公と、ノヴェレの男女の対照関係を見抜く。前者の四人は教養と自由の中で選択を迫られながら、なにもできないままに運命に引きずられて徐々に破局へ進んでいく。後者の二人は、一緒になれないという自分たちの運命にしたがうこともなければ、生温い自由の中で決断を引き延ばすこともしない。ブリッジからの跳躍は、まさに「自由と運命の彼岸の決断」(I－1, 170)である。ただ生きて恋しているだけでは、人間は神話にとらわれたままである。ノヴェレの中の二人の決断こそ――青年運動以来の用語で言えば――精神の無垢の証明なのである。それに対して、小説の四人の遅疑逡巡と懈怠《けだい》は、――ドイツ市民階級とヴァイマール民主主義の生温さの象徴とも読めるが――生きていることの罪を露呈せざるをえない。

ノヴェレの世界の明るい光……は、ロマーンの薄暗い黄泉の国に射し込む、決断の真昼に他ならない(I－1, 169)。

問題は、倫理的な罪ではなく、……人間が決断や行動によってではなく、遅疑逡巡と無碍《むげ》によって陥る罪である。人間が人間的なものを尊重せずに自然の力に捉えこまれてしまうと、自然の生は、人間においては自らをより高次の生に結びつけていない場合には、自身の無垢を保つことができないために、この高次の生を引きずりおろしてしまうのだ。人間の中で超自然的な生が消え去るとともに、人間の自然的生は、倫理に背くような行為がない場合でも、罪となる(I－1, 139)。

ようするに心の思いにしたがわずに、偽装した暮らしそのものが罪の枠にあることなのだ。あるいは、「生の自然的な罪が存在するように、生の自然的な無垢が存在する。……それは精神に結びついているのだ」。それ自体が罪として運命に服している自然的生からの高次の生による決断的脱出。青年運動以来の思考パターンはなおも健在である。

それでは、このロマーンの四人はダメ人間、愚図人間なのだろうか。どうして、それならゲーテはこういう小説を書いたのだろうか。それに対するベンヤミンの解答は、神話と美の弁証法をめぐっている。まずは、ゲーテ自身が数々の恋愛において経験せざるをえなかった遅疑逡巡と解怠、決断の回避、市民社会との妥協、つまり神話的秩序に対して自己が払った犠牲を思い起こしている、とされる。「神話的諸力についての途方もない根本経験、すなわち、これらの力との宥和は絶えざる犠牲による以外に手に入れることはできないという経験の中で、ゲーテはその諸力に対抗した」(I－1, 164f.)。「ゲーテは自分の生を自分の文学作品を生み出す機会にしてしまうような、そうした秩序にみずから、服したのだった」(I－1, 165)。

これが作家が神話に払った犠牲だとすれば、小説のなかで払われる犠牲は、清らかなオッティーリエの死である。もちろん、その死は「運命への償いであっても聖なる贖罪(die heilige Entsühnung)ではない」(I－1. 176)。したがってその美は仮象の美にすぎない。だが、神話のために仮象の美の犠牲が払われるとき、それは、生けるもののたえざる没落に向けられたディオニュソスの永遠の嘆きにも比せられるが、同時に、美の没落が放つ、その瞬間の美を救い出すことが芸術の、つまりゲーテの目標となる。滅びゆく美が放つ光というあり方で、この決断できないオッティーリエの犠牲が永遠性を獲得する。「ゲーテがオッティーリエという人物像において青春に容認したもの、すなわち己れ自身の持続のうちから己れ自身の死を受け取るような完全な生を、いずれかの作品の中で青春に与えたことは決してなかった」(I－1. 198)。ヘーゲルは彼の『美学』の有名な箇所で仮象の没落を本質への移行過程としていたが、ベンヤミンもそこにアウラを見ることになる。

ゲーテの小説に加えたベンヤミンの解釈を極度に切り詰めて再現すればこんなところであろうか。教養のゆえに神話にとらえこまれたがゆえに決断できぬ者たちのかりそめの美が、神話への犠牲として崩壊していくときに一瞬光る、神話を越えた美、そこにベンヤミンは彼の言う真理への通路を見ようとしたのであろう。それを象徴するのが、希望の流れ星ともいうべき有名なシーンである。小説の後半、戦争から戻ったエードゥアルトが、離婚の段取りをある程度つけたのち、湖水のほとりの木陰で子守をしているオッティーリエのそばにたつ。暮れ残る微光が遠くにかすむ中で、二人は一瞬の抱擁を交わす。いっさいが動きをとめる瞬間。「空から降る星のように、希望が二人の頭上を流れすぎていった。二人はたがいにひとつになったと空想した」。実際にはその直後の子供の溺死で離婚は実現しない。

すべて答えられてもまだ残る問い

こうした解釈に寄り添うように、ロマン派論、「翻訳者の使命」そして、『アンゲルス・ノーヴス』のプログラムでも展開された哲学的な批評論がこの『親和力論』でも、より深化したかたちで繰り返されている。先の翻訳論で、翻訳の独立性が強調され、翻訳の中に原作の持つひとつの〈傾向〉がその〈死後の生〉を生きることが論じられていたのと同じに、作品との時間的距離によって生きるのが批評であり、その距離によって、作品が破壊され、燃焼され、そのいわば核——「真理内実」とも言われる——が析出されてくる。その核は燃えかすの灰というより、炎の芯のようにイメージされている。

［批評を通じて］成長してゆく作品を燃えさかる薪の山というように比喩を使って考えるならば、その炎の前に立つ注釈者は化学者のようであり、批評家は錬金術師のようである。化学者にとっては薪と灰のみが彼の分析の対象となるであろう。それに対して、錬金術師にとっては炎自身が謎、つまり生き生きとしてあるもの［精神］に潜む謎であり続けるであろう。それゆえ批評家は、真理についての問いを発するのである。真理の生き生きした炎は、かつてあったものという重い薪と、体験されたものという軽い灰の上で燃え続けるのだ（I－1, 127）。

イビサ島の暖炉のかたわらの会話(第三章一五八頁参照)が思い出される。

あるいは批評と作品の関係についてこうも述べている。美しく魅力がある人物がなかなか心を開かず、その人のことがよく分からないとき、その人の姉妹と知り合うことによって多少とも推測がつくことがあろう。「まさしくそのように、批評は芸術作品の兄弟姉妹を探し求めるのである。そして、すべて真正なる作品は、その兄弟姉妹を哲学の領域に持っている」(I－1.173)。もちろん、これは芸術が哲学に取って代わられるとか、哲学が芸術を押しのけるということではない。むしろ哲学のいっさいの問題が解決しても答えの得られない問いに関わる精神的所産が芸術であるとされているのだ。彼女のことがよくわからないから彼女の妹に尋ねてみる――それでも、哲学の全体、その統一性にかかわる問いは、哲学の個々の問いを遥かに越えており、それらがすべて答えられてもまだ残る問いである、とされる。

そうした宗教もしくは〈教説〉にかかわる問い、どのように問うていいかすら分からない問い、そうした問いの理想形態にかかわるのが芸術であるとされる。哲学と芸術の二つの領野の緊密な関係の中にこそ、批評によって真理への通路を見ようというのであろう。とはいえ、その真理を名指したりすることは志向されていない。「批評が最終的に芸術作品の中に提示してみせるのは、その真理内実を最高の哲学的問題として定式化する潜在的可能性だからである。ところが、作品に対する畏敬の念からすると同じく、また真理に対する敬意から、批評がその前で活動を中断するところのもの、それがほかならぬこの定式化それ自体なのである」(同)。

その際、中断する批評がめざすのは、いわゆる哲学的意味でもなければ、ただの美の仮象でもない。美の仮象とは、ヴィンケルマン以来、混沌(カオス)そのものである生の表面に見られた調和のベールであった。時にはその仮象こそ、本質としての美であると思われてきた。だが、ベンヤミンの批評がめざすのは、そうした見かけだけの調和の中に生き続けている混沌の遺産を、つまり、美の中に生き続けている神話を破壊する力である。それを彼はヘルダーリンに倣って「表現なきもの(das Ausdruckslose)」と呼ぶ。「表現となりえなかったもの」という意に解してもいい。そうした「表現なきもの」において、「真なるものの崇高な力が立ち現れる」(I－1, 181)。

「表現なきもの」において、「真なるものの崇高な力が立ち現れる」とは、こういうことであろう。我々の生はどんなに糊塗《こと》しても、調和のとれた美は無理なのである。あくまで亀裂をはらんだ、断片でしかないことを、われわれは、思い知らされる。それを思い知るのは、悲劇の英雄が沈黙する瞬間であり、ヘルダーリンの賛歌における中断もしくは中間休止とよばれる、全体のリズムの流れを一瞬とめる瞬間、彼が「純粋な単語」と呼ぶ瞬間である。そうした表現できないなにものかを宿しているのが、しかも美的仮象のうちにそれを宿しているのが真の芸術の美であり、それは批評がそれとして言葉に表すことはできない、批評が中断するしかないものとされる。美的仮象は、この「表現にならないもの」を対立項として持つことによって、美が存在する。ただし、その存在する美は、ザイスの像と同じで、被われていることによってのみ、存在している。

美は仮象ではなく、ほかのなにかを隠している被いでもない。美そのものは現象ではなく、十分に本質なのである。もちろん、被われて隠れている場合にのみ本質的に自分自身と同一であるような本質なのだが。……そうであるから、いっさいの美しきものに対しては、被いを取り除くというイデーは、被いを取り除くことの不可能性というイデーに変じる。被いを取れないというこのことこそ芸術批評のイデーなのである。芸術批評は被いを持ち上げて取り外すことを課題としているのではなく、被いを被いとして最高に正確に認識することをつうじて、美なるものの真なる直観へと高まらねばならないのである。直観は、いわゆる感情移入には決して開かれることがないし、また素朴な人間の、感情移入よりは純粋な観察に対しても、不完全にしか開かれることはないだろう。すなわち秘密としての美の直観である。不可避的に秘密として表出する時以外に、真の芸術作品は捉えられたことはない。というのも、最終的に被いが本質的に内属しているような対象は、他に言い表しようがないのである。ただ美しきものだけが被いつつ被われてあることで本質的な存在でありうるのであり、しかも美しきもの以外のなにものもそのようなかたちで本質的であることはできない。だからこそ、秘密の中にこそ美の神的な存在根拠があるのだ(I-1, 195)。

合理性の希望

この秘密に関わる「表現にならない」一瞬の静止、作品の中断であり、批評の中断を示すのが、希望の流れ星の瞬間である。この瞬間の亀裂は、作品が「一息つく」あの不連続の瞬間なのである。この瞬間を描くゲーテの筆がもたらす文学的抒情に身を委せるだけではダメなのであって、この瞬間がいかに作品の中の「表現にならないもの」の謎を謎としておく断絶と結びついているかを批評は見抜かねばならない、というのである。

この結論は、『親和力論』の冒頭にある、カントの婚姻論の検討とつながっている。『道徳形而上学』のなかで「婚姻とは、性を異にする二人の人物の、それぞれの性的特性を生涯にわたってたがいに所有し合うための結合をいう」の箇所をベンヤミンは引用する。カントが言いたいのは、結婚にとって子孫を作ることは副次的なことであり、その証拠に子供のできない夫婦でも持続性が重要であることの説明であった。ここにはまた「相手の性器の自由な使用権」といった、啓蒙主義にありがちな、情緒も感情もない即物的な記述がある。ここから倫理を引き出すのは無理かもしれない。しかし、ベンヤミンはこのカントの啓蒙的合理性が人間の結合の純粋性にいかに必要であるかを見逃していない。この合理性の希望が、しかも単なる自然的生の活動ではなく、決断によってのみ実現するはずのものへの希望がこの作品の、ベンヤミンが見る核なのであろう。ちなみに、生殖器の自由使用権をめぐるカントのこの文章は、『歴史と階級意識』(一九二三年)の物象化をめぐる議論でルカーチも引いている(第四章第一節)。この時代の左派知識人が近代啓蒙の問題を多面的に見ようとしていたコンテクストが感じとれる。

このようなきわめて秘教的な批評と美の議論を展開するベンヤミンであるが、本書全体にわたってゲオルゲに近かったグンドルフに対する批判は強烈である。先に触れたロータッカーなどは、「グンドルフ批判は少しトーンを落とした方がいいのではないか、彼はきっと貴方の解釈を理解してくれるから」といった忠告をベンヤミンに書き送っているほどである。グンドルフが詩人を英雄視し、詩人の人生を最高の芸術作品とすることで、テクストを魔術的文書にしてしまい、結局は神話を創作しているというベンヤミンの批判については、すでに第二章で触れた。この骨子だけならまだしもだが、批判の言葉遣いはまさに「粉砕的批評」のとおり。「混濁した直観」、「ゲーテ崇拝の最も思慮を欠いたドグマ」、「詭弁の手足をばたつかせる」、「おしゃべり猿の大言壮語」とさんざんである。特にオッティーリエの位置づけがグンドルフにはまったくわかっていない、と。「神話の域を越え出て成長し始めたものさえをも、もとの神話の中へ曲げ戻して混乱を招くような思考方法ほど、禍にみちたものはない」(I－1.163)。

ベンヤミンが思いを寄せていたユーラ・コーンは、ハイデルベルクでゲオルゲ派と交際があり、その線でベンヤミンも内部事情に詳しかった。青年運動にとってゲオルゲの『盟約の星』は一種の聖書であった。彼はゲオルゲに魅せられながら、ゲオルゲの駆使する神話と英雄の言語のゆえに、追従することはなかった。数年後に『文学世界』に書いた「シュテファン・ゲオルゲについて」(II－2.622-624)と題した文では、ハイデルベルクの城庭の公園でゲオルゲが通りかかるのをベンチで待つ自分の描写からはじめながら、つまり魅力を感じていることを告白しながら、第一次世界大戦に多くの若者が共感した元凶として告発している。「もしも神が、予言者をその予言の実現のゆえに罰することがあったとしたら、ゲオルゲの場合にそうなったであろう」とファシズム下の一九三三年夏に書いた「シュテファン・ゲオルゲの回顧」(Ⅲ, 392-399)にも言われている。

「ユーラ・コーンに献ぐ」

実は、この『親和力論』の成立には、ヴァルターとドーラが巻き込まれた交差恋愛が背景にある。一九二一年四月、ベンヤミンが「新しき天使」の絵をミュンヘンで買う直前、久しぶりにベルリンに戻ってきた美術学生ユーラ・コーンに会ったベンヤミンは、青年運動以来の知り合いである彼女に猛烈な恋心を抱いてしまった。だが、彼女は、ベンヤミンのかつての婚約者グレーテ・ラートの兄のフリッツ・ラートに心を動かしていた。一九二五年には彼と結婚する(もっともその結婚生活の最中にベンヤミンと南フランスに旅をしたりするが)。また、ユーラの兄のアル

彫刻家でもあったユーラ・コーンが造ったベンヤミンの像

フレート・コーンは一九二一年には、ベンヤミンのかつての婚約者グレーテ・ラートと結婚する。これだけでも十分にこみ入っているが、その上に、同じく久しぶりにやってきた共通の友人で後にフランクフルトの放送局でベンヤミンを助けることになるエルンスト・シェーンには、今度は妻のドーラが惚れてしまった。彼女は浮き浮きして、ヴァルターにも自分の気持ちを平気で話していた。ドーラはシェーンとロンドンに旅したりしている。ヴァルターはこのときはユーラ・コーンに対して思いを遂げることはできなかったようだが、いずれにしても『親和力』と類似した状況に直面したわけである。

高校時代以来の友人たちのユダヤ人社会内部でのこうした恋愛沙汰が、エッセイ執筆の個人的な動機になったには違いない。このエッセイの冒頭には「ユーラ・コーンに献ぐ」と記されている。「情熱が市民的な生、豊かな生、保証された生との契約を求める場合には、倫理の諸法則により、情熱はその権利とその幸福のすべてを失う(7)」(I-1. 185)というエッセイの中の文章などと似たようなことを、自分の結婚生活の冷却について友人たちに盛んに述べていたようである。

この件で、ベンヤミン夫婦の心理的距離は一気に拡がるが、二人からしょっちゅう相談を受けていたショーレムの言うところによれば、「結婚が崩壊の兆しを見せ始めたあの数ヵ月間、二人は、……たがいに感動的な、情愛のこもった友情を示し合っていた。あの四月の日々と、それに続く一年間ほどに、二人が思いやりを込めて相手の身になり合っているのを、私は見たことがない(8)」。しかし、裁判の結果一九三〇年に離婚が成立するにあたっては、「ユーラ・コーンに献ぐ」の献辞は決定的に不利となった。この離婚裁判に負けてベンヤミンは財産をほとんどすべて失ってしまった。その後二人はしばらくいっさいの関係がなかったが、恋多きドーラがアメリカで知り合ったアメリカ人作家をベンヤミンに紹介した頃から関係が戻り、亡命とともにある種の信頼関係が回復し、ベンヤミンはドーラがイタリアのサンレモで経営していたペンションになんども厄介になっている。

『親和力論』を共通の友人ラングから送られたヴィーンの大作家ホフマンスタールは、激賞し、彼が主催する『ノイエ・ドイチェ・バイトレーゲ』にすぐさま掲載した。ベンヤミンの才能を見抜いたのは、さすがというべきだし、ベンヤミンも後に感謝の気持ちもあってか、バロックに素材を取ったホフマンスタールの戯曲『塔』について好意的評論を書いている。とはいえ、実際には二人の関係はそう一筋縄ではいかないようだ。若き日にゲオルゲの独占的支配欲に抵抗せざるを得なかったホフマンスタールにとっては、ベンヤミンのゲオルゲ派批判が気に入った程度かもしれない。本当に丁寧に読んだのか、多少の疑問が残る。また、ベンヤミンもどれほどホフマンスタールを買っていたかもよく分からない。しかし、細かい人間模様を抜きにすれば、保守革命をすでに唱えていた大知識人との交流は、自分の知的対極とも交流するというベンヤミンの知的方法に属することはまちがいない。ホフマンスタールの目に触れる前にはパウル・カッシーラーが読んで、オプション料一万五千マルクをベンヤミンに払っていたが、結局印刷に回してはくれなかった。ゲオルゲ派のマフィアを恐れたのかもしれない。この長い、しかも重要なエッセイが本のかたちになったのは、一九六四年になってからである。

ベンヤミンは、特にヴァグネリアンではなかったが、「愛の決断は死と不可分である」というエッセイの中の何ヵ所かの指摘も思うところあってのことかもしれない。「共に死のうとした瞬間が、神の意志によって、愛し合う者たちに新しい生を贈り与えたのだ。そのときにこそ古い掟は、この新しい生への支配権をいっさい失うことになる」(I - 1. 188)。あるいは、「神との宥和の中で、……すべてを無に帰せしめ、宥和した神の顔貌の前ではじめて、無に帰せしめたものが再び蘇るのを見る者でなければ、神との真の宥和は達成されない」(I - 1. 184)。つけ加えれば、この〈宥和〉も調和や融合や仲直りのイメージで捉えてはならない。

「真の宥和にともなういっさいの破壊的なもの」(I - 1. 185)——これこそオッティーリエに欠けているものである。〈宥和〉は〈破壊〉であるというのは、わかりにくいが、ベンヤミンの確信のひとつである。個体が、個体であることをやめるような一瞬、神の真理の炎に焼きつくされる一瞬、死の破壊力に身を委せる一瞬、そしてなによりも、バタイユが、「脳天まで突き抜けるような」とか「脳天を砕かれるような」と形容した、性的オルガスムスの、しかもそれも倒錯の極限での自己解体の一瞬、多くの宗教的神秘体験に通じる一瞬、「息を継ぐ」どころか、「息が切れる」、いや「息が止まる」一瞬、こうしたシュルレアリスムとつながるものとして理解する必要がある。もちろん、そうしたものは、自己保存を原理とする啓蒙された市民の日常生活に与えられるわけではない。だが、そうした破壊的な宥和こそ「表現なきもの」につながるのであり、そうでなければ、ただの「仮象の宥和」なのである。それゆえ結局は実現しなくとも、真の決断の影が、「中間休止」とベンヤミンが言う、抱擁し合う二人のシーンの「空から降る星のように、希望が二人の頭上を流れすぎていった」時に見えたのである。そこにこそ、決断できない者たちにおいても、我々の生が断片であり、断片として希望を宿していることを感得させる真理の力が生きている。つまり「希望なき人々のためにのみ希望はわたしたちに与えられている」(Ⅰ-1, 201)というこのエッセイの最後の有名な一文となる。だが、少し前でベンヤミンがこう書いているのを忘れると、この文章は意味を取り違えることになる。「彼ら二人はもちろんこの希望に気づかない。……また、最後の希望というものは、それを心に抱く者にとっての希望では決してなく、ひとえにそれが向けられている者たちにとっての希望であるということを、これ以上はっきりと言い表すことはできなかったのだ」(Ⅰ-1, 200)。

後にベンヤミンはカフカ論の中で、カフカの友人ブロートの伝えるカフカの言葉を引く。「おお、希望はあるとも。十分あるとも。無際限にたくさんの希望があるとも。――ただ我々のための希望ではないだけさ」(Ⅱ-2, 414)。〈決断しない決断主義者〉に向けられたベンヤミンの希望は、破壊的な宥和への希望であった。「希望なき者の希望」を言うベンヤミンの一分のポイントは、「我々」である。我々が決断できない以上、「我々のための希望ではない」のだが、その希望は「我々に」与えられているのだ――啓示によって決断を受ける以前の希望が。

注

（1） ルートヴィヒ・シュトラウス宛、一九一一年十一月二十二日。
（2）『ゲーテの親和力』の最後の一文。
（3） Arendt, Hannah, *Menschen in finsteren Zeiten*, München, Zürich 1983, S. 193.
（4） Gadamer, Hans-Georg, *Wahrheit und Methode*, 2. Aufl., Tübingen 1965, S. 362ff. ガダマーは明確に次のように述べる。「翻訳はいっさいの解釈がそうであるように、明確化することであり、翻訳は色合いを決めねばならない」(同 363)。
（5） デリダ、ジャック「バベルの塔」『他者の言語——デリダの日本講演』(法政大学出版局)所収。
（6） ヴァールブルク、アビ『蛇儀礼』(三島憲一訳、岩波文庫)の解説参照。
（7） 当時ベンヤミン家に出入りしていた医学を学ぶ女子学生の回想(Wolff, Charlotte, *Innenwelt und Außenwelt*, München 1971, S. 206)によれば、ベンヤミンは、しきりと「どんな愛も日常生活の中で壊れてゆく」と述べていたそうである。したがって、いっしょに死ぬことの中にしか本当の愛はないとも。Fuld, Werner, *Walter Benjamin. Zwischen den Stühlen*, München 1979, S. 135 に彼女の回想が引用されている。
（8） Scholem, Gershom, *Walter Benjamin — die Geschichte einer Freundschaft*, Frankfurt 1975 (dritte Aufl. 1990), S. 153.

第五章　アレゴリーとメランコリー

悲惨と恐怖は、ボードレールでは、アレゴリー的な見方を枠組みにしている。(1)アレゴリーにおいては事物世界の価値が引き下げられるが、それは事物世界そのものの内部で起きる、商品による事物世界の価値引き下げはそれを遥かに越える。(2)

1　バロック論

事物の進行に突如、停止をかける思考

これまで一方では、批評論、言語論、翻訳論、他方では神話、法、暴力、救済をめぐる議論を、そして両方向が流入する総まとめ的なエッセイとして『親和力論』を見てきた。まとめるのがなかなか難しい晦渋な議論が続くが、『親和力論』には、最後の一文「希望なき人々のためにのみ希望はわたしたちに与えられている」をはじめ、「宥和の仮象だけが極限の希望の住まうところである」(Ⅰ-1, 200)といった、きらりと光る警句も多い。美的仮象が

美以外のものの力によって破壊される時、つまり「美のデスマスク」となるときこそ、芸術の秘密が真理の消息を与えてくれるといった考え、つまり「真の宥和における破壊的なもの」の重要性にも触れてきた。あるいは、精神の超越性と決断能力へのかぎりない意志を示した先鋭な表現も多い。例えば、「暴力批判論」にもこうあった。

人間というのは、その人間の単なる生命と決して同じものではないし、人間の中の単なる生命のみならず、彼の生命以外のなんらかのあり方や特性とも、さらにはかけがえのない身体を備えた彼の人格とさえも同じではない。どんなに人間が聖なる存在であるとはいえ(あるいは、地上の生と死と死後の生とを貫いて人間の中に存在する生命がどんなに聖なるものであるとしても)、彼の状況は、あるいは隣人によって傷つけられることのできる彼の肉体的な生命は聖なるものとはとても言えない(II－1, 201)。

決断によってすべてが吹き飛ばされる破壊の瞬間に静かに射す宥和の影、その聖性の光、あるいは決断できない者たちのために射す希望の光――モデルネの尖端として、断片、破砕、解体についての思考が、ユダヤ神秘主義と密接に絡んでいる。こうした発言は、時には矛盾し合い、時には重なり合いつつ、独特の知的空間を構成している。

右や左や中道といった、政治的ヘゲモニーをめぐる同時代の議論とはかぎりなく嚙み合わないこうしたベンヤミンの文章に共通しているのは、なによりも彼が自分で「ニヒリズム」

と呼ぶ「起きていることへの止めようなき不信の念」(「破壊的人間」Ⅳ-1. 398)である。神の炎であれ、プロレタリア的ゼネストであれ、作品の中の中間休止であれ、あるいは、ボードレールの「破壊の才能」やブレヒトの異化であれ、世界の、社会の、そして政治の進行に突如として停止をかける思考が、ベンヤミンに好まれるのは、そのためである。

『親和力論』がそれでもどちらかと言えば、なおも精神の超越への憧憬にもとづいて書かれているのに対して、次に扱う、ロマン派論とともにドイツ文学三部作を構成するバロック論『ドイツ悲劇の根源』は、むしろ破壊と解体と頽落の風景に染め上げられている。

「カプリ、あそこならまだ人と話ができる」

まずは、成立の背景から。ドーラとの関係がぎくしゃくしていたベンヤミンは、一九二三年以降、ベルリン市内に一人で住んだり、両親やドーラ、それに息子のシュテファンのいるグルーネヴァルトの豪邸に経済的理由から戻ったりと不安定な生活が続いた。さらにその間に、教授資格論文の引き受け教官を求めて、ハイデルベルク、ギーセン、フランクフルトなどを転々とした。ハイデルベルクでは、結局哲学科がカール・マンハイムを選んだため無理となったが、一九二三年の末頃からフランクフルト大学でなんとかなりそうな可能性が出てきた。

市民によって一九一四年に創設されたフランクフルト大学は、新しい大学としてユダヤ系の教員採用にも寛容だった。後にフランクフルト学派と通称される知識人サークルが生まれた理由のひとつもそこにある。ベンヤミンもこの年の夏には、フランクフルトで、当時『フランクフルト新聞』の編集部にいたクラカウアーとともに、アドルノと知り合いになっている。だが、直接にはベンヤミンの母方の叔父アルトゥール・モーリッツ・シェーンフリースが教授をしていて、元学長という影響力も持っていたことが大きかったようだ。それも働いてか、ドイツ文学科のシュルツ教授が教授資格論文の引き受け教官を受けてくれそうになった。ただし、『親和力論』だけでは不十分で、アカデミックな世界に生き残るためにはもうひとつなにか書かねばならなくなり、あまり気の進まないままにはじめたのが、バロック研究である。一九二四年の春には書き始めるために大体の準備が整ったが、時代はゆっくりものを書く雰囲気ではなかった。収束しはじめたとはいえ猛烈に吹き荒れたインフレの傷は深い。ザクセンやテューリンゲンでの共産主義者の蜂起、ヒトラーのミュンヘン一揆の後遺症が抜けきれていない。そういうドイツを出て外国で書く算段を彼はした。ショーレム宛の手紙(一九二四年三月五日)にはこう記されている。

フランクフルトの論文はまだ書き始めていません。もうずっと前からやっていることなので、書き始められるばかりのところにはなっているのですが。でもこの地では、書く気が出てこないのです。そこで重要な部分は外国でやることを計画しています。四月はじめにはなにがどうなろうと出発して、生活の楽な、ゆっくりした、もっと自由な環境で、目下可能なかぎりの内容で上から見おろす感じで、早いテンポで一気に片づけてしまうつもりです。いささか過度な細部拘泥癖で準備したため（目下私一人だけで六百以上の引用を集めていて、しかも、一目で分かるようにきちんと整理してあります）、そういうやり方もできますし、しなければなりません。最終的には、この仕事は急いでいることもあり、またこれまでの私の仕事からある程度切り離されていることもあって、相当に無謀な曲芸といった性格になってしまうと思いますが、ともかく教授資格を絶対にもらわねばならないのです。経済状況がますます暗澹たるものになりつつある以上、私講師になればローンを借りられる望みを考えると、この論文は私の最後の希望です。

行き先はナポリ湾のカプリ島。五月から十月はじめまで滞在した。もともとこの島の観光開発はドイツ人に多くを負っていた。地中海を見おろすパノラマ通りは今でもクルップの名を冠している。行きやすかったのだろう。カプリに誘ったのはグートキント夫妻。旅立つ前に、グートキントは、共通の友人ラングに書いている。「もう［ドイツとの］おつきあいはごめんだ。ハーケンクロイツの軍靴に踏みにじられるのは、まったく無益かつ無意味。……お別れの上等な道を行くつもりなら、まず最初の里程標はカプリだ。あそこならまだ人と話ができる。あそこはユダヤ人にとっても唯一無比の地だ」。グートキントの手紙にはカプリまでの旅費やビザ取得料や物価の安さが克明に記されていて、「目もくらむような紺青の海が楽しみだ」という決まり文句が最後になってはじめて出てくることにも、事情が推し量られる。もっとも、その安い滞在費でも、ベンヤミンは、古本屋に貴重な書籍をいくつか売り払っただけではまかないきれず、ドーラの稼ぎも使った。さらには、超有名人のホフマンスタールから激賞された手紙を父に見せて、ダメ息子ではない証明にして、才能投資をさせた。一説によると、骨董商売に詳しい父はこの文豪の手紙の将来的価値を見越して息子に金を与えたとも言われている。先にも書いたが、アドルノやブロッホ、ブレヒト、アルフレート・ゾーン＝レーテルと思いつくままに挙げても、この時期には多くのドイツ知識人がインフレと不穏な政治情勢を逃げ出して、物価の安いイタリアに滞在した。彼らはなんらかの方途でドルを手に入れたか、スイスに口座を持っていたために、外国旅行ができた。いつの時代でも結局は知識人の方がいい思いをする仕組みは、考えさせられてしまう。こうした日々の知的支配に対する民衆の恨みがファシズムと関係していることは、アドルノが戦後に「文化批判と社会」と題した『プリスメン』の論文で取り上げる。文化人の家に押し入った親衛隊員はなぜピアノを叩き壊したのか、と。

ベンヤミンもカプリでドイツ人がよく集まるビヤホールで多くの知的世界の住人と知り合っている。再会したブロッホの冗談のうまさには何度も笑い転げた。ムッソリーニやマリネッティの演説も聴くことになるが。カプリではラトヴィア出身の魅力的なコミュニスト、アーシャ・ラツィスと知り合った。さまざまなかたちで彼の実人生にも影響を与えた、この出会いの意味は今でも論争の対象であるが、これについてはあとで触れよう。

受理されなかった『ドイツ悲劇の根源』

予定より少し遅れたが翌一九二五年五月には論文『ドイツ悲劇の根源』(今後ときに『根源』と記す)を添えて正式に教授資格認定申請をフランクフルト大学にするところまでこぎつけた。しかし、結局この論文は受理されなかった。ドイツ文学のシュルツ教授は、論文の内容からして美学科で資格認定をすべきとの判断にいたり、美学の講座に当時いたコルネリウス教授に審査を依頼した。後期ロマン派の美術運動ナザレ派のコルネリウスの血を引く、新カント派系の彼の名前は、レーニンの経験主義批判の中でマッハとともに論じられているが、なによりも彼の名を歴史に残したのは、ホルクハイマーやアドルノの師であったことである。しかし、コルネリウスの審査結果は否定的であった。「中味がまったく分からないので、ベンヤミン本人に少なくも芸術学的部分に関しての要約をあらたに作ってもらい、読んでみたがやはり理解不能であった。助手のホルクハイマーにも読んで貰ったが、その彼もこれはまったく理解できないと返事をしてきた」とおおむねこのように審査報告には記されている[3]。

結局のところ、ドーラの父でヴィーン大学のケルナー教授と親しいフランス文学の教授がやんわりと結果をこの岳父経由でベンヤミンに知らせ、ベンヤミンもやむを得ず、九月には論文取り下げに同意する。今では考えられないやり方だが、正式の却下というのは、ちょっとした騒ぎになるし、裁判を起こすことも可能で、まだまだブルジョア階級の独占していた大学はそういうことは好まない雰囲気だった。否定的意見を述べたホルクハイマーも、現代思想史での立場は具合悪いことになったが、その後彼はベンヤミンの才能を見逃すことはなかった。むしろ、ドイツ文学の教授資格に応募したベンヤミンの「世間知らず」ぶりは、善し悪しはともかく確認しておくべきだろう。哲学や、理科系の学問ならいざ知らず、ドイツ・ナショナリズムの温床であり、プロテスタント系で固めたドイツ文学科のポストにユダヤ人のベンヤミンがつけるわけがなかった。ユダヤ系でドイツ文学科の教授は後にも先にもほとんどいない。グンドルフなどは、例外中の例外である。人口の四割強を占めるカトリック信者ですらめったなことではドイツ文学科のポストにはつけなかった時代である。また、『親和力論』で、学界の主流にいて、有名雑誌もほとんど押さえていたゲオルゲ派、特にグンドルフをこき下ろしたのも、やはり響いたようだ。このあたりはハンナ・アーレントの言うとおり、世間知らずというか、無邪気というべきか、純粋というべきか……。

職につくためにやむを得ず書きだしたとはいえ、始めるとやはり事柄の論理に押され、できあがったのは、たとえ審査委員会では認められなかったとはいえ、おそらくハイデガーの『存在と時間』、ルカーチの『歴史と階級意識』と並ぶ、この危機の時代の貴重な遺産となった。とはいえ、アカデミズムにも左翼活動にも無縁な内容だからだろうか、読まれ、論じられる度合いは他の二冊と較べて、比較にならぬほど少ない。哲学者たちは、文学史上の材料に歯が立たないだけでなく、講壇哲学を無視した思考の独自の精密さは、コンベンショナルな概念を操ることに生き甲斐を見いだす職業哲学者の虚栄心を刺激しなかった。文学史家には論旨を追うことすらできないだけでなく、通常の文学史を越えた政治思想、美術史などの分野の話が違和感を与えるだけだった。だが、単にアレゴリー論のみならず、ディコンストラクションの先取り、優れた記号論、ヴァールブルク研究所の成果の活用など、実に多面的でちょっとやそっとでは汲み尽くせぬ豊かな内容を持った論稿である。ベンヤミンの受容したユダヤ精神と、第一次大戦後の断片と破壊の時代の出会いであることは言うまでもない。

モザイクとしてのトラクタート

だが、これほど要約しにくい本はない。『存在と時間』でも――『歴史と階級意識』ならなおさらだが――多少の犠牲を覚悟すれば要約は可能であるし、中には要約めいたものを読んだだけで議論を起こしているとおぼしき解説や論文にすらお目にかかる。だが、この本はそのような要約の試みに対してはきわめてそっけない態度をする。冒頭の「認識批判的序説」がそのようなそっけなさを告知している。つまり、この著作は〈トラクタート〉であるというのだ。トラクタート(論考)とは、中世スコラ哲学に由来する言葉で、それなしには真理について語ることのできない神学に関わるが、一貫した論理的整合性によって神の教えを展開するのではなく――信じる者が自分の神について果たしてそんなことができるだろうか――むしろその予科というか予備部門というか、ベンヤミンに言わせれば、むしろ断片的な思考の組み合わせであって、たえず新たに息を継ぎながら読まねばならないもの、たえず読書リズムの中断をともなうものであった。

「たえず息を継ぐ」とか「リズムの中断」とか、いわばぎくしゃくしていることの重要性はすでに『親和力論』でも、遠くはロマン派論でも展開された、破壊や中断こそ真理への通路という考え方と関わっている。文章ごとに、どのように叙述するかという根本問題の前で新たに息を継いで進む以上、整合的な流れとなるよりも、ひとつひとつの「思考断片(Denk-bruchstück)」の寄せ集めがトラクタートであって、哲学の体系的叙述という、十九世紀に定着した「うろ覚えの普遍主義」(9)とはまったく異なり、むしろモザイクと同じである、とベンヤミンは言う。「モザイクの個々の石は全体と直接には無関係だが、やはりその石の質がよくないと全体は光らないのと同じに、思考断片の価値は全体構想から直接測ることはできないが、やはり個々のそれがよくなければ全体は光らない」。「モザイクもトラクタートも西欧におけるその最高の形態は中世においてであった」(10f.)。

しかも、ここではベンヤミンはそうは述べていないが、トラクタートのモデルは実はイスラームのモザイクなのである。(4) キリスト教のモザイクと違って、具象性を拒否したモザイクは、「美しい」といった一般的形容以外にいいようがない。ロマン派が同じくアラビアから取って好んだ「アラベスク」も適切な表現だが、これは同語反復でしかない。アラビア風モザイクは、キリストとその弟子を描いたビザンチン風モザイクと異なり、そのままに全体を繰り返す以外に、要約を受け付けない。後年アメリカに亡命したアドルノが、アメリカの学会誌に論文を掲載するにあたって「要約(アブストラクト)」を求められたとき烈火のごとく怒って「私の文章は音楽と同じに精密に構成されている。君、音楽を要約できるかね」と叫んだ話を自ら書いているが、(5) ベンヤミンの文章がまとめを拒むのはアドルノの文章の比ではない。そこで我々としても、モザイクとしてのトラクタートを作っているひとつひとつの石である思考断片のいくつかを拾い集めてみよう。それを並べてできる図柄がベンヤミンの思い描いたそれと一致する可能性は薄いかもしれないが。

なによりも第一次大戦による巨大な破壊は、古典主義的な調和とか、教養主義的な人格などというものへの信頼を完全に破壊した。ベンヤミン自身はもともとそういうものは信じていなかったが、現実に起きた破壊は私生活にまで迫っていた。後の「経験と貧困」と題した文章にはこうある。「まだ鉄道馬車で学校に通ったことのあるひとつの世代が、今、青空に浮かぶ雲の他はなにもかも変貌してしまった風景の中に立っていた。破壊的な力と力がぶつかりあい、爆発を続けているただ中に、ちっぽけな弱々しい肉体の人間が立っていた」(II-1. 214)。市民生活の崩壊は、歴史と理性をつなぐ最後の絆まで断ち切り、歴史は悲惨の繰り返しでしかないことを多くの人々に感じさせた。バロック時代との類比がさまざまに語られるようになった。『根源』のなかには、問題意識を感じさせる次のような文章がある。「今日、〈悲劇的〉という表現が演劇と歴史上の出来事の両方に同じように使われているが、十七世紀にはそれと同じに、いやそれ以上の正当性を持って〈悲劇〉という語が両方に使われた。文体そのものが、演劇と歴史上の出来事の両者が、当時の意識にとって〈悲劇的〉という点で、いかに相互に近かったかを示している」(46)。戦乱に明け暮れ、舞台の悲劇が、歴史上の悲劇的戦争と一体視された十七世紀はまた、ベンヤミンの一九二〇年代でもあった。本書のタイトル自身が二義的である。「ドイツ悲劇」の悲劇 Trauerspiel の語は、自分の国の政治を嘆いたり、自分の会社の上層部のいざこざを嘆いたりする時にも使われる言葉だ。したがって「ドイツの悲しい現状の起源」という意味も持ちうる。

ギリシア悲劇(Tragödie)は神話を扱ったが、バロック悲劇(Trauerspiel)は実際の歴史を扱う。その歴史は理性の進歩ではなく、「自然の世界、喰いかつ喰われる関係は人間の歴史においても変わっていない」[6]とアドルノが後に述べる〈自然史〉でしかない。「歴史が自然の性格を持っていること。これこそ違和感を与えることである」(アドルノ)[7]。自然史の野蛮が支配する以上、市民社会を支えてきた、人格の統一とか社会的連帯とか人間の尊厳といった美しい言葉は輝きを失い(現在でも我々は顔を赤らめずにはこうした言葉を使えなくなっている)、すべてはきれぎれの断片、飛び散った肉塊、内乱、狂気となり、せいぜいがそれを見つめる陰鬱でメランコリックな表情が残るだけとなる。「歴史はそのはじめからもっている、時代にそぐわないもの、苦痛に溢れたもの、できそこなったもののすべてに関して、ひとつの相貌に刻印されている、それは髑髏《されこうべ》である」(145)。バロックに向かうのは、こうした陰鬱な年代記的視線である。「歴史的概念と道徳的概念の内的融合は合理主義以前の西洋にとっては事実問題としてはほとんど知られていなかったし、古典古代にとっても無縁であった。その点はバロックにとっても、特に年代記的に世界史を見る志向にとってもまったく同じことである」(69)。啓蒙主義にはじまり、ヘーゲルにおいて完成する歴史への信頼はまだ大分先の時代の話である。

それゆえ、トラクタートとモザイクの時代である中世の年代記作者の視線を持つバロックのメランコリカーにとって、アレゴリーが大きな意味を持つ。このアレゴリー論こそバロック論の中心テーマと言えば中心テーマかもしれない。だが、その問題に入る前に今少し拾い出しておくべきモザイクの石片がある。

理念の星座としての真理

まずは、執筆の背景についての補いから。ベンヤミンが後にスヴェンボルでブレヒトに明かしたところによると、この本の着想を最初に思いついたのは、執筆の九年前、ジュネーヴでコルネイユの『シッド』の上演を見たときとのことだそうである。一九一五年にベンヤミンは、まだ夫のいたドーラと一緒に友人のベルモアをジュネーヴに訪ねているからそのときであろう。役者がへまで、王様の冠が斜めに頭に載っていたのを見て、閃いたそうである。巨大な権力を持ちながら、それを行使できない陰鬱な状況を偶然の結果として示すのが、小道具の王冠の傾きであった。それゆえだろうか、ローヴォルト社で一九二八年に刊行された時には、巻頭に「一九一六年構想、一九二五年執筆」と記されていた。とするならば、当時の「神学的=政治的断片」、また言語論の「言語一般および人間の言語について」、そして「運命と性格」などを背景に理解する必要もあろう。事実、約三十頁にわたるきわめて難解な前書き「認識批判的序説」は、アダムの言語というユダヤ的な言語神秘主義を背景にしないと理解できないところがある。これは特に第一草稿に明らかである――余談だが、このときにはブレヒトも、叙事的演劇の理論を思いついたきっかけを「白状」したそうである。それは、かつてミュンヘンでマーロウの『エドワード二世』の上演で名喜劇俳優カール・ファレンティンのアドリブに接してのことである。一九二三年のこの演出には、翌年ベンヤミンと知り合うアーシャ・ラツィスが、一緒に暮らしていた演出家ベルンハルト・ライヒとともに参加している。自分のバロック論とブレヒトの叙事的演劇の理論の間に共通性があることは、ベンヤミン自身が後に指摘するところとなる。共通性は「中断」による核心の取り出しであろう。

今述べたように、「認識批判的序説」はユダヤ神秘主義が濃厚である。もちろん、新カント派の思想やライプニッツのモナド論なども働いているが、中心はユダヤ神秘主義の言語思想である。ショーレムに言わせれば、一九三〇年頃、ベンヤミン自身が、スイスの評論家マクス・リュヒナーとアドルノの二人に、この序説はカバラを知らなければ理解できないと述べたとのことであるが、そうであるならば、またしても最良の読者はショーレムということになろう。きわめて縮めて言うならば、第二章でも触れたように、核としてのイデー(理念)相互の関係から構成されている真理、つまり理念の星座(コンステラツィオーン)としての真理という思考が中心にある。このような思考は、すでになんども述べたように、真理を名指しすることを許さない。真理を覆っている障碍を取り払うとか、見かけでしかない仮象を暴くといった方法を許さない。さまざまなイデー(理念)の関係から、つまり、星々の関係から星座の姿が浮かび上がるようにしなければならない。モザイクの組み合わせの全体である。そしてこのイデー(理念)は、現象を概念によって分析・破壊することによって、あるいは現象をその「極限形態(根源現象)」において見ることによって取り出すことができる、というのだ。

これは、すでに出てきた、炎によって焼き尽くされた核といったものとして考えてもいいだろう。あるいは現象を解体し、イデーを真理のまわりに、もしくは真理に向けて凝集することによって救済するという批評のあり方である。わかりにくいが、そうした批評を通じて、真理への瞑想をめぐらし、アダムの根源言語を追想する——そしてその追想を叙述する。これが芸術に関わる哲学的エッセイのすることだ、という議論が展開されている。難しいが少し我慢して、ベンヤミン独特の用語に目を走らせていただきたい。「単語が認識的意味と引き替えに命名の品格をいまだ失うところまで行っていない」(18)啓示の根源言語(Ursprache)への追想こそここの批評の要とされている。つまり、認識による道具化、意図やたくらみの停止こそ真理への方途なのである。その真理へ向かっての、現象の解体、それによって得られるイデー(理念)の組み合わせの探求——その作業もしくは方法がひとつの「回り道」にたとえられている。イデー(理念)こそがまさにバロック悲劇の核として取り出されるのである。「芸術哲学的な論考で言う意味での悲劇とは一個の理念(イデー)である」(20)。ロマン派こそメシア思想であるという前提から導かれた方法を『親和力論』でさらに、神話と法と希望をめぐって展開し、今度は〈悲劇のアナムネーシス〉(メニングハウス)に向かおうというのである。しかし、こう言われてピンと来る人は少ないだろう。もう少し、それこそ回り道をしてみよう。

カントやフィヒテ、ヘーゲルやシェリング、マルクスやニーチェ、フッサールやハイデガーというドイツ哲学の正道にとっては、きわめて馴染みにくいこうした発想は少しずつ触れてきたが——もっともハイデガーは別にして、今挙げた哲学者たちには、ベンヤミン的にイデーへと換骨奪胎して考えれば、彼とも十分共約可能なものがあるのだが——、ベンヤミンの壮大な、いやとてつもない冒険は、ユダヤ神秘主義の言語思想と、きわめてキリスト教的な十七世紀バロックの、具体的な歴史や演劇世界とを結びつけたことにある。物の名を堕罪前のアダムの言葉で呼ぶことで人間と自然を、そして自然の中の神を救済し、割れた壺である世界を完成へともたらそうとする秘教的思考と、一見するとそうしたことと無縁な、キリスト教的世俗化の始まったバロック演劇とを重ね合わせてみようというのである。個々の作品群という現象からどのように根源現象(極端な項)を取り出し、それを悲劇のイデーへと焼結させていくか、ベンヤミンの手並みを見ていこう。

限界にまで張りつめた対立

ドイツの十七世紀は三十年戦争の荒廃に蔽いつくされていた。その中で、カトリック地域では金ぴかのバロックの教会が滅びゆく信仰を無理に燃え盛らせる最後の炎をあげていた。この滅びゆく信仰を掻き立てようとする事態はプロテスタント地域においても変わらない。いや、カトリックのように外的な華美を使えないだけに、危機の時代に固有の神秘的経験とむすびついていた。この点に彼は着目したと言える。ベンヤミンはもちろんスペインのバロック劇の代表カルデロンにもなんども言及するし(これにはホフマンスタールの『塔』との関連が重要)、ハムレットも援用されるが、なんといっても中心はシュレージエン地方のプロテスタントの作家たちによる演劇である。

カトリックの修道院や学校でもバロックの演劇はたくさん作られ、中でもイエズス会関係の演劇では日本での布教や殉教を取り上げたものもあり、今でも興味深い研究素材であるが、それとは別に、いったんプロテスタントになったシュレージエン地方が戦乱の結果再カトリック化されていくなかで詩人たちが作った演劇は、まさに当時の社会を貫く分裂、対立、断片化そのものであった。だいたい演劇の本来の目的である上演ということのないテクストなのである。それらは、ギリシアを模範とするその後の市民社会の目から見るならばおよそ傑作とは言えない、ぎくしゃくした、稚拙なものである。連続とか筋の必然的な展開とは縁がない。言葉遣いもまさにバロック的で長く、大げさで、現在の感覚ではとても読めたものではない。グリューフィウス、ローエンシュタイン、ハルマンなどの名がそれでも知られている。

ベンヤミンが彼らに見るバロック時代の特徴は、限界にまで張りつめた対立である。そして、極度に対立する両項のあいだに宥和の可能性がまったくないことである。カトリックとプロテスタントの対立もそうだったが、ベンヤミンが特に取り上げるのは、此岸性と彼岸性との、権力と宗教精神との対立である。社会全体には、もう完全に世俗志向が勝利を占めていながら、悲惨の中で彼岸への志向も強烈だった。宗教改革への反動であるだけに一層強く残る信仰と、現実のこの世へのやはり一層強い執着。一人の人間のなかにも共在する両項は完璧な対立関係にある。しかも、執着するこの世は、戦乱と君主の横暴のなかで没落へと召されている。「バロックの宗教的人間はこの世に徹底的に固執する。なぜならば彼は、自らこの世とともに、駆け下る滝に向かって突き進んでいるという感じを抱いているからである。バロックは終末論を知らない。だがまさにそれゆえに、地上に生を享けたいっさいのものを積み上げ、歓喜の声を上げる。やがては、それらが終結へと自らを委ねるまでは」(48)。超越的な神はすでに絶対的に離れてしまっていて、この世のことにまったく無力でありながら、なおも支配を続けている。ユダヤの神と同じにいつ再来するかはわからない。無意味化した超越性を何とか延命させる手段は——消えゆく愛と同じに——ヒステリックな強調である。「超越を引き続き維持するための極度の誇張(verzögernde Überspannung der Transzendenz)」(48)はカトリック教会の装飾だけの特権ではなく、プロテスタント演劇でも目立つ。先に現象をその「極限形態(根源現象)」において分析するというベンヤミンの考えに触れたが、それは具体的にはこうした背景から理解するのがいいだろう。現世は彼岸から、権力は宗教から、プロテスタントはカトリックから、それぞれの極限形態において理解され、それぞれの対立項において問題となっている核が浮かび上がる。そして「極度の対立項は一方が他方にすぐに入れ替わる」(139)。

暴君における殉教者性——バロックの君主

対立による引き裂かれは、バロックの国家論にもあてはまる、とベンヤミンは指摘する。時代は内乱と不法状態で荒れ狂っている。しかし、君主はいかなる内乱や不法状態にあっても、そうした例外状態(緊急状態)における独裁的暴力の持ち主でなければならない。ということは、例外状態を暴力によって排除することが、いや本当は、そういう事態が訪れる前に決断によって行動することが主権者としての君主の存在根拠となる。オーピッツやグリューフィウスのような多くの詩人たちが国家の僕《しもべ》として制度の維持を重視していたのは、そのこと裏腹である。だが、そうした――カール・シュミットに依拠して理解された――絶対的な力であるはずの君主も生身の人間としては、国際政治上の配慮や宮廷と所領内部のさまざまなしがらみのなかで、自己の判断の誤りもあって恐ろしく無力で「決断不能」に追い込まれる。そのことに苦悶し煩悶する暴君はまた殉教者的な様相を帯びる。絶対権力とその行使不能という二項のあいだで、「超越を引き続き維持するための極度の誇張」に相応するのが暴君における殉教者性という深い内部矛盾である。「どんな暴君劇にも一種の殉教者悲劇の要素が隠れていることを確認するのにはたいして深い研究を必要としない」(55)。当時ヨーロッパ各地で上演されたヘロデ劇は、ヘロデ大王自身が自己の無力に殉じる殉教者となるモチーフである。解釈者によっては、君主の無力と決定不能に関するベンヤミンの文章は、第一次大戦前のヴィルヘルム二世を念頭に置いていたともいう(いずれにせよ、ベンヤミンは、なにも決まらないヴァイマール民主制よりは、決断力のある君主による帝政の方がましだと思っていた節がある)。

こうした身を引き裂くような対立は、宮廷内部の陰謀にあけくれ、必要とあらば裏切りもいとわない廷臣にもある。彼らはマキャベリズム的な態度の中でなにものも信じない一方で、王冠、緋の衣、笏《しゃく》といった運命悲劇に必須の小道具、つまり「物」には異様に執着し、それらに絶対的な忠誠を尽くす。いわば陰謀家であると同時に聖人でもある。「人間に対する不忠に対応するのが、こうした物たちに対する瞑想的服従に沈みこんだ忠誠である」(135)。物たちは、それぞれが悲劇の小道具である。短剣、毒薬、衣服などのちょっとした小道具が――必然性や説得性に乏しいかたちで――作品の筋を、特に最後を決定する。そうした物の意味も状況によって著しく変貌する。玉座が牢獄に代わり、権力の栄光を表す笏が呪いの殺人道具に代わることも珍しくない。

だが、それはまさに人間が一介の生命的被造物(Kreatur)であり、まさに被造物であること自身が罪を負っていることであるというバロックの感覚に相応する。どうでもいいような外的な小道具が劇の筋にとって最も内在的な必然性を担う。それが被造物の運命である。「運命思想の核は、――これは目下のコンテクストにおいては常に被造物であることの罪であって(キリスト教的にいえば原罪であるが)、行為する人間のなんらかの道徳的あやまちのことではない――罪というのは、因果性がいかに束の間であれ出現することにあるとするものである。どうにもとまらず展開しはじめる事実的運命性の道具としての因果性の発動が罪という考えである」(110)。被造物であることの罪と、個々の行為を罪概念から解放させることは、青年運動以来の、これまで引用した文章のなかでもさまざまに変奏されていた。ジュネーヴで見たへぼ役者の小道具が、理論的に大きくふくらんでいる。

世界と歴史の悲惨を眼にし、被造物であることの罪過にまみれ、バロックの君主たちは絶対権力と決定不能の、そして、彼岸と此岸の対立項に引き裂かれ、どうにも動きがとれない。結果として彼らは憂鬱(メランコリー)と狂気に深く沈み込む以外にない。また無力のゆえに行為を拒否する怠惰がバロックの重要な生活態度となる。ハムレットのうちにベンヤミンはこうした気分の典型を見ていた。この世の生のうつろいやすさ、空虚さ(vanitas)が生活感情の核となる。憂鬱(melancholia)、怠惰(acedia)、うつろいやすさ(vanitas)――こういった概念はバロックにおいて花咲いたアレゴリーの代表である。この時代は例えば、開いたままの本は学問を表し、薔薇の花は愛を示し、また髑髏《どくろ》は死もしくは空虚さを意味するといったように、アレゴリーが多用された。舞台で「情欲」と「徳」の論争が行われるようなことも希《まれ》でなかった。

この事実を背景に『ドイツ悲劇の根源』のベンヤミンは、アレゴリー的な視線にとって歴史は荒涼たる臨終の相貌を呈するとか、「アレゴリー的直観の領野における形象《ビルト》(＝イメージ)とは断片であり、[解読不能の]ルーネ(古代ドイツ文字とされている前文字的記号)である」(154)、あるいはアレゴリーは廃墟の相につながるとか、さらには「アレゴリーの深淵のなかに弁証法の運動が激しくざわめいている」(144)といった発言を繰り返す。実際のアレゴリーには喜ばしいものや豊かさを意味するものもあるのに、なぜベンヤミンは、歴史の悲惨を見据えるまなざしを、いやギリシア悲劇とは違って第五幕の最後に破局が訪れるのではなく、全体が破局であるように世界を見る見方をアレゴリー的と称するのだろうか。

アレゴリーにおける意味の多様性と人為性

その点を考えるためには、アレゴリーと対をなす概念と比較するのがいい。それは象徴《シンボル》である。ドイツ古典主義以降、特にゾルガーの定義以降、大ざっぱに言うならば、象徴はそれが意味する不可視のものを可視のなにものかによって代行させながら、かつその可視のなにものかは、それが意味するものと不可分に一体であり、その間にはほとんど形而上学的な本質的関係があると考えられてきた。たしかに「十字架はキリスト教の象徴である」「鳩は平和の象徴」といった日常の言い回しにもその連関は読み取れよう。まさか「ライオンは平和の象徴」とは誰も言わないだろう。象徴とはそこでなんらかの理念的な意味が必然性をもって認識される存在であり、感覚的なものと超感覚的なものとの相互に完全に溶融しあった統一体ということになる。形式と内容の一致が、そして特殊なものに普遍性が生き生きと宿っていることが前提となる。

カントにも「文明の象徴としての美(Schönheit als Symbol der Sittlichkeit)」という言い方がある(『判断力批判』)。この表現では、感性的美とイデアの統合が考えられている。ベルベデーレのアポロ像は、それ自身として男性美の象徴であった。それに対して、アレゴリーは先の例からもわかるように、習慣や約束に依拠している。つまり、ある文化世界のなかで通用している、基本的には恣意的な、意味と表現との結合である。「アレゴリーは習慣と表現である」(153)と、ベンヤミンが断定的に述べているとおりである。したがって、ゲーテ時代以降の芸術理解の中では、約束にとらわれて普遍性を欠き、習慣に流されて個性をのばさないアレゴリーは、象徴に比べれば、表現手段として低いのみか、なによりもいささか古くさく、バロックの教会の抹香の匂いがしみついているか、バロックやロココの宮廷の廊下の高い天井や壁にだけふさわしいと感じられるようになった。市民社会のダイナミズムと「人間性」を理想とした静謐な教養、そのリベラリズムには遥かに遠い。

ところが、ベンヤミンの理解するバロックにおいては、自然そのものが死の様相を帯びている。歴史の悲惨は、はじめから「死に堕している(todverfallen)」(145)自然と対応する。逆に「歴史の動きがそのなかに刻印される自然」も神の栄光の自然ではなく、大天使(堕天使)ルーツィファーと同じく墜ちた自然(gefallene Natur)である。そこにはいっさいの幻想がない。その幻想の欠如、そして美しき仮象の不在を示すのが、バロックの教会に入れば誰もが圧倒されるあの華美で練達した装飾の声なき声なのである、と彼は言う。自然は古典主義のような生き生きした自然ではなく、悚然《しょうぜん》とさせる廃墟である。神話ではなく歴史のできごとが舞台に上演されることによって、「自然の相貌には歴史の記号として〈空虚〉〈無常〉が書き込まれる。自然-歴史のアレゴリー的な表情こそが舞台の上で悲劇によって描かれるのであるが、この表情は実際には廃墟として現れる」(155)。

バロックとドイツ古典主義とのこうした文化的差異から見ると、そしてバロック期に実際にアレゴリーが多用された事実も考え合わせれば、ベンヤミンが、歴史の悲惨を見るまなざしをアレゴリー的というのも、ある程度は理解しうる。彼はこの本を書く以前から、さまざまなアレゴリーを収録した贅沢な印刷の古本を買っていた。しかし、それだけでは理解にはまだ十分ではない。なぜアレゴリーを言うのだろうか。先にも述べたように、収穫や豊かさを表すアレゴリーもあり、アレゴリーのさす意味がすべて不幸と悲惨と死と陰鬱ばかりではないのだから。

どんな文学事典にも出ていることだが、アレゴリーは、象徴《シンボル》と異なって、不可視の意味とそれを表す可視の記号とを、不可分かつ緊密に結びつけているわけではない。秤が法秩序や裁判を表す必要は必ずしもない。別の約束事によって、秤は自然科学とその実験室を表すことも十分ありうる。バロック劇における小道具の運命がよくそれを示している。アレゴリーは意味の多様性と人為性を前提している。例えば、ここにルネサンス後期もしくは前期バロックの世界(十六世紀)の次のようなアレゴリーがある(第1図)。

三人の人物群のうち、右側の髪の長い女性像は運命の女神フォルトゥナ(機会)である。「フォルトゥナの髪は前からつかまねば終わりである。後側には髪がないのだから」というマキャヴェリの言葉が思い出される。左側は時の神クロノス。真ん中にいるのは、人間であり、彼はクロノスの力によって猿轡《さるぐつわ》をされ、また手を縛られているため、どんなにもがいてもフォルトゥナの前髪には手が届かない。ベンヤミンは「新しき天使」を歴史のアレゴリーと読み込んだが、この絵に、彼とは別の意味で歴史のアレゴリーを見ることもできよう。クロノスは「空虚で均一な時間」を表し、それに縛られている人間は決して「この今」の幸福へ向かって飛躍できない……。

だが、そうした瞑想(バロックのアレゴリーにとって最も重要な態度とベンヤミンは言う)に耽る前に、我々は今一つ類似の主題を扱ったまったく異なったアレゴリーも見ることができる。「つかみそこなった機会」と題された十八世紀の彫刻(第2図)では、時間(クロノス)が自らフ

第2図　ダーヴィッド・マルシャン「つかみそこなった機会」(18世紀の彫刻)

第1図　ジョージ・リヴァディ「人間が機会をつかむのを時が妨害する」(16世紀)

第3図　ルーベンス連作「アンリ4世」のためのスケッチから

ォルトゥナを運び去っていく。運命の女神は誰も自分をつかんでくれないために、自分の髪を自分でつかみ、しかも胸に刃をつきたて、死を選ぶ。クロノスの足下では後悔のアレゴリーであるライオンを従えた人間がその光景をただむなしく眺めている。こうして見ると、フォルトゥナと時間は対立関係にあるようだ。しかしまた、かならずしもそうでない例もある。ルーベンスの有名な絵(第3図)では、平和の女神がフォルトゥナの髪をひっぱり王の方へ連れていく。しかも、そのフォルトゥナを後ろに立つクロノスが押して進むのを助けている。平和のチャンスを逃さないようにという意味である。同じフォルトゥナでも、三者三様。このようにアレゴリーは、その配置や関係によって、そのつど意味が設定されている。それゆえにバロック時代にすでにアレゴリーの事典が発行されていた。「エンブレムの事典にあるワンパターンの〈空虚の空虚は空虚なり vanitas vanitatum vanitas〉という詩句と、[十七]世紀中葉以降、次々とエンブレム事典が出るという流行に沿った営為とは、なんという著しいコントラストであろうか」(「空の空、空なり」は『旧約聖書』の「伝道の書」の冒頭の有名な一句 vanitas vanitatum, et omnia vanitas(空の空、すべては空)の変奏。バロックの寓意画にはいわゆる vanitas-Motiv が多い。161)。

「深淵」の広がり

空虚を基調としながらも、アレゴリーにおけるこのような意味の多様性と人為性ということは、〈意味の優位性〉ということでもある。素材・物質に対する意味の優位である。それは、ベンヤミンの解釈によれば、意味のための物質の〈破壊〉であり、同時に、記号の、そして形態の自由な浮遊にもつながるという両面がある。その点に目を向ける必要がある。

対象が憂鬱の眼ざしのもとで、アレゴリー的なものと化するとき、ということは、憂鬱がその対象から生命を流出させ、対象が死んだ対象として、しかしそれだけに永遠に保存されたものとして残るとき、その対象はアレゴリカーの前では、どうなるかはまったく彼のお恵み次第となる。つまり、対象はひとつの意味、ひとつの意義を発散することはまったくできないのである。それが、何か意味をもつとすれば、それはアレゴリカーが対象に与えた意味でしかない(同)。

つまり、アレゴリーがアレゴリーであるためには、たとえ豊饒や徳や成功を意味するアレゴリーであっても、そこに描かれている姿や形態はいわばミイラのように生命を抜かれていなければならない(「憂鬱がその対象から生命を流出させる」)。それ自身が意味をもっていては邪魔なのである。そこが象徴との相違である。したがって、不可視の意味と、それを現す可視の手段とのつなぎめは象徴の場合と違って、はじめからずれており、歪んでおり、無理がかかっている。その意味で、アレゴリーとははじめから破壊を内在させている。「思想の王国においてのアレゴリーは事物の王国における遺跡と同じである」(156)。文学理論家のテリー・イーグルトンがそのベンヤミン論で、「物質性と意味との間に横たわる深淵[8]」を論じ、

「バロック劇に関する限り、正当な身体とは唯一死体のみである。……身体は死体となって初めて、完全な解放を得るのである」(9)と言うとき、アレゴリーによる身体の無視を念頭においているのである。後にボードレールは「美しい船」と題した詩で、若い女性の美しい身体を人生の海に乗り出していく船にたとえた。やがて朽ちていく船に。ベンヤミンから見るとボードレールは近代の破壊の極点にいるアレゴリカーなのだ。

このように考えるベンヤミンにとって、アレゴリーでは可視の存在と意味とのあいだに「深淵」が広がっている。一般に意味と記号において、あるのは実はこの「深淵」なのであり、それが通常の記号の場合にはあまりはっきりしないだけのことである。それに対してアレゴリーでは世俗的かつ歴史的な諸形象に広くこの「深淵」が内在していることがよりはっきりしている。この世俗の事物(例えば秤や開いた本)に見られる意味との広く深い淵には「アレゴリー的意図」と彼が呼ぶ匿名の運動、彼の言葉を借りれば、「ざわめく弁証法の運動」が広がっている。象徴との区別は次のようになる。象徴においては、自然の表情は美しく輝いて現れる。神に愛でられた自然として、救済の光に照らされた瞬間であるかのようだ。ところがそれと反対に、荒廃したバロックの風景には、破壊された城壁の下の髑髏のように、あるいは、死によって主人を失って実験用の小道具があたりかまわず散らかっている錬金術師の仕事場のように、歴史の死相が現れている。それは自然史の場として、アレゴリカーの視線の前で物と意味の間に「ざわめく弁証法の運動」が起きる場、すなわち「意味作用の根源の歴史」の場だというのである。ベンヤミンがここで、後に多用する「根源の歴史」という表現をアレゴリー的な意味作用と結びつけているのは、重要である。

歴史そのものが破壊と殺戮の歴史であり、一人一人の人間の夢や希望と、社会全体の結合形態とはまったく合致したことがないとすれば、そうした人間たちの営みが自然に与える破壊もすさまじいものであろう。「被造物の世界としての自然は歴史によって深い刻印を帯びている」(158)とか、「自然がずっと以前から死のうちへと墜ちているとすれば、自然はずっと以前からアレゴリー的だったことになる」(145)と言われる。そして、そうした自然の事物に陰鬱なアレゴリカーの視線はさらに意味による破壊を加える。いわば自然の「生命を流出させ」、自然をアレゴリーの体系に、しかも無限の意味を可能とするアレゴリーの体系に変えてしまう。象徴の持つ豊かで輝かしい生命は忘れ去られる。ただし、自然にアレゴリー的な意味を読み込むためには、神話的世界はある程度克服されていなければならない。なるほど神話の世界は自然の中に意味を読み込む。海の底にはポセイドンがいる。だが、そういう神話が引き下がり、脱魔術化がある程度進んでいることがアレゴリーの前提である。雷の背後にゼウスを読むのと、開いた書物に学問のアレゴリーを読むのとはまったく違った学習段階である。神話の美しい神々の世界はむしろ象徴の世界である。近代における脱魔術化はたしかに自然からの解放であるが、自然と象徴のつながりは断ち切られていて、自然の生命は抹殺されている。だからこそアレゴリーの世界となるのだ。風にそよぐ葦が歌う自然の嘆きの歌(本書一二一頁参照)すら沈黙させられている。

メランコリカーとアレゴリカー

ところでバロック演劇論は、またメランコリカーの理論でもあった。メランコリーは、同じくバロック期のロバート・バートンの『メランコリーの解剖』論以来明らかなように、知識人の性格の根幹でもある。その体質がまた土星のアレゴリーに示されていることは、ヴァールブルク研究所の仕事も利用したベンヤミンが描くとおりである。デューラーの銅版画の中にある地球もメランコリーのアレゴリーとされている。メランコリーにとらわれて地面を見つめ、また憂鬱の重さは、すべてが凝集し固まるからでもある。重力そのものである以上、地球こそメランコリーを表すというのだ。そういえばニーチェの『ツァラトゥストラ』に出てきてツァラトゥストラの足を引っ張る「重力の魔」もメランコリカーの成れの果てかもしれない。いずれにしても現状に満足できない知識人の特徴はメランコリーである。憂鬱者は行動しない。活動、労働、仕事、勤勉、前進などなどの近代資本主義の日常エトスとは無縁である。遅疑逡巡、決定不能、「アクチュアリティ」のゆえに(「プロローグ」参照)、どの選択肢も棄てられないし、どの選択肢も不満である。それを取りまく生命なき地球というアレゴリー。

だが、重要なのは、そこにベンヤミンが近代のひとつのチャンスを見ようとしていることである。つまり、生命を抜かれた物質という、意味とは異質で無縁な存在が浮かび上がってくるというチャンスを。同時にそれは、物質としての自然がそれとして解き放たれる条件、すなわち唯物論が成立する基盤でもあると考えられている。「メランコリーはねばり強く沈潜することによって、死んだ事物を瞑想の中に取り込む。そしてそれによってそうした事物を救い出すのである」(136)。デューラーの銅版画「メランコリア」はそうした事態をよく示している。個々の枠に描かれている小道具はそれぞれ何物かを意味している。翼をつけた、老婆のように不機嫌で、ふさぎ込んでいるメランコリアは、それぞれ世界の脱魔術化の手段である観測器具などの小道具に意味を与えながら、まさにそれが神々の道具でないことを、死んだ自然であり、しかも人間世界と深く交わっていて、この世界とやっていかねばならない自然であることを分からせてくれる(121)。「救い出す」とはそういうことなのだが、もう少し詳しく見てみよう。

デューラーの銅版画「メランコリア」
(パリ国立図書館蔵)

つまりこの状況は、アレゴリカーの眼からすれば、自然の中にあまりに多量の記号が刻み込まれていることでもある。アレゴリーを意味の「浪費」と形容しているコーエンの文章をベンヤミンは引いている(154, 162)。だが、それは、ちょうどハーレムの主人と女たちの関係のようなものである。女は少しでもたくさんいた方が、主人にとっては記号の数が多くなる。と同時に記号として息を抜かれた身体も浮かび上がってくる。「意味が、陰鬱なスルタンとして、事物のハーレムに君臨している、といった好色な感じを、この[記号の多量性という]現象はこよなくよく現している。現象をおとしめた上で、あるいはそれによって、満足を与えるのがサディストの特徴ではないか。架空の残酷性、あるいは実際に体験された残酷性に酔っていたこの時代にあって、アレゴリカーの行っていたことも、まさしくこれと同じであった」(162)。倒錯においてであれ、物質性の破壊を行うアレゴリーは物質を物質として認めてもいるのだ。なんらかの意味作用を成すための小道具は、「自分とは別のものを指示するというまさにそのことによって、ある種の力を、つまりそうした事物が世間普通の事物とは無縁に見えるような力を獲得する。そして小道具は、一段と高いところに上げられ、神聖なものとなる」(153)。実際に裁判所で秤のエンブレムが占めている位置はそうしたものであろう。そこにある秤はただの秤ではなくなっている。「アレゴリー的観察によって、世俗の世界は位階が下がると同時に上がるのである」(同、傍点筆者)。娼婦の肉体は性の快楽そのものを表すことによって、殺戮されていると同時に高められているのである。しかも、すべての色好みがそれを望むように、種類が多ければ多いほど、死滅した物として、息を抜かれた屍として、表現性を獲得するとともに、特別な、ほとんど崇高といえる位置を獲得するのである。アレゴリーに潜む二律背反である。〈生命喪失と救済の弁証法〉とベンヤミンの研究者たちはこの事情を定式化する。

　とするならば、アレゴリーとは、自らが破壊したものを救済するということであろう。その手段はまたしても批評もしくは批判である。つまり、アレゴリーにおける意味と形態の結び付きを、結局は解除し、物質を承認することが批評の仕事であるとすれば、それは同時に、アレゴリーを哲学的な真理内容に変えることである。「批評とは作品を壊死させることである」(159)というのは、その意味であろう。つまり、批評により、「作品の根底にある歴史的事態を、哲学的真理内容にかえること……それによって、以前は魅力の中核をなしていたものの[例えば美しい姿態]が、……力を失っていくあの効果の衰えは、新しい蘇りの基盤となる。そこでは束の間の美しさは完全に脱落して、作品は廃墟としての自己を確立する。バロック悲劇のアレゴリー的構成において、救いだされる芸術作品のこのような廃墟めいた形式は、早くからはっきりしている」(160)。「真に深い批評にはいかなる事物の生命もない」とすでにルカーチも述べていた。[10] 作品そのものをアレゴリーと見ることで、作品を破壊すること、それは個々の言葉遣いの美しさや構成の見事さをたたえることではない。元々そういうものとバロック悲劇は無縁である。むしろ、悲劇の核に、つまりアレゴリーの中で破壊されている自然の嘆きに直面することである。作品の味わいではなく核、後のベンヤミンのメモで言えば作品の見事さの「擁護」ではなく、作品の「救済」である。アレゴリー的批評そのものが〈悲劇のアナムネーシス〉となる。〈悲劇のアナムネーシス〉の意味については、あとで〈根源〉との関連で説明しよう。

「救済の幸福」の準備とメランコリカーの絶望

アレゴリーが破壊であるがゆえに、結局はアレゴリーの形態上の美ではなく、その美そのものが消失した廃墟としての性格を浮き彫りにすることが、「哲学的な真理内容」へと「救済する批評」であるというのだ。ということは、絵として残されているフォルトゥナの身体性は無視し、永遠の忘却に曝《さら》してよいということであろうか。それでは、ベンヤミンは近代が実行してきた「物質の殺戮」を奨励することになり、「救済する批評」の意味がなくなってしまう。アレゴリー論そのものが、近代の主観性に依拠した道具的理性による破壊への批判を内在させているはずである。おそらく、ここにはもっと恐るべき認識が隠されているはずだ。それは、単に批評の思い入れによっては、自然は、そして物質は、また身体は生命を回復するものではない、ということである。むしろ、死を死として確実にすること、意味による死を、意味に還元することによって、蘇生を狙う以外に方法はない、という冷徹な認識である。先にも「新しい蘇りの基盤」と言われていた。いわば死における救済であり、救済は死があるからこそ可能かもしれない。物との関係は物が廃墟だからこそ我々に与えられているのであり、「事物は内部から美へと変容されることは決してない」(158)のである。「事物のはかなさの認識、および、それらの事物を永遠の中に救い取ろうとする配慮こそ、アレゴリー的なるものにおける最も大きな動機のひとつであった」(199)。それゆえに、「無常と永遠とが最も接近し、衝突する場所にこそ、アレゴリーは最も長く住みつく」(同)のである。

実際に、こうした破壊と廃墟の、また無常のアレゴリーは、「救済の幸福」(207)の準備なのである。「まさに現世の一切が崩壊し、廃墟と化する滅亡を幻視する陶酔状態にあっては、アレゴリー的沈潜の理想よりも、むしろその限界があらわになる。当時の数多くの銅版画や記述から読み取れるように、髑髏が転がっている刑場は、アレゴリー的表現の一つの型であったが、このいっさいの慰めのない無意味さは、人間のいっさいの生活の荒涼たる実態の象徴であるにとどまらない。……無常は復活のアレゴリーとして提示されているのである。ついにバロックの死斑の中で、――今ようやく、後ろ向きの極大の弧を描き、救済を目ざして――アレゴリー的観想は逆転する。……神の世界においてアレゴリカーは目覚める」(同)。

どうやらベンヤミンは、アレゴリーを通りぬけて、アレゴリーによる破壊を越えて、アレゴリーの限界の先を視野においているようである。アレゴリーは現世の状態であって、それを越えることが救済なのであろう。シュルレアリスムにおいても死んだ物たちのもつ夢が瞬間の視線の破壊力によって、そのエネルギーを解き放ち、世界の転覆をもたらすことになっていた。それはアレゴリカーの目覚めとここで言われていることに相応するのだろう。アレゴリーの自己止揚のはてには唯物論的復活がめざされる。自然史における復活の希望。だが、それは、予定調和的な歴史の目標といったものとはまったく異なる。

ドイツ語の名詞を大文字ではじめるようになったバロックの言語も単語へと破砕された言語である。そこでは、意味は基本的には文字像のなかに取り込まれており、音声と意味はたとえ共存することがあってもむしろ、緊張は極限に達する。最終的には文字もアレゴリーと同じ運命に捉えられている。記号という物質のありようは、絶えず変化しうる意味の下で押さえ込まれ、生命を抜かれている。言語がぎくしゃくしている点においてバロックにまさる時代はない。「アレゴリーは戯れのイメージ技術ではない。それは表現なのだ。ちょうど言語が表現であり、書記(Schrift)が表現であるように」(141)。

アレゴリーについて言われたことは言語とその表現についてもあてはまる。意味を抜かれた記号表現が浮遊する可能性をベンヤミンはすでに論じている。その場合も、物質としての記号と意味とのあいだの深淵に潜む緊張は消えることはない。意味と形態(物質)とのあいだの緊張は、唯物論的復活の条件でありながら、それを永続的に阻止するのである。世界がアレゴリーになるということは、復活の希望の源であると同時に、その希望が成就しない定めの告知でもある。メシアはいつでも到来しうるが、絶対に到来しえない。――やはり、本書はメランコリカーの絶望の書と言える。決断主義者が、決断の不可能性に生きる決断をした書。周りの社会は戦争という巨大な暴力に示されるように、いかなることも起きる、いわば「なんでもあり」の社会。そのなかで、その社会が要求する表層的な選択肢にしたがった決断はできない。「なんでもあり」だから「なんにもしない」、イデーの配列を試みるだけの無能への決意、復活の希望はイデーの上ではあるが、現実にはないことの認識。

〈根源〉という言葉に込められたもの

最後に本書のタイトル〈根源〉に触れねばならない。〈根源〉はもちろん〈起源〉とか〈成立の由来〉といった経験的・歴史的な意味も含んではいるし、事実、バロック時代における絶対主義権力の位置づけ、宗派の抗争、科学的知の拡大といった時代背景や由来にも触れられてはいる。しかし、そうした意味よりもここでは、ギリシアの悲劇(Tragödie)のように英雄の没落を描くのではなく、ハムレットのように英雄性とは無縁な悲しいドラマとしての悲劇(Trauerspiel)、被造物であるがゆえの自然史的な罪深さを描くという点で〈根源的〉だということである。罪に堕ちたアダムの根源言語のなかに被造物としての人間の悲哀と自然の嘆きが込められている、その事態をバロックのドラマほどに描き出した時代はない、というのである。

一九二七年の断片「ある秘儀の歴史」は、「歴史を描くにあたって、人間が押し黙る自然の代弁者として、被造物について、そして約束されたメシアが到来しないことについて、嘆きの告訴をする審判(プロセス)として叙述すること」と記されている(II－3. 1153f.)。押し黙る自然の代弁者として、人間が被造物について、そして約束されたメシアが到来しないことについて、嘆きの告訴をする審判(プロセス)として歴史を叙述するというのは、ベンヤミンの基本モチーフである。つまり、そうした根源的な悲哀を人間が想起し、そうした自然史(野蛮の歴史)からの復活の希望を描くこと、同時にそれは決して完成しない、実現しないものであることを自覚すること、この両者が〈根源〉という言葉に込められている。ここで問題はアナムネーシス(想起)と救済の不可能性である。そしてこの根源の現象が、実際のバロックの歴史によく現れているというのではなく(実際もっと悲惨なことはいくらでもある)、バロックのドラマのうちにこの根源の現象の極端な展開を見ようというのである。〈極端〉こそ認識の手段であり、その〈極端〉は概念を通じての解体によってしか得られない、とするのは、彼の基本思想であった。このように考えれば、序論のあの難解な「根源」の定義もなんとか理解できよう。そこではこう言われている。

根源ということは、現れ出てきたものの生成ではなく、むしろ生成と消滅の中から現れ出てきつつあるものを意味している。根源は生成の流れのなかに渦巻きとしてあり続け、発生の素材を自己の躍動の中に巻き込んでしまう。そのままの事実的なるもののうちに根源的なものが、垣間見せることは決してない。根源の躍動は、二重の洞察を通じてのみあきらかになる。根源の運動は、一方では復古、復元として、他方ではまさに復古、復元における未完成なもの、未完結なものとして認識されねばならない。いかなる根源的現象においても、歴史的世界とそのつどかかわるイデーの形姿が浮かび上がっている。そして、最後にイデーはその歴史の総体の中において完成した姿で現れる。したがって根源はさまざまな事実的なるものから浮かび上がることはなく、この事実の前史および後史にかかわるのである。哲学的考察の準則は、根源の中に内在する弁証法のうちに記載されている。この弁証法から明らかになるのは、すべての本質的なものにおいて、一回性と反復性が相互に混じり合いながら制約し合っていることである。……根源の学としての哲学史は、遠く相隔たった極端なもの、行きすぎた動きと見かけは思えるものの中からイデー——このような対立物が有意義に共存できる可能性を特徴とする総体性としてのイデー——の配置を浮かび上がらせる形式である(28)。

悲劇という芸術において、歴史における被造物の悲哀が、そのつどのイデーとなっている。そうしたイデーが総体として志向するのは、アダムの言語の復活、少なくともその完全なるアナムネーシスである。しかし、それはそのつど不完全でしかあり得ない。すべての芸術作品において根源の記憶がかすかながら浮かび上がる。「反復」される、といってもいい。しかし、それはあくまで「かすかながら」であって、「一回的」に根源が閃くだけである。悲哀と救済の緊張関係が歴史の渦としてそのつどの作品を呑み込んでいく。しかも、このイデーは相対立するものの共存、組み合わせとして描く必要がある。例えば、救済と悲哀のように。およそこういうことだろう。

もちろん、ベンヤミンはこの根源性をバロックだけで描くのは無理なことは知っていて、疾風怒濤時代や、また現代のホフマンスタールの作品『塔』にまで伸ばして考える予定も立てていた――ホフマンスタールが試みたのも、まさにバロック劇の復活だった。ブレヒトにいたるまでの非-ギリシア悲劇的な主人公の列伝を重ね、組み合わせることも考えていたが、それは実現しなかった。

この本は断片集『一方通行路』と一緒に一九二八年にローヴォルト社から出た(当時ベンヤミンは同社と専属出版契約をしていた)。断片集がそれなりに好意的に迎えられたのに対して、『根源』はいくつか書評は出たが、一般の評判にはならなかった。戦後もバロック研究者からも相手にされず、時にはベンヤミンの専門家からも、秘教的で、自分のメランコリックな思考をナルシシズム的に展開した自慰的書物といった形容すらされることが多かった。たしかに、自分が世界を見る見方を書き込んでいるには違いない。ユダヤ神秘主義の思考があるのはそのためである。本当に評価されはじめたのは、ベンヤミンをマルクシズムに回収する嵐がひとしきり収まった七〇年代後半以降のことである。ユダヤ神秘主義とボードレール的な「極端」なモダニズムが合流する可能性については先にも触れたが（「通りすがりの女《ひと》に」）、二〇年代からみたドイツ・バロック劇も、ベンヤミンはこの合流の渦巻きに取り込んでいる。やがては、ボードレールこそアレゴリーの詩人と見る発想へとこの渦巻きは発展してゆく――その渦巻きの名は十九世紀パリの資本主義批判となる『パサージュ論』である。

そもそも最初からこの本にはけちがついていた。ベンヤミンの言うところを信じれば、彼は本書を「カフェー・プリンセス」でも書きつづっていたらしい。出入りしていたベルリンの文士たちも当然、この仕事を知っていた。一九三一年に出たケストナーの小説『ファビアン』ではベンヤミンのいささか滑稽なまじめさがたっぷり皮肉られている。主人公の友人ラブーデは、ベルリン西郊のグルーネヴァルト在住だが、父と喧嘩して家を飛び出している。カフェーでレッシング（さすがにバロックではない）の悲劇についての、教授資格論文を書きつづる日々が続く。他方で、青年運動のラディカルな組織にも加盟し、文化、精神、楽園などについて確信犯的に語る。おまけに片思いの恋人は彫刻家（ユーラ・コーンは彫刻家だった）。ラブーデはまたパリを愛している。論文を提出したが、結局認められず、裏からの勧告で取り下げる羽目に追い込まれる。実はこの取り下げ勧告は、悪い奴が仕組んだ冗談だったが、そうと分かる前にラブーデは、絶望のあまり自殺してしまう――およそこういうエピソードが出てくる。

ケストナーの「常識」に、ベンヤミンがこのように映じたことは十分想像ができる。しかし、ベンヤミンはケストナーを許さなかった。こういう小説が出るとの情報を手に入れた彼は、出版の少し前にトゥホルスキーなどもいっしょくたにしてケストナーを「左翼メランコリカー」と決めつけ、社会批判によって社会を結果としては支え、現状の追認をしているだけの欺瞞的存在として、徹底的に叩くことになる(Ⅲ, 279-283)。

2　メランコリカーの旅

女性革命家ラツィス

こうした内容の論文を書いていた一九二四年夏のカプリ島でベンヤミンは、ラトヴィア出身で共産主義演劇運動の美貌の活動家アーシャ・ラツィスと知り合う。「リガ出身のロシアの女性革命家、私があった中でも最も優れた女性の一人」から「ラディカルなコミュニズムのアクチュアリティ」(ショーレム宛、一九二四年七月七日)を知ることができると手紙で読んで、エルサレムのショーレムは驚いた。当時のベンヤミンは、ドイツ共産党に批判的で、この手紙の少し前に他の友人への手紙で、共産党代議士だったショーレムの兄ヴェルナーの悪口を書いているほどで、そのことは前年にパレスチナに移住したショーレムもよく知っていたからである。

当時、ブレヒトと共同作業をしていた演出家ベルンハルト・ライヒと暮らしていた彼女は──ブレヒトもこのペアを訪ねてこの夏にはカプリに来ているが、ベンヤミンが知り合うところとはならなかった──娘とともにカプリに滞在していた。一九七九年まで生きていた彼女が七〇年代はじめに書いた回想『職業革命家』によれば、八百屋の店先でものの名前が分からず困っている彼女に声をかけたのは、ベンヤミンの側のようだ。しかも大分前から彼女にいわば「目をつけて」いたらしい。天才でもこうした次元は凡人と変わらない(11)。次第に距離を縮めていったベンヤミンは、『根源』の仕事のかたわらいくども彼女と会い、一緒にナポリやその周辺を歩き、さまざまな議論をしている。

彼から見れば、十月革命の話、マヤコフスキー、メイエルホリドらのロシア・アヴァンギャルドについての、そしてブレヒト周辺の演劇の理論や実践についての話は、そしてなによりも共産主義運動の多様な側面に関わる議論は、言語論、ユダヤ神秘主義、ドイツ・ロマン派やバロックの奥深くに分け入った、どちらかといえば秘教的なこれまでの知的選択とはかけ離れた具体性の世界に関心を持たされることになった。彼女の方は、バロックの「死んだ文学」などやってなんになるのか、と思ったらしいが、それでも両者の間には、古典的な人格や調和や象徴世界ではない、新しい分裂と解体の時代の持つアクチュアリティ、演劇と認識の関連などについては共通の関心があった。すでにブロッホを通じてベンヤミンはユートピア的コミュニズムとユダヤ神秘主義の関連には目が届いていたこともあろう。

ベルリンに戻り、十二月末になるとショーレムに手紙で次のように白状している。

ベルリンでは……私が明らかに変わったと皆が一致して言っています。……共産主義的なシグナルも……——そのうちカプリからのそれよりももっときちんとしたシグナルを君のところにも届けるつもりですが——まずはひとつの転換の徴候でした。つまり、現在のさまざまな契機、さらには政治的な契機に私の思想の中でこれまでのようにおとなしい仮面をかけるのではなく、そうしたものをもっと展開する、そしてためしに極端なまでに展開しようという意志をこの転換は私の中に引き起こしたのです(ショーレム宛、一九二四年十二月二十二日)。

「ためしに極端なまでに展開する」のは、極端こそ認識の手段であるとする彼の手法にはちがいないが、トーンが少し変わっているのはたしかである。

二人は、一緒に歩いたナポリについてエッセイを共同で書き、翌年の八月には『フランクフルト新聞』に載った。ベンヤミンにとってもこの名門新聞での事実上デビュー作であるとともに、『パサージュ論』につながる都市論のはじまりとなった。根源やイデーや真理から、たとえ極端を特徴とする根源現象であっても、ともかく現象への視線の大転換が起きていることは疑いない。南イタリアのこの都市の生活を北ヨーロッパの整然とした生活から分かつ猥雑さ、私的空間と公的空間のごちゃまぜ、宗教の持つ圧倒的でほとんど淫猥な力、夏にこの地域で毎夜のように繰り広げられる花火ショー、こうした現象が「多孔性」という概念の下にまとめられている。アーシャの回想によれば、[12]この概念を思いついたのは、彼女だということになっているが、真偽のほどは分からない。[13]

左旋回

政治的=社会的現実(二七〇頁の引用で言われている「事実的なるもの」)へのこうした視線転換はカプリの夏に書き始め、一九二八年一月に出た断章集『一方通行路』にも読みとれる。ちなみにこの作品は、ヘルマン・ヘッセが、出版社の広告に推薦文を書き激賞している。タイトル自身が、社会変革の道に戻り道はないという示唆であろう。本の扉には、「この通りはアーシャ・ラツィス街という。技術者として著者の中にこの通りを切り開いた人の名をとって」と記されている。この献辞も、〈技術者〉の語は隠れた思考の糸として処女作のロマン派論以来重要なことは述べた。この献辞も、『親和力論』のユーラ・コーンへのそれと並んで、離婚裁判では不利になったが、いずれにせよ、こうしたことがベンヤミンの突然の左旋回の伝説を生み出すことになった。しかも美貌の革命家によって。おまけにこの伝説が六〇年代後半以降の学生反乱の中で一部の造反教官も加わって日本でもドイツでも増幅されていった。カルズンケという単純左派の詩人などは二人に捧げる詩を書いている。「ドクトル・ヴァルター・ベンヤミンは歩む／アーシャ・ラツィスとリガの町を／二人は共和国の通りを渡る／……ふたりはどこに幽閉されるかを／考えながらベンヤミンとアーシャは歩く／ケレンスキー法によって／コミュニストは四年の刑を食らうから[14]」。同じような詩を書いた詩人たちと共同の詩集すら出ているが、その多くはばかばかしくて読んでいられない。

実際にはベンヤミンの左旋回は、すでに大分前から起きていた。さかのぼれば大戦前の文章にも、当時の社会や文化へのはっきりした拒否の言葉が溢れていた。『一方通行路』中のドイツのインフレを描いた文章などは、一九二三年パレスチナに旅立ったショーレムにその最初の草稿を記念に渡している。先に引いたショーレム宛の手紙も注意深く見れば、〈転換〉なるものが長期的に起きていたことをうかがわせる。「暴力批判論」もドイツ革命の印象によって書かれていた。そのなかの警察批判は、単なる一般的な権力批判でないところが味噌で、およそ今まで書かれた警察不信の文章の中でも最も当を得ていよう。前年の一九二三年に出たルカーチの『歴史と階級意識』も知っていた。社会的・政治的現実への関心がアーシャによって引き起こされたというのは少なくとも間違いである。また、ある程度〈現実〉なるものへ視点が動いていくのは、大戦後のまったく変わってしまった社会の中で自らの定位を探し求めていた以上、当然のことである。ただ、その現実への関心がラディカルな共産主義運動の視点を多少なりともとったこと

〝社会変革の道に戻り道はない〟
『一方通行路』(1928)の表紙

にアーシャの影響があった。「すべての決定的な打撃は左の手によって果たさねばならない」(IV－1.89)と『一方通行路』にはある。だが、左翼の党のことは考えられていない。この打撃はすべて「即興」でやらねばならないとある。つまり、前からある「休止符」「中断」のモチーフも生きている。「メシア」による「中断」の前触れとしての「即興」である。

このあたりは、よく訓練された視線で丁寧に見るべきで、過大評価も過小評価も避けねばならない。というのも、この問題ひとつをとっても事実関係を歪めることが色々なかたちで起きているからである。例えば、一九五五年にアドルノが編んだ二巻本の『ベンヤミン選集』は、ベンヤミンを戦後の時代に蘇らせた功績は大だが、『一方通行路』のアーシャへの献辞が綺麗に削除されていた。アデナウアー政権の絶対的反共の時代、共産党が憲法違反で禁止になったような時代の雰囲気に負けたのかもしれないが、感心したことではない。あるいは、ショーレムは「モスクワ日記」に添えた前書きで彼女のことを、「いかなる知的精彩もない」「エロチックなことが好きなだけの」女性とこきおろしている。また、アーシャ自身の回想も時が経っているせいもあって相当に不正確である。若干参考になるのが、久野収によるベンヤミンと三木清との比較である(久野収編『三木清』、「現代日本思想大系第33」筑摩書房、一九六六年)。ともに豊かな家庭に育ち、新カント派の影響から批判の仕事をはじめ、インフレ下のドイツの現実を見るうちに、精神的な批判を越えて、マルクシズムに急接近していった——そしてともにファシズムの犠牲となる——ことを考えると、社会的変化が思想の位置を変えたプロセスが読みとれるというのである。とはいえ、カントの構想力や主体の問題を考えたり、近衛の政策集団「昭和研究会」などにちょこちょこ出ていった頑張り屋の三木と、主体の存在などあり得ないイデーを論じるベンヤミンとの共通性は、所詮は表層的でしかない。

二人を分かつもの

手みじかにその後の二人の男女の関係を辿っておこう。ベルリンで二人は一度会うが、アーシャは、じきにリガに帰った。検閲の厳しい環境で(当時ラトヴィアは資本主義国)非合法の共産主義演劇を指導しているアーシャを追って、ベンヤミンは一九二五年十一月にはリガまで出かけている。そのときには、演劇活動に忙しいアーシャにまともに相手にして貰えず、大分落ち込んだようだ。その記録は『一方通行路』にある(IV-1. 110)。そもそもこの本の中には色々な意味でアーシャとの関係を扱った節が二十以上はある。例えば、

好きな女性と一緒にいて、彼女と話をする。それから数週間か、数ヵ月かが経って彼女と別れ別れでいるときに、当時のふたりのあいだの話を思い出すことがある。ところが今や、そのときの主題は馬鹿くさく、どぎつく、浅薄になってしまっている。すると気がつくのだ。愛のゆえにその主題の上に深く身をかがめていた彼女が、彼女だけが、その主題に影のように寄り添って守り、いっさいの襞の奥や隅々にいたるまで思想が陰影をもって生き生きするようにしてくれていたのだ、と。今のように一人でいると、我々の認識の光

を浴びたその思想は平板で、味もそっけもなく、陰影を持たないものになってしまっている(Ⅳ-1, 117)。

この文章からも分かるとおり、ベンヤミンは女性については典型的なブルジョア社会の上流男性の持つイメージを一歩も出ていなかった(これは批判ではなく、ベンヤミン理解のために必要な情報である)。――「本と娼婦はベッドに引っぱり込むことができる」。「本と娼婦は自らを曝す場合には背中を見せることを好む」(同じく『一方通行路』Ⅳ-1, 109)。

翌一九二六年、ベンヤミンは三月から十月にパリに滞在したが、アーシャのパートナーのベルンハルト・ライヒから、アーシャが神経を病んでモスクワの病院に入院しているとの知らせが届いて、遠路はるばるモスクワに出かけることになる。二日かけた汽車の旅で到着した二六年の十二月六日から二七年二月一日まで、およそ二ヵ月間、彼はモスクワに滞在する。「都市の肖像」のなかの「モスクワ」には、そのときの経験が批評として記されている。また、もっとはっきりした個人的経験は「モスクワ日記」に記されている。アーシャに近づくことも目的だったが、彼女の影響もあって共産党入党を考えていた彼には、ソ連の現実を知ることが重要だった。

モスクワでは文化関係のさまざまな人物に会い(そのほとんどが不思議なことにユダヤ人だったが)、将来の自分の活動について考えているが、最終的にはソ連の現実に彼はいかなる幻想も抱かないようになった。モスクワ到着時にはショーレムにオプティミズムに溢れた文章を書いていたが、結局のところ、西側の自由な世界の人間として、当局の機構に幽閉されてしまった人々、それゆえ自由闊達な議論や行動ができなくなっている人々とうまくいかなかったのである。人々は、なにか意見を言っても、後で『プラウダ』の公式見解と食い違うことになるのを極端に恐れている、ともベンヤミンは指摘している。まったく話は違うが、モスクワの印象を記した多くの文章は、日本に来た西側の学者や作家の個人的印象と多くの点で似通っているのはどうしてだろうか。「彼らの言うことは、民主主義憲法下の市民にはまったく理解できない」(「モスクワ」Ⅳ-1, 335)。

快復したアーシャは一九二八年秋にソ連通商代表部の映画担当官としてベルリンにやってきた。ベンヤミンは、予定してはいたが躊躇していたパレスチナ旅行を取りやめるほどの「歓迎」をして、結局二八年十一月から二九年一月までの短期間二人は一緒に暮らしている。二九年初頭にはアーシャと共有している児童劇場への関心から「プロレタリア児童劇場の綱領」を書いているが、当事者が全員で企画に参加する案は、あまりにラディカルで、ベルリンの共産党の担当者から拒否されている。二九年五月には先に書いたように、アーシャに頼んでブレヒトに紹介して貰い、亡命時代、特にスヴェンボルにおける知的交流のきっかけとなった。しかし、ショーレムに言わせれば、アドルノも含めて当時このカップルと交流のあった人々は、「二人は喧嘩ばかりしていた」と証言しているそうである。それでもベンヤミンは、アーシャへの情熱を保ち続け、ついに二九年春には、彼女との結婚を想定してドーラに対する離婚訴訟まで起こす。だが、裁判の結果を待たず、三〇年春にアーシャはモスクワに戻ってしまう。その動機はよく分からない。この年に離婚は成立したが、ベンヤミンは家屋敷その他ほとんどすべてを失ってしまった。

だが、愛とは恋人と似た存在になることという考えを一番強めてくれたのは、アーシャだった。教会の結婚の秘蹟でしかできないことを、恋は可能にしてくれる。恋のたびに相手との類似性を獲得し、自分にもこんな側面があったのかと驚きあきれる。ドーラ、ユーラ、アーシャと三人の女性を愛することによって自分の中にある三人の違った男を知ったとも彼は、自伝的文章に書き残している。(15) しかし、類似——ミメーシス——は子供の頃の蝶々狩り以来獲物を得る手段でもあった。「求愛の原則。七変化を演ずること。獲得したい相手の女性をめぐって、七変化を行うこと」(『一方通行路』)。類似性の弁証法は実人生に関しても、彼の思考形象がそのまわりをめぐるいくつかの焦点のひとつをなしている。

アーシャがどれだけベンヤミンから刺激を受けたかは不明であるが、政治と神学の緊張関係から出ようとしなかったベンヤミンにスタンスの変更を考えさせ、さらには時代の影響の下で、それまでの秘教的な書き方から、視点も文体も、そして用語も異なったベンヤミンへと変化するきっかけに彼女の存在がある程度作用した。特に実際のコミュニズム世界への関心は彼女との出会いがなければ起きなかっただろう。しかし、二人を分かつものも大きい。カウアーシャはやはり活動家であり、右と左という政治図式を一歩も出ることはなかった。カウレンという研究者が指摘する次のエピソードは象徴的である。

一九三六年ベンヤミンがラヴェンナ——あの美しいビザンチン風モザイクの教会の町——

からモスクワに出した絵葉書に応えてアーシャは、「ラヴェンナも綺麗かもしれないけれど、スペインに行った方がいいわよ。スペインから記事を送ってくれれば、使えるのに」と返事を書いている。(16) 時はスペイン市民戦争。多くの知識人の――行動型知識人の――参加した国際旅団が活躍していた。ヘミングウェイ、マルロー、ジョージ・オーウェル、ドイツからはヘルムリーンなど。しかし、ベンヤミンがスペイン行きをそのために考えた形跡はない。その後パリに亡命してからも、その頃モスクワで働いていた従兄のレントゲン医のヴィッシングがアーシャに会い、ベンヤミンのモスクワでの就職の相談をし、本人もその可能性を考えたこともあった。しかし、結局モスクワはベンヤミンを引きつけなかった。この従兄も幻滅してアメリカへと去っている。

アーシャには苛酷な運命が待っていた。一九三八年にスターリンの大量逮捕にあい、カザフスタンの労働キャンプで十年を過ごすことになる。パートナーのライヒも四一年に逮捕、四九年まで収容所送りになった。ベンヤミンが存命中にそのことを知った形跡は今のところない。現代史のもたらす運命は、多くの糸を引き裂いている。

もつれにもつれた離婚裁判

ところで、少し飛ぶがここでベンヤミンの離婚裁判に触れておこう。彼は妻の不貞を理由に慰謝料その他の財政的負担をいっさい免れようとした。妻の側からも、ベンヤミンの不貞に関する裁判を起こし、もつれにもつれた。妻ドーラのショーレムに宛てた手紙などを見ると、息子の養育費を一銭も払おうとしなかったり、妻に入ってきた遺産も一部取り上げたり、戦後の西側社会の常識では考えられない「ひどい男」だったようだ。一九三〇年四月二十四日付け、ベルリン＝シャルロッテンブルクの簡易裁判所の判決文が残っているが、ドイツの裁判官がこれほどユーモアのある文章が書けるかと思うほどの文体で、ベンヤミンに不利な証拠を積み重ねている。要するに二人は一九二一年以来、まったく疎遠の仲で、ドーラもヴァルターもそれぞれ好き勝手に相手を作っていたし、ベンヤミンはそのことを承知の上でドーラから生活資金を貰っていた。ドーラに対して不貞を非難する資格はないというのである。難しい話が多いので息抜きにちょっと引いてみよう。

原告［ヴァルターのこと］は証人の女性パーレムと性的関係どころか婚姻に反する行為をしたことがないと主張している。証人ラツィスとは、一九二九年十二月にタウヌス地方のケーニヒシュタインで旅館キージ＝ザーナに泊まっているが、部屋は別で、いかなる意味でも婚姻関係に違反するような行為にはいたっていないと主張している。……三十七歳の原告（男性）と四十歳の被告（女性）は一九二一年以来、一九二三年の二回を別にすれば、一度も性行為をしていないことは明らかである。それどころか両人は、それぞれ気に入った相手と恋愛関係を持ち続けていた。しかもそれをお互いに隠しているわけではなく、相互の了承のもとであった。原告男性が結婚及び夫婦の義務についてどれほど緩やかな見解を持っていたかは、一九二一年六月十七日付けで被告に与えた文書から明らかである。……ところが原告は被告とブリーガー氏との婚姻に違反する関係について一九二八年十二月になってはじめて、偶然電話で被告が、〈ああ、わたしのハートよ〉と言っているのを聞いて知ったと主張している。……もしもそのとおりなら原告は、……それを男としての名誉の侵害であると感じ、すぐにそこから結論を引き出したであろう。ところがそうはせずにその数週間後の一九二九年一月六日ブリーガー氏の誕生日には、被告及びブリーガー氏とともに楽しくお祝いをしている。……原告は、被告とブリーガー氏との関係を長期にわたって知っており、しかも結婚に対する本人の見解及び性的分野において彼が完全な自由を主張していることに鑑みて、この関係にいかなる意味でも反対しなかったこと、この点は、原告が著述家として教養ある国民層に属していることを考慮するなら、彼の態度からみて、裁判所にとってはいかなる疑いの余地もなく証明されていると見なしうる。(17)

ブリーガーとは、ドーラが生計のために働いていた週刊誌の編集部長。ドーラもよくコラム記事を書いて、そのなかで、男は天才であればあるほど女性にすぐ母親を見て甘えたがるのでとてもやっていけない、などといった、ひょっとしたら私生活を踏まえての文章を書いている。また、一九二九年のケーニヒシュタインとは、そこでアドルノやホルクハイマーと会って、パサージュ＝プロジェクトについての決定的な会話がなされた保養地である。ベンヤミンはアーシャ・ラツィス同伴であった。

ドーラは実際にベンヤミンの手の早さ、女性関係の身勝手さにはさんざん苦労したようである。ショーレム宛の彼女の手紙(一九二九年七月二十四日)などには、ヴァルターのボルシェヴィズムもアーシャとのセックスのための口実でしかないなどと罵っている。彼の思想はすべて人のためである。ショーレムとの関係からシオニズムにこびを売り、逆にアーシャとの関係が中断している頃に友人に紹介して貰ったユダヤ人でない女性たちにはシオニズムを恥じたりしている、と。「あのドーリス・フォン・シェーンターン、ニコレッタ・フォン・シュトットナー、オーラ・フォン・なんとかかんとか、の話を聞くだけでも分かるわよ……」(18)。天才の楽屋裏はさんざんである。しかし、あまり特殊なことだと思わない方がいい。ベンヤミンが批判する新即物主義(Neue Sachlichkeit)の時代の全体的雰囲気から彼もドーラも自由ではなかったにすぎない。その点を見ないととんでもない思い違いをすることになる。

旅——アレゴリカーの憂鬱の視線

『一方通行路』に次のような文章がある。

古い地図。大抵の人々は愛の中に永遠の故郷を求める。しかし他の人々、きわめて少数の人々は永遠の旅を求める。後者はメランコリカーたちで、彼らは母なる大地に触れるのをいやがる。彼らメランコリカーは、故郷の陰鬱から自分たちを遠ざけてくれる人を探し求めている。そういう人に対して彼らは忠誠を守る。性格論についての中世の書物は、こうしたメランコリカーのタイプが抱く、遥かな旅への憧れを知っている(IV-1, 117)。

アーシャのことを頭に置きながら、同時にメランコリカーと旅の関連に触れている。メランコリー論を書いている十七世紀のバートンは本人の書いているとおり「地図の上で以外には」旅をしなかったが、現状に満足しない憂鬱者はさすらいの旅に出る。メランコリーと旅の不可分性は近代のトポスに属する。ベンヤミンはこの頃からしきりと旅行をする。ドイツ全体はインフレーションを経由していわゆる相対的安定期に向かい出し、彼も旅行の印象記の約束と引き替えに出版社から旅費の前借りができるようになっていた。

主なものを挙げるだけでも、一九二五年八月末ハンブルクから船でスペインへ行った。ジブラルタルから地中海に入り、かつてスペインを追われたユダヤ人たちが下っていったガダキヴィル川を遡って、セビリアに出て、コルドバ、バルセロナへ。さらにそこからイタリアに向かい、ジェノヴァ、ラッパロ、ルッカ、ピサ、リヴォルノに行った。その後カプリ島とナポリを再訪した後ベルリンに戻り、十一月にはアーシャに会うべくリガへ行った。十二月はじめベルリンに戻り、一九二六年三月から半年以上パリに滞在。プルーストの翻訳に取り組んだ後、十二月から翌二七年の二月まで前述のとおりモスクワに、病めるアーシャを訪ねている。さらに一九三〇年、ドーラとの離婚直後には北欧を北極圏にまで旅した。また二六年九月にはユーラ・コーンと南フランスへの旅もしている。

メランコリカーの旅の記録は、名所旧跡の訪問でもなければ、それぞれの地にゆかりの深い文学者や思想家や芸術家の回顧とも無縁である。むしろ、町や通りや建築物の、あるいはそうしたものが織りなす文化史的な連関の解体と破壊であり、それによる新たな図柄の探索である。それは、解読コードを探しながらの暗号解読にも似ている。文化史的連関の解体と破壊は、アレゴリー化と言ってもいい。厳密な意味でアレゴリーとは言えないところでも、アレゴリー的視線は変わらない。

例えば、ヴァイマールの広場。

ヴァイマールのマルクト(市場)の広場のホテル・エレファントほどに窓の下枠の台が広いのを見たことはめったにない。この広い窓台のために部屋は、バレーを観覧する仕切られた桟敷席となる。ルートヴィヒ二世がノイシュヴァンシュタインでもヘレンキームゼーの城の舞台でも見られなかったようなバレーが見える(Ⅳ-1, 353)。

朝市のにぎわいが「早朝のバレー」にたとえられている。ところが、その見事さに誘われて降りていき、「自分も舞台に出て」見ると、そこにあるのは、ただの市場の現実である。「舞踏と音楽は、ただの交換と商売活動」に変じてしまう。十九世紀の芸術世界と二十世紀ののんびりした田舎町にも貫徹している市場経済のコントラストである——たったの一ページの文章だが含蓄は深い。

あるいは、マルセイユの町。

つながれたあざらしの黄色く汚れた歯並び。塩水が歯の間から流れ出ている。この大きな口に船会社は時刻表にしたがって黒や褐色のプロレタリアの肉体を食わせてあげる。その肉をパクリと食べるべくこの口が開くと、油と尿と印刷インクの混じった悪臭がそこからこみ上げてくる。この悪臭は、大きな顎にこびりついた歯石、つまり新聞のキオスク、便所、そして蠣《かき》を売るスタンドから発している。港に群がる人間たちは、バチルス培養基。荷物運びと淫売婦は人間もどきの腐敗物。口の中はそれでも赤っぽい。この地では汚辱と貧困の色。せむしが、そして女乞食が汚辱と貧困の赤を着ている。そしてブトリ街の色あせた女たちは、唯一の服が唯一の色をしている。つまり赤いシャツの色(IV－1, 359)。

ともに絵にたとえれば具象画のようでいて具象画ではないし、抽象画のようでいて抽象画ではない。やはりシュルレアリスム的な感覚かもしれない。特にマルセイユを描いたのは、港全体をアレゴリー化し、多くの歴史や文化の思い出のある町にも貫通する現代社会の最下層の汚辱と悲惨を浮かび上がらせる社会批判ともなっている。この町から出た偉人やギリシア人以来の歴史などどうでもいい。安っぽい物知りや教養をひけらかすような文化的記憶には関心を持たず、港町の現実を見ようとする。しかし、その見方は、たとえ「赤色」が強調されていても、社会主義レアリズムではない。いずれにしても日本の教養人のヨーロッパ紀行とはまったく異なる方法的自覚にもとづいて書かれている。多くの日本人のヨーロッパ紀行が十九世紀の印象派の絵であるとすれば、こうした文章はやはりキュービズム以降の文体である。

あるところでベンヤミンは書いている。「事物をそのアクチュアリティのアウラにおいて示すこと、それは、たとえ間接的であっても、大衆的教養の、最終的にはきわめて小市民的な想念によって偉ぶるよりも、実り多い」(IV－1.449)。町の屋台、教会、女たち、あるいはファサード、市電などなど、リガ、モスクワ、マルセイユと場所によって描くものは異なるが、やはり破壊と解体によるデフォルメを通じて事物の核心を取りだそうとする筆致。そうした事物が「アクチュアリティのアウラ」を発するためには、アドルノがメドゥサの視線にたとえた、ベンヤミンのアレゴリー的視線を浴び、凝固し、死なねばならない。批評が作品の壊死であるのと同じに、個々の事物がその生活上の、そして文化史上の観光枠組みから外されてアレゴリー的なものへと転化されねばならない。断片の引用とも言えよう。

『一方通行路』にもこんなのがある。「小口扱い貨物。運送会社と梱包。私は朝早くマルセイユの中を車で駅へと向かっていた。その途中で、知っている場所、さらには、新しい知らない場所、あるいはぼんやりとしか思い出せない場所が目を引くうちに、この町は私の手の中の一冊の本に変じてしまう。この本が箱に入って納屋にどのくらい長くかは分からないけど収められ、私の目に触れなくなる前に急いで数回視線を向けるのである」(IV－1.133)。旅の町を去る時にもういちど一瞥して記憶にとどめるという、誰でもする経験の記述の中で、マルセイユという都市が本のアレゴリーに変じる。

あるいはパリについて。「すべての都市の中で、パリ以上に本と情のこもった関係を持っている町はない。ジロドゥーの言うとおりに、川の流れを追ってぶらぶらと歩くのが人間の味わう最高の自由の感情だとするなら、この地では、完全な暇つぶし、つまりは最も幸せな自由は本へと、そして本の中へとつながっている。なぜなら緑のないセーヌの岸辺に何百年も前から学術の葉のキヅタが降り積もっているからである。パリは大きな図書館の閲覧室で、真ん中をセーヌが流れているのだ」(Ⅳ-1. 356)。

セーヌのほとりの古本売りを言っているのだろうが、本や新聞のような印刷物をドイツ語の「葉(Blätter)」という語が意味することもあるのを利用している。しかし、そういうことよりも、町が本に変わり、あるいは図書館に変わる、しかも「のように」といった比喩を表す接続詞を使わずに。先にはマルセイユが一冊の本となっていた。

このように旅行記のイメージでは、都市がバレーの舞台となり、図書館となり、本となり、あるいは森となり、広やかな空間が宮殿となり、室内が大洋を帆走するクルーザーの船室となる。

例えば、

〈住まいがなくても、人生を楽しめるのが時間というもの〉。時間はひとつの宮殿となる。波のざわめきに満たされたその宮殿の広間の数々は、三週間の間、北方へ向かって連なっていた。鷗《かもめ》の群れと町々、花々、家具と彫像が、広間の壁に入れ替わり現れ、そして窓を通しては、昼も夜も光があった(「北の海」Ⅳ-1. 383)。

離婚直後の北欧旅行。いっさいの財産を失った「住まいなき者」の旅にとっては、空間の全体が宮殿へとアレゴリー化される。「自然はひとつの神殿」と、彼が愛読するボードレールにもある(ちなみに、「住まいがなくても、人生を楽しめるのが時間というもの」は、十七世紀のスペインのイエズス会士バルタザール・グラシアンの『賢人の知恵』からの引用である)。

または、『パサージュ論』のメモには、恋人の部屋を訪れるキルケゴールの経験が『誘惑者の日記』の一節から転記されている。

花形のランプはオリエントを思い起こさせ、たえず揺れる紙のベールは、その地に吹いている微風を思い出させる。……その部屋で私は自分のファンタジーのなかでは、この奇跡の花の下で大地の上に座っていた。あるいは、船に乗って、高級船員の船室にいた。そして遥か大海原を帆走していた。窓の枠が部屋のかなり上にあるので、我々は、その窓を通して、遥かな天空の無限の高みに目を向けていた(I3a)。(19)

彼女の部屋がクルーザーの船室となる。

都市が森となるのは、シュルレアリスムとの関係でも重要である。

ある都会で方向がわからなくなるということは、たいしたことではない。だが、ちょうど森のなかで道に迷って歩くように、都会の中を迷いながら歩くのには、訓練が必要である。そのときは、街路の名前は、ちょうど枯れた小枝がポキッと音を立てるように、さまよう彼に語りかけてくるはずであるし、都心の細い裏通りは、山あいの小さな沢のように、一日の時刻のうつりゆきをあざやかに映しだすはずである（『ベルリンの幼年時代』Ⅳ－1. 237）。

いくつかの例にすぎないが、アレゴリカーの憂鬱の視線のあり方が感得できよう。空間を拡縮し、まったく別のものに移すことで、非現実的でもある核心に到達しようとする。

一九三〇年、右側ではすべてがもう過去のもの

北の旅からの帰途、南に下る船の上から、空に乱舞する鷗を見てヴァイマールの政治地図を連想させる、アレゴリーを読み込んでいる次の文章は、一九三〇年時点のベンヤミンの思想を浮き彫りにしている。

書き手は、南に向かう船のデッキで憂愁に沈んでいる。夕映えのなごりが西の水平線を薄く染めている。

その時、鳥たちの群れに起きたこと――いや、それは私に起きたことなのだろうか？それは、私のいた場所、つまり自らの内の憂愁のゆえに、孤独に自分を抑えて後部上甲板

の中央の場所を自分のために選んでいたのだが、まさにその場所を選んだがゆえに起きたことである。突然にして、ふたつの鷗の群れができた。東の群れと西の群れ、左と右。ふたつの群れはまったく異なっており、鷗という言葉がこの鳥たちから取れてしまったほどである。左の鳥たちは、死に果てた空を背景にして、自分たちに残るいくぶんかの明るさを保ち続けながら、身をひるがえして曲線を描くごとに上へ下へと輝いていた。……そして、どこで終わるともしれない間断なき記号の系列を、つまり、曰く言いようなく変わり続ける、それぞれつかのまの翼の組み合わせ――十分に読解可能な――を私の前に編み出すことをやめようとしなかった。しかし私はくりかえし目を横へ滑らせて、なんどももう一方の群れの方へ視線を戻した。しかし、そこにはもう私のためにはなにもなくなっており、私に語りかけるようなものもなにもなくなっていた。東の群れを追ってみれば、鳥たちが最後の薄明かりに向かって二度三度黒々とした翼を鋭く打ち振るいつつ彼方へと飛び去り、そしてまだ戻り来るのがついさっきまで見えたのに、もう今は彼らの飛ぶ姿を追おうとしても追えなくなっていた。……左の方ではまだこれから一切が自らを解き明かそうとしていた。私の運命もまなざしの一瞬ごとに変転する。右側ではすべてがもう過去のものであり、ただひとつの静かな暗示があるのみである。この鷗の群れの相拮抗する戯れは長く続いたが、ついに私は敷居となり、その上を名づけようもないメッセンジャーたちが、黒く白く空中で入れ替わりあっていた(「北の海」Ⅳ－1, 386)。

この文章にはもちろん政治的なかくれんぼゲームがあり、多少なりとも政治的信仰告白めいたものも暗示されている。「極度の対立項は一方が他方にすぐに入れ替わる」という文章はすでに引いたとおりである(本書二五〇頁)。一九三〇年、破局はすでに予感されていた。「右」と「左」にははっきりした政治的意味があろう。「バッハオーフェンによって太古を発見し、シューラーを知っており、またクラーゲスを研究し、評価し、カール・シュミットとも文通していたベンヤミンであるが、にもかかわらず、このベンヤミンは二〇年代のベルリンのユダヤ系知識人である以上、どこに彼の(そして我々の)敵がいるかを無視することはできなかった」(ハーバーマス)[20]。『一方通行路』でもメキシコの薄気味の悪い祭儀を手がかりに右と左が言われていた。とはいえ、明確な政治地図と、「コーヒーの澱から」運命を占うあのベンヤミンが同居している。メランコリカーの旅は、自ら作ったアレゴリーのうちに運命を「読解可能」にする旅でもある。『根源』の著作を通じてこうした方法がますます自覚的になり、しかもアーシャを通じたマルクシズムとのより緊密な触れ合いが、全空間を宮殿にしたバロックの王、ヴァルター一世のメランコリーをさらに深めている。決断不能からいくらかでも決断に近づいたようにも見えるが。

注

（1）『パサージュ論』(J55a, 7)。
（2）「セントラルパーク」(Ⅰ－2, 660)。

(3) ホルクハイマーの見解が引用されているコルネリウスの教授会宛の正式の審査報告書は以下に全文が掲載されている。Cornelius, Hans, Erstes Referat über die Habilitationsschrift von Dr. Benjamin, 7. Juli 1925(タイプ原稿), in: *Walter Benjamin 1892-1940. Eine Ausstellung des Theodor W. Adorno Archivs*, bearb. von Rolf Tiedemann, Christoph Gödde und Henri Lonitz, *Marbacher Magazin*, 55/1990, Marbach, S. 73f.

(4) バロック論だけは引用は以下の版によって頁数を括弧内に記す。Benjamin, Walter, *Ursprung des deutschen Trauerspiels*, Frankfurt 1978 (stw. 225).

(5) Adorno, Theodor W., Auf die Frage: Was ist deutsch?, in: *Gesammelte Schriften*, Bd. 10, 2, Frankfurt 1977, S. 698.

(6) Adorno, Th. W., *Negative Dialektik*, Frankfurt 1966, S. 349.

(7) A. a. O., S. 351.

(8) イーグルトン、テリー『ワルター・ベンヤミン——革命的批評に向けて』(勁草書房、一九八八年)六頁。

(9) 同二三七頁。

(10) ルカーチ「エッセイの本質と形式について——レオ・ポッパーへの手紙」『魂と形式』(『ルカーチ著作集』第一巻、白水社、一九七三年)一六頁。

(11) Lacis, Asja, *Revolutionär im Beruf*, München 1971, S. 41-43.

(12) Ebenda.

(13) アーシャ・ラツィスの知的能力をまったく評価しないアドルノは、この文章に彼女が加わったとはまず考えられないと言っているが(Adorno (hg.), *Über Walter Benjamin*, Mit Beiträgen von

Theodor W. Adorno, Ernst Bloch, Max Rychner, Gershom Scholem, Jean Selz, Hans Heinz Holz und Ernst Fischer, Frankfurt 1968, S. 10)、個々の概念はともかく少なくとも文体からして、ベンヤミンがすべてを書いたであろうことはまちがいない。

(14) Karsunke, Yaak, Erinnerung an den September 1926, in: Wizisla, Erdmut, Opitz, Michael (hg.), *Glückloser Engel, Dichtungen zu Walter Benjamin*, Frankfurt 1982, S. 41f.

(15) Scholem, Gershom, *Walter Benjamin – die Geschichte einer Freundschaft*, Frankfurt 1975 (dritte Aufl. 1990), S. 223.

(16) Kaulen, Heinrich, *Rettung und Destruktion. Untersuchungen zur Hermeneutik Walter Benjamins*, Tübingen 1987. S. 88.

(17) Puttnies, Hans, Smith, Gary (hg.), *Benjaminiana*, S. 157.

(18) Dora Benjamin an Gerhard Scholem am 24. 7. 1929, zit. in *Benjaminiana*, S. 150f.「あの人は頭とセックスしかないのよ」とも(an Scholem 27. 6. 1929. *Benjaminiana*, S. 145)。

(19) 『パサージュ論』からの引用は、原稿の整理番号による。

(20) Habermas, Jürgen, Bewußtmachende oder rettende Kritik, in: Habermas, *Philosophisch-politische Profile. Erweiterte Ausgabe*, Frankfurt 1981, S. 363.

第六章　ベンヤミンの方法

いつもラディカルに、しかも一貫性は決してなく。(1)

1　多様な交際——危険な関係？

連続よりは瞬間を

これまでにベンヤミンの思考の特徴のいくつかを指摘してきた。例えば神話が宿す暴力と強制による統合のためのアルカイックなエネルギーをどのように暴力なき合理的な統合へと組み替えられるか——彼のことばで言えば〈神話の爆砕〉——という歴史哲学的発想は、彼が意識すると否とにかかわらず、いたるところに見られる。世紀転換期の豊かなベルリンの高級アパートの玄関を飾るギリシアの神々の像の意味を彼は考えていた。そこではファウストが太古のヘレナを呼び起こすように、美が重要だった。メキシコの祭儀についてのゼミに出たこともあるように、ここには人類学的な関心も働いている。後にパリでバタイユやロジェ・カイヨワらの研究会に出るのも、この関連であろう。

また、批評を解体と破壊の活動と考える独特の批評観があった。いや単に批評のみならず、翻訳についても似た考えがあり、それらは炎とか灼熱とか燃焼といったイメージとつながっていた。イデーの絶対的自存、およびイデーのまえで焼き尽くされる個人個人の存在という発想が下敷きにある。もちろん、こうした考えはいささか錬金術的で、秘教的でこそあれ、非合理主義ではない。そのことは、自然科学が概念の分析力によって物質の破壊を行うプロセスを例に挙げている箇所もあることに明らかである。

こうした破壊による真理という考えと関連するのが、真理の方法としての〈中断〉、〈停止〉という発想である。これもわかりにくい考えだ。神の突然の審判によって歴史が中断されるその瞬間こそ歴史の真理が明らかになるという比較的知られているユダヤ・キリスト教の考えからなら接近しやすいだろう。ただし、これは、モダニズムの建築やブレヒトの異化やシュルレアリスムのショック効果などとも関連する。彼自身が、読者が途中でなんども止まる文章を要求している。この点は、本章でもう少し詳しく見ることになる。

さらには類似性とミメーシスをめぐる言語哲学的な、しかし、それにとどまらず、被造物と人間と神との関わりをめぐる秘教的な思考があった。類似は、恋人とのミメーシス的同一化ならば幸福の実現、充実の予感でもあるが、また動物の保護色にならって自然に身を化するのは、太古の神話的強制、生きていくための強制でもあった。いや自然の真似だけではなく、社会的に両親、友人その他と類似の存在になるコンフォーミズムの強制があった。こうした両義的なミメーシスと、名前なきものに名をつけ、被造物の言語を翻訳するアダムの言語という類似性の思想とは深いつながりがあろう。いずれも、記憶の領域に関わる。ただし、アダム以前と以後とを分けるか、太古の時代と近代とを分けるか、揺れているところもある。つまり神学的思考と歴史哲学的思考との亀裂がベンヤミンのいくつかの言語論のあいだに走っていた。

また、決意不能の時代には、バロック悲劇を媒介にしたアレゴリー的視線が登場する。アレゴリーによって被造物もしくは物たちの生命を抜き取りながら、同時に救済の可能性を保持するという、〈生命喪失と救済の弁証法〉も彼の思考方法の重要なファクターだろう。

そうした全体を貫いているのは、すでに述べたように幸福主義的な進歩史観を徹底的に嫌う態度であり、また、連続よりは瞬間を認識のチャンスと見る考え方にもとづくアナムネーシス(追憶・憶想)であった。

本章では、こうしたことを念頭に置きながら、マルクス主義に近づき、時代との関わりが明確になったこの時期をきっかけにしてベンヤミンの方法についてもう少し考えてみよう。

左翼的かユダヤ神秘主義か

ある時期までのベンヤミン論には、ベンヤミンにおける左翼的なものを重視するか、あるいはユダヤ神秘主義に彼の思考の特性を見るかで争いがあった。特に一九六〇年代後半の学生反乱の後、ベンヤミンのマルクス主義的用語に駆り立てられた人々と、ショーレムのユダヤ神秘主義的解釈とが対立した。例えばパリのファシズム研究所での講演「生産者としての作家」(一九三四年)はトレチャコフをモデルにした相当にマルクス主義的な内容であり、七〇年代の西ドイツでは広く読まれた。「複製技術時代の芸術作品」もアウラなき時代の芸術のプログラムという誤解にもとづいてもてはやされていた。

とはいえ、かなり遅くなってからもベンヤミンが神秘的な言語論を書いていることも考えあわせようとする向きもあった。マルクス主義、つまり政治をとるか、あるいは神学をとるかで最晩年の「歴史の概念について」の読み方に大きな違いがあることも、論争の種だった。だが、こうした議論では、『親和力論』などの若いときのドイツ文学関係の仕事は基本的に無視され、せいぜいがドイツ文学者の参考資料という程度だった。

ところが、どちらの立場をとる人にとってもベンヤミンの交友関係、議論の枠組みは、自分の解釈の整合性を揺るがすに十分だった。解釈者たちは、強気の議論をしながら、深夜ひそかに悩んでいたに違いない。例えば、アーシャ・ラツィスと知り合ったカプリの夏には、たしかにルカーチの『歴史と階級意識』も持っていたし、エルンスト・ブロッホが書いた同書の書評をショーレム宛の手紙(一九二四年九月十六日及び同年十月十二日)で激賞してもいるが(左翼ベンヤミンにぴったり)、同じ時期に『アクシオーン・フランセーズ』を、この雑誌だけが唯一魅力的だとして、定期購読していた。いわずと知れたフランス最右派の雑誌である。

フロレンス・クリスチアン・ラングのようにどう見てもリベラルでも左翼でもない、超保守的な文化主義者や、その彼と密接な文通のあったホフマンスタール――彼も「保守革命」についての有名な講演を一九二七年にしている(2)――と知的交流をする一方で、ダダイストだったフーゴー・バルとも親交があったし、カール・マンハイム、アドルノ、ホルクハイマー、クラカウアーといったヴァイマール期の西側マルクス主義の錚々たる代表者のサークルに、フランクフルト大学との接触以来、属していた。

発言でも、比較的単純に「左翼的」なところと、神秘的なところが混じっていた。例えば、カプリ滞在中にたまたまナポリ大学七百年祭を記念して開催された国際哲学会を覗いた印象は、戦後日本でも幅をきかせた左翼教条主義者の発言と同じである。「哲学者たちが国際ブルジョアジーの最も薄給の、最も余分な手下であるという確信はもともと持っていたから、こんな催し物でそうしたことを学ぶ必要はなかったけれど、彼らがその下っ端根性をこれほどの厳粛なみじめったらしさで繰り広げるとは思っていなかった」(ショーレム宛、一九二四年五月十日)。

また、ソ連と西側社会の区別を言うにあたって、西側では政治と経済が癒着関係にあるのに対して、ソビエト・ロシアでは、この関係がすっぱりと切断され(「ソビエト国家は権力と貨幣のコミュニケーションを断ち切った」IV-1. 333)、党は自らの手中に権力を残して、経済は新経済政策(ネップ)に委ねていると述べてから(今から見れば、とんでもない思い違い)、西側における政治と経済の交換・交流・癒着について、これがあまりに短絡的になったときにのみ汚職や腐敗として摘発されるだけで、所詮両者はグルであると述べている(「モスクワ」IV-1. 334)。東側についてはあきれるほどナイーブだが、西側については、「国家はブルジョアジーの執行委員会である」とする『コミュニスト宣言』のマルクスを受けた、今でも通用する左翼的な社会分析である。

カール・シュミットへの手紙

だが、同時にクラーゲスの魅力から——その反ユダヤ主義的言説にもかかわらず——なかなか離れられず、彼から本当に離れるのは亡命してからになる。「暴力批判論」でソレルからも多くを学んでいるし、バロック論では、あろうことかカール・シュミットの主権者の理論を自分なりに換骨奪胎しながら、使っている。つまり、主権者(ここでは君主)は内乱のような例外状態を、その決断によってあらかじめ排除する義務を持った存在である、という——場合によっては独裁の正当化にも使える——理解を援用している。それによって、迷い悩むバロックの王侯たちの決定能力の欠如を記述するためである(したがって目的はシュミットとはまったく違うのだが)。

国法学の大立者カール・シュミットは、ハイデガーと同じくナチスの政権獲得直後に入党し、明白な反ユダヤ主義の演説もしている。戦後の西ドイツの世論を領導してきたリベラル左派から見れば絶対に認められない「ヒトラーの友達」である。ところが、ベンヤミンはそういう「怪物」から理論を借用したにとどまらず、『ドイツ悲劇の根源』が出版されてから二年近く経った一九三〇年十二月十日、彼に自著を次のような手紙を添えて送っているのだから、左翼にとっては困ったことになった。重要なのでちょっと寄り道をしておこう。

尊敬する教授。近日中に、出版社の方から拙著『ドイツ悲劇の根源』が貴方に送られてくることと思います。……この本が、十七世紀の主権者についての説を叙述するにあたって、どれほど多くを貴方に負っているか、すぐに気づかれることと思います。それ以上のことを申し上げてよければ、私は貴方のその後のお仕事、特に『独裁論』からも、その国家哲学の研究方法を通じて、私の芸術哲学の研究方法が間違っていないことを確かめることができました。拙著をお読みいただいて、この私の気持ちが理解できるという印象をお持ちいただけるならば、本書をお送りした意図は満たされたことになります。最高の尊敬を込めて。

敬具

ヴァルター・ベンヤミン

きわめて折り目正しい敬語調の文体。芸術研究における切断と破壊が政治的独裁と関連するという示唆。実際にはこの手紙だけで、ベンヤミンの「内なる青年保守主義」「ひそやかな右翼的心情」などを憂う必要は全然ないはずである。とはいえ、後にある機会に書いた履歴書の中でもベンヤミンは「宗教的、形而上学的、政治的、経済的」と自分の関心を並べたときの順番が、シュミットが『政治的なものの概念』につけた一九二九年の演説のなかの並べ方と同じであるといった「発見」もあって、左派ベンヤミンを好む人々は慎重になり、時にはこの側面の無視、あるいは資料の隠蔽に走った。

一九六六年にアドルノとショーレムの編んだ書簡集にはこの手紙は収められていない。手紙のコピーを入手したベルリン自由大学のタウベス(ユダヤ系宗教学者)は、彼の電話を受けたアドルノの狼狽ぶりを報告している。非同一性の大先生も、手紙の同一性(信憑性)をベンヤミンのタイプライターの特性まで材料にして証明され、ぎゅうぎゅう締め上げられては、この手紙を「検閲」にかけて掲載しなかったことを白状せざるを得なかった——戦後は教職を剥奪されて蟄居《ちっきょ》していたシュミットも、すでに一九五六年にベンヤミンの手紙を持っていることを示唆していた(3)。

〈極端なポジションのあいだで動く〉思考

ベンヤミンのこうした「幅の広さ」を「無節操」と形容した戦後西ドイツの高名な文学批評家が笑い物になったこともある。ショーレム自身が、——こんどは左翼との交際に関してであるが——ブレヒトとの交際を非常にまずいと感じていたのだから、この文学批評家のこともそうは非難できない。ブレヒトとの関係についてはアドルノ夫妻も類似の危惧を抱いていた。それについて一九三四年六月のアドルノ夫人グレーテルに宛てたベンヤミンの手紙は、自分の知的戦略を彼が深く意識していたことをうかがわせる。まず、ブレヒトとは長い友人だし、影響も受けているかもしれないが、彼と違うところは違うし、その点はおたがいに分かっていて、彼も尊重してくれているはずだ。それに青春時代から、自分とまったく対極の人々と自分は接触してきたと述べたあと、次のように述べている。

実際に私の人生の経済においては、いくつかの数えられるほどの関係が果たしている役割は、私の元々のあり方をひとつの極とすれば、それと正反対の極を主張することを可能にしてくれてきました。こうしたいくつかの関係は、私に近い人々に多かれ少なかれ激しい抗議の声を上げさせるほどの挑発でした。現在ではブレヒトとの関係で——あなたに比べればずっと遠慮のない——ゲルハルト・ショーレムの抗議を引き起こしています。こういう場合に私には、危険のきわめて明白なこうしたつながりは、それが実りをもたらすことをいずれ分からせてくれるであろうということを、私の友人たちが信頼するようにとお願いする以上のことはほとんどできません。まさに貴女こそは、私の人生も、私の思考も極端なポジションのあいだで動いている、ということが決して見えていないわけではないでしょう。このような思考が主張する広がり、あるいは、とてもいっしょにすることのできない事物や思考を並べて動かすという自由、それは、危険を通じてのみ表情を獲得するものなのです。この危険は私の友人たちから見ても、あの〈危険な〉関係のかたちでのみ目に見えるものなのです。

窮地に陥ったときのベンヤミンに特徴的なもって回った文章だが、〈極端なポジションのあいだで動く〉という危険な両極の組み合わせ、その配列や関係からこそ生産的な認識が生まれると言いたいのだろう。その意味では単に右とか左、進歩とか反動といった二項対立を越えた意味のポテンシャルを彼が保持しようとしたというだけでは不十分かもしれない。バロック論で「極度の誇張」が語られていたことも思い出すべきだろう。この延長では、彼の

「配列(Konstellation)」という考え方に照らすのがいいかもしれない。参考になるのは、第五章でも触れたモザイクについての議論である。個々のガラス石はそれ自身としてはなにももたらさないが、それぞれがしかるべきところに配置されるとひとつの像を結ぶ。あるいは、ベンヤミンがそこで珍しく触れている(彼は音楽の才能は皆無だった)音楽も参考になるかもしれない。対位法その他の作曲手法で作られた音の連鎖は、まさにその緊張的対立の連鎖としてのみひとつの楽想を結ぶ。

あるいは、アーシャとの関連での共産党接近を嫌っていたショーレムに宛てた手紙(一九二六年五月二十九日)で、宗教的および政治的な観点というのは人間のつけた区別で、自分はその間に違いを認めないと述べた後、「だが同じく両者の媒介も認めません。ここにある(政治と宗教の)同一性は、一方から他方へ逆説的に転換することによって示されるような同一性なのです。もしも私がいつの日か共産党に入党するとしても(それは偶然の最後の一突きしだいですが)、重要なことがらにおいてますますラディカルに、決して一貫性なく方法を進めること、これが私のメンタリティなのです」と述べている。モザイクの石は隣の石へと媒介なくつながり、ひとつの石が他の石に流れ込み、その他の石が前の石を囲む、その模様も、特にモスクのモザイクがそうだが、目の凝らしようによって逆説的な転換と逆転に富んでいる。ついでに言えば「偶然の最後の一突きにまかせる」という運命の戯れに委せる「なげやりな」ところも特徴的で、これについては本章第四節で触れよう。

「危険な関係」こそが真理の全体を宿している

だが、なによりも緊張や極端な対立を含む図柄という考え方を規定しているのは、カバラ主義者たちの『トーラー』(モーゼ五書のこと)の理解であろう。ショーレムが『カバラとその象徴的表現』で展開している『トーラー』についての秘教的な思想伝統の紹介を参考にしながら、考えてみると、およそ次のように見えるのではなかろうか。

神の名は、神以外の世界、自然界も含めた世界のさまざまな過程を通り抜けていっさいの事物の名とつながっているとベンヤミンは考えていたが、こうした発想は、カバラの伝統にもあった。いやベンヤミンはやはりカバラの伝統と無縁ではない。その伝統は、神のエネルギーもしくは光としてのセフィロートという「放射」の思想とも表裏一体だった。一種の汎神論は神の名のとてつもない重視を生み出している。ところが、神はさまざまな名前を通じて我々に本当に与えられているのだろうか。「汝みだりに神の名を呼ぶなかれ」という掟もある。いったい神の名はどこに与えられているのだろうか。

こういう思考の中で、ヘブライ語の神を表す神聖四文字YHWHが絶対化されることもあった。これこそ神の名をあらわすかたちであると。しかし、所詮はこの記号も人間の言語であることを考えるなら、アレゴリーにすぎず、神の名はもっと見えないものの中に隠れているのではなかろうか、という神秘主義への傾向も生まれる。つまり、聖典そのものの中に、神の名とその神秘が隠されているのではなかろうかという考えである。『トーラー』の全体は、我々が知っているような「創世記」やモーゼのエジプト脱出といった、文節と語からなる物語ではなく、神の「さまざまな秘教的な名前として読む」こともできる、というのである。だからこそ、信じない者にはなんの意味もないエサウの族長たちの系図を述べた「創世記」三十六章の長大な一節も、普通の人ならばより重要と思う神の十戒の文との間に本質的な相違がないことになる。

それらの全文が神の名であるか、あるいはその全文のどこかに鍵が潜んでいるか、あるいはまた、暗号のように何字かずつずらして読むことによって今までは知られていなかったまったく別の意味と名前が浮かんでくるか、あるいは、今の『トーラー』では文や字の配列が間違っているので、それを正しい配列に直すことによって神の名となるはずだと考えるか、他にもさまざまな思考のバリエーションが可能であろう。ショーレムの研究を読めば、実際にさまざまなバリエーションとその組み合わせが試みられたことが分かる。いずれにせよ『トーラー』の全テクストが異常に重視されることに変わりはない。神の名であれ、神の名の展開や放射であれ、『トーラー』におけるヘブライ文字の延々たる配列、組み合わせが真理だという考え方は一貫している。一字抜けても価値はない。だからこそ『トーラー』を筆写するにあたって一字の誤りも、いかなる脱字も、いかなるつけ加えも許されないのである。

このように『トーラー』のテクスト全体が神の名の展開、流出とする考えもあれば、現在知られている『トーラー』は間違って配列されているので、人間がそれを正しい配列に戻せる日には、『トーラー』を読む者は誰でも死者を蘇らせることができる、とする見解もあった。いずれにせよ素人から見れば、それとしてはキリスト教にもあった教典絶対主義であり、またお経の巻物自身が魔除けの力を持っているともされる仏教の発想とも共通するかもしれない。カバラ神秘主義においてはこうした教典の現物崇拝が極端にまで展開されている。そして聖書にはもちろん悪魔も、つまり神の対極、神が作り出した対極も登場する。ということは、悪魔も全体の真理の一環なのだ、ということである。バロックにおける彼岸と此岸の対立を思い出していただきたい。この世とあの世の、神と悪魔の「危険な関係」こそが真理の全体を宿しているのである。したがって、右翼であれ、悪魔であれ、怪物思想家であれ、たえず対極を宿した自己の作品の全体の一部に含まれねばならないことになる。危険と言えば、後に述べるがベンヤミンの売春婦との接触もその一環かもしれない。

配列の思想と読解のジレンマ

ベンヤミンも知っていたように、中世スコラ哲学で使われ、彼がバロック論で用いたトラクタートという書き方の方式は、アラビアの概念から来ているが(『一方通行路』IV-1. 111)、ショーレムの指摘するところによれば、『トーラー』についての秘伝的思考にもアラビア由来の種々の概念が影響している。

モスクの壁を彩る、どこが始まりでどこが終わりか分からないあの無限旋律、そのアラベスク模様と不可分なのがトラクタートである。つまり、模様の、あるいは配列の全体が揃ってはじめて、意味が生まれる。しかもその意味といっても、通常の言語に還元できるわけではない。「イスラームの瞑想の壁は生きた絵がにぎやかに描いてあるわけではない。むしろ、切れ目なく絡み合う装飾の網の目で被われている。こうした緊密きわまりない表現においては、主題に関わる論述と脱線した部分のそれとの区別は消失する」(同)。『ドイツ悲劇の根源』の序説でも、「意図の連続の断念」「絶えざる息継ぎ」「間欠的なリズム」などというようにトラクタートのありようが形容されていた(本書二四一—二四二頁参照)。そうである以上、なんらかの思想傾向にまとめることを拒否する迷宮的な性格をテクストが帯びることになり、カール・シュミットなどの要素を取り上げて思想的危険性を云々しても無意味となる。

ベンヤミンが配列(Konstellation)について語るときには、こうした背景を見ておく必要がある。この言葉の説明によく使われるのは語義も含めて星座である。例えば、ある概念を我々が説明するときに類似の言葉をそろえてある秩序にもたらせば、なんとなく意味が想像がつくということがあろう。「〈合理的〉とは〈筋の通ったこと〉、〈明白なこと〉、〈理性的なこと〉、〈間違っていないこと〉」というように、パラフレーズして並べてみる方式である。あるいは古代以来の用法で否定を重ねていく方法もあろう。「存在とは石や木や地球や宇宙の全体を指すのではない。理性とか思想とかいうものでもない……」といったふうに。もっと卑近な例で「大学は高校でもなければ会社でもない」でもいい。

ところが「配列」の発想から言えば、「石、木、地球、宇宙」でも「高校、会社」でも、これらの語の、主題的にはどちらでもいい順序が正しいかどうかが重要となる。要約してしまえば同じような結論になる場合でも、この文章が、この言葉が先に来るか、あの文章が、あの言葉が先に来るかの、ほんのちょっとした差が決定的となるのである。論理構成と文章のつくりは、また内容とスタイルは不可分に融合している。「真の神秘主義者は一見まったくささいなところにも秘密の意味を見出す」(ショーレム)のである。(4)「筆跡の中に、本当は隠されている形態を判じ絵のように読み取る」クラーゲスの筆跡学にベンヤミンが魅力を感じるのは、『トーラー』をめぐる神秘主義における配列の模索の伝統につながっているからである。一九二〇年代前半、生活に困っている頃、彼は筆跡鑑定術を教えて糊口《ここう》をしのぐこともあったが、そうした実利的趣味に感心するよりも、筆跡鑑定術と「創世記」の読み方のあいだの、神秘主義思考の連続性が重要である。

合理主義の極限と神秘主義の区別がなくなる地点で思考した多くの人々と同じに、ベンヤミンも名前のアナグラムを愛用した。第一章の最後に述べたように、イビサ島で書いた「アゲジラウス・サンタンダー(Agesilaus Santander)」といったアナグラムが、真の名への――しかも「悪魔の天使」という、一字あまりの名を通じての――接近であるのは、まさに彼固有の方法を示している。カール・シュミットの名も、名自体はきわめて月並みだが、結局は、彼の名を入れることによる新たな組み合わせ、新たな配列という考え方で見る必要があろう。

神秘主義的な配列の思想は、神話的なアルカイックな統合の暴力を、近代の脱魔術化された世界でいかにして組み替えるかという彼の歴史哲学的な課題と、どのように関連しているのか、関係のない別の思考形態であるのか、このあたりは別途論じる必要があろう。いずれにしても、ベンヤミンは、こうした課題をも、自己の「配列」の中に組み込もうとした。彼の知的交流の多様性が、極度に対立する項を一個の組み合わせに、ひとつの「配列 Konstellation」にもたらす、彼なりの方法であったことは、こうした背景から理解されよう。

ということは、ベンヤミンの残したテクストを『トーラー』のように、スミからスミまで解釈抜きに読むべきという要請でもあるが、それは我々にできない相談である。解釈が始まるのを阻止することはできないからである。そもそも、配列の中に名前を求める神秘主義は、アレクサンドリアのフィロンに始まる聖書及びギリシア古典のアレゴリー的解釈がエスカレートし、極度に先鋭化した形態である。ここには、ベンヤミン読解のジレンマがある。しかし、この背景は、彼を政治的図面だけで理解することが、単に左右のセマンティクスを越えた意味のポテンシャルを無視することであるだけでなく、もう一つの、場合によってはより重要な彼の思考方法の無理解となることを教えてくれる。

2　収集と引用

自覚された方法

話は違うが、ベンヤミンは若い頃から本の装幀などに異常な関心を持っていて、ショーレムは、ベンヤミンのきわめて形而上学的な思想生活に深い尊敬の念を払いながらも、こうした趣味の側面をいささかデカダンと見なしていたことを告白している。「形而上学的に正統的な明察が、本の装幀や紙質から考察することから導出される、というようなことを私は認めない[5]」。醒めた目で見れば、ショーレムの方が正しい。だが、ベンヤミンの目も、「婚姻は相互の生殖器の自由な使用権の約束である」というあのカントの正しさを認めるだけ、醒めていた(『親和力論』参照)。脱魔術化されて醒めたこの現代世界だからこそ、本の装幀を重視し、そうした「物」に視線を向け、そしてそれらを熱狂的に収集し、その暗号を「読解可能」にしようとするのである。

彼の友人たちは、本その他への彼のマニア的関心以外にも、道を歩きながら都会の雑駁なさまざまな事物に関心を示し、いっさいの事物と巫女のようにテレパシー的関係を結ぼうとするこの「尋常ならざるものの永遠の学習者」の視線や言動について語っている。生来の性質といえば性質にはちがいない。しかし、考えてみれば、ベンヤミンほどではなくても、机の上の文房具の置き方、座る場所のジンクス、通勤で歩く特定のルートへのこだわり、沢山の物があるのに、一瞬だけ見えた特定のものを目で追う動き、好奇心の独自の振り向け方などなど、誰でも事物やその配列との特殊な腐れ縁は持っているものだ。子供ならなおさらであろう。ベンヤミンにとってそれは、仕事の上で「危険な」関係と同じに、やはり自覚された方法だった。その点を考えてみよう。

ベンヤミンの本好き、読書好きは旅行好きと並んで尋常ではない。本の内容の記録、つまり抜き書きや引用の集積が好きなのも並外れている。例えば『親和力論』には、ゲーテ時代の詩人でカトリックに改宗したツァハリアス・ヴェルナーが読後感を「親和力」と題したソネットにしてゲーテに送った十四行が引用されているが(I-1, 142)、ベンヤミンはこうしたほとんど誰も知らない作品をどこから見つけてきたのだろうか。

この詩は戦後出た定評あるハンブルク版のゲーテ全集でも、注の中でベンヤミンのこの引用を参考資料として掲げているだけで、詩そのものはヴェルナーの作品群には見つからないとしていた。やがてグリマというザクセンの小邑で出ていた一八四〇年のヴェルナー作品集の中にあることが専門家の勤勉な探索の結果分かった。グリマといえば、同じくこの地で出たアルベルト・ルートヴィヒ・グリムという童話作家(グリム兄弟とは無関係)の本の中のリューザーの有名な挿し絵集を、名前の妙から手に入れたことをベンヤミンは自慢しているから、グリマで出ている本には通じていたらしい。地名への偏執、いや地名の魅惑が、誰も知らなかったヴェルナーの詩を発見させたのだろうか。

本を集めるにも、このように神秘的な偶然を読む占い師的な態度だったが、それは引用についても同じである。すでにバロック研究でも六百以上の引用を用意していた。実際に使われた五百弱の中には今も専門家が探しているものがある。執筆中にショーレム宛にこう書いている。「ところで、なによりも私が今驚いているのは、こう言ってよければ、書いたものがほとんど全部引用から成り立っていることです。およそ考えうる最高のモザイク技術です。もっともモザイクになってしまっているこうした仕事は違和感を与えるでしょうから、清書の際にはところどころ修正することになると思います」(一九二四年十二月二十二日)。

またまたモザイクが例に引かれている。人文科学をやった人なら誰でも知っているが、引用はいかなる意味でも証明にはならないが、巧みな引用は証明とは違う独自の力を持つ。ベンヤミンが引用するとなんの変哲もない文章が光り、語彙が輝いてくることは、ロマン派論との関連で指摘したとおりである。だがここは引用の収集を指摘するだけにして、引用の持つ破壊力については後で触れよう。

本の収集については、一九三一年に書かれた素敵な、しかしやはり謎めいたエッセイ「私の蔵書の秘密を語ろう」(IV-1. 388-396)がある。収集家の幸福を語る喜びが溢れた文章である。収集家は、探していた品物が自分の手に入ったときこそが、その品物の運命が成就した瞬間であると感じる。なんらかの解きがたい運命の予兆が事物には潜んでいる。その事物、ここでは一冊の本が経験したことのいっさいが、私の手に入る運命の定めなのである。「収集家を一人、彼がガラス戸棚に納めてある収集物をどのように取り扱うか、それを観察しさえすればよい。収集物を手に取った時には、彼はもう霊感を吹き込まれ、それらの対象を貫いて遥か遠方を見やっているのだ」。収集家は、かつてこの収集物に運命が支配していた過去に思いを馳せる救い主なのだ。

もちろん一冊の本にはその運命がある、というのはトリビアルな知であるが、ベンヤミンが言いたいのはその先である。「収集家の意識の中では、個々の本の最も重大なる運命とは、他ならぬ彼自身との出会い、彼自身のコレクションとの出会いをいうのだ。……真の収集家にとって一冊の古い本を手に入れることは、この本の新生に他ならない。……古い世界を新生させること——これは、新しいものを手に入れたいという収集家の願望に潜む、最も深い衝動なのである」。それはまた、王子が買う美しい女奴隷は、そのことで自由を与えられるという『千夜一夜物語』の話と同じで、古本を購入するのは、その本に自由を与えるためである。「収集家にとっては自分の書架のどこかにこそ、すべての書物の真の自由があるのだ」。ハーレムと唯物論的復活についてのバロックの議論が思い起こされる(本書二六三頁)。

収集が単に好きだったたには違いない。アーシャ・ラツィスが次のようなエピソードを伝えている。[6] グルーネヴァルトの家に食事に招かれたときのこと、ベンヤミン自身が選んだ凝りに凝った料理が一通り終わった後で、本棚からどれか好きな本を抜いて持って帰っていいと彼が申し出たので、適当に取ったところ、ベンヤミンは蒼白になった。なぜならば、それは彼が愛する(中味ではなく本を愛する)ゲーテの初期の戯曲『ステラ』の古い版だったからである。約束は約束。そこで彼女は一計を案じて、「百マルクで手放してもいい」と叫ぶと、ベンヤミンは即座に財布から紙幣を抜いて買い戻したという。あるいは、これは戯曲『庶子』だったかもしれない、と彼女は付け加えている。なぜならベンヤミンは遺書でこの戯曲の初版の受取人としてアーシャを指名しているからである。このように単に好きで凝り性だったにはちがいないが、それを方法として自覚していたことが重要である。

半分嘘の「自慢話」

蔵書の秘密を語る先のエッセイに戻ると、ベンヤミンは、本の収集の方法について語り続ける。借りた本を返さない鉄面皮ぶりから始まって、オークションにまで話がおよぶ。そして一九一五年というからミュンヘン時代のオークションでどのような手だてでお目当ての本を手に入れたかの「自慢話」が続く。参考までに紹介しておこう。なぜならこれは半分嘘の話だからである。

競売の下見で彼は、「フランス随一の挿し絵画家——カヴァルニのことか？——によって下絵が描かれ、腕の立つ彫版師たちが仕上げた」挿し絵のはいった、バルザックの『あら皮』を見つけた。一八三八年にパリで出た版。最初の持ち主がどこでいくらで買ったかの歴史も手にとると記されている。どうしても欲しかった、というのである。だが、学生の分際で手が届くかどうか分からない。ところが幸いにというべきか、当日、この本が競りにかかる直前に、『あら皮』のすべての挿し絵を中国風の紙に別刷りにしたセットがかけられた。

激しい競り合いの結果ミュンヘンの有名な収集家の男爵が三千ライヒスマルク以上の値段で競り落とした。ざわめき興奮する会場。しかし、競売人は時間の節約のためか、会場が静まる前に次の、つまりベンヤミンが狙っていた『あら皮』の挿し絵入りの本の競りをはじめた。ベンヤミンが最初の一声。そのとたんに競売人は、型どおりに「ほかにいませんか」と言って、すぐに声が出ないのをみて、「槌で三度テーブルを叩き私の獲得権が認められた。その槌のひとつひとつの音が、まるで永遠の時間で区切られているかのように思われた」。ざわめきでだれも気がつかないうちに話が済んでしまった。

他にも面白い戦略が記されているが、世の中にはベンヤミンを上回るマニアもいると見えて、実はこの話がいささか胡散臭いことを調べあげた人がいる。ドイツ書籍協会の古書専門誌に、ヘニング・シェファースという人の報告が載っている。(7) ベンヤミンが述べている競売で売られたリューマン・コレクションおよび競売の結果報告書を調べると、ベンヤミンは当該の本を百二十ライヒスマルクで落としているが、実は、彼の言う唐紙のイラスト・シリーズは、『あら皮』の本の後で競りにかけられている。興奮さめやらぬうちにというのは、真っ赤な嘘か、記憶違いである。「記憶とは過去へのたえざる書き込み」というベンヤミンの記憶の理論なら許されるのかもしれないが。『あら皮』の前に競りにかけられた、挿し絵画家カヴァルニのシリーズと間違えたのかもしれない。

　ところが、そのどちらも実際には三百三十および三百四十五ライヒスマルクで落ちている。当日ついた最高値段はたしかに四千ライヒスマルクだが、その競りはバルザックの本のずっと前にすでに終わっていた。それは、フランス最高の挿し絵画家のドーミエのものだった。となると、どうやらベンヤミンは本当に『あら皮』の挿し絵をよく検討したのかも疑わしいとこの研究者は続ける。なぜなら『あら皮』にはドーミエは描いておらず（彼は本の挿し絵はやらなかった）、七人の挿し絵画家が描いているからである。そのなかにはたしかに先に名の出たカヴァルニが、七分の一は入っている。しかし、どうも記述が怪しいし、その後の――これはシェファース氏は言っていないが――ベンヤミンのドーミエとの関わりから見ても、カヴァルニを「最高」というのは、やはり画家の名前そのものを勘違いし、「最高の」ドーミエの四千マルクが印象に残ったままこのエッセイを書くときに記録を確認しなかったとしか思えない、ということになる。

　こうした些事に拘泥した研究は概して面白くないが、ベンヤミンの収集の仕方は、そしてそれと重なる記憶は決して歴史家のやり方ではない、別の自覚にもとづいていることを確認するにはうってつけであろう。

ガラクタは「メルヘンである」

ところで、収集とアレゴリーの両者は密接に絡んでいる。そのことを理解するには、ベンヤミンが子供のガラクタ集めについて述べていることを見るのがいい。誰でも子供時代に、大人から見たらどうでもいいものを大切に抽斗《ひきだし》やお宝箱に集めた記憶があろう。

子供にとっては、見つけた石、摘み取った花、つかまえた蝶、それらすべてがもうそれだけでコレクションの開始なのだ。自分の持ち物は子供にとってはきわめて大切なコレクション。子供を見れば、この収集の情熱の真の表情が、あの鋭いインディアンの視線が見て取れる。この視線は今となっては、古道具屋の主人、研究者、本狂いのなかにいささか曇ったマニア的なものとなって光っているのだ(『一方通行路』「整理の悪い子供」IV－1, 115)。

さびた鉄釘、機械の切れ端のネジなどが、なんとなく気になり、集めてみたり、それらを使って想像の鉄道や家や飛行機を作った記憶を持つ人は多い。「子供の注意を引く、純粋で、偽装されていない物事に大地は満ち満ちている」(『一方通行路』「建築現場」IV－1, 93)。

子供たちは、物を扱っているのが見えるところなら、どんな仕事場でも見に行くのが好きだ。彼らは、建築現場、庭仕事、家事、洋服屋、あるいは指物師、ともかくそうしたところで出てくる屑に引きつけられ、それに逆らうことができないのだ。そうした屑物のうちに彼らは、物の世界が彼らに、いや彼らにだけ向けてくれる顔があるのに気がつく。彼らは、そうした屑のうちに大人の仕事の跡を辿るというよりも、そういった物どもを遊びながら組み立てて、さまざまな素材のあいだに新しい、突発的な関係を作り上げる(同)。

さらに、一九二四年にカプリ島で書かれた「古い忘れられた子供の本」という、十九世紀の上層階層の子供用絵本のコレクターでもあったベンヤミンが書いた美しいエッセイの中にも、今引いた箇所が若干言葉遣いを変えただけで使われている(Ⅲ, 14-22)。『一方通行路』の方は、啓蒙主義以来、大人がこざかしい知恵を出して「子供のためのおもちゃ」などを考えてきたことへの批判が続くが、絵本コレクションの文章では、このような「突発的な関係」からなる「屑製品こそはメルヘンである」と言われる。「それは、ひょっとしたら人類の精神生活に見いだされる最もすごいメルヘンであろう。つまり、神話物語の成立過程および崩壊過程における屑なのだ」と。

つまり、子供は集めたもののひとつひとつに、それらが実用品として属していた空間とは違う新たな意味を、まさにそれらが本人にとってだけ持つ、物としての意味を与える(アレゴリーによる物の死と復活を思い出していただきたい)。役に立たず、捨てるだけの物が子供のメルヘンの世界ではえも言われぬ魅力を放ち、その物に固有の意味を持ちはじめる。意味は今日と明日でも、あるいは組み合わせる他の物が変わることでも変わるだろう。釘一本でも、今日は遮断機の棒、明日は港の桟橋と。もともとメルヘンは「未曽有の聞いたこともないもの」を話すというのがその定義だった。アドルノもメルヘンについて語るが、ここでベンヤミンは、メルヘンを神話の暴力のゆえに実現しなかったもの、そして神話の崩壊によって生じるやもしれないものと関連させている。

幸福の思い出と結びついた世界

物の通常の有用性の意味ではない別の意味という点では、子供の感覚に浮かぶガラクタの意味は、バロックのアレゴリーと同じである。アレゴリカーはメランコリーにとらわれた収集家であり、アレゴリーの意味はしばしば変わっていた。ベンヤミンは、子供の絵本用に集められた「世界七不思議」の絵が、十七世紀というバロックのエンブレムの時代に生まれたことを偶然とは見ない。バロックの時代はまた王侯たちが珍品を収集した「奇品室」の時代だった。(8) とはいえ、子供による意味づけは、バロックの死相の世界のそれではない。抽斗やおもちゃ箱の中のガラクタは、砲弾が炸裂した家屋の中の足の踏み場もない混乱、死神が走った後の陰惨な光景ではない。

むしろ、壊れた家具や機械の部品も大切にとっておいて、それぞれのあいだに「新しい突発的な関係」を作る、幸福なファンタジーの世界だろう。「収集の熱狂と配置のだらしなさ」(『ドイツ悲劇の根源』)は日常生活での有用性の場からはずれた世界であろう。物たちは、名前なきものに名前を与えるアダムの言語の世界にかぎりなく立ち戻ってきているのではないかと思われるほど。いっさいの事物の言語との、人間の言語を通じた翻訳可能性のうちにある、神の言語に最終的には支えられたあの類似性の世界、言語論関係のエッセイで繰り返し述べられてきたあのミメーシスの思い出が、子供の大好きなガラクタ収集のメルヘンの世界にはある。新たにずらされた(entstellt)意味関係の世界、幸福の思い出(第一章参照)と結びついた世界。とすると、収集は、『ドイツ悲劇の根源』でベンヤミンが絶望的な希望を託した自然史の中の復活の夢、物が本来の名前に戻る世界、「類似性の状態において歪められた(新たにずらされた)世界への郷愁」(本書三八―三九頁も参照)そのもの、アレゴリー化によってアレゴリー的な死の世界を克服しようという希望のあかしということになる。

ベルン時代のクリスマスに、妻のドーラからプレゼントされた珍しい本の数々について、一九一八年に友人のシェーンに詳しく報告した後の次の文は、こうした「コレクションの哲学」をすでに暗示している。

何年かすると、こうした本のうちの何冊かが私にとってどういう意味を持つかわかるようになるでしょう。それ以外の多くの本の場合にはひょっとしたらとても長い時間がかかるかもしれません。まずは、いわばワイン蔵にしまっておくことに、つまり、書庫に埋めこむことになると思います。そして触らずにおきます。その理由はなによりも、自分の持っている本を頼りにするしかない地域に亡命するという考えを温めているからです。そういうところに行けば自分の蔵書をよく知ることになるでしょう(一九一八年七月三十一日)。

「亡命」の予感も気になるが(ここでは国境を越えた亡命である必要はないが)、マニアにはマニアの、オタクにはオタクの神学があるようだ。いずれにせよ、子供のように純粋なベンヤミンの魂とかまなざしなどを云々する議論は、彼に急進左派の主体性の思想を見たのと同じに、的外れなことがわかる。

物は収集、配列して意味を持つ

おびただしい破壊と死に満ちた被造物の世界に散乱する物たちを収集して、子供のファンタジーのように新たな意味を、そのための新たな配列を考える。ガラクタが持っている魔術的な魅力を救出する。バロックの時代がアレゴリーの壮大な集積を行い、分類し、分別し、組み替え、入れ替えたのと同じに、現代においては、意味を失い表現でしかない断片を収集し、分類し、分別し、組み替え、入れ替えることが可能となり、またそれしか可能でない——それによって、ある配置が、ある図柄が突然成立するかもしれないという希望。

アドルノは一九三一年の就任講演「哲学のアクチュアリティ」——出版するときはベンヤミンに捧げるはずだった——のなかで、解釈(Deutung)としての哲学のアクチュアリティを論じているが、そこで物といういっさいの意図のないもの(das Intentionslose, その意味では死せるもの)の断片をある組み合わせに配置すると、ちょうどジグソー・パズルではないが、瞬間的に現れてくる認識について語り、つけ加えて、それこそが唯物論であると述べている。「意図なきものを、分析的に切り離された諸要素を組み合わせることによって解釈すること、そして現実的なるものをこのような解釈の力によって解明すること。これこそ真の唯物論的認識のプログラムである」(9)。

つまり、事物のなかに意味が潜んでいてそれを取り出そうというのは、まだ精神主義的な思考であり、端的に言えば形而上学を前提にしている。ましてや事物の背後に意味を見出そうというのでは宗教に遡ることになり、お話にならない。事物には意味はないのである。事物はアレゴリーと化すことでいっさいの意味の息を抜かれている。だからこそ、その断片の〈配置〉を解明して意味を読み取ることが可能となる。「読解可能性に達する」とベンヤミンはよく表現する。

アレゴリーによる破壊は、それゆえ、断片の新たな配置が一瞬浮かび上がることを可能にするという点では、本当は物を最も重視することであるという逆説がこうして成立する。物の復活は希望でしかないかもしれないが、星座と同じに、配置による認識は方法的に可能となる。もちろん、重要なことは、パズルのように答えがはじめから潜んでいるのではない。組み合わせの仕方によって、答えは、水面に浮かぶ模様や図柄のように、あるいは万華鏡のようにきらめくにすぎない。

ところがここに苛酷な事情がある。アレゴリーの本来の目的はアレゴリーの克服による救済の実現であるのに、アレゴリーを越えようとするアレゴリカーの運命は、組み合わせるのに十分な断片が絶対に集まらないことである。

どんな収集家のうちにもアレゴリカーが、どんなアレゴリカーのうちにも収集家がいる。収集家に関して言えば、彼のコレクションは決して完全ということがない。一品でも欠如していれば、彼が集めたものはいっさいが断片にすぎない。アレゴリカーにとって物というのは、それがもともとそうである断片にすぎない。他方で、アレゴリカーにとって事物は、その意味を事情に通じた者にこっそり教えてくれるある秘密の辞書の見出し語でしかないが、そうした事物はいくらあっても十分ということはない。しかも、どんなに反省を働かしても、憂鬱がそれらに返還してくれる意味をあらかじめ予想することができない。それだけになおさら、ある事物が他のそれの代替を成すという[アレゴリー本来の]関係は生じないのである(『パサージュ論』のメモ、H4a, 1)。

アレゴリーの完全な体系も成立しなければ、収集も完了することはない。ともに断片のまま、したがって、どういう配置を工夫しても図柄はできず、意味の回復は生じない。ましてや唯物論の実現としてのアレゴリーの克服はありえない。ちょうど『トーラー』の正しい配置が見つからないように。

引用とは破壊し、名で呼ぶことにほかならないところで収集とは、断片の収集であると同時に、断片にしなければ収集できないという点では、破壊を前提にしている。ガラクタは、立派な機械や新品のおもちゃでなく、壊れた機械やおもちゃの部品だからこそガラクタなのである。ベンヤミンが引用を好んだのもそのためである。引用はそれが置かれている文章の元来の連関を破壊することである。前後関係から強引に取りだし、自分の時代の意味を好き勝手に読み込むことである。つまり約束事を忘れた表現としての文字記号に意味を入れ込むのであるが、他方では、文字記号はただの記号として、文字形象としてそこに停止する。

ハンナ・アーレントは引用による破壊だけが「唯一の希望である。いくばくかのものがこの時間空間から生き残る――そこから外に打ち出すがゆえに生き残る希望である」というベンヤミンの言葉を引用するが(『暗い時代の人々』)、引用とは、原典から外すことによって、約束を忘れたアレゴリーを作ることである。デリダはより原則的に、引用におけるコンテクストの超越、そして粉砕という問題を考える。例えば「署名　出来事　コンテクスト」で彼は、「引用されることにより所与のコンテクストは破砕され、決して満たされることのない無限の新しいコンテクストが作られる」と述べている。記号は「絶対的な投錨の中心点」を持たない、と。「決して満たされることのない無限の新しいコンテクスト」というのは、名前の類似性をめぐるベンヤミンの思考を思い起こさせる。(10) 引用と名前の関連は彼も意識していた。カール・クラウスについてのエッセイ(Ⅱ-1. 334-367)にはこうある。

論争にあたってのクラウスの基本的な手法が解きあかされるのは、名前という言語の圏域から、そしてもっぱらそこからのみである。その手法とは引用である。ひとつの語を引用するとは、その語を真の名前で呼ぶことなのである(傍点筆者)。それゆえ、最高の段階においてのクラウスの功績は、新聞のようなものでさえも引用可能にしたことに尽きる。彼は新聞を自分の空間へと移し込む。するとたちまちにして、新聞の中の紋切り型の文章はみずから気づくことになる。すなわち、たとえ新聞雑誌のどんなに深い沈殿物の奥に埋もれていても、こうした決まり文句は、それを夜の闇から引き離すべく言葉の翼に乗って舞い降りて突然侵入してくるあの声から、決して安全ではないということである。もしその声が、罰を下すためではなく、救済のためにと近づくのなら、なんとすばらしいことだろうか(II－1, 362f.)。

「ひとつの語を引用するとは、その語を真の名前で呼ぶことなのである」——語にもその名前がある。語が引用によって光るのは、その語に神が与えた名前に一番近い名前を引用する人間が呼ぶからである。こんなふうに考えられているようだ。「事故」「暴落」「声明」「会見」などの、新聞のなんの変哲もない、伝達のための言語を光らせたのが、つまり救済する批評を実行したのが、カール・クラウスだとベンヤミンは言いたいのだろう——もっともオーストリアのこの変哲な批評家は、ベンヤミンが自分について書いたものを読んで「カール・クラウスを扱っている」という以上のことは分からなかったと皮肉たっぷりのコメントを述べて、ベンヤミンを大いに怒らせたのだが。

周知のように「歴史の概念について」で彼は、「フランス革命は古代ローマを、流行が過去の服装を引用するように引用した」(I-2. 701)と述べ、過去においても実現できなかった可能性が実現するメシア的救済を、歴史の〈引用〉として捉えている。メシアの到来する瞬間には、いっさいの過去が引用可能なもの、つまり有意義なものとなる。過去の可能性の実現は、過去の差異化である、つまり、過去をこれまで語り伝えられていたのとは異なった意味にすること、過去をできるだけ正しい名で呼ぶことという考えである。

実現しなかったプロジェクトである『パサージュ論』の草稿は無数の引用による意味の差異化から成っている。彼は引用だけから成る書物を書ける日こそ、メシアの到来する日と考えていた。引用とはベンヤミンの場合、類似性のカテゴリーのひとつなのであり、純粋言語の思考圏に属する。フランス革命による古代ローマの引用をその次元で考える必要があろう。そして、こうした収集と引用、「絶えざる息継ぎ」のモザイク的方法が、ベンヤミンのモンタージュ観にも大きな影響を与えている。最もモダンな映画手法としてのモンタージュ技術をベンヤミンが重視するのは、こうした神秘主義的類似性の思想、翻訳論から神の名をめぐる思想と絡んでいるところが味噌なのである。ボードレールの「通りすがりの女《ひと》」にも見られたモダニズムとユダヤ神秘主義が合流して、現代の映画手法を説明している(一七六頁参照)。

3 破壊・中断・覚醒

物事の進行が停止する一瞬

収集と引用による被造物の新たな配置への夢は、現存のいっさいの事態の破壊へのかぎりなき欲望でもある。現状に満足していれば、その一部を別のコンテクストに移すという引用は必要ないはずである。「よく見損じられてはいるが、収集家の情熱とはアナーキスティックであり、破壊的なのである」(「人形礼賛」Ⅲ,216)。彼自身、自分をニヒリスト、アナーキストと呼んでいた。配列としての神の名を求める破壊的ニヒリストの決断。アドルノが「知的な核分裂」と呼んだ破壊と中断は、ベンヤミンの方法の核心をなしている。

ベンヤミンが、思考や文章に、無理も澱《よど》みもなく均衡の取れた、流れるような連続性や調和ではなく、中断、立ち止まり、切れ目、息継ぎを求めたことはすでになんどか指摘した。慣れ親しんだ流れが、また文章における論理性のように、安心して身を委せられる物事の進行が停止する一瞬は、通常の時間軸を越えた認識の瞬間、イデーの図柄が浮かび上がるけれども、それを保持することはできない瞬間であるという考え方は、彼の書いた文章の隅々に及んでいる。約束事を壊す休止符や不協和音への執着である。それを彼はヘルダーリンによる『アンティゴーネ』のぎくしゃくした翻訳に、ダダイストの仕事に、バロックのアレゴリーに、ブレヒトの異化効果に、シュルレアリスムのショック効果に、映画のモンタージュ手法に、そしてアウラの消失に、いや消失の瞬間のアウラ(第八章第三節参照)に見ようとしていた。それだけではなく、マルクスの市民社会批判の破壊力にも。『親和力論』で見たように、隣り合った不思議な子供たちの跳躍にも。また、なにより希望の流れ星にも――ここでは流れ星をロマンチックな夜空の美しい現象と見てはならない。静かに君臨している天体の秩序が一瞬崩れる瞬間にこそ希望が見え、しかもそれを保持できないのである。宥和や和解も「仲直り」ではなく、こうした破壊や中断と不可分と考えられていた。「彼女の仮象的な存在のありようには、真の宥和にともなういっさいの破壊的なものがまったく欠如している」(I–1. 185. 傍点筆者、本書二三〇頁参照)とオッティーリエの美しさについて言われていたことを思い出していただきたい。真の宥和は破壊的なのである。静かに消えゆくような蒼白で清楚な竹久夢二的女性の美ではないのだ。第一次大戦とともにヨーロッパはユーゲントシュティールから訣別している。

今挙げたそれぞれはもちろん同じものではない。しかし、ベンヤミンの基本的モチーフにさかのぼれば、リベラルな教養世界を一瞬凍らせ、凝固させる批判の武器であった。早い話が破壊的なことを言ってみたい欲望にとらわれることは誰でもあるだろう。

招かれた宴の客たちがおつにすましている結婚式の席上、「二つの生殖器の随時使用権の成立をお祝いします」と――カントの認識を――来賓が祝辞で述べたら、会場の雰囲気が一瞬凍りつくかもしれない。「貴方はなんのために学問をしているのか」「教授は資本主義の職業人養成装置でしかないのか」という挑発的な問いは、学生反乱の時代に、それまでの大学の暗黙の約束事を一瞬破った。一等船室で葉巻を口にしている上品な紳士に、「重役の貴方はスリ、強盗、かっぱらいと同じだ」と叫ぶことを可能にしたのは、マルクスである。ドイツへの憎悪がまだみなぎる第一次大戦直後のフランスでナショナリストへの反感から「ドイツ万歳!」と叫んでみるシュルレアリストたち(これはベンヤミンが「シュルレアリスム論」で挙げている例、II-1. 303)——こうした「場をわきまえぬ」批判であれ、趣味のよくない冗談であれ、侮辱的・差別的表現であれ、アドルノがシニカルなバーナード・ショウに見たような、相手が傷ついても「我関知せず」といった調子の[11]、多くの場合には「悪趣味の」規則破りの快楽は、つまりベンヤミンの言う「革命的ニヒリズム」(II-1. 301)は、メランコリカーには消えることがないだろう。

そうした中断の始まり、あるいは中断のさまざまな形態の総体こそベンヤミンが初期ロマン派に見た客観性の契機としての反省、つまり、思考の思考、思考についての思考なのである。順調な思考の流れが、それ自身を振り返るメタ次元に上がることによって一瞬中断され、中断されてしまった後は、もはやまったく同じように元に戻ることはできない。ブレヒトの叙事的演劇を論じた文章で彼はこう述べている。

ドラマトゥルギーについての教訓詩にこうある。「どんな文章の効果もそれが出るまでしばらく待って、発見されるものである。観客大衆がそうした文章を秤に掛けるまで」。ようするに劇はそこで中断されるのである。いやもっと話を広げて、中断こそは、いっさいの形式化の最も基本的な手続きであると、考えてもいいだろう。芸術の領域を遥かに越えてそのことは言える。たったひとつの例を挙げれば、こうしたことが引用に潜んでいる。テクストを引用するということは、そのコンテクストを断ち切ることである。それゆえ中断に依拠する叙事的演劇が特別な意味で引用可能な演劇であることも理解できる。演劇テクストの引用可能性だけなら大したことではない。上演の過程にその場を持っている仕草の引用は特別なことである。〈仕草を引用可能とすること〉これこそ叙事的演劇の基本的成果である。ちょうど植字工が強調される単語を強調体《ゲシュペルト》にして閉じこめながら、浮き出させるように、俳優は当該の振る舞いを強調しなければならない（II－2, 535f.）。

中断と破壊のモチーフ

思考の思考である〈反省〉と、前節で述べた〈引用〉がともに中断の思想として共属しあい、それが現代演劇とも絡むこともわかる。さらにこの中断重視の姿勢がユダヤ神秘主義に由来していることは、このブレヒト論で、平凡なシーンの中断が持つ神学的意味についてフランツ・ローゼンツヴァイクから示唆を受けているとの言及にも示されている（II－2, 524）。そういえば、ベンヤミンの〈中断の神学〉は、バロックの頃からドイツ語の名詞の頭文字が大文字になったことにも、ぎくしゃくした中断を見ていた。さらにはシュルレアリスティックな次のようなシーンにもあてはまる。同じく叙事的演劇論からである。

［ブレヒトの］叙事的演劇は状況を再現するのではなく、むしろ発見する。状況の発見は流れの中断という手段によってなされる。最もプリミティヴな例を挙げよう。家族のシーンがそれだ。そこに突然見知らぬ人が入ってくる。ちょうど母親が枕を丸めて娘に投げつけようとしていたその瞬間にである。また、父親は窓を開けてお巡りを呼ぼうとしたところである。この瞬間にドアに見知らぬ人が入ってくる（II－2, 522）。

娘が相手がだれだか分からない妊娠をしてしまったのかもしれない。怒り狂い嘆く母親。おろおろするだけの酒飲みの父親。資本主義の下層階級によくあるシーン。ブレヒトがドゥードゥらと作った映画『クーレヴァンペ――世界は誰のもの？』（クーレヴァンペは方言で「冷たい腹」の意）に似たような貧困のシーンがある。ベンヤミンは「叙事的演劇とはなにか」と題したこのエッセイでさらに続ける。

だがしかし、もっとごく普通の［順調な］市民的生活のシーンが、結局は今述べたシーンとそう変わらなく見えるようなまなざしのあり方があるのだ。当然ながら我々の社会秩序の荒廃が大規模になるにつれて（つまり、我々自身がますます消耗し、またこの社会秩序について見通しをつける能力が消耗するにつれて）、この見知らぬ来客の抱く距離は大きくなるだろう（II－2, 522f.）。

ベンヤミンはとりあえず、見知らぬ来客としてブレヒトのコイナ爺さんのことを考えているようだが、このまなざしのあり方は、「シュルレアリスム論」になると、もっとはっきりしてくる。このエッセイには、著者がモスクワのホテルで、部屋という部屋のドアが半開きになっているのを奇異に思った話が出てくる。どの部屋にもチベットのラマ僧が泊まっていたのだが、彼らは決してドアの閉まった部屋にいることはしないという誓いを立てていると彼は聞き知る(II-1. 298)。

そのときに受けたショックはブルトンの『ナジャ』から受けるショックと同じだというのである。私的なものの全面的撤去というショック。ガラス張りの家に住む露出狂のナジャの生活。かつてプライバシーを語らないのは貴族の徳目だったのに、現在では成り上がりの市民たちのお行儀になってしまっている。それをナジャは破壊するからである。『ナジャ』には「サッコとヴァンゼッティに共鳴してパリが荒らされる魅力の日々」について、また「人《ひと》気《け》のない街路で呼び子と銃声が決断を促す」夜、「都市がその真の相貌を見せる」反乱の時について語られ、舞台で殺人がなされ、道徳的露出狂が登場するが、これらもベンヤミンから見れば、破壊の練習である(II-1. 297)。ちなみに、一九二七年八月二十三日、パリに来ていたショーレムを連れてベンヤミンは、サッコとヴァンゼッティの処刑反対のデモに「赤いネクタイをして」参加し、警官隊との乱闘に巻き込まれた。興奮した二人は居酒屋にとびこんでワインを浴びるほど飲んだ。中断と破壊といっても現実にはこの程度だが[12]。

破壊と中断の準備は前世紀後半から始まっていた、とベンヤミンは見ている。要するに世紀末文学の先触れの時期、ランボーやニーチェの破壊力の貯蓄がはじまった時期である。「一八六五年から一八七五年のあいだに何人かの大アナーキストたちが、おたがいに知らないままに地獄の機械装置を作っていた。そして驚くべきことに、おたがいにまったく別々にタイマーを同じ時間に合わせていた。そして四十年後に西欧でドストエフスキー、ランボーそしてロートレアモンの書いたものが同じ時期に爆発した」(「シュルレアリスム論」Ⅱ－1, 305)。そう言いながら、彼は「一九一五年に公刊された」(Ⅱ－1, 305)とする『悪霊』の「スタヴローギンの告白」に言及する。第三歌で幼児凌辱《りょうじょく》と殺人に酔うロートレアモンのマルドロール伯爵も同じである。そこにおける神聖なる悪の「創造の第一日におけるような」経験は、なまじのシュルレアリストたちの発言よりも、破壊のモチーフを強烈に表現している。それは「理想主義的な道徳と政治的実践のどうにもならない癒着」(Ⅱ－1, 304)——政治的「心情」という名の癒着——の破壊である。

いちどでもその爆風を浴びた者は、素朴なマルクス主義的ヒューマニズムに与《くみ》することができない。そんなことをすれば待っているのは、社会主義レアリズムでしかないことを彼は先刻承知していた。「責任」とか「社会のため」といった「道徳的メタファーを政治から追放する」(Ⅱ－1, 306)のが破壊と中断であり、それによる新たな「イメージ空間」(Ⅱ－1, 309)——「全面的かつ総合的なアクチュアリティの世界」(本書「プロローグ」参照)——の打ち出しによってのみ、自由を求めるアナーキーな反乱と制度的革命が結合しうると彼は見ていた。

この世ならぬ愛の陶酔の瞬間と露悪的発言による嫌がらせや挑発が、革命的サボタージュとメタ次元の知的反省が、異化効果と同じ中断の形式であることを知っているかどうかが、ある特定の文学者や芸術家を、世の中のことを「まじめに」考えてくれる法律家や社会科学者や、過去への責任論者と分ける分水嶺であることを、ベンヤミンによる「ペシミズムの組織化」もしくは「人間学的唯物論」あるいは「ニヒリズム」は示している。

もちろん、道徳的リベラリズムの代表者たちに、今挙げた経験がないということではなく、個人的にはあったとしても、それらの共属性の知が欠如しているのである。その知を共有するものだけが、例えばシュルレアリストたちの行った「言語と音声の変換ゲーム」という「魔術に等しい実験」の意味を理解できるのである。

「どけどけ邪魔だ」

「ブルジョアジーの嫌うラディカルな自由」を求めて「弁証法的な破壊」を徹底的に行い、「芸術家としてのキャリアの中断」をも敢行して、新たな「イメージ空間(Bildraum)」を創出する例としてベンヤミンが挙げるのが、シェーアバルト、アードルフ・ロース、パウル・クレー、そしてベルトルト・ブレヒトなどである。

彼らはエッセイのタイトルをとれば「破壊的性格」(IV－1, 396-398)の持ち主である。その他、「経験と貧困」やヨッホマンをめぐる論文(II－2, 572-598)の中にもこうした問題群がよく見て取れる。これまでの厳粛な肖像画や明るい風景画を放棄して、「世界を立体幾何学的な方法で構成しようとした」キュービストたち、あるいは技術者に範をとってまったく新しく「最初の段階から」やり直そうとしたクレー、伝統的で人間的な、ルネサンスやロココを美しいと思わせてしまうような歴史主義を拒否して、「装飾は犯罪である」の合い言葉で、現代建築とそのバウハウス様式への突破口を開いたロース、ガラス建築のル・コルビュジエ、未知の天体への旅を「恣意に依拠する構成的な」方法で描き、登場人物の名前もベーカ、ラブー、ゾファンディといったように、あたかもロシア革命直後に「十月」という名前がはやったのを思わせるほどに新たに文学化しようとするシェーアバルト、そのアルプス建築の思想が現代建築に爆発的な力を与えたこの不思議な作家(「経験と貧困」II-1, 216f.)——彼らは一様に反省的中断、弁証法的破壊によって、十九世紀の教養豊かな知的貧困を片づけようとした。このような〈客観的モダニズム〉こそは、現在のドイツにおける政治道徳と結びついたモデルネ崇拝がときとして空疎な味わいを見せるのは、なぜであるかを教えてくれる。

「どけどけ邪魔だ」と言って机の上のものをいっさいたたき落とす「破壊的性格」、暴力的・破壊的人間、破壊の方法が真理への必要な回り道であることを知っているのみでなく、イメージ空間にはりつめる電圧を生む人間、こうしたあり方について二〇年代後半以降のベンヤミンはより自覚的に書くようになっている。行為は「なんらかの前提から導き出されることはない」とすでに早くから言われていたことも忘れてはならない。

この発想がやがていわゆる〈静止状態における弁証法〉もしくは〈停止した弁証法〉や〈敷居を乗り越える時の覚醒〉といった発想と不可分であることは言うまでもない。

例えば、「永遠化の方法のうちでも、蠟人形館が我々に残してくれているモードのさまざまな形態の永遠化、はかなく過ぎゆくものの永遠化ほど衝撃的なものはない。それを一度でも見学すれば、グレヴァン博物館のコーナーで靴下留めを直している女性の蠟人形の姿にアンドレ・ブルトンのように心を奪われるに違いない」(『パサージュ論』のメモ、B3, 4)。

「覚醒とは、夢の意識というテーゼと目覚めている意識というアンチテーゼの総合としてのジンテーゼなのではなかろうか？　もしそうであるならば、覚醒の瞬間とは〈この今における認識可能性〉と同じなのではなかろうか。この認識可能性に満ちた今において物事はその真の――そのシュルレアリスティックな――相貌を受け取る。こうしてプルーストにあっては、人生のなかで最高に弁証法的な断絶点、つまり、覚醒の瞬間から生涯を書き起こすことが重要なのである。プルーストは、覚醒する本人の空間の叙述から[『失われた時を求めて』を]始めている」(同)。

覚醒はまた敷居を越えるメタファーとも結びついている。ある日、シナゴーグで行われるユダヤ教の新年の儀式に遅れ、どうせ間に合わないから参加を途中であきらめ、「大人の欲望へのサービス」を自覚する経過を書いている文章があるが(『ベルリンの幼年時代』「性のめざめ」)、そこでは、あやしげな家にはいるのは、「自己の階級の敷居を」またいで外に出ることだったとも言われている(「ベルリン年代記」)。

破壊と断絶の弁証法は希望の弁証法である

だが、この中断の方法(「方法とは回り道である」と『根源』の「認識批判的序説」にあった)は、また挫折を方法とすることでもあった。思考を反省によって中断しても、思考は先に行かざるをえない。異化効果によって一瞬筋をとめても、上演はまたそうしたものとして続けられねばならない。騎馬警官隊とわたりあっても翌日のパリの生活は続く。中断は、媒介による宥和の不可能性の認識をもたらすだけである。媒介への信頼や、無理な媒介が、真の相貌への方途を塞ぐのに対して、宥和はあり得ないという、中断を方法とする認識は、そのようなまちがいを犯すことはないだろうが、逆に待っているのは挫折である。問題は、「人生のなかで最高に弁証法的な断絶点」だからである。一九六七〜六八年の学生反乱の世代がベンヤミンを読んだのは、まさにこの点を敏感に感じたからであって、ベンヤミン専門家による似非マルクス主義的な解釈のゆえではなかった。

本来は連続性を生み出すはずの弁証法が今や、非連続性を、つまりある世界から別の世界への変換点を記述することに、いやそれのみか記述だけでなく、その変換を生起させることに奉仕するというのである。非連続性の弁証法的叙述は、断片の組み合わせにおける認識の成立や、切り離された記号の静止によって得られるとされ、そのための引用と収集の対象としては、深夜の通りに響く革命の銃声とスカートをめくる女の姿が同じなのである。したがって、同じ媒介の拒否でもアドルノとは異なり、もうほとんど〈弁証法〉とは言えないところで、ベンヤミンは〈弁証法〉を語っている。

アドルノは、否定弁証法という名称のもとに、最終的には否定性の祈禱書を書くことになる。それに対してベンヤミンは、たえず断片に固執することで、アドルノでも陥った否定的全体性のディスクルスを回避していた。アドルノは、ミクロロギーを言いながら、文化産業を全体として否定する作業にも陥ってしまった。世代の限界以上に、彼の方法は、例えば、六〇年代にビートルズが持った変革のエネルギーの前で、立ちつくす以外になかった。

それに対して、断片へのベンヤミンの視線は、まさにアレゴリーによる離脱を思考し、挫折を方法としているだけに、常に未来をオープンにしておくことを可能にする。別の可能性は常にあるのである。その意味で革命は永久に可能である。だが、それは我々が想像できるような革命とはまったく異なる。もしも、その革命が政治行動の枠組みのなかで起きるならば、現代の現実枠組みの暴力の連関に取り込まれてしまうだけである。もちろん、想像できるような革命とはまったく異なるといっても、だからといって不可知論的な、神秘主義の領域を想定してはならない。暴力とは無縁でありながら、今の世界と違った世界への変貌がありうるという希望の確実性が問題なのである。破壊と断絶の弁証法は希望の弁証法なのである。同時に挫折の宿命にも帰着する。

4　類似性と記憶

類似性の二つの系列

「引用するとは、その語をその真の名前で呼ぶこと」という表現があったが（本書三二八頁参照）、このような、引用の持つ中断効果は、類似性についてのベンヤミンの言説と絡んでいる。類似性を手がかりに語の真の名前、そこに潜む神の創造の記憶へと参入しようというのは、ベンヤミンの方法の今一つの中核をなしている。ミメーシス的＝表現的な彼の言語観についてはすでに述べた。森羅万象の内にある類似性、それに依拠して名前なきものに名をつけるアダムの言語、堕罪によって言語が伝達手段と化してしまったことによる、類似性の沈下という認識であった。

また、翻訳論をめぐる議論では、真理の炎の前に天使が現れては消えていく形象を通じて、諸言語の単語の間の本来的な類似性が暗示されていた。また「物に自分を似せる」という類似性の獲得が、太古の神話的強制にもとづいているという歴史哲学的認識と同時に、愛する者への同化、物や生物の言語への参画という救済の契機の両面を持っていることも触れた。

また、第一章で触れたように、写真屋で小道具に囲まれる子供のヴァルターは「周りにあるそうしたいっさいの物との類似性のために歪められていた(entstellt vor Ähnlichkeit)」。また、プルーストのいっさいの仕事を支えていたのは、「類似性の状態において歪められた(新たにずらされた)世界への郷愁(Heimweh nach der im Stande der Ähnlichkeit entstellten Welt)」であるとされていた。

つまり、言語哲学的に展開される類似性と、記憶をめぐって暗示される類似性の二つの系列があることがわかる。特に後者の方は、ベンヤミンが一九二〇年代後半から少しずつ真剣に読んでいたフロイトから取り入れた無意識の理論にも支えられている。プルーストのように無意識的追想という以上は、追想されたものはなんらかの無自覚的な忘却を含んでおり、追想されたものから意識下を再構成することは不可能であるというニュアンスを含む。

結論的にいえば、記憶のなかで辿られる類似性によって追求されるのが、アダムの言語の回復、割れた壺である世界の継ぎ目が消える時ということになろう。「類似性の状態において歪められた(新たにずらされた)世界への郷愁」こそは太古の世界の幸福の回復への思いであり、その世界が回復されないかぎり、道具に囲まれた自分は「類似性のゆえに歪められている」ことになろう。だが、これだけではいささか舌足らずなので、今少し詳しく見てみよう。

夜が織ったものを昼がほどく

「ボードレールにおけるいくつかのモチーフについて」でベンヤミンは、人間が自覚的に思い出せることとして記憶に持っていることがいかに空疎であるか、そのことを、プルーストはよく知っていたと強調する(Ⅱ-1.609)。主人公が子供時代を過ごしたコンブレー(プルーストの小説の地名。実名はイリエ)についてのいわゆる〈思い出〉はいかに貧弱であったことか。それがある日、マドレーヌのひときれが——いやひときれではなく、アドルノへの手紙(一九四〇年五月七日)で強調するように、そのひときれの味と香りが——いっさいの自覚的思い出を越えた過去への書き込みを可能とするようになったのだ。「我々の過去はそのようなものである。過去を意志の力で喚起しようとつとめるのは無駄であり、我々の理知のあらゆる努力はなんの役にもたたない」(『失われた時を求めて』「スワンの方へ」Ⅱ-1.610)。誰かと話している話題をきっかけに三十年間思い出したこともないことが記憶に蘇り、通りすがりの人の顔が、長いこと考えたこともない昔の知り合いを思い出させる経験は我々にもある。さらにプルースト論の中で、この追想の自覚的な没意志性を、あるいは無意識的追想への自覚的な対応が強調される。

よく知られているように、プルーストはその作品で、ひとつの人生をそれがあったままに描いたのではない。彼は、その人生を体験した人がそれを思い出すままに描いたのである。だが、こう述べてもまだ厳密さを欠いていて、きわめて乱暴な言い方でしかない。というのも、追想する作者にとってここで主役を演じているのは、彼が体験したことどもではまったくないのであって、主役は、彼の追想の糸を織ること、つまり、想起(Eingedenken)というペネローペの仕事なのである。あるいはむしろ、忘却というペネローペの作業、と言った方がいいぐらいではなかろうか? 意志によらない想起、つまりプルーストの無意志的記憶(mémoire involontaire)なるものは、普通に追想と言われているものよりも、ずっと忘却に近いのではなかろうか? 追想を横糸とし、忘却を縦糸としてなされる、この突発的想起の作業は、ペネローペの作業の似姿というよりも、むしろその反対物だとは言えないだろうか? というのもここでは、夜が織ったものを、昼がほどくのだから。わたしたちは、毎朝目を覚ますとき、忘却がわたしたちのために織ってくれた、生きられた生活という絨毯のふちの房のいくつかだけを、たいていは今にも手から落ちそうに弱々しく握っている。しかし昼間というものは必ず、目的に結びついた行動によって、そしてそれ以上に、目的にとらわれた追想によって、忘却の織物を、忘却という絨毯の飾りをほどいてしまうのだ。それでプルーストはしまいには、自分の昼を夜に変えてしまった。締め切って暗くした部屋のなか、人工の光のもとで、なにものにも邪魔されることなく自分のすべての時間を作品に捧げ、絡み合ったアラベスク模様をどれひとつとして逃げていかないようにするためであった(II-1. 311)。

少し長く引いたが、プルーストを手がかりにした記憶論が比較的わかりやすい箇所である。またしても装飾、アラベスクが出てくること、生の絨毯というゲオルゲのモチーフが、あのルカーチも大戦前にすでに論じているこのモチーフが生きていることも見逃してはならないだろう――すべては一九一〇年頃のハイデルベルクとベルリンで、そしてパリとコンブレーで、(ゲオルゲは例外だが)主として上層ユダヤ人社会で始まったメタファーである。

我々の自覚的な記憶でないところに潜んでいる追想が、かすかにその「房」が知覚されるだけの絨毯として生の裏側にあるという思考は、あのコーヒーの澱と同じに、なんでもない日常の物品や所作や出来事のうちに、それらが追想のなかで持つありようとの類似性を見ることであった。そのひとつの手段は引用であり、引用の方法を物へ適用した収集だった。

ハシッシュの陶酔

「シュルレアリスム論」では、日常のなかの秘密性についてこうした考えが次のように表現されている。

むしろわたしたちは、秘密を日常的な物のなかに再認する程度に応じてのみ、その秘密を見抜くことになる。その際わたしたちが援用するのは、日常的な物を謎めいた物として、謎めいた物を日常的な物として認識するような弁証法的な光学である。例えばテレパシー現象のどれほど情熱的な研究でも、それが読むという行為(これは優れてテレパシー現象なのである)について教えてくれることは、読むという行為の世俗的啓示がテレパシー現象について教えてくれることの半分にも満たないであろう。あるいは、ハシッシュの陶酔のどれほど情熱的な研究でも、それが思考(これは優れた麻薬である)について教えてくれることは、思考の世俗的啓示がハシッシュの陶酔について教えてくれることの半分にも満たないだろう(「シュルレアリスム論」II-1, 307)。

日常的な物のうちに謎めいた物を見る、類似性を発見することを彼は弁証法的な光学と呼んでいる。それについてハシッシュの例はあくまで真の読書で得られる啓示の半分以下であると述べているが、他方で、ベンヤミンは、実際にハシッシュを吸って類似性の経験を試していた。青春時代の友人だった医者のヨーエルの指導の下に行ったハシッシュの実験は時には黄疸《おうだん》を招いたりもしたが、たとえ思考の経験の半分以下のことしか教えてくれなくとも、思考の経験がなんであるかを理解するのに役立った。例えば『パサージュ論』のためのメモの次のような文章は理解に役立つかもしれない。

ハシッシュによって生じる、二つの物が同じに見える重層現象を、類似性の概念によって捉えること。ある人の顔が他の顔に似ているという場合には、他の顔のある種の相貌が、はじめの顔の中に現れているということであるが、その場合このはじめの顔は、もとのままであってなんら変わることはない。しかし、このようなかたちで別の顔の相貌が現れ出る可能性には、いかなる基準もなく、したがってその可能性は無限にある。目覚めた意識にとっては、類似性というカテゴリーはきわめて限定された意味しか持っていないが、ハシッシュの世界にあっては無限の重要性を持つ。というのもハシッシュの世界においてはすべてが顔なのだ。そこではすべてが身体的な迫真力をもって現れ、その度合いは非常に強いため、顔の場合と同じく相貌が現れ出るのを探し求めることが可能となる。そうした状況の下では、ひとつの文章すらも顔を持っている(個々の単語はいうまでもないが)。この顔が、当の文章と正反対の文章の顔と似て見えてくるのである。それによってどんな真理もその反対物をはっきり指示し、こうした事情から疑念というものが説明される。真理はなにか生けるものになるが、このように真理が生きるには、命題と反対命題が相互に入れ替わることによって、相互に思考の対象としあうようなリズムの中でのみである(M1a, 1)。

類似性の可能性は無限にあること、それは単語についても言えること、しかも神と悪魔のように正反対物同士の類似性というものもあること、一見神秘的だが、今までいわれてきたことを手がかりに丁寧に分解すれば、十分に理解できよう。

追想における無限の重層可能性

さらにベンヤミンは、同じ顔に別の表情を読み取り、別の顔に同じ表情を読み取る、「二つの物が同じに見える」この重層現象は都市の表情に関してもあるとする。しかも、都市の表情は、安手の行商本の挿し絵と同じである。いわゆるキッチュとも無関係ではない。「挿し絵化の現象のゆえに、当該の空間においてのみ潜在的に起こったかもしれないことが、同時的に知覚できるのだ」(M1a, 3)。挿し絵になった都市の街路や広場、それらはそこに実際に起こらなかったけれども、起こったとしてもおかしくないことと重層される。その挿し絵が与える別の可能性へのシグナルが類似の現象として重層化される。図案などでよく起きること、つまりじっと見ているうちになにかのものの姿が浮かび上がる経験と類似している。

それは、「いつも曖昧さのままで、二重、三重の外観をもたせて、外観を推測できるようにすることであり(描かれたイメージのなかから別のイメージを思い浮かべること)、これらの形は見るものの精神状態に応じて変化する。物の姿が画面に現れるのだから、物は暗示的であることを越えているのだ」(M6a, 1)というベンヤミンが引くある著述家の文章はこの事情をうまく言い当てている。

ミラノの教会にあるというキリストの遺骸を包んだとされている布地は、じっと見ていると、信じる者には、しみや斑点が結晶してキリストの顔らしきものに、見えてくるらしい。「それは、二つの星の結びつきに対して星占いという第三者が加わるようなものである。その瞬間にこの結びつきは捉えられることを望んでいるのだ」(「類似性についての考え」Ⅱ－1, 207)。

この無限の重層可能性は、追想になると、「体験された出来事は有限であり、少なくとも体験というひとつの領域に包み込まれているのに対して、追想される出来事は、その前後に起こった一切の事柄に対する鍵に他ならないがゆえに、無限なのだ」(「プルースト論」)ということになる。「思い出は過去への無限の書き込み」。無限の可能性についての初期からの思考は一貫している。

ちょうど「パン」を表す言葉は、諸民族の言語でほとんど限りがない、いや諸民族の数には限りがあるから現実には有限数であっても、理論的には無限であり得るのと同じに、出来事ではなく、その無意志的追想は無限であり得る。そして賛歌を歌っては消えていくそれら無限の単語の総体が純粋言語であったように、次から次へと書き込まれる、プルーストに即していえば、校正ゲラにさらに書き込まれ、理論的にはそれを無限に繰り返しうる類似の経験の総体が、原初の幸福への追想となる。

その背後にあるのは、――ベンヤミンはプルーストについて述べているが、基本的には自身の方法にもあてはまる――幸福への「盲目的で不合理な、憑かれたような欲求」とされる。

だが、「プルーストの」幸福でないまなざしのなかに幸福は、それが賭事のなかに、あるいは恋のなかに宿っているのと同じ仕方で宿っていた。……幸福への二つの意志、幸福の弁証法というものが存在する。幸福が賛歌的な形態をとるときと、悲歌的《エレーギッシュ》な形態をとるときである。前者は前代未聞のもの、かつてあったことのないもの、至福の絶頂である。後者は根源的な最初の幸福の永遠なる〈もう一度〉、その永遠なる復元である。この悲歌的な幸福理念……こそは、プルーストにとって現実の生活を、追想という一種の保護林に変えてくれるものなのだ。彼はこの理念のために、生活において友人たちや社交を犠牲にした。……プルーストは類似性を熱心に研究し、情熱的に崇拝した。彼は類似性を芸術作品や人相や話し方の中に、決まってびっくりするようなやり方で、突然に発見するが、実はそんな箇所ではないところで、類似性はそれが支配していることの真のしるしを認識させてくれる。あるものと別のものとの、わたしたちが予期するような、目覚めているときのわたしたちの関心を引くような類似性は、夢の世界のもっと深い類似性の周辺にちらつくものにすぎない。夢の世界では出来事が、決して同一のものとしてではなく、似たものとして、つまり見分けがつかないほどそれ自体に似たものとして出現する。子供たちはこの世界の目印のひとつを知っている。それは靴下である。靴下が下着戸棚の中で丸められて〈袋〉になっていると同時に〈中味〉であるとき、それは夢の世界の構造を持っている。そしてこの二つ、つまり袋とその中にあるものを、一挙に第三のもの、つまり靴下に変えてしまうことが、子供たち自身にとって決して飽きることのない遊びであるように、プルーストもまた飽きることなく、いわば陳列用のにせ物である自我を一挙に空っぽにして、そこに繰り返し、あの第三のものを詰め込んだ。それはすなわち、彼の好奇心を、いや彼の郷愁を鎮めてくれたイメージである。郷愁にずたずたにされて、彼はベッドに横たわっていた。この郷愁は、類似の状態において歪められた世界への郷愁であった(「プルースト論」II－1. 313f. 傍点筆者)。

賛歌的な幸福とは、別のところの表現から推測すれば、完全に成功した抱擁、つまり女性が完全に満足しやさしい愛撫で応えてくれるような抱擁のこと(三五三―三五四頁の引用を参照)、それに対して悲歌的なそれは、過去の幸福への繰り返しの追想、醒めた時間になされる記憶の模索ではなく、夢の中の追想、生活者としての自我は表向きの陳列棚のイミテーションでしかないような追想のことである。

こうしてみると「歪められた」は、この言葉の響きが得てして与えがちな否定的なニュアンスで使われているのではなく、実際の出来事とは違って「歪められている」「新たにずらされている」からこそ、その無限の書き込みの総体が、ちょうどアラベスク模様のモザイクの全体として幸福の反復を生むという意味であることがわかる。『トーラー』による回復という真理観との並行性は目を射る。

繰り返しの欲望は幸福の類似性への欲望

こうした意味での「全面的アクチュアリティ」の世界への思いは、実際には実現しなかった可能性すべてを書き込もう、実現したことと類似の可能性は、起きたかもしれないことである以上、そのすべてがひょっとして実現するかもしれないことに賭けてみようという考え方につながる(「歴史の概念について」)。

先に引用した文章の冒頭に賭事と恋が出てきたが、ベンヤミンは、カジノが好きで、ある時はモンテカルロで大儲けし、一緒だった妻のドーラをドイツに帰し、儲けた分でコルシカ島に行き、一週間の休暇を過ごしたほどである――もっとも全体としてはもちろん損をしているようで、文字どおりすってんてんになってドイツまでの汽車賃を借りたこともある。

それはともかく、ルーレットが回り出す一瞬の決断、それはベンヤミンにとって「静止状態の弁証法」の、あるいは弁証法が停止した緊張の瞬間であった。さっき勝ったのだから今一度という永遠の繰り返し、今一度抱き合う恋人同士、繰り返しの欲望は幸福の類似性への欲望でもある。あるいは、負ければ、「ああすべきだった、こうすべきだった」という「起きたかもしれないこと」への、「歪められた類似性」への回顧。それとパラレルに、自ら訳したボードレールの詩「通りすがりの女《ひと》に」にあるように(本書一七六頁参照)、そして最後の「歴史の概念について」にあるように、声をかけるべきだった街の女たちがいる。

賭事の勝利は、ベンヤミンの場合、女性を獲得する快楽と相互に比喩となっている。狙うことのできたはずの数字があり、獲得できたはずの女性が無限にいる。「まだ定まっていない無限の可能性があることに抱く賭博師の喜び」について彼は語り、「賭事は天使の大群が奏でる音楽に対する地獄の対応物である」とも述べる。あるいは、次の文章を丁寧に見れば、ベンヤミンの神学と幸福と賭と売春との関連についての思弁が感得できるであろう。

賭博台の緑のクロス地の上で、どの数字からもカジノの客を見つめているもの――つまり幸運［幸福］が、ここパサージュでは、すべての女の体から、性的なものの幻影となって彼に目くばせを送ってくる。この幻影は、彼にぴたりとくるタイプである。このタイプとは、まさにこの瞬間に的中しようとしている数字であり、暗号である。……この数字に賭けたことで、いっさいの財産がすべての重力から解き放たれて、運命の手で彼に与えられたそのさまは、まるで完全にうまく行った抱擁における相手の反応のようなものである。というのも、売春宿と賭博場にある悦びはまったく同じで、もっとも罪深い悦びだからである。快楽を運命の場とするのである。どのような種類のものであれ官能的快楽が、罪という神学的概念を決定することができるなどという考えは、うぶな観念論者の夢にさせておくがよい。真の猥褻行為の根底にあるものは、神とともにある生活の営みから快楽をこのように盗み出すことにほかならない。その生活を神へと結びつけているものは、その名前のうちに宿っている。その名前そのものがあからさまな快楽の叫びなのだ。この冷静なもの、運命なきものそれ自体――つまりその名前――に敵対するのは、売春において神の代わりとなり、迷信の中におのれの兵器庫を作り上げている運命だけである。だから博打ちと売春婦には、みずから運命のさまざまな姿となるとする迷信がある。すべてのみだらな楽しみを、運命のおせっかいと運命の色欲で満たしてしまい、快楽さえも運命の座る玉座におとしめる迷信がある(『パサージュ論』のメモ、O1, 1)。

賭博と女に潜む類似性の記憶、その記憶はたえず神の反対物としての絶対的な快楽とともにあるもの。快楽の名前のなかにある神との結びつき。努力、勤勉、禁欲、要するに頑張れば成果が上がるといった市民的道徳にプルーストの成功を還元するような議論にはベンヤミンは大反対で、むしろ、女と賭博の数字がそれぞれに類似しあうことに遠望される快楽の記憶を通じての神の名の追求を見る。後輩に自分の努力を自慢するような評論家や学者のまじめな想像力とは無縁の世界である。同じ問題についての断片からもうひとつ。

勝った男にある、運命によって報われたと思う、たいへん奇妙な幸福感。比較できるのは、男によって完全に満足させられた女の応える愛撫。金と財産、最も重々しい量感のあるものが、完全に成功した抱擁への優しい応えと同じに、あたかも運命からのようにやってきたのである。さらに言えることは、快楽の契機と並んで博打の際に最も重要なものとなる危険の契機は、負けるかもしれないという脅威よりは、勝てないのではないかという恐れから来る。博打をする人間にとってのとくべつな危険は、〈遅すぎるのではないか〉、〈チャンスを逸したのではないか〉という運命的なカテゴリーのうちに含まれている(VI, 190)。

このことが理解されてはじめて、「歴史の概念について」のなかの「幸福は、……わたしたちと語り合えていたやもしれぬ人々とともに、わたしたちに身をまかしていたやもしれぬ女たちとともに、わたしたちが呼吸した空気の中にしか存在しない。言い換えれば、幸福のイメージのなかには救済のイメージが、絶対に譲り渡せぬものとして共振している」という一節が理解できるであろう。ひょっとしたらあの追想(Eingedenken)の意味も。

同じくこのことが理解されてはじめて、「全面的アクチュアリティ」の意味も理解できるであろう。

また、このことが理解されてはじめて、実人生上でベンヤミンが常に抱いていた感慨、なにか決定的なチャンスを逃してしまったのではないかという感慨、あるいは「もう遅すぎるのではないか」という不安感、そしてなによりも遅疑逡巡が理解できる。(13)

注

(1) ショーレム宛、一九二六年五月二十九日。

(2) この講演については、拙稿「市民文化への批判的視点」(三島憲一『ニーチェとその影』講談社学術文庫所収)参照。

(3) このあたりについては、以下の本に詳しい。Heil. Susanne. *Gefährliche Beziehungen. Walter Benjamin und Carl Schmitt.* Stuttgart 1996.

(4) ショーレム『カバラとその象徴的表現』(法政大学出版局、一九八五年)六三頁。

(5) Scholem, Gershom, *Walter Benjamin — die Geschichte einer Freundschaft*, Frankfurt 1975 (dritte Aufl. 1990), S. 92.

(6) *Walter Benjamin 1892–1940. Eine Ausstellung des Theodor W. Adorno Archivs*, bearbeitet von Rolf Tiedemann, Christoph Gödde und Henri Lonitz, *Marbacher Magazin*, 55/1990, S. 169f. Lacis, Asja, *Revolutionär im Beruf*, München 1976, S. 67f.

(7) Scheffers, Henning, Schlecht erinnert oder gut gefunden? Ein Auktionserlebnis Walter Benjamins, in: *Aus dem Antiquariat. Zeitschrift für Antiquare und Büchersammler*, Heft 6, 1992, S. 245–246.

(8) Raritätskammer は、必ずしも部屋である必要はない。きれいに升目を作った箱の場合もある。今日でも小道具収集をする子供用の壁掛け箱にその風習は残っている。

(9) Adorno, Theodor W., Die Aktualität der Philosophie, in: Adorno, Th. W., *Gesammelte Schriften*, Bd. 1, Frankfurt 1973, S. 336. なお、このアドルノの就任講演では、ベンヤミンの『ドイツ悲劇の根源』にはっきり言及されていて、アドルノがいかに多くをベンヤミンに負っているかが分かる。

(10) デリダ「署名　出来事　コンテクスト」(デリダ『有限責任会社』法政大学出版局、二〇〇二年、三三頁)。このテクストは、『現代思想・総特集　デリダ——言語行為とコミュニケーション』一九八八年五月臨時増刊号、二七頁にもある。

(11) アドルノは、ショウの次のエピソードを、やさしいヒューマニズム左翼の偽りの人間性より重視しているが、本来はベンヤミンの中断論の一環として語るべきであろう。ベンヤミンとアドルノの相違を考えるためにも重要なので、当該箇所を引用しておく。「[自分の死の危険などに直面したとき]〈たいして重要なことじゃないよ〉と言うのは、それ自身が市民的冷淡さと当然にもよく結びつくものでもあるが、そのように述べることで個人は、その段階ではなんの不安も抱かずに、自己の存在の空無性を最も素早く自覚しうるのである。そこにある非人間的側面、つまり、傍観者として距離をとり、自分を一段高くに置く能力は、最終的には人間性の証しであることが明らかになる。もっとも、人間性の擁護を唱えるイデオローグたちはそのことを認めるのを拒むけれども。こうした傍観者的態度をとる者たちこそ、人間性に適った不滅の存在であるという言い方も、まったく説得性を欠いているわけではないのだ。バーナード・ショウが劇場に行く途中で乞食に会ったとき、自分の身分証明書を彼の目の前に突き出し、せっかちに〈プレス!〔俺は新聞記者だ!〕〉と言ったシーンは、そこにあるシニシズムの裏に、こうした人間性についての意識を隠し持っている」(『否定弁証法』作品社、四四一頁、*Negative Dialektik*, Frankfurt 1966, S. 356)。「人間性に適った不滅の存在」の「人間性に適った」はあまりベンヤミン的ではないが、「不滅の」は、ベンヤミン的である。つまり、思考の中断、反省の反省によって切り開かれる世界は、それ自身としてカント的な概念の品位を備えた不滅の存在だという、ロマン派論以来の思考である。

(12)　Scholem, G., *Walter Benjamin – die Geschichte einer Freundschaft*, Frankfurt 1975 (dritte Aufl. 1990), S. 175.

(13)　『ベルリンの幼年時代』の中の学校時代の「遅刻」を描いた一節(IV-1, 247)はその意味で、彼の基本的感性を表現してもいる。

第七章　評論家ベンヤミン――ヴァイマールの坩堝のなかで

決断は超越的である。(1)

1　壊滅的批評

自ら進んで評論の世界に

「批評家は文学闘争における戦略家である」。他方で「納得させても実りはない」。――『一方通行路』のなかのこの発言は(IV-1, 108)、ともに批評家としての態度を示している。ベンヤミンは一方では公共の雑誌や新聞に激しい攻撃的文章も書いたが、他方では、言っても仕方のない相手には、それが公的な意味を持たないかぎりは言わなかったし、言わないことを勧めた。

例えば、クラカウアーの『ジャック・オッフェンバックと当時のパリ』(一九三七年)を愚劣な本と思ったが、それを批判することが公共の意味を失っている段階で、本人だけを傷つけても仕方ないという見解を抱き、そのようにアドルノにも勧めている。つまり、「納得させても実りはない」のである。ここには公共圏や論壇をめぐるベンヤミンの両様の態度がある。

本章では、ヴァイマール時代の後半から亡命期にかけての実際の評論やその戦略に目を向けてみよう。

教授資格取得に失敗してからのベンヤミンは、基本的には当時の名門文学新聞である『文学世界』での批評活動を中心に、翻訳(中でもプルーストのそれが重要)、ローヴォルト書店のための原稿審査、そして一九二九年以降は、友人エルンスト・シェーンが勤めていたフランクフルトの南西ドイツ放送への出演などによって糊口を凌いでいた(ドイツのラジオ放送開始は一九二三年、ベンヤミンの初演は一九二七年であるから、こうした新しいメディアへの関心もうかがえる)。たしかにエルサレムのヘブライ大学の学長とショーレムが斡旋してくれた奨学金を、パレスチナには行かないままに「ただどり」したり、旅行記のための前借りに見合った原稿を書かなかったこともある。一時困窮したこともそのとおり。だが、基本的にはなんとか食べていけた。

まだまだ知的世界は特権階級だった。出版関係のコネクションも十分にあり、一九二二〜二三年頃から関係者に注目される存在になっていた。一九三〇年はじめパレスチナ行きを最終的に断念したのには、仕事の量やそれによる経済事情の好転も見逃せない。「はっきり言ってまださささやかなものですが、それでもドイツで私は一応の状態を得るところまで来ています」(ショーレム宛の手紙、一九三〇年一月二十日。パレスチナ行きを最終的に断ったこのパリからの手紙は、言いにくいことを言うためか、フランス語で書かれている)。実際に、彼は一九二五年から亡命する一九三三年までに三百以上の記事を書いている。その多くは『文学世界』や高級紙

『フランクフルト新聞』に載った。ベンヤミンは戦後になって知られた、というのは、ズーアカンプ書店が振りまいたフィクションにすぎない。

大体からして教授資格申請中も、もしも順調に大学教員になった場合、講義・演習、大学の雑務、学生の世話に明け暮れる生活には恐怖を感じて、しきりと迷っている。そのためか、まさにその時期に、とてもこなせないほどの注文を引き受け、自分からも提案しているほどだ——進路の悩みがあったり、身辺がごたついているときに、古本を大量に買ったり、仕事を猛烈に引き受けたり、解決を偶然に委せたりする(特に共産党との関係)のは、彼のスタイルだったとはいえ、どうも本気に象牙の塔に住む気はなかったようだ。彼には、ブルジョア社会の大学の学問が、ちょうどカール・クラウスにとってのジャーナリズムの言語と同じに、根底から腐って見えた。自ら進んで評論の世界にとどまった感がある。

とは言え、批評の現状も、『一方通行路』でベンヤミンが慨嘆しているとおりである。その内容を簡単にまとめてみよう。

批評の堕落を嘆くのは愚鈍な輩のすること。批評が活躍できた時代はとっくに終わってしまっているからだ。批評とは正しい距離にかかわることなのだ。批評が生きている世界とは、自分の視覚から全体を見通すことができ、将来の予見が可能で、立場を取ることがまだ可能だった世界である。ところが現在では、人間社会にとってあまりにも火急な事態に取りまかれてしまっている。〈とらわれなく〉とか〈自由な視線で〉書いているといった表現は、もしもそれが、自分には無理だ、という明白な無能性のナイーブな表現でないとすれば、まったくの嘘でしかない。事物の中心に迫るために今日、中心的な、そして金に抜け目のない視線は広告という名である。

あまりにたくさんの本が次から次へと出て、仮に批評が「やっつけた」としても、後から後から劣悪な本が出てくる状況で、出版社から金を貰い、供応を受けて適当な誉め言葉をつらねる「堕落した」汚職批評家がうごめいている「広告」の時代であることを彼はよく見ていた(遺稿「文学批評のプログラムのためのメモ」VI, 161-184)。自分は正直に書いている、といった決まり文句で「書評子の個人的な正直さで堕落に対抗しようとするのは、大きな間違いである」。問題は構造的である――およそこういったところが、ベンヤミンの批評観である。ヴァイマール時代は、クラカウアーの『サラリーマン』が描く、秘書や事務職員の世界だけでなく、出版の世界も一気に機能的な取引の世界へ、大衆相手の商売へと変じた。いわゆる新即物主義(Neue Sachlichkeit)の時代となった。

批評が批評として機能する「目標」

そうした状況下で、ベンヤミンは、頓挫した雑誌『アンゲルス・ノーヴス』の「予告」で「批判的な言葉の力を取り戻す」目標を掲げていた。遺稿「文学批評のプログラムのためのメモ」の冒頭にはこうある。

壊滅的批評は、そうした批評をすると、悪いことをしたという気持ちを感じなくていいように再びならなければならない。そのためには、批評の機能を再びまったく新たに意識にのぼらせねばならない。弛緩した無害無臭そのものに批評は成り下がってしまった。こうした事情のもとでは、汚職ですらいい面がある。つまりはおよそ表情というものが、明白な顔つきというものを見せてくれているからだ。……偏見にとらわれない趣味判断という正直な批評なるものは面白くもなんともなく、基本的には問題に値しない。批評活動において決定的なことは、事象に即した見取り図〔戦略的プラン〕によっているかどうかである。それ自身の論理と固有の正直さを持った見取り図のことである。……そうした見取り図は今日ほとんどどこにも見あたらない。なぜなら政治的戦略と批評の戦略とが重なり合っているのは、本当に数少ないすばらしいケースにおいてのみだからである。だが、最終的にはこれこそが目標とされねばならない(VI, 161f.)。

作品や著者をこき下ろして、「悪いことをした」気になるのは、明白な、もしくは暗黙の取引による仲間内の書評のルールを、つまり大衆相手の資本主義の公共圏のやり口を、批評家が出版社の宣伝部員でしかない状況を、つまり汚職の状況を壊すからである。この問題をつきつめ、批評が批評として機能する社会的条件を考えれば、当然、政治的要請が「目標」として出てくる。一九二〇年代後半のベンヤミンは、自分自身の形而上学的な批評が通じない「ドイツにおける文学批評の最低状態」(ショーレム宛の手紙、一九二九年二月十四日)の理由がしだいに見えてきた。とはいえ、「壊滅的批評」、あるいは以前の用語を使えば「粉砕的批評」はまさに「戦略」を持っていた。というのも「劣悪なものの批評不可能性」という彼がロマン派から得た信条にしたがえば、「壊滅的批評」、つまり〈徹底的に叩く批評〉は必要ないはずである。〈批評にも値しないもの〉をやはり批評するのは、公共の議論における必要性を基準とするからである。戦略は、政治的に見れば、文学者や評論家に深く浸蝕している市民的(ブルジョア的)欺瞞の暴露である。批評を燃焼による焼結や、作品の破壊による核の取り出しとする彼の批評理論に即してみれば、「粉砕的批評」もしくは「無化する批判」あるいは「壊滅的批評」の課題は、破壊してみると、なんにも残っていないことを見せることだった。

そうした批評生活で一応の地位を出版界で得たことを、先のショーレム宛の手紙は暗示しているのだが、その先には、「私が自分に設定した目標はまだ十分に実現しているわけではありませんが、いくらか近づいています。つまり、ドイツ文学の最初の批評家になるという目標です」と記されている。パレスチナ行きを断るという具合の悪い内容のためか、この手紙はフランス語で書かれているが、「最初の」というのは、「第一人者」という意味ではなく、長いこと、つまりロマン派以来、批評というもののなかったドイツで久しぶりに「はじめて」批評らしい批評を行う人間という意味であろう。ベンヤミンが考えるほどの白熱した意味ではなくとも、フランスやイギリスと異なってドイツでは、大学が知的生活の中心だったこともあって、文学批評のジャンルは、考えられないほど未熟だった。学問の世界か浅薄なジャーナリズムかという対立図式がすでに百年以上通用していた。それゆえに「最初の批評家」になろうとしたのである。

例えば、カプリ島で書いたまま編集部で半年もたなざらしになった挙げ句、ようやく一九二六年五月の『文学世界』に載ったフリッツ・フォン・ウンルー(一八八五―一九七〇)への批判に「文学闘争における戦略家」ぶりを見ることができる。第一次大戦に槍騎兵として参戦したものの復員したときは平和主義者に変じていたウンルーの『ニケの翼――ある旅の本』(一九二五年、ニケとはギリシア神話の勝利の女神)というフランス旅行記への、皮肉と嫌味に溢れた文章である。批評文のタイトルは「平和という商品」(III, 23-28)。

当時ハウプトマンに比肩する名声を得ていたウンルーは、戦後も憎しみあう独仏の和解に資するためパリに旅し、当地の作家たちと友情を結び、平和を誓い合った、その旅の記録が上記の本である。そこにある安手の良心的文化人の心情だけでも、それに耐えるには相当の美学的無神経が必要だったろうし、またそれが彼の文壇での地位を保つための計算だったと見れば、批判したくなるのは当然。

「世論の場で活動する一人の人物を抹殺する」こと

この書評は皮肉たっぷりに、おおよそ次のように始まる。戦後ドイツ経済が瓦解した結果、ドイツ製品の値段が国外では国内の半分になってしまったが、どうも知的製品もそうらしく、地元では全然売れなくなったカントの永久平和の理念を仕方がないので外国で安売りしている輩がいるようだ。カントの原製品は、ドイツ製のためか野暮ったく、それだけに強いのだが、今は「市民的民主主義のモダンな趣味に合わせて」たくさんの人に気に入ってもらえるように改造され、上に小旗などつけて外国の市場に持ち出されている。しかも「旅する予備役の中佐は昔からどこでも人気があり、上流社会にとけ込ませて貰えた。これはフォン・ウンルー氏にも言えるようで、彼は一九二二年に国の委託を受けて永遠平和のためにフランスに旅をした。とはいえ、……その数年前、彼がフランスの社会にお披露目したときには、ヴエルダンの手前で、大騒ぎ、轟音、流血もともなっていたはずだ」。

こうした導入の後、ヴェルダンの要塞を攻めた彼がこんどは、フランスの名士とおいしいものを食べ、シャンパンを飲みたいだけ飲んで、爆弾の代わりに、安っぽい平和哲学を売り歩いているさまが、次から次と繰り出される嫌味と揶揄に満ちた文章で記述されている。西欧諸国の平和は条約と交渉からなる国際法に基づく武装平和であり、真の正義とのたえざる葛藤に耐えながら保たれているのに、そういう仕組みにいっさい理解のないウンルー氏が、ドイツの神秘主義的な平和観念を持ち出しながら結局やっているのは、パーティとディナー。「一緒においしいものを消化するのが平和として通用している中で、彼のインターナショナルの卵がかえる。正餐メニューこそは、未来の国際平和のマグナ・カルタ」。「アルコールでうつろになったとろけるような目の内面性」がすることといえば、自分たちの平和愛好の気持ちを「魚と肉料理のあいだの適切な間合いをはかって」スピーチすることばかり。フォン・ウンルーのいう平和とは、戦争で指揮を取り、平和になってもやはり中心的役割をしたい連中が楽しんでいる平和でしかない。「第一級鉄十字勲章の下で脈打つのは、第一級の平和愛好心臓」と、これでもかこれでもかといわんばかりにやりこめた後、こう書いている。

こうしてビジネス旅行はビール旅行に終わる。国際理解なるものの行き着いたところは糞のなか。というのも、この本の馬鹿さ加減よりももっと射程の長いのは、著者の欲情丸だしの虚栄心、著者の虚栄心よりも高く聳えているのは、できた作品という糞。……ペン・クラブがフリッツ・フォン・ウンルーをディナーに招待した。この平和の天使の翼には少しばかり血がこびりついている。でもヨーロッパでそんなことを気にする奴はいない。とはいえ、晩餐会はこの平和の使者のためだけだろうか。なによりも、作家フリッツ・フォン・ウンルー氏のためではなかろうか。その祝宴に座っているのは〈騎兵隊の歌〉を作った詩人。「槍騎兵よ、誇り高くリュッツォウから、勇ましき騎兵の心に躍りながら。ドイツの名誉が汚された。さあ、戦場へ行くがいい……」(Ⅲ, 27)。

とベンヤミンは、開戦直後の一九一四年八月十六日のベルリンの新聞に載ったウンルーの軍国調の詩を探し出してきて、記事を閉じている。リュッツォウとは対ナポレオン解放戦争のリュッツォウ義勇軍で知られた由緒ある地名――。そういえば、日本でも戦後しばらくしてから、作家の訪中団などというのが何回かあった。参加者には戦争協力者もいた。その「嫌らしさ」を感ずるセンスのある人のかなりは保守派になってしまったが、ベンヤミンにはそれは考えられなかった。

ベンヤミンはこの作品がよほどしゃくにさわったと見えて、リルケやショーレムへの手紙でも「ひどい」とか「ドイツの共和主義精神の汚辱」などと罵倒し、「恐ろしい」批評を書いてやるから待っててくれと息まき、渋る編集部を説得してようやく掲載させ、その直後には、ホフマンスタールに宛てて、自分の「粉砕」批評のめざすところは、「世論の場で活動する一人の人物を抹殺する」ことだとはっきり述べている。しかも、かつては行われていたこうした厳しい粉砕が、我々がだらしないために流行らなくなってしまった、とも。「最初の批評家」になるという目標がわかる。

空振りに終わった「闘争」

もっとも考えようによっては、「抹殺」はウンルーに気の毒なところもある。プロイセン・ユンカーの出身でよくクライストに比較されるウンルーは、愛国主義者で一九一四年、戦争に馳せ参じはしたものの、すぐにヒューマニスティックな反戦的長詩を書いて同年中に軍法会議にかけられているし、戦時中の作品では発禁になったり、ヴェルダン戦線でひそかに読み継がれていたものもあるほど。必ずしもオポチュニズムとは言えない。大多数の人が陥った一九一四年八月の熱狂を理由に、いつまでも睨《ね》めまわすのはやりすぎかもしれない。それに彼は、一九三二年には先を見越してアメリカに亡命している。

だが、ベンヤミンの「抹殺」もしくは「処刑」にあたっての基準は公共の機能だった。開戦に熱狂し、敗色とともに厭戦気分になり、ヴァイマール体制になると、薄手のリベラル・

デモクラシー――それが有利だからだけのリベラル・デモクラシー――に変貌するメインストリームへの断固たる批判である。それはまた、理想主義的な平和思想が戦争防止に無力であるばかりでなく、ヴァイマール共和制内部で支配者の支えになっていることの暴露であった。進歩主義者がミリタリズムを批判するときの晴れがましい良心は彼らの胡散臭さを強めるだけでなく、批判されている当の対象の固定化につながるという、普遍主義が陥った罠が見えていない、というのである。ウンルー自身にその誤りを認めて貰おうなどということではない。「納得させても実りはない」のである。

このメインストリームは、表現主義から新即物主義への系譜である。表現主義は多面的な思潮で一概にまとめがたいところがあるが、開戦時にはドイツ主義に弱かった。そして、戦争によってさらに日常生活の合理化が進み、結局は生産性の上昇を呼んだ戦後の新しい社会を代表するのが新即物主義である。特に後者の陣営の作家や評論家は、ベンヤミンの最も嫌うところで、表面的な交際すら避けていた。

彼はこの激烈な評論が大論争の導火線となることを狙っていたが、そうはならなかった。新即物主義の時代は、どんな舌鋒も無数の雑誌や新聞に載る、同じく無数の評論のひとつとして消費されるだけで、鉄槌を振り下ろしてみたものの空振りに終わった。「フランクフルトの件［教授資格審査のこと］は失敗のようだ。私のウンルー批判もいかなる反響も呼んでいないようだ」（ショーレム宛、一九二六年九月十八日）。

「彼らは、ただなんでもいいから左なのだ」――ケストナー批判

同じように文壇・論壇（公共圏）における特定の社会的機能を代表する作家を徹底的に叩いて破壊し、なんにも残らないようにする戦略家の攻撃目標になったのが、ケストナーやトゥホルスキー、そしてメーリングである。この攻撃的批評のタイトルは「左翼メランコリー」（Ⅲ, 279-283）である。いい加減なメランコリーに甘く溺れているにすぎない彼らの社会批判を批判した内容であることは、タイトルからもすぐに想像がつく。ケストナーもトゥホルスキーもともにヴァイマールの市民的左派を代表する文筆家。ケストナーは一八九九年生まれ、トゥホルスキーは一八九〇年生まれだから、ベンヤミンとほぼ同世代。後者はベルリンの富裕なユダヤ人家庭に生まれているから、出自も近い。ともに二〇年代半ばから風刺詩や世情批判の巧みなエッセイで官僚制や軍国主義を、独占資本や軍需産業を批判し続けた。トゥホルスキーは文学的にも多彩で、ベルリン郊外、プロイセンの思い出が残る湖畔の離宮ラインスベルクへの若い男女の旅を描いた甘くロマンチックな小説『ラインスベルク』（一九一二年）はベストセラーになった。ベンヤミンが青年運動に没頭していた頃である。ドイツの体制を批判した『ドイツ、世界に冠たるドイツ』（一九二九年）は邦訳もある。「兵隊は殺人犯だ」の言葉は今でも有名で、下手に引用すると、現在でも国防省から名誉毀損で訴えられることがあるほどセンシティブな問題をはらんでいる。(2) ケストナーの名は日本にも馴染み深い。『エーミールと探偵たち』（一九二八年）、『飛ぶ教室』（一九三三年）のあのケストナーである。同じく時代風刺の詩集でも有名になっていた。

ウンルーへの批判は、支配と結びついたメインストリームの議論の巧みな変身ぶりを、青年運動以来の形而上学の立場から問題としていた。それに対して、政治キャバレーのシャンソン作家メーリングとともに左翼的社会批判の伝統に立つケストナーらに対するベンヤミンの戦略は——ブレヒトの影響もあって——社会学的視点を持っている。つまり、こうした批判を可能にする社会階層のもつ自己矛盾と欺瞞を当人たちが洞察し得ないことへの批判である。左翼からの、耳に心地よい批判に対して、その基礎を問うかたちの、いっそうラディカルな批判である。

結論的にいえば、彼らの詩やエッセイは、新即物主義的風潮と不可分な都市新興サラリーマン階層の憂鬱ややけくそ気分を表しているにすぎないというのである。体制への口先だけの罵倒、それと並んで、小さな個人的成功と結びついた片隅の幸福への埋没、革命的言説も所詮は娯楽でしかない事態が彼らのプチ・ブルジョア意識のすべてとされる。保険会社や旅行代理店や銀行の勤め人、秘書やセールスマン、そういった「鼈甲《べっこう》の眼鏡の奥の子供っぽい、広く白い目」をした人々、そしてなによりも、どんなことに対してもことの成りゆき上「仕方がない」とあきらめる運命論的態度、自分の家庭と銀行口座の利子しか最終的には頭になく、かつての大ブルジョアジーの見識もなければ、プロレタリアートの声にも耳を傾けず、憂鬱や批判といっても日々のルーティンでしかないサラリーマン階層——彼らの立ち居振る舞いのいっさいに、彼らが属している曖昧で従属的な、しかし支配層のおこぼれにあずかる経済関係が、露骨に、いかなる文化的装飾もなしに表出している。口を開けば「謀反人ぶっしか本当はない。

た」ことも言うが、望んでいるのは、一握りの大銀行家が世の中を安定させてくれることで

ちっとも気持ちのよくない状況にこんなに居心地よく住み着いた奴らは今までいなかった。ようするにこの左翼急進主義的な態度は、それに由来するいかなる政治的行動も出てきやしない。ある特定の路線より左の立場であるとかいうことは彼らにはなく、ただなんでもいいから左なのだ。というのも、はじめから否定主義的な態度で、自分自身を楽しむこと以上のことは念頭にないのだから。政治闘争というのは決断せざるを得ない状況をともなうのに、そうした状況を娯楽の対象に変じせしめ、生産手段を消費の手段に変えてしまっている。これがこうした文学の最後の当たり芸である(III, 281)。

そして、ケストナーの滑稽で面白おかしい手法が実は、認識にもとづく明確な批判を回避する手段でしかない、と暴露する。

彼の詩句は、豊かだけど所詮はみじめな連中が、憂鬱の歌をがなるための楽譜に合わせて書かれている。飽食した連中の悲しみに適応しているのだ。……他の人が死んでいるのを平気で無視する悲しげな、反応の鈍い馬鹿者である高額所得者のための詩がケストナーの詩だ。……相場がはねてからシティ・カフェーに溢れるこういう連中がケストナーの詩

の中にいっぱいいる(Ⅲ, 283)。

決断しない決断主義者ベンヤミンにしては〈言い過ぎ〉という感じがするほどである。インフレ後の相対的安定期のベルリン生活のみかけの豊かさと豊かさなりの人生の哀歓とそのメランコリーを、ケストナー的な体制批判は実は支えているだけで、なんの批判精神もない、とされる。「左翼メランコリー」と題されたこの粉砕批評は、リベラルな『フランクフルト新聞』に送られたが、文壇の交際や営業のことを考えてか、結局同紙は掲載しなかった。だが、メーリングのシャンソンを、フランスのそれのアカデミックなコピーでしかなく、いかなる転覆と変革のパワーもないとこきおろした別の原稿は、掲載された(「実用歌詞？でも、これではだめ」Ⅲ, 183f.)。いずれも一九二九年から三一年にかけてのことである。

ベンヤミンのリベラル左派批判の危うさをめぐって

この三人への批判については後世、特に戦後立ち直ったリベラル左派からは疑問視されることがある。トゥホルスキーもメーリングも亡命せざるをえなかったし、前者は一九三五年に絶望のあまり亡命先のスウェーデンで自殺している。ケストナーも戦時中は節度を守り、戦後はナチスに迎合したドイツ市民と作家仲間を糾弾することから仕事をはじめ、ペン・クラブの会長にもなった。

彼らの仕事が都市中産階級の生活意識――日本で言えば銀座の柳を歌い、パリ祭を楽しみ、映画の中の人生の哀歓に涙をながす戦前の山の手中産階級に相応する意識――を映しだしており、それゆえに彼らによる批判は空疎でしかないという糾弾は当たっているかもしれない。日本でもこの階層は翼賛体制への抵抗力は弱かった。それどころか軟弱かつ繊細な都会のインテリ・サラリーマン層と配属将校が相互補完的であったことは、ベンヤミンが見抜いているとおりかもしれない（第二章五四頁参照）。

しかし、もともと弱体なヴァイマールのリベラル左派勢力にこのように「粉砕批評」を加えるのは、右派に対する大同団結の力を弱め、総選挙の際、社会民主党を押さえ込むためにナチスと共産党が協力するようなグロテスクな事態を助長するだけではなかったのか。むしろ左派人民戦線的にケストナーたちと交流することこそ「戦略」ではなかったのか。トゥホルスキーやケストナー、特に前者が六〇年代後半以降、批判精神の横溢するドイツの高校国語教育でよく使われるようになって、なおさらこうしたリベラル左派へのベンヤミン的攻撃に対する疑念が聞かれるようになった。ケストナーに小説のモデルにされて不愉快なのは分かるが、「やりすぎだ」というのである。

だが、左派批判勢力に信憑性の欠如のみか、むしろ、彼らが批判している体制を維持する機能を指摘するベンヤミンの文学的戦略は、ヴァイマールの現実政治の中の「戦略」とは無縁だった。彼が理解する言語はそうした現実なるものの中での妥協や団結のための「伝達」を認めなかった。むしろ、ベンヤミンの批判を聞かずに、仲間内の文章細工に酔っていたことが、ヒトラーを手助けしたというべきだろう。ドイツ・サラリーマン層は――アーシャ・

ラツィスの証言によれば、ベンヤミンがいざというときの右傾化を一番心配していたのは、膨大な数の自営業、小商店経営者たちだったが[3]――ヒトラーの下でなによりも職の安定と年金の見通しと休暇の実現を選んだ。所詮は幸福の分配に帰着するような体制批判の口吻にベンヤミンが納得するはずはなかった。ベンヤミンの左翼メランコリー論を批判するのは、六〇年代後半、日本の大学紛争に際して、全共闘に民青と協力しろというようなものだろう。

この批評は先に触れたように、ブレヒトとの交際の最初の成果であるが、彼との知的対立をはらんだ交流はその後しだいに深まった。亡命中はブレヒトの最初の亡命地であるデンマークのスヴェンボルに一九三四年六月から十月まで、さらには一九三六年と一九三八年の夏に滞在している。二人はチェスが好きでしょっちゅう指していたようだが、むろんそれだけでなく、大いに議論もした。特にベンヤミンのカフカ論の原稿にはブレヒトは大反対で、ユダヤ精神の、今のことばで言えば文化本質主義的理解の危険性を指摘している。また、これは後に触れるが、ベンヤミンの〈アウラ〉の概念などは、そういう点ではすれっからしのブレヒトははなから相手にしなかった。だが、ベンヤミン自身はすでに何度も触れたように大きな知的刺激を受けたし、具体的にも、フランクフルトの放送局でのスケッチ番組などに、叙事的演劇の手法を生かそうとしている。

「ただ言えばいい、叫べばいいと思っている」

ブレヒトによってさらに高められたヒューマニズム批判に戻ろう。これに関してはベンヤミンも、ブレヒトと同じくいかなる容赦もしなかった。例えば、かつてベルリンでその講演がショーレムと知り合うきっかけになったクルト・ヒラーについて、反戦運動、刑法の性犯罪条項の改正運動、死刑反対運動、左翼統一戦線運動などなど、いろいろと活動しているその活動家趣味について、かつての市民的教養人が憧れた精神の支配を、落ちぶれたブルジョアジーが夢みているにすぎないと決めつけている。彼らによる反ファシズム運動にはいかなる協力もする用意がなかった。

あまり知られていないが、フランスのジュリアン・バンダにも厳しかった。彼の『聖職者の裏切り』(邦訳題名『知識人の裏切り』)は、ヨーロッパの知識人が真理、正義、自由といった人類的な価値を忘れて、シュペングラーやマリネッティやキップリングやコナン・ドイルのように民族主義に堕落したことを批判し、知識人は中世の聖職者のように、世俗を離れた精神の交流を通じて、故郷を越えた普遍的精神を体現すべきであると主張したものである。そのヒューマニズム、精神の品格への思いは多とすべしと普通なら受け取るだろう。ところが、ベンヤミンはこの議論に、デモクラシーの仮面の陰に隠れた反動的精神主義を読み取った。こうした議論では、知識人がキリスト教的ヒューマニズムで交流する一方で、諸国民の間に暴力が支配する状況を追認するだけだというのだ。「自由な知識人の没落は、それだけが理由ではないかもしれないが、経済的な条件の変化が決定的である」ことを見ていない、というのだ(書評「三冊の本」Ⅲ. 107-113)。

ちなみにバンダの限界は最近でも指摘されていて、プリンストン高等研究所のマイケル・

ウォルツァーは、二十世紀知識人を論じた好著『批評家軍団』(一九八八年)で、真に精神的な合理的言語を知識人が用いるべきだと情熱的に説くバンダが考えているのは、結局フランス語のヨーロッパ化でしかないと痛烈に批判している。評判になったE・サイードの知識人論が(邦訳『知識人とはなにか』)、バンダを賞賛するのは、若干センスを疑わせる。

バンダのようなキリスト教ヒューマニズムも、ファシズムを批判し、その暴力に抵抗したには違いない。しかし、それが持つ見えざる文化主義的な支配の構造をベンヤミンは見抜いていた。

しかし、ベンヤミンも、バンダを批判している別の記事(『ヨーロッパのネーションについて』の書評)では、相当にずれたことを述べている。つまり、教養人が小市民に教養のありがたみを言葉巧みに述べて、彼らを教養の祭壇にひざまずかせ支配の安定化を図ってきた社会的・経済的基盤は崩壊してしまった。それゆえ、この先の時代は、ソ連の実科学校に希望を見るべきであるというのだ。さすがのベンヤミンも、現実に足下をすくわれたきらいがある。

ベンヤミンによる単純ヒューマニズム批判のもう一つの例は、テオドール・ヘッカー(一八七九―一九四五)への批判である。「特権的思考」(Ⅲ. 315-322)と題した一九三二年の書評はヘッカーの『ウェルギリウス――西欧の父』への激烈な批判である。

一九三〇年のウェルギリウス生誕二千年を記念して書かれた本書は、ファシズム前夜にカトリック実存主義の立場から、ウェルギリウスに聖書によって作られる西欧世界と同じ思想を見ようとしたもので、それなりの抵抗の意志を秘めていた。戦後の西ドイツでもヘッカーはナチスの誘惑に騙されなかった数少ない教養人とされている。

しかし、ベンヤミンにかかるとひとたまりもない。教養、精神、文化、ヒューマニズムを背景にしてウェルギリウスの語句にいかに新しい解釈を加えても、それは毅然たる人格の魅力をその特権性とともに語るだけである。それでは教養による支配が永続化されるにすぎない。「今日のヒューマニズムが結びついている野蛮な条件については一語も触れられていない」。「あやしげな教養趣味に溢れた後期ロマン派の遺産から取った常套句」によって特権と権威を守り、自分だけが住む物知りの城を作ろうとしている。

ドイツには、自分の知っている内容、しかもこの自分がそれを知っているということ、もうそれだけで状況を動かす梃子なのであって、それにもとづいて世界が変化しなければならないと思っている輩がたくさんいたし、今日も特にたくさんいる。しかし、彼らは、この知識がどういう方向に向かったらいいのか、どのような手段で人々に拡がっていったらいいのか、そういうことについてはおぼろげな想念しか持っていない。ただ言えばいい、叫べばいいと思っているのだ(Ⅲ, 318)。

――なんとなく日本にもあてはまりそうな気がするが。

ウェルギリウスをアイドルにした西欧再建、伝統再興はT・S・エリオットが辿った道である。そのエリオットと、亡命中のカール・マンハイムが大戦中親しく交際した話は有名だが、ベンヤミンは――戦後のアドルノもそうだが――こうした「ウェルギリウス協会」的な伝統再建路線をはっきり批判している。さらにヘッカーが、「西欧的人間」はその「信仰」によって世界の諸民族を「理解」する可能性を持っていたのに、それを十分に実現していない、もしそれをしていれば諸民族に対する政治的支配が可能だったのにと嘆いている文章をつかまえて、「西欧以外の諸民族に対するドラスチックな意味で特権的な理解、搾取と宣教の相互作用を特徴とする理解」(Ⅲ. 320)を糾弾する。(4) 彼の炯眼はこうした、戦後日本でも一部の西欧主義者(例えば森有正)がうらやんだ西欧の自己礼賛の薄暗い部分を見逃さない。だが一般には、西欧における伝統の重視の仕方を問題にする視角は、戦後日本ではなかなか生まれなかった。

保守革命の信奉者、ユンガーの叫び

ベンヤミンの批判は、リベラル左派やキリスト教ヒューマニズムの自己満足ぶりに向けられただけではない。「自分の敵がどこにいるか」(ハーバーマス)知っていた「戦略家」である以上、右派にも向けられた。代表的なのはエルンスト・ユンガーたちの『戦争と戦士』という論集を論じた、一九三〇年の「ドイツ・ファシズムの理論」(Ⅲ, 238-250)である。習い覚えたマルクシズム的社会分析が、『親和力論』や『ドイツ悲劇の根源』のバロック論以来の、神話分析と結びつけられていて、ファシズム批判としてきわめて重要な評論である。

エルンスト・ユンガーは、ベンヤミンと同じく二十世紀のドイツの思想や文学における隠れた主役のひとり。一八九五年ハイデルベルクの薬屋に生まれ、十七歳でフランスの外人部隊に参加、連れ戻されてから第一次世界大戦に従軍。数々の伝説的な武勲を立てる。復員後、力と美の乱舞する最前線の経験を書いた『鋼鉄の嵐』は広く読まれた。深夜の曳光弾《えいこうだん》に光る砲身、炸裂する砲弾の光に浮かぶ兵士の鉄兜といった戦争の美学である。ヴァイマール期は一貫して、ニーキッシュらとも近い保守革命の信奉者であった。

ナチスに好意は抱いていなかったが、第二次世界大戦に再応召。占領下のパリで文化担当官としてフランス・レジスタンスの変わり者たちとも交流があった。戦後も西ドイツのデモクラシーからは一貫してラディカルな距離を取り、植物や昆虫の描写、旅行記などを中心に、しかし小説も書き続けた。ハイデガーとは、〈総動員〉や〈労働〉をめぐる近代批判のスタイルが近く、戦後は彼のための論文集にも寄稿しているから、政治的信条の上ではやはり類は朋を呼ぶというべきか。

とはいいながら、冷めた目には、無責任な戦争讃美のキッチュに溢れているだけのその文章は、不思議にも多くの読者には、独特の魅力を放っているらしく、単純に右翼の思想家というレッテルを貼るだけではすまないところがある。二十世紀の現実に対する独自の見方は、公式左翼の平和主義や中道リベラルの決まり文句が見落としている点を、そして既成の解釈パターンの脆弱さを絶えずつくもので、簡単に切って捨てることはできない。一九九五年、健康で迎えた百歳の誕生日には、隠棲している南ドイツの片田舎に、やはり今世紀の問題的な証人である、フランスのミッテラン大統領がドイツの首相や大統領とともにわざわざ訪れ、レトリックをたっぷり効かした賞賛と感謝の言葉を述べていることにも、それは表れている。同じく生誕百年を祝おうとしたハイデルベルク市当局に対して、ハイデルベルク大学の一部の批判的教授たちが反対声明を出したが、耳を貸す者は残念ながらいくらもいなかったほど、静かな人気は高い。デモクラシーへの嫌悪、美と組織と機械への魔術的な没入は、ベンヤミンがカプリ島でその演説を聴いた未来派のマリネッティともつながっている。

多少詳しく紹介したのは、ユンガーも、右・左という単純な図式を越えた政治的セマンティクスを追求し、その際に言語の力を重視した点では、ベンヤミンと共通しているからである。ただし、それを、神話と戦争美学、古代ゲルマンや聖なるドイツの強調によって行ったところが異なる。

『戦争と戦士』の巻頭論文「総動員」でユンガーは、大衆社会の産物である〈総力戦〉の思想とドイツ的な個人的ヒロイズムの宥和の可能性を追求する。彼に言わせれば、十九世紀の大衆の宗教である「進歩教」はドイツにも深く浸透したが、なんといってもそれが本当に定着したのは、第一次大戦における西側戦勝国である。デモクラシーの国々ほど、戦争にあたって、国家全体が戦争機械となりやすい。その点で総動員に一番成功したのは最もデモクラシーの貫徹しているアメリカである。フランスの平和主義も実は総動員態勢の一環であり、反戦主義者バルビュスが「戦争はドイツの腹の中で抹殺すべき」と叫び、ドイツ国民を抑圧から解放するための戦争について弁じるのは、そのリベラリズムが動員国家に一番合っているからである。

このように多少とも快感のこもった驚愕によって総動員態勢を批判的に讃美した後、ドイツではなぜ総動員が不可能だったかが論じられる。ドイツでも一九一四年のヒロイズムは時とともに、兵士の表情の変化からも感じられたように総動員態勢へと変じていったが、西側のようにはうまく行かなかった。「秘密の参謀本部」であるリベラリズムによってドイツが差し押さえられていたからである。一九一八年の政治的変動が比較的スムーズにいったのは、実はメンタリティが西側になっていたためであり、その証拠に「ベルリンこそ最もアメリカに近い町」と考えるような輩が現在では横行している。つまり、あまりに西側の文明、自由、平和にドイツはコミットしており、戦争もその名目で行ったために負けたのだ。「文明の秘密のメートル原器はパリに保存されている。そのことを認める者は、それによって測定されるだけで、自らが基準を与えることはできない」。

ユンガーのこうした議論は明らかに自己矛盾をはらんでいるが、それでも、通常の議論の戦線を混乱させる独特の調子が想像できよう。流布しているイメージでは、ルーデンドルフのドイツこそ総動員の語がぴったりであり、一九一七年二月、ドイツに宣戦布告して以降のアメリカにそれを見る人は少ない。

ところがユンガーはこのように、ドイツが負けたのは総力戦向けの完全な組織化ができなかったからであると議論した後、フィヒテの口調で、だが戦後の異国による支配の体制は所詮は表面のことであって、ドイツ語は太古の言語として、文明不信を内在させているから、このままではすまない、とやおら立ち上がる。むしろ諸外国から「文明の敵」として危険視されることを誇りにしようではないか。「秘密のドイツ」を裏切ってはならない。「死を眼前にしてのみ、ゲルマンの無垢が、最良の人々の心の中に維持されるのだ」。戦争こそドイツ的人間の自己実現の手段であり、死は聖なるドイツへの門出であり、「大地と炎の元素に由来するアナーキー」こそ新しき支配の芽である……。

およそこうした議論が展開される。フランス革命、ナポレオン戦争、理性の思想、無名戦士の墓、総動員、こうしたものをデモクラシーと国民国家の癒着による必然的な発展と見て批判するところなどは、現在の国民国家批判、ナショナリズムと近代性の共犯関係への批判などとも酷似していて、逆にこうした議論の危うさを感じさせもするが、いずれにせよ、ドイツはこうした道具立てを拒否して、西欧の欺瞞的発展とは違う地点に立っている、というのだ。

ドイツ観念論の結末

こうした議論に対してベンヤミンが見逃さないのは、ヒロイズムと大衆動員を縫い合わせようとする戦略である。ユンガーによれば、本来の戦闘は英雄的な個人、訓練をつんだ戦士、将校たちによって戦われるものである。ここには貴族の美学がある。しかし、他方で、現在はそうした時代が去っているから、逆に大衆を組織化した総力戦態勢こそ必要だと論じる。古代ゲルマンの英雄主義による総力戦の吹聴、つまり「ヒロイズムに物量戦の鉄索をはめた」厄介さがここにあることをベンヤミンは指摘する。大体が、兵舎の暮らしや、搾取されている安アパートの住人たちの実態を見れば、古代ゲルマンの魂などに訴えるのは笑止千万であると彼は言う――この点は、物事をいっさいのイリュージョンなく、その実際の社会的・物的関係で見るカントの醒めたまなざしが生きている――。

しかし、これだけではよくある批判である。ベンヤミンは敵に合わせて照準器の焦点を絞る。「敵がどこにいるか」を正確に探索すべき戦略家として彼は、結局、大衆の時代のヒロイズムという不可能なことを要求する彼らが実際にめざしているのは、大戦後の反革命的な義勇軍の兵士たちに要求された強さ、規律、毅然(実際には残酷)などの徳目ではないのか、そしてそれはまた同時に、新しいファシズムの階級戦士たちに望まれていることではないのか、と反語的問いを投げかける。ファシズムと資本家階級との相互順応の仕組みがこうした先兵たちの美学的戦争論になるのだ、と言いたいのだろう――この段階ではまだ想像の域を出なかった総力戦そのものの美学化が、やがてゲッベルスの演説で実際に起きることになる。

この批評に出てくる次の文章は、『ドイツ悲劇の根源』のなかのアレゴリーと死の風景を、ドイツ観念論の結末に適用したもので、今でも重い。

　はっきり言うべきだろう。総動員化された風土を見て、ドイツ人の自然感覚はかつてないほど高揚してきた、と。この風土に住んで感覚的満足を味わっていた平和の守護神たちは、今はすべて強制疎開させられて、塹壕のふちから見わたすかぎり、まわりに見えるものはすべてドイツ観念論の地形そのものとなってしまった。着弾でできた穴は問題(Problem)と化し、鉄条網は二律背反(Antinomie)となり、鉄条網の針は定義(Definition)、爆発は措定(Setzung)、そしてその上に拡がる大空は昼のあいだは、鉄兜という宇宙の内側、夜は汝の上なる道徳律となっている。技術の力は、弾幕と塹壕によってドイツ観念論の相貌に宿る英雄的な表情をなぞり出そうとしたが、それは間違いだった。というのも、技術にとって英雄的な表情と見えたものは、実際には死の相貌、死相だったのだ(「ドイツ・ファシズムの理論」Ⅲ, 247)。

社会民主党系のヒルファーディングの編集する雑誌『社会』に載ったこの書評の社会的な力はもちろん弱かった。その後の歴史は誰でも知っている。ドイツ観念論のエピゴーネン的な言葉遣いがナチスの御用思想家のあいだで異常に死の言語へとふくらんでいくことは止められなかった。

ベンヤミンがピレネーの国境で命を絶って一年少し経った一九四一年十月十八日、パリ占領の国防軍将校だったユンガーは、国際法の講演に来たカール・シュミットと食事をしている。シュミットはすでに一九三四年「ナチス・ドイツ法律家連盟」の講演で「ユダヤ民族は彼らが生活を営むドイツ民族の現実世界に属するものではない」と言い切っている。(5) メルヴィルの小説『地の果ての島――ベニト・セレーノ』に出てくる黒人奴隷に取りまかれた白人船長の心境を語り合った二人のあいだの話はユンガーの日記に記されている。(6) シュミットはナチス崩壊によって公職を追われたが、ユンガーは自由業。アメリカ占領軍による非ナチ化を拒否したための執筆禁止期間はほどなく解けた。二人ともその後、崇拝者を持ちながら長生きした。長命と活躍という点では、「文学闘争における戦略家」ベンヤミンは敗けた。しかし、ベンヤミンの考えていた批判は実際の効果がなかったという基準によってだけ、はかってはならないだろう。

文化の問題としての〈知識人の政治化〉

「左翼メランコリー」でもヘッカー批判の「特権的思考」でも、この時期のベンヤミンの粉砕批評には、ある種のイデオロギー批判の方法が混在している。イデオロギー批判といっても、マルクスの古典的なやり方のように、市民階級の理想に照らして市民階級の現実を批判する、逆に言えば理想を額面どおり受け取るかたちで行う批判よりも、いわゆる虚偽意識の批判の側面が強い。つまり、生産関係の中で当該の階層が置かれている位置に相応しない意識を持っていることの暴露である。ケストナーが描いた都市中間層はまさにそうした虚偽意識を彼らの文化に投影していた。

サラリーマンのイデオロギーは、彼らの当面の経済的現実がプロレタリアのそれに近いのに、そうした経済的現実を、市民層の記憶に残っているイメージや彼らの願望のイメージによって見事にめくらましたものである。考えにおいても感じ方においても自分たちの日常の具体的な現実から離れているという点で、サラリーマン階級ほど乖離している階級は今日存在しない(「アウトサイダーが声を出す――クラカウアーの『サラリーマン』について」Ⅲ, 219–225, 引用箇所は220)。

理由は、実際の生産過程から遠いためで、意識と現実の乖離は、賃金労働者よりも文化が好きなインテリ層に激しいことになる。

今引いた文章は、タイトルから分かるとおり、クラカウアーの『サラリーマン』を論じた書評からのものである。この書の内容はよく知られているので、いちいち述べないが、重要なことは、ベルリンのサラリーマンの意識を描いているといっても、決してルポルタージュではないことである。ルポルタージュはまさに新即物主義の方法、つまりここで批判されているサラリーマンや当時のヤッピーに合った方法である以上、見せかけの批判、見せかけのラディカリズムでしかない。それこそ彼らの虚偽意識に見合ったものでしかない。さすがにクラカウアーは、そんなことはしない。

若いときにまだ高校生のアドルノにカントを教えたクラカウアーの手法は、取るに足らないような現象、例えばタイピストの指の動きから、また週末のスポーツから、そして「人間性」とか「内面」といったことばの使い方から、この階層のみじめな服従根性をあばき出すことだった。ベンヤミンに言わせれば、クラカウアーは、そうした言葉の切れっぱしを集める屑屋、杖の先でその言葉を引っかけ朝の風に揺らせて検分する屑屋である――しかも「革命の日の朝の風に」。それはまた、一種の集団的な精神分析でもある、と彼は賞賛する。

だが、自らをこうした階層の外において、知識人の高みからその限界を指摘するだけでは足りない。ベンヤミンの見るところ、クラカウアーがこの本で求めているのは〈知識人の政治化〉である。教養のゆえに決して労働者階級と同一化することのできない知識人が社会的変化の中でどのような役割を果たすのか、果たすべきなのか。「市民階級出身の物書きの革命家」が目標にすべき〈知識人の政治化〉こそ、このクラカウアーの本の間接的な効果である、と彼は論じている(Ⅲ, 225)。ブレヒトと計画した雑誌『危機と批判』のためのメモには、「この雑誌は、ブルジョア知識人が自分たち固有の問題として認めざるを得ない問題に唯物弁証法を適用することにより、唯物弁証法のプロパガンダに仕えるものである」とあった。「固有の問題」――つまり、文化の問題であり、文化による支配の問題である。

〈もう遅すぎる〉

二十世紀の左翼知識人を揺り動かしたこの問題にベンヤミンも関わったことになる。中間層の自己矛盾を、その虚偽意識をえぐり出す自分はどこにいるのか。社会の外部にいるのか。結局は寄生虫ではないのか。一九三四年四月に亡命先のパリのファシズム研究所で講演した「生産者としての作家」(Ⅱ-2, 683-701)もこの問題圏である。「革命の闘争は資本主義と精神［知識人］のあいだで起きているのではない。資本主義とプロレタリアートのあいだで戦われているのだ」と、勇ましい言葉でこの講演は終わっている。

ようやくこの時期になって、ベンヤミンは決断したようにも見えるが、すでに『一方通行路』でも、「信念よりも事実の力」が今後の生では重要なのだから、行動することと書くことを相互浸透させることが不可欠であり、そのためにはビラ、パンフレット、記事、ポスターの方が大きな議論より重要かもしれない、知識人というのはタービン・エンジンの必要な箇所に潤滑油を一滴、一滴とさしていく技術者なのだ、といった言辞はすでになされていた――自身はそういうことはほとんどなにもしなかったが。

この問題に関するベンヤミンの掘り下げ方が月並みなことは否めない。第一次世界大戦による社会的階層秩序の崩壊、二十世紀型大衆社会の出現、その中での有産知識人層の没落、第二次大戦によるさらなる攪拌、戦後の福祉国家の拡大と空洞化――そうした大きな変化を、いわゆる先進国は巨大な犠牲と巨大な社会的動員を通じて経験してきた。そうした長期的なプロセスのなかでの知の位置や批判の拠点についての考察が欠如している。とはいえ、ベンヤミンが〈虚偽意識〉をキーワードにしたのは、この数年だけであり、おそらくこのクラカウアー論が最後となっていることも、忘れてはならない。〈虚偽意識〉を暴露できる透明な批判的意識が不可能であることを、彼もフロイトから学んだようである。これは記憶についてもあてはまる。

むしろ、市民文化による支配の両義性を最後まで考え抜こうとしたのは、一方でホルクハイマーであり、他方で『啓蒙の弁証法』から戦後一貫して、消えゆく市民社会における支配的文化の、消えゆく瞬間における美を論じたのはアドルノである。消えゆくもののなかに本質があると言ったのはヘーゲルである。ベンヤミンはそこにただアウラしか認めなかったが、アドルノは、消えゆくものの美がもつ憂鬱で破壊的な力によって、カントの啓蒙を現在に生かそうとした。それはプルーストの仕事の継承であると同時に(『否定弁証法』においてプルーストは現実の美化を破壊する作家として捉えられている[7])、モダニズム芸術の破壊力と政治的啓蒙をつなげようとする壮大な試みだった。

この点では、近代をそのまま地獄と見たベンヤミンは、アドルノの忠告を聞かずに〈知識人の政治化〉を決断的身ぶりで論じた。だが、市民的知識層の崩壊という社会学的事実にもかかわらず、さまざまな知的逆説を通じて、〈知識人の政治化〉に大いに寄与するのは、戦後のまったく異なった状況のなかでのアドルノの自閉的な議論の方である[8]。また、ホルクハイマーはすでに二〇年代の半ばから、なぜ西側先進国には革命が起きなかったのかという問題に、真剣に学問的に取り組んでいた。ベンヤミンの本領はやはり過去の読解だった。

今までに見たように、ベンヤミンは、新即物主義的なリベラル左派の似非メランコリーを「粉砕」し、同時にヘッカー流の古典尊重の教養主義を叩き、返す刀でユンガー的な保守的美学主義を攻撃した。これに加えてベンヤミンが徹底的に罵倒した今一つのターゲットが文芸学の大御所たちの仕事である。すでに一九二六年にドイツ文学研究の俊秀オスカー・ワルツェルの仕事を、「全部を見たいとするスケベな欲望」(「オスカー・ワルツェル――言語芸術作品」Ⅲ, 50-53)とけなし、細部を見る必要性を説いているが、より歴史的な重要性を持つのは、ゲオルゲ派のマクス・コメレルの『ドイツ古典主義における指導者(フューラー)としての詩人』(一九二八年)という恐ろしいタイトルの本に対する一九三〇年の書評(「傑作を叩く」Ⅲ, 252-

259)である。

この本の内容は、ギリシア精神とドイツ精神の世界史的親縁性もしくは連続性というドイツ古典主義論の――ハイデガーも信じていた――ドグマにもとづくドイツ精神の聖人伝説である。この書評の最後の数行は、ベンヤミンがドイツを捨てるにあたって見ていた事態がなんであるかを感得させてくれる。

著者は、ドイツの未来への警告の碑を打ち立てようというのだ。だが一夜にして精神の手が大きく〈もう遅すぎる〉とその上に書くことだろう。ヘルダーリンは、再生するような人々のタイプではない。そして、転がる死体の上に未来のヴィジョンを見るような予言者たちの国には、彼の国はない。清められるまでは、この土地は再びドイツになることはないだろう。そしてドイツの名において清められることもないだろう。ましてや秘密のドイツの名においてはなおさらない。どのみちこの秘密のドイツなるものは、公式のドイツの武器庫、鉄兜と並んで隠れ蓑が壁にかかっている武器庫でしかないのだから。

――その後にドイツの名において起きたこと、清められることのない土地の数々を思うと、アルカイックな戦慄がこの文章には漂う。そういえば、一九四四年七月二十日のヒトラー暗殺事件の首謀者としてその日のうちに処刑されたシュタウフェンベルク大佐は、一時のコメレルと同じくゲオルゲの信奉者だった。彼が銃殺の直前に叫んだのは「聖なるドイツ万歳」

だったと伝えられている。ベンヤミンの対極である。ベンヤミンは、シュタウフェンベルクも陥った「秘密の」「聖なる」ドイツ精神の濫用とその悲惨を予見していたかのようである。

つけ加えておくが、日本ではなぜか評価の高い心理学者ユングなどもベンヤミンの粉砕の予定目標に入っていた。ユング批判はホルクハイマーやアドルノも同意見で、ベンヤミンもパリ亡命中に取りかかろうとしたが、パリの国立図書館の見識というべきか、ユングの本がほとんどなくあきらめたことがあった(アドルノ宛書簡、一九三七年五月十七日参照)。

2　救済批評

過去の理解はそのつどの決断に由来する

こうした粉砕批評と並んで、『親和力論』や『根源』で見せてくれたテクストの燃焼による炎の形態学、破壊による核の取り出しという〈回り道としての方法〉に即した批評も書き継がれていた。変化といえば、やはりマルクシズムとの接触を経て、具体的な歴史や、資本主義社会の問題に触れる度合いが多くなった点だろうか。同時に、「翻訳者の使命」以来の、結果として受容美学に通じる、自存的な存在としての作品、そうであるがゆえに作品の死後の生も同じく自立的存在の品格を要求できるという考え方に加えて、歴史を自分の時代から読むという手法がより強調されるようになっている。バロック論でも実際にはなされていたことではあるが、歴史の破壊への要請がいっそう強まっている。

一九三一年に書かれた「文学史と文学研究」(Ⅲ, 283-290)は批評の方法における断絶的な歴史意識の強調という点で際だっている。中心部分で彼はおよそ次のように述べる。

以前の文学研究者たちが同時代の文学に関わらなかったのと、現在の研究者が教養の権威のゆえに自分の時代を回避するのとは、背景がまるで異なる。昔の研究者は、過去を徹底的にきわめつくし、時代向きの発言をしないその禁欲的態度が、逆説的に自分の時代に仕えることであることを知っていた。というよりも、そういう時代であった。ところが、現代のブルジョア学者がする、文学や文学史の通俗的記述は、現代の問題を無視して、ある特定の社会階層に文化的共同体とその教養材の共同登記者であるという錯覚を与えるためでしかない。だが、ちょうど認識と実践とのあいだに緊張があって、それはどんな心豊かな教養によっても解消することはできないように、現在と過去とのあいだには、やはり断絶が潜んでいて、連続性を架橋することはできない。過去の理解はそのつどの決断に由来するのだ。

作品の生命圏、作用圏(Lebens- und Wirkungskreis)は、その成立の歴史と同じ権利で、いやそれどころか特にそれと並ぶ重みを持って扱われてしかるべきである。生命圏、作用圏とは、作品の運命、同時代者によるその受容、その翻訳、その名声のことである。それによって作品はその内面においてひとつのミクロコスモスに、あるいはむしろ、ひとつのミクロアイオーン[ミクロの永劫]へと形成される。というのも重要なことは、特定の文学世界の作品をそれが属する時代の連関において描き出すことではなく、それが成立した時代のなかに、それを認識する時代を――つまり自己の時代を――叙述にもたらすことだからである。それによって文学は歴史のオルガノンとなる(Ⅲ, 290)。

一九六〇年代後半の人文科学の変動期にこの議論はよく使われた。「アイオーン」とはとてつもなく長い、永遠に等しい時間周期のことである。つまり、すでに翻訳論、また類似性の思考でも述べられていることだが、無数の独自の世界が作品の死後の生として生じてくるのであり、そのつどの現代が独自の作品世界へと引用し、翻訳することが、作品のなかに込められている時間のエネルギーを解放することだ、というのであろう。ここには絶筆「歴史の概念について」の基本的発想がすでに認められる。考えてみれば、すでに『ドイツ悲劇の根源』のメランコリー論はベンヤミン自身のことを語っていた。

「批評とは作品の壊死」である

しかし、こうした議論からベンヤミンにおける〈解釈学〉を論じるわけにはいかない。その理由は少しややこしいがこういうことである。シュライエルマッハー、ディルタイ、ハイデガー、ガダマーとつながる解釈学的議論の伝統は、過去のテクストとの対話のなかから浮き上がってくる問いに答えようというもので、それに関する作用影響史的意識というのは、自己がどんなに意識しても、伝統にいかに規定されているかを完全に透明にすることはできないという解釈コンテクストの強調に終わる。最終的には理解によって確認されるのは、存在と存在者をめぐるプラトン以来の議論空間を支えている言語の規定力である。「理解される存在とは言語である」(ガダマー)。政治の季節であった六〇年代後半に、ガダマーの解釈学的反省が一世を風靡したのには、解釈における現代の実践的契機の強調があったことはまちがいない。

その頃、同じくベンヤミンの先に引いた文章も喚起力を帯びはじめた。だが解釈学的反省が最終的に反省の限界を強調し、コンテクストへと回収し、連続性の神話を形成するのに対して、ベンヤミンの場合には、アレゴリー的解釈であって、過去は死んでいるのである。「批評とは作品の壊死」なのである。過去との連続性の空間は解体されるべき、新たにたえずやり直されるべきものなのである。「自己の時代を叙述にもたらす」とは、船のブリッジから身を躍らせるあの「隣り合わせの不思議な子供たち」の決断であり(本書二一七―二一八頁)、絶筆「歴史の概念について」の表現で言えば、「虎の跳躍」なのである。「哲学の考察も飛躍を恐れたりはしない」(「認識批判的序説」『根源』)。

こう述べたからといって、歴史的知識を無視して作品と直接かかわるべきであるという実感論、直感論の立場をベンヤミンが支持しているわけではない。作品の前史も後史(死後の生、死後の成熟)も作品のミクロアイオーンに属している以上、文化の香りに満たされた教養主義的空間を「爆砕」するためにも、過去の無数の類似関係を「全面的かつ総合的なアクチュアリティ」にもたらさねばならないからである。この点を誤解すると、ベンヤミンを、文学を政治運動の例証に使う運動家に、あるいは私小説的態度で作品からの啓示を期待した文学青年に矮小化することになる。彼はあくまで自己の議論は、普遍性を持つ哲学的かつ学問的なそれであると確信していた。そして、だからこそ自分は、堕落したブルジョアジーの支配する大学の営為《ベトリーブ》に適応できないのだと――理解していた。

自己の神秘主義的な類似性や決断の思想と、遅く知ったマルクシズム的な歴史意識との異常な方法的緊張関係のなかで、今世紀前半の批評文のなかでも最も凝縮力が高く、それゆえの起爆力を持ったエッセイが書かれていった。「ヨハン・ペーター・ヘーベル」（一九二六年）、「ゴットフリート・ケラー」（一九二七年）、「シュルレアリスム論」（一九二九年）、「マルセル・プルーストのイメージについて」（一九二九年、一九三四年修正稿）、「ローベルト・ヴァルザー」（一九二九年）、「カール・クラウス」（一九三一年）、「フランツ・カフカ」（一九三四年）、「カール・グスタフ・ヨッホマン」（一九三七年）などがそれである。

その多くは、神話、自然、暴力、法、時間といった彼の問題圏で動いている。例えばケラー論（II－1. 283-295）。アドルノもベンヤミンもその静かな世界、しかし決して恐怖のないわけではない世界をこよなく愛したケラーだが、そういう彼の、最も清潔なチューリヒの市民的法秩序の世界の奥にどれだけの恐怖を宿した洞窟が潜んでいるか、それを知る「メランコリックで胆汁質の」（ベンヤミンが自分を語っているかのようだ）ケラーがどのようにフモールを生かしているかが論じられている。

クラウス論（II－1. 334-367）では、新聞ジャーナリズムの似非左翼的ヒューマニズムに溺れた、あまっちょろいドイツ語の卑俗さを激しく糾弾するクラウスが、どれほどのデーモンに支えられているか。だが、そうしたデーモンが、戦う相手と実はいかに癒着しているか、そしてその状態をどのように自覚し、乗り越えて、「非人間」(脱ヒューマニズムの境位、人間を越えた天使に近い存在)としての破壊的な仕事という逆説的なヒューマニズムを彼が実行しているかが語られている。反ユダヤ主義の問題、技術の発展に人間の社会の組織化が追いつかない問題、そしてバロック論と同じく自然の荒廃の問題、体制批判をする知識人の位置と役割など、神話の思考以来きわめて両義的なさまざまなモチーフがカール・クラウスというヴィーンの言語批評家を手がかりにして展開されている。批評や引用による破壊力、真の名前単語を呼ぶための引用といった問題はすでに触れた。クラウス論の最後にベンヤミンは、共産主義についてのクラウスの文を引用するが、これは他ならずベンヤミンの立場であろう。「共産主義の現実のやり方はとんでもない。でも、神に願うが、現実の脅威としての共産主義は守っていただきたい」。何に対する脅威なのだろうか。裕福でありながら、貧しい人々に「富は最高の財産ではない」とのたまうブルジョアたちへの脅威こそ共産主義が必要な理由だと、クラウスは叫んでいる。もっとも、すでに述べたように、クラウス本人はベンヤミンのエッセイを読んで、自分には関係ないという言辞を吐いてベンヤミンをがっくりさせたようだ。

自己投影と繰り返される読み込み

しかし、クラウスがそう発言したのも無理からぬところがある。何ヵ所かの文章は他でも使われているからである。例えばクラウス論の一番最後の天使の話。あのタルムードの、神の前で歌っては消えていく新しき天使の話をあげて、この天使の声をクラウスはなぞったのだ、その意味でもう人間ではない（非人間）、つまり真理の前で消滅した存在として、この世のデーモンを倒していくのだ、などと言われては、本人もおぞましい気が必ずやしたであろう。かつて自分の批評観について『アンゲルス・ノーヴス』で使った比喩と同じではないか、とも言いたくなる。あるいは、粉砕批評のクラウスなりの仕方についての次の文章にも自分を語っているのではないかと思わせるところがある。

戦いの上で必要となるならば彼は、いっさいのためらいをみせずに自分の生活と存在のすべてを公的な論争の論題にすることができたが、また、批判にあたっては個人的なことと事柄に関することとの区別をずっと以前から容赦なく拒否してきた。こうした区別があるおかげで論争はその信用を落とし、またこの区別が我々の文学や政治の世界の汚職を生む手段となっているのだ。クラウスは人に対するにあたってその人がなにをしているかよりも、どういう人物であるかを、その人がなにを書いているかよりも、なにを言うかを重視し、その人の書いた本を手がかりにすることは最も少なかったが、これこそ論争の権威としての彼の前提であった。この権威によって彼は、一人の著者の精神の世界を、それがくだらないものであればあるほどいっそう確実に、真に予定調和的な、宥和を生む調和を信じて、たった一切れの文章から、たったひとつの単語から、たったひとつのイントネーションからそのまま完全に浮かび上がらせることを知っていた。個人的なことと事柄に関することとが相手においてだけでなく、なによりも彼自身においてもいかに一緒になっているかを示すのが、彼は決してひとつの意見を代表することがない、ということである。というのは、意見というのは、当の個人から切り離されて商品循環に組み込まれていく偽りの主観性だからである(「カール・クラウス—全人間」II - 1, 343)。

文壇や書評の世界の堕落(あえて「汚職」と訳してみた。これについては本書三六一—三六二頁参照)とその理由、堕落した慣行を無視してクラウスが行う「公的人物の処刑」という戦略、相手の発言よりも客観的な社会的機能の重視、部分から全体を浮き上がらせる手口、既製品化した意見に身をすり寄せないこと——これらは、これまで見てきたとおりベンヤミン自身が状況分析や戦略的信条としてなしてきたことである。一部を聞いて全体を潰すというやり口については、今まで紹介しなかったが、『一方通行路』のなかにすでにこう記されている。「論争とは、一冊の本のなかのほんのちょっとの文章を使って、その本を抹殺する(vernichten)こと。その本を勉強していなければいないほどいいのだ。抹殺できる者のみが、批評の能力を有している」。「批評家の技術の十三ヵ条」の第九条である。それにしても十三ヵ条とはまさにデーモンの技術である。もちろん、これらは相手を徹底的にやっつけるときのベンヤミンの自己投影であり、救済批評はまた異なる。

だが、自分を読み込んでいるのはこれだけではない。人間の活動によって死相を呈し、苦しみ嘆く自然、そしてその自然――というより被造物(Kreatur)――によせる復活の希望、別のやり方への望み、これもバロック研究以来繰り返されてきたテーゼである。

人間が被造物との戦いのなかで損な役回りになることは、ひとたび自然にたいする戦いに引き込まれた技術が、その主人である人間の前でも遠慮しないであろうことと同じにクラウスの確信するところだった。……そして歴史とは彼にとっては、彼の種族である人類を他の被造物から分ける荒涼たる場にすぎない。この被造物が果たす最後の仕事は世界の炎上なのである。被造物の陣営に寝返った者として彼はこの荒野を横断する。……まさに被造物の名において、クラウスは動物および〈いっさいの魂のなかの魂、つまり犬の魂〉に心を傾けるのである。この被造物こそは、神の創造を映す真の徳の鏡なのである。その鏡には、誠実、純粋、感謝の情が、遥か昔の忘れられたほど遠い時間の彼方からこちらに向かって笑いかけているのが映っているのだ(II - 1. 341)。

あるいは、先に触れた破壊をめぐる文章の結論の部分でもロース、シェーアバルト、クレーのいわばモダニズム芸術の御三家が出てくる。まずは、「人間の仕事が破壊だけから成り立っているなら、それこそ本当に人間的で、自然な、そして高貴な仕事である」という建築家ロースの言葉が引かれる。「装飾は犯罪である」という彼の有名な警句を思い出す読者もいるだろう。その上でベンヤミンは続ける、「これまであまりにも長いこと、創造性に重点がおかれすぎてきた。仕事を貫ってコントロールされることを回避する[独立自存の天才的な]人だけが創造的とされてきた。それに対して、委託され、コントロールされる仕事——その範型は、政治的及び技術的な仕事である——は、滓や屑にまみれて素材のなかに破壊的に介入し、これまでやられてきた成果を使い尽くし、自分の労働の条件に対して批判的である。創造に酔っているディレッタントの仕事の正反対である。……破壊によって真価が示される人間性(フマニテート)を理解するためには、〈装飾〉という竜と戦うロースの姿を追い、シェーアバルトの小説のなかの人物たちの語るエスペラントに耳を傾け、あるいは、人間になにかを与えて喜ばせるよりも、人間から奪うことによって彼らを解放してくれるクレーの〈新しき天使〉を見たことがなければならない」(II-1, 366)。

今までになんども出てきたこの御三家は「経験と貧困」にも、またヨッホマン論にも出てくる。技術者としての知識人という議論もロマン派を扱った博士論文や短文集の『一方通行路』以来のメロディーで、やはり自分を、あるいは自分がめざすものを読み込んでいる。手前味噌といえば手前味噌。そのことを知らずとも、クラウスが違和感を抱き、嫌味のひとつも言いたくなったのはやむを得ないだろう。こうした繰り返しと読み込みは、同時にもちろん、ベンヤミンのこの時期の思想の骨格を、浮き彫りにしてもくれる。「奪うことによる解放」というクレーの天使は、やがて「歴史の天使」へつながる。

特に注目すべきものとして今までよりもよりはっきり浮かび上がっているのは、三九九頁で引いた、人間以前の、そして人間を越えた〈犬の魂〉、つまり被造物(Kreatur＝生命のある自然)の圏域への着目である。無機的な自然から分化したばかりの薄明の世界、つまり、神話の暴力の世界よりもさらに前の、デーモンもうごめいていず、法も貫徹される以前の生の状態への希望の視線である。人間の文明などよりも、神話以前のそうした世界の方が、いっさいをやり直すための出発点になるということであろう。

彼がクラウスに読み取ったこの視線は、同じく彼が、カフカの死後十年を記念して書いたカフカ論(II－2, 409-438)の中心テーゼでもある。「神話の世界は……カフカの世界よりも比較にならないほど若いのであり、神話ですらカフカの世界に救済を約束するものだったのだ」。もちろん、この約束は成就していないが、その約束がなされる以前の、それより比較にならぬほど古い世界の消息をかすかに感知させてくれる存在がカフカの小説に出てくる、とベンヤミンは言う。

それは「助手たち」とベンヤミンが総称する存在であり、またカフカの〈動物もの〉に登場する動物たちである。『城』のなかの助手たち、あるいは『観察』のなかの「仮面をはがされる詐欺師」、『アメリカ』で夜更けのバルコニーに現れる勉強する学生などの、啓蒙とか理性とか意識とか大きな概念による透明性とは無縁の、未熟でぼんやりしたよくわからない、そしてなによりも被造物的な、ただ植物的に生きているだけの(kreatürlich)存在のことであり、ネズミやモグラや蝶や猿である。彼らはまだ「自然という母胎から完全には解き放たれていない」。インドの伝説で「ガンダルヴァ」と呼ばれる、「世界の霧の段階」に例えられる存在。

こうした存在は掟の力に服しきっていない。カフカのことばでいえば「家族」の外の存在である。それ以外の主人公や主人公に近い人々は、虫になったザムザであれ、『城』のKであれ、『判決』の息子であれ、「家族」の一員である。人間社会といってもいい。実際にはカフカ個人に加えられた家族からのアルカイックな抑圧が背景にあろう。それに対して、忘却の薄明の領域からぼんやりした形態をとって――ベンヤミンの言語思想から言えば、人間が通訳すべき独自の言語をもって――遥か彼方に現れてくる存在、「遠い時間の彼方からこちらに向かって笑いかけている」存在、まさに〈犬の魂〉を持った存在こそ、新たな根源として、いっさいが別のようであり得る可能性を示している、というのである。この点の立論はクラウス論と同じである。ベンヤミンは、人間に希望はあるのかという友人ブロートの問いに答えてカフカが言ったといわれる、有名な言葉を引用する。「おお、希望はあるとも。十分あるとも。無際限にたくさんの希望があるとも。――ただ我々のための希望ではないだけさ」(II-2, 414)。

だが、またベンヤミンがカフカ論で指摘するのは、なにも我々が太古の時代からのやり直しにかなわぬ憧れを抱く必要はないということでもある。なぜならこの「助手たち」とは「祈禱所を失った教区下僕」であり、「聖なる書物を失った門弟」たちだからである。つまり、周囲にいくらでもいるのである。この世の支配の構造のなかで最末端で植物的に生きている者たちという見方もできるし、忘却の彼方から薄明の形態をとってくるという点に着目するなら、カフカ自身が自分の身体の内部から飛び出してくる咳を「あの動物たち」と名づけているように、我々の身体でもある。

全体としてこのカフカ論は、――あまりそういう指摘はされないが――身体的なものの新たな位置づけの試みとも読むことができる。そういえば、このエッセイのなかで、動物的＝被造物的なものに並んで、仕草やジェスチュアに重要な意味を認めているのも注目される。「人間の仕草からカフカはこれまでの［理解の］支えを外し、それを終わることのないさまざまな熟考の対象としているのだ」(Ⅱ-2, 420)。

神話以前のメルヘンへの回帰

カール・クラウスについてのエッセイは、ジャーナリズムの浅薄な言語を徹底的に叩くクラウスのヒューマニズムを描き、その上で、こんどは批判の言語が自ら批判する当の状況のなかで一定の位置を占め、それと癒着していることの暴露でもあった。例えば、クラウスの虚栄心がデーモンとして問題にされる。さらには、そのデーモンが、徹底的な破壊のなかで新たな、「現実的ヒューマニズム」なるものへと転生を遂げてゆく、その意味では「批評の精神現象学」とも言える。そして、着目された、というよりベンヤミンが自分自身を読み取ったひとつの点が、ユダヤ神秘主義とも無縁でない、忘却された被造物の側に、「犬の魂」の側に、屑や捨てられた物の側につくという発想だった。

同じことは、カフカ論にも言えよう。家族のなかの掟の秩序に反抗することは、原罪の延長でしかない、近代の絶望をベンヤミンは直視する。『判決』における戦いの相手の父は醜悪な姿でベッドで横になっているが、一声で息子に判決を下せる。アルカイックなものに対する理性もしくは近代の戦いにおいてアルカイックなものは明らかに醜悪さを、理不尽さを露呈するが、しかし、その戦いにおいて現代の理性は、その批判・糾弾という原罪のゆえに結局は断罪されることを、ベンヤミンはカフカに見ていた。糾弾は「家族」のなかの糾弾でしかないからである。太古のアルカイックな暴力はかたちを変えても依然として現在を支配している。「カフカに創作活動を促したこの太古の暴力。もちろん、我々の時代の世俗の暴力とも同じ正当さでそうとみなせる暴力。この暴力がどちらの名前でカフカに現れてきたと言える者がいるだろうか」(II-2, 312)。ブレヒトはカフカのうちに官僚制と現代の大都会の悲惨な経験を見ていたが、そこまで決めずに、太古の暴力の再来を見るところがベンヤミンである。

他方で、「カフカの世界にあれほどしばしば太古から」「最末端の死の領域から」吹いてくる薄明の風に希望が語られている。太古のエネルギーを、ベンヤミンが、神話以前の被造物的=生命的なものと、神話的暴力というかたちに分節化しようとしているのがわかる。動物の沈黙でベンヤミンが展開するとおり、セイレーンの誘惑にのらないオデッセイがつける神話とメルヘンの区別といってもいい。前に子供の遊戯とガラクタ収集について「神話物語の成立過程および崩壊過程における屑」としてのメルヘンが論じられていたことを思い出して欲しい(三二一頁参照)。それは、「犬の魂」へのクラウスの傾斜と、助手を描くカフカの筆とつながっているのである。

いずれにせよ、この精神現象学は、神話以前のメルヘンへの回帰のそれである。もちろん、かつてあった状態へ回帰するのではない。逆説的だが、いちどもなかった状態に戻るのである。「ブルジョア的＝資本主義的状態を、それがいまだかつて存在したことのない状態へと戻す方向へと発展させる(zurückentwickeln)」(II-1, 363)のが、クラウスのプログラムだったと言われているとおりである。神話のエネルギーを、神話以前の薄明の領域に希望をつなぎつつ、理性的な統合へと組み替えるというベンヤミンの果たせぬ希望が、カフカとクラウスにおける被造物との関係のうちに読み取られている。

カフカとカフカ論におけるユダヤ精神

カフカ論はベンヤミンの作家論のなかでもユダヤ精神の直接の痕跡が最も強いものかもしれない。『親和力論』や『ドイツ悲劇の根源』にも間接的にはもちろん強かった。クラウス論ではもっとはっきりしている。しかし、カフカ論は、途中にちりばめられているタルムードのさまざまな物語を見るまでもなく、非常にユダヤ精神が強く出ている。例えば、こちらへ向かって出発したはずの遠くの婚約者を流刑の村で待つ王女の話がある。婚約者はメシア、王女は魂、そして村は身体、というのだ。王女は喜びの知らせに接し、言葉の通じない村の人々に自分の喜びを伝えるために饗宴を用意する。だが、婚約者はいつ来るかわからない。

あるのは出発の知らせだけ。カフカの「皇帝の使者」を思わせ、カフカ自身のなかのユダヤ精神を考えさせる。

また、ベンヤミンの見るところ、カフカの散文は、ユダヤの律法(ハラハー)に対する伝承された解釈や教訓(ハガダー)と同じような関係を〈教説〉に対して持っている。だからこそカフカの寓話は、一義的な理解をしにくいのである、とも。なぜなら一義的な理解は、〈教説〉が、つまりユダヤ教の神の真理がなんであるかを明確化することになってしまうからである。寓話はあくまで〈教説〉の注釈なのである。しかも動物的=被造物的という点で、まさに仕草こそ注釈の最も適切な形態なのである。だが、と彼は問う。

我々は、カフカの比喩がそれに同伴し、またKのジェスチュアや仕草がその注釈となっている教説を所有しているのだろうか? それはここにはない。せいぜいが、これやあれやのことどもが教説を暗示していると言うことができる程度にすぎない。カフカなら、自分は教説の遺物としてそうしたものを伝えるようにしたのだ、と言うであろう。我々ならばカフカが言ったかもしれないのと同じに、そうしたものどもを教説の先触れとして用意しておくのだ、と言うこともできよう。いずれにせよ、ここで問題になっているのは、人間の共同体における生活と労働の組織のあり方の問題なのである(II‐2, 420)。

最後の一文は見逃せない。「共同体における生活と労働の組織のあり方の問題」——秘教的なタルムードの話のなかに突然に出てくる社会理論的な醒めた文章。メシア的共産主義の誕生の薄明の地点が見えてくるように思える。メシア的ということは、同時に理想社会の設計図を描かないという偶像禁止にしたがうことでもある。〈教説〉を我々は知らず、所有しておらず、せいぜいが被造物や、我々人間の発作的なジェスチュア――どんなジェスチュアや仕草も意識のコントロールが最終的に効かない以上、〈跳躍〉や〈決断〉と同じなのである――にそれへの希望を見ることができるにすぎない。「文学を教説に転換しようとする彼の壮大な試み、しかも寓話というかたちで文学に、彼から見て理性に照らして唯一ふさわしいと思われた持続的でひかえめな形態を回復してやろうという壮大な試みは挫折した。〈汝、偶像を作るべからず〉を彼ほどしっかりと守った作家はいない」(II－2, 427)。

ヨッホマン論をめぐって

実はベンヤミンがカール・クラウスを知った直接のきっかけは、ベルン時代に訪ねてきたショーレムとの共通の、同じくユダヤ系の友人ヴェルナー・クラフトの存在である。彼はその頃カール・クラウスを読み耽っていた。クラフトは、ヒトラーが政権に就いてからベンヤミンに、「いったいヴィーンのカール・クラウスはどうしているのだ。黙ってしまっているのか」と問い合わせているほどのクラウス好きだった。共通の亡命先のパリで二人が会ったときに、もともとハノーファーの国立図書館の司書で、本好きという点ではベンヤミンに勝るとも劣らなかったクラフトから教えて貰ったのがカール・グスタフ・ヨッホマン（一七八九

—一八三〇）の存在である。

ヨッホマンといっても知る人も少ないが、バルト地方に生まれ、十九世紀の歴史主義者の大部分と異なり、啓蒙主義の思想を裏切ることなく、歴史の問題を考えた数少ない思想史上の人物である。ベンヤミンはヨッホマンの論文「ポエジーの退歩」を高く買い、その抜粋に彼自身の解説をつけてホルクハイマーたちの『社会研究誌』に出して貰った（「カール・グスタフ・ヨッホマン著『ポエジーの退歩』」II-2, 572-598）。言語と歴史をめぐるベンヤミンの思考のありようを、ヨッホマンがユダヤ人でないだけに、いっさいユダヤ神秘主義に近づくことなく示したものである。

ヨッホマンは多くの近代批判と異なってポエジーの退歩、つまりもはやホメロスが出現しないことを決して否定的に見ていない。その点で『経済学批判』の序文（実際には最後についている）でなおもホメロスを偉大と見るあのマルクスとも異なる。むしろ、かつては神学も宗教も経済学も政治学も叙事詩のなかに盛り込まれていたのが、現代では分化していることを発展と見ている。そして神話の叙事詩が持っていたかつての社会統合のエネルギーを現在の啓蒙の世界で失われないようにどのように組み替えていくかという、〈変形的遡及（transformierender Rückgriff＝三島の用語）〉を論じていた。ヴィーコの影響もベンヤミンが嗅ぎつけているように確実にあろう。しかも、ロマン主義が流行している時代に一人孤高にカントとレッシングの啓蒙に忠誠を誓っていた。

ベンヤミンが抜粋した部分にはないが、「ダライ・ラマの排泄物にすら興奮する」インド好きのロマン主義者たち(ドイツの古代インド研究はロマン主義にはじまる)を皮肉ったヨッホマンの文章は小気味いい。ベンヤミンが気に入ったのはこの組み合わせだ。太古のエネルギーと啓蒙の理性、この結びつきにくいものが十九世紀初頭のヨッホマンで無理なく結びついていたことに彼は驚いて、見事な紹介文を書いている。救済批評の面目躍如たるところがある。ゲオルク・フォルスター、ハイネ(ここでは例外的に評価が高い)、ロースとドイツの実践的啓蒙の伝統が高く買われていることも、ベンヤミン研究が時として見逃すところである。

しかし、ヨッホマン論でベンヤミンは味噌をつけた。クラフトにヨッホマンのことを教わりながら――あるいは偶然同じ時期に二人とも発見したということもあろうが――クラフトに黙って、『社会研究誌』に論文とヨッホマン自身の抜粋を掲載してしまった。細部は省略するが、友人への書簡などを検討すると、どうもベンヤミンの方が分が悪い。二人の友情はこれをきっかけに終わってしまった。戦後クラフトは、ヨッホマンについて優れた大著を書き(9)、その中で解釈のためにベンヤミンをいろいろと引用しているが、この「盗作」の被害には一言も触れなかったのは、単純に人間的勝利であろう。ベンヤミンもこういったことではただの人であることに変わりはない。

ただの人といえば、パサージュ論に取り組んでいるときにドイツに残っていたドルフ・シュテルンベルガーという政治学者が、パリのパサージュから十九世紀文化批判を立ち上がらせるという、ベンヤミンのこのアイデアを頂戴した文章を発表したときには、烈火のごとく怒り、抗議の手紙を書いた。だが、このシュテルンベルガーは戦後ドイツでいち早くリベラリズムの旗手としてナチスの過去の克服に大きく与る有名人になった。「憲法愛国主義」という言葉も彼の造語である。ところが、アドルノたちは、ベンヤミン書簡集を編んだときに、シュテルンベルガーへの遠慮から、ベンヤミンのシュテルンベルガー宛の、投函はされなかった手紙のこの部分を削除している。実はシュテルンベルガーが、ミュンヘンでの頽廃芸術展にあたってのヒトラーの演説を讃美していることをベンヤミンはこの手紙で皮肉ってもいたのだが。この部分が公開されれば、シュテルンベルガーは戦後ドイツの論壇で失脚したかもしれない。アドルノは「そこまでやる」勇気はなかったようだ。「自己保存」はアドルノで重要なカテゴリーだった。勇気があったのは一九五三年に、当時のドイツ思想界に君臨していたハイデガーを批判した弱冠二十四歳の学生ユルゲン・ハーバーマスだった。

「厳しさ抜きには解釈はすまない」

ベンヤミンの批評の方法と、根底にある問題意識のおおよそに、若干の「人間的」問題も含めて、触れたかと思う。最後に次のエピソードを紹介しておこう。

ショーレムが一九二七年カバラ研究でヨーロッパに来たとき、パリでベンヤミンにヘブライ大学の学長を引き合わせ、彼のパレスチナ行きの相談をしたが、そのときベンヤミンは今後の仕事の目標として「ユダヤ文学の偉大なテクストに文献学者としてではなく、形而上学者として」接近したいと述べたとショーレムは報告している。[10] それ以外にも「正典的な重要性を持ったテクスト」の形而上学的理解をめざすのだ、と彼はなんどか述べている。要するに秘教的なテクストを砕いて核を取り出す作業――それが彼の強みだった。目は過去に向いている。その具体的な経験を、彼はヘッカー批判のなかで、ヘッカーがやっていないこととして語っている。

厳しさ(Härte)抜きには解釈はすまない。特に神学的な解釈の場合には。そうした解釈は詩人の言葉のつなぎ目を吹き飛ばすこともあろう。それによって奥底の内実にまで突入するためには。だが、同時にそれによって、言葉の核に、実り豊かな発展を与えることにもなるのだ。こうした解釈は文献学を放棄することなく神学的でありうる(「特権的思考」)。

この言葉からカフカやカール・クラウス、またその他の「正典的な重要性を持ったテクスト」についてのベンヤミンのエッセイを読み返してみると、一見入りにくい文章のなかに入りやすいかもしれない。

注

(1)『ゲーテの親和力』(I-1, 189)。

(2) 一九九〇年代後半以降の寛容な諸判決を受けて、二〇〇五年の憲法裁判所の判決以降は罰せられることはなくなった。

(3) Lacis, Asja, *Revolutionär im Beruf*, München 1976, S. 64.

（4） いわゆるフランクフルト学派の出発点のひとつとしてヘッカー批判は共通していた。これについてはホルクハイマーのヘッカー批判も参照のこと。Horkheimer, Max, Zu Theodor Haeckers *Der Christ und die Geschichte*, in: Horkheimer, *Gesammelte Schriften*, Bd. 4, Frankfurt 1988, S. 89–101.

（5） シュミット、カール「ナチズムの法思想」『カール・シュミット時事論文集：ヴァイマール・ナチズム期の憲法・政治論議』古賀敬太・佐野誠編、風行社、二〇〇〇年、二二六頁。

（6） Jünger, Ernst, *Das erste Pariser Tagebuch*, Stuttgart 1994, 一九四一年十月十八日の記述。ユンガー、エルンスト『パリ日記』（山本尤訳、私家版、二〇〇八年）も参照。

（7） Adorno, Theodor W., *Negative Dialektik*, Frankfurt 1966, S. 371. アドルノはプルーストの激しい幸福願望が、作品の中から激しい破壊的力を噴出させていることを論じている。

（8） 『啓蒙の弁証法』や『否定弁証法』が、その一見、出口なしの自閉的に見える議論にかかわらず、六〇年代半ば以降の学生反乱の世代の民主化運動にエネルギーを与えた理由については、テクストに即してのデミロヴィッチのすぐれた解釈がある。Demirovic, Alex, *Der nonkonformistische Intellektuelle. Die Entwicklung der Kritischen Theorie zur Frankfurter Schule*, Frankfurt 2000. 両書を扱った当該の章が特に重要。

（9） Kraft, Werner, *Carl Gustav Jochmann und sein Kreis. Zur deutschen Geistesgeschichte zwischen Aufklärung und Vormärz*, München: C. H. Beck, 1972.

（10） Scholem, Gershom, *Walter Benjamin — die Geschichte einer Freundschaft*, Frankfurt 1975 (dritte Aufl. 1990), S. 172ff.

第八章　亡命とパサージュ

「血まみれの破壊の道具」――これこそ、ボードレールの詩作の再内奥の小部屋で、娼婦の足下に散らかっている家財道具のことである。彼女こそはバロックのアレゴリーの全権を相続した存在なのである。(1)

1　亡命と「研究所」

「生き終えて……死神と毒杯を飲む」

ベンヤミンは、一九三一年頃から、おそらく離婚に伴う財政的負担も作用してであろうが、深刻な鬱状態に何度か陥った。ドーラ、ユーラ、アーシャとの「三つの大きな愛の経験」の終了とともに「生き終えた」という感を強めたようだ、とショーレムは述べている。(2) 特に最初の鬱状態はひどく、「一九三一年八月七日から死の日にいたる日記」なるものを記し、その冒頭に「この日記はあまり長くなることはないだろう。今日キッペンベルク書店から断りの返事が来て、これで私の計画は、にっちもさっちもいかなくなった状態でのみ可能なアク

チュアリティを完璧に持つことになった」と書いている。(3)

遺稿となった「歴史の概念について」や卓抜な破壊的評論「シュルレアリスム論」のなかの考え方を使うならば、危機の瞬間にさまざまな契機の「全面的かつ総合的な」像が結ばれ、その「イメージ空間」の充実こそ、ベンヤミンが考える「アクチュアリティ」の意味である(「プロローグ」参照)。そうしたアクチュアリティは、ひとつの飛躍へと促す。追いつめられたとき、世界はゲシュタルト・チェンジし、敷居が乗り越えられる。神々は「敷居に通じた者たち(Schwellenkundige)」であった。死はその残酷さにもかかわらず、敷居を越えるシュルレアリスム的経験の究極の形態でもあり得る。いささか自分に甘えた自殺願望であることを別にすれば、日記の言葉遣いひとつにも、青年運動とユダヤ神秘主義の交わる地点の電圧をボードレールのモダニズムとシュルレアリスムの経験が高めていることが分かる。

翌三二年の夏もニースを死に場所と定め、四十歳の誕生日に決行しようと思ったふしがある。ショーレムに宛てて、誕生日に一人でいるよりも、今までも旅先で会ったことのある「かなりおかしなある男」と誕生祝いのワインを一杯やるかもしれないと書いているが、そのときにはなんのことだか分からなかったこのカバラ学者も、『わが友ベンヤミン』のなかでは「死神と毒杯を飲む」という意味だったのではなかろうかと推測している。(4)そのときには、従兄で、後にモスクワでも働いたことのあるレントゲン医師のエーゴン・ヴィッシング(当時ベルリンで同じ建物に暮らしていた)に宛てて、自分の原稿はすべてショーレムに送って欲しいという望みをはじめとして、遺品の処理、息子シュテファンの経済問題などについての遺言も書いている。近づく褐色の軍隊(ナチス)の靴音も作用していたろう。放送界をはじめ、出版界も全体に右傾化し、〈従属の先取り〉をはじめたため、どんどん仕事の口が減っていた。ニースからショーレムに宛てた手紙にはこうある。

なによりもこうした状況に直面してどうしようもない疲労感に襲われています。……この十年のあいだ、私の思考が作り上げてきた文学表現の形式は、隅から隅まで予防策と解毒剤としての毒によって規定されていて、こうしたものによって私は、偶然性なるものの猛攻の前で私の思考がたえず崩壊しそうになるのに対抗せざるを得ませんでした。私の仕事の多くは、あるいはその相当数は、小さな次元では勝利を得ては来ましたが、大きな目で見れば、そこには敗北がつきまとっています(一九三二年七月二十六日、ニースより)。

偶然性——政治や経済のダイナミズムは所詮はそうしたものである。その毒に対抗する今一つ別の毒。ヴァイマール時代の彼の知的活動を支えていたものについて教えてくれると同時に、また一種の敗北宣言でもある。

亡命の日の夏、断絶の記憶

余談だが、ベンヤミンの女性関係は実際には一九二〇年代から驚くばかりに「多彩」かつ同時並行型だった。この三二年の初夏から夏にかけて、つまり暗鬱なニースの日々の前の数ヵ月、彼は、ミュンヘンの学生時代に知り合い、「天才」とあがめたこともある物知りの友人ネッゲラートの誘いで、地中海に浮かぶスペイン領のイビサ島で暮らした。このときには、二八年以来相当に親しかったロシア系ドイツ人のオーラ・パーレムが同行していたようだ。一説によるとバルセロナにも別の、ドイツ人医師と離婚して暮らしている女性がいたとされている。前年の死の日記に出てくる女性と、このオーラ・パーレムはそれぞれ異なる。しかし、そのことと青年運動以来の三人の女性との運命が終結したという感慨とは別だったらしい。

亡命という暗黒の時期を通じて、ベンヤミンであれ、ホルクハイマーやアドルノであれ、夏の過ごし方に心を砕き、ほぼ必ず「定住地」とは違うところに「休暇」で出かけている。とりあえずオクスフォードに亡命していたアドルノは開戦まではときどきドイツで休暇を過ごしている。政治の力によるやむを得ぬ悲劇的移動もあったが、そればかりではない移動も多かった。第一次大戦前の上流市民の出自は、消えようがなかった。それぞれ新たな、中年のブラウハウスベルクやコンブレー(第一章第一節参照)を求めて、南欧や新大陸の各地を動いていた。ベンヤミンのイビサ行きの場合は両方であろう。今でこそ夏は大量のドイツ人バカンス客に溢れかえり、ジャーマン・バーベキューと言われるほどのイビサ島だが、当時はヨーロッパのさいはて、一日二マルク以下という嘘のように安い生活費で暮らせるうまみは事実上破産状態の彼には大きかった。また、失業者に溢れ、親衛隊と共産党員が衝突を繰り返す混乱のベルリンから離れた静けさは仕事に必要だった。ナチス第三帝国の誕生の現場にいたくないという思いもあったようだ。手紙にはこうある。

資金は乏しいし、他方では理性の声が、第三帝国の開会式の場になぞいることはないと語りかけてきます。この式の日取りがいつになるかは、もちろんはっきりしたことは言えません。ついでにこの点について私のジョークを書いておこう。……〈第三帝国という列車は、全員が乗り込んでから発車するんだってさ〉というものだ。(5)

この時期に「ベルリン年代記」および、その中の私的な思い出を抽象化し、凝縮した『ベルリンの幼年時代』が一応の定稿を見ている。幼年時代における都市との接触を夢の中のように描き込んだこの作品は、シュルレアリスムとプルーストから学んだ手法で書かれている。冒頭にハシッシュを吸飲したときに浮かんだベルリンの凱旋塔（当時は今と異なって帝国議会の前の広場にあった）の幻の姿がモットーとして置かれているのはそのためである。わずか二十年前なのに、もうまったく別の世界として消えてしまった第一次大戦前のベルリンの幼年時代。青年運動の思い出。時の断絶が呼び起こす〈場所の記憶〉。第二章で書いたように、記憶は、最終的には断絶の記憶である。ちょうど理念（イデー）の記憶が理念（イデー）からの断絶のそれであるように。

イビサのあと、この三二年の夏から秋にかけては、ハウビンダ校以来の友人で作家である同じくユダヤ系のヴィリー・シュパイアーの車でイタリアに行き、滞在。旅費にも困っていため、シュパイアーがベルリンに帰る車に便乗する以外に手がなく、戻ったのは十一月中旬だった。

翌一九三三年一月三十日、文字どおり第三帝国の開会式が鳴り物入りで始まり、同時にユダヤ人や左翼知識人への弾圧が始まった。ブロッホ、ブレヒト、クラカウアー、ホルクハイマー、アドルノ、ベンヤミンの親戚のギュンター・シュテルン(アンダース)と当時彼の妻だったハンナ・アーレントなど、親しかった人々は相次いで亡命した。彼も三月中旬にはドイツを離れ、パリに逃げた。ユダヤ人である上に左翼では、逮捕・収容所送りは目に見えていた。戦争開始までに青年運動時代の友人たちもほとんどがドイツを離れたし、また、しばらく音信不通だったものの次第に接触が復活していたドーラも息子シュテファンとともにイタリアのサンレモに逃れた。若干の財産のあった彼女はそこでペンションを経営し、イタリアの反ユダヤ主義が強くなってきた一九三九年にそこを売り払い、ロンドンに亡命、市内で友人と戦後にいたるまでアパートの共同経営をしていた。二〇年代のベルリンでの編集者、コラムニストとしての活躍といい、現実的な才覚はなかなかである。ロンドンに行く途中で、ヴァルターにパリで会い、一緒に逃げようと誘うが、彼は断ったようだ。しかし、サンレモ時代にはヴァルターは、例えば三四年、三五年の冬の四ヵ月をはじめ、三六年九月、三七年七月にも数週間滞在している。経済的に大きな助けになった。

亡命生活の始まった三三年春に話を戻すと、ベンヤミンがパリにいたのはほんのちょっとで、すぐに前年イビサ島で知り合って急速に親しくなったフランスのジャン・セルツ夫妻とイビサ島に逃避、そこに十月までいた。その日々に『ベルリンの幼年時代』のフランス語訳をジャン・セルツが試みたが、ベンヤミンの語感の厳しさに遅々として仕事が進まなかったと、彼は思い出に書いている。イビサでマラリアにかかり、ほうほうのていでパリに戻ってからのベンヤミンは、文字どおり貧窮し、ユダヤ人の救援組織の援助も仰いだようだし、持っていた書籍を売り払うなどして生活をつないでいた。細かいことは省略するが、そうした事情もあって、すでに組織自身が、とりあえずパリとジュネーヴに亡命していたフランクフルト社会研究所の所員となり、十分ではなかったし、色々な意味で不安定ではあったが、その奨学金で何とかやっていかざるを得なくなった。

だがそうした力関係のゆえか、研究所との関係は、ベンヤミン・サイドから見れば最後まで透明ではなかった。ホルクハイマー、アドルノの意向に、そしてよくわからない研究所の方針なるものに自分を合わせる必要もあったし、またそれほど気にそまない仕事も引き受けざるを得なかった。その代表が「現代フランスにおける作家の社会的位置」(一九三四年)や「エードゥアルト・フックス―収集家かつ歴史家」(一九三七年)などの論文である。フックス論などは、私としては質が高いと思うが、できばえに関する毀誉褒貶はまちまちである。それらの論稿は、研究所の機関誌である『社会研究誌』に載って、稿料も入った。だが、ボードレール論や『パサージュ論』の草稿などに関しては、多くの点で研究所首脳部と意見が食い違ったり、ベンヤミン自身が〈従属の先取り〉をしたために、俗流マルクス主義の言語に流れて、それがかえってアドルノたちの批判を呼んだりといったことが、さまざまにあった。途中でニューヨークから訪ねてきたホルクハイマーがその困窮ぶりに驚いて、臨時支給金を出すようにしてくれたというエピソードもあったが、全体としていえば、ホルクハイマーとは今一つウマが合わず、研究所のなかで、ベンヤミンの、神学とマルクス主義の結合を、しかもパリのパサージュを論じながらそれを果たそうという目論見を大きな関心と熱狂を持って理解してくれたのは、アドルノだけだった。

そのアドルノも、両者と交流のあったゾーマ・モルゲンシュテルンによると、ベンヤミンにたいしては結構おせっかいで、ベンヤミンの方も会合の途中で、「後でこいつ抜きで飯を食おう」とモルゲンシュテルンにささやいたこともあったらしい。またベンヤミンの死後ニューヨークで、アドルノはモルゲンシュテルンに、「複製技術時代の芸術作品」について、「あれはちょっとした始まりにすぎない、俺がその先もっとでかいことを書くんだ」などとも述べていたらしい(6)。さらにニューヨークの研究所では、ベンヤミンが定期的に送ってくる現代フランスの文学や思想についてのレポートが垂涎の的だった。レポートが遅れたときのホルクハイマーの催促の手紙も残っている。だが、それにしては、彼への奨学金は少額で、教授が研究室のメンバーを搾取する古典的な構造とあまり異ならない。ショーレムは一九三八年ニューヨークで講義をした機会に首脳部と交流し、その印象をベンヤミンに書き送った(一九三八年十一月六、八日)。アドルノ家で歓待を受けたことなどを中心に、ベンヤミンの不安や不信を取り除くべく、気を遣った報告をしている。しかし、そのなかでもホルクハイマーに対しては露骨な悪口を書いているし、この手紙の、残っている下書きには、「あの連中は精神のオナニストだ。自分でやるのは楽しいかもしれないが、生産的ではないね」と本音はかなり厳しい。ケストナーらのヴァイマール左派が甘い生活をしていたのと同じだというのだろう。ハンナ・アーレントもホルクハイマーやアドルノを毛嫌いしていた。迫害と亡命のなかでも、知的エリートたちの、功名心とさやあて、露骨な好き嫌いの無数の証言はいろいろと考えさせられる。公開されている書簡集の理論的で配慮に富んだ豊かな文体に目をくらまされてはならない。とはいえ、ベンヤミンもときどき使った比喩だが、方舟に乗ったノアたちの知恵を受けてか[7]、公式の知的論争はフェアであり、また経済的連帯を維持する努力が常になされていた――もちろん、最終的に自己保存が優先したことも、自己保存の理論家アドルノが率先して示しているとおりである。ベンヤミンの場合には、シュルレアリスムに、さらには十九世紀の自己破壊的な文学の伝統に学んだ自殺志向も含めて、そうした自己保存意志が思想として少なかった。

　この時期の仕事を丁寧に紹介し、論じるだけでも優に一冊の本が必要なほどで、大幅に絞らざるをえないが、やはりパリのパサージュをめぐる、ボードレール論も含む一連の仕事、アウラの概念で有名な「複製技術時代の芸術作品」、それに絶筆となった「歴史の概念について」の三つとなろう。

2　パサージュ——十九世紀の根源の歴史

フランス精神の中で暮らす

ベンヤミンとパリとのつながりは深い。彼の受けた知的社会化は今ではドイツではきわめて薄くなったフランス志向の教養である。特にベルリンでは、啓蒙期以来フランス語とフランス文化は十九世紀を通じて上層市民のあいだに常に生きていた。ベンヤミンの家にも住み込みのフランス人マドモアゼルがいたことは述べた。はじめてパリに行ったのは、一九一三年の聖霊降臨祭の休暇のとき。シオニストの仲間ふたりとの三人連れで、ルーブルだけでなく、芝居も楽しみ、ブールヴァールを散策した二週間の滞在は「四分の一年」もパリ暮らしをしたと思えるほどの充実した経験で、「家々が住むためではなく」遊歩する者(フラヌール)の視線を遊ばせる書き割りになっているこの町に、ベルリンよりもずっと親しみを感じた。もちろんフランス語には当時から不自由しなかった。彼は二十代半ばに、ローヴォルト書店と専属契約を結んでいるが、そこでも建て前は現代フランス文学の最新情報を雑誌に紹介することが担当だった。また、一九二八年にジイドがベルリンを訪れたときには、他のジャーナリストたちには会おうとしなかった彼が、ただ一人ベンヤミンとだけ独占インタビューに応じていることを見ても、半ばフランス精神の中で暮らしていた様子がうかがえる。

一九二六年以降はほぼ毎年のように、時には相当に長期間、例えば二六年は三月から十月までというようにベンヤミンは、パリに滞在している。またボードレールの文学が進歩という名の大都会の変化と深く複雑な関係を有していることは、第一次大戦中に彼を翻訳して以来、よく理解していた。「ボードレールが進歩に対していやな気持ちを抱いていたこと、これこそ彼が自分の詩の中でパリを消化できた不可欠の条件だった」(「セントラルパーク」Ⅰ-2. 683)。

二六年のパリ行きの直接のきっかけは、友人のヘッセルと引き受け、契約もすませたプルーストの翻訳である。リルケの友人でタンクマール・フォン・ミュンヒハウゼンという、さる公爵夫人に仕えていた人物がいわば現地案内係になり、プルーストの世界に出てくるようなサロンに紹介され、また信じられないほど贅沢な朝食会にも呼ばれたりした。

この時期にベンヤミンがパリのパサージュに関心を抱いたのには、友人フランツ・ヘッセルの影響と、アラゴンの『パリの農夫』(一九二六年)、そして後にはブルトンの『ナジャ』(一九二八年)からの刺激が大きい。同じくユダヤ人のヘッセルは、ベルリンの町の遊歩で知られ、パリにも詳しかった。彼の一九二九年の作品『ベルリンの遊歩者』を読むと、後にベンヤミンが採用する「我々は、こちらを見てくれるものだけを見ているのである」という思考、つまり物と「目が合う」というイメージ、あのアウラの思考が出てくる(ベンヤミンはこの文章をこの本の書評で使っている。「遊歩者《フラヌール》の帰還」Ⅲ. 198)。この場合のアウラは、気にしている彼もしくは彼女と目が合ったときの一瞬のおそらくは主観的な輝きを思えばいいだろう。プルーストにも骨董品がこちらを見ているというモチーフがあり、両者が重なったのかもしれない。ヘッセルについては「ベルリン年代記」でも触れられているし、ベンヤミンとの関係を別にしても重要な文筆家だが、今はこれ以上、触れることはできない。ユダヤ系のために彼も亡命し、南仏で死んだ。

〈古道具〉のなかに潜む夢

シュルレアリスムからの刺激は手短に言えば次のようになろうか。

ボードレールが見た近代の原理、ベンヤミンもそれをさまざまな観点から問題にする近代の原理は〈新しさ〉だった。それは新商品でもあれば、新しい表現形式でもあった。〈古い〉と言われるのは啓蒙主義以降の近代においては致命的である。迷信、神話、宗教にとらわれているのも、身分制意識を抜けられないのも〈古い〉。全体として大学の学問は〈古い〉。新しき商品の歌であれ、社会的革新の思想や芸術の運動であれ、モダニズムであれ、すべて新しさを言祝いできた。ベンヤミンがカプリでも見たマリネッティの未来派でも、ベルンで交流したフーゴー・バルのダダでもそれは同じである。だが、〈新しさ〉はベンヤミンにとって、もう絶対の価値ではなくなっていた。たえざる新商品の流行、たえざる新価格の成立、それらは経済の循環という〈近代の地獄〉の中の悪循環でしかなかった。むしろ〈いつも同じものの永遠回帰〉の言い換えであった。それに対して、絶対的な革新への出撃と近代の〈古道具〉の発見とを結合させようとしたのが、ベンヤミンの理解するシュルレアリスムであった。

シュルレアリスムを考えるのに物のカノンほど示唆的なものはない。……シュルレアリスムは驚くべき発見をしている。……例えば最初の鉄骨建築、最初の工場の建物、最初の写真、人気が失せ始めると死にたえはじめる事物、例えばサロンのグランドピアノ、五年前の衣服、華麗な集会所、こうした〈古くなったもの〉のうちにひそむ革命的エネルギーに最初に着目したのは、彼らである（「シュルレアリスム論」Ⅱ－1, 299）。

シュルレアリストたちは、こうした近代の古道具のなかに彼らの〈夢の波〉を見た。西洋骨董を尊ぶのと、共通点がなくはない。それはキッチュである。十九世紀前半には新しかったのに、今では古くなり埃の降り積もっている〈物の世界(Dingwelt)〉は、ちょうど棒っ切れや機械の部品が、それを集めた子供たちの夢の中で、現実とは違った意味を――アレゴリーとして――持たされているのと同じに、キッチュとして夢の中のように作用する。「物は、夢みる者たちに自分のどの側面を向けるのだろうか。それは習慣によってすり減っている側、安っぽい標語で飾られている側、つまりキッチュである」（「夢のキッチュ」Ⅱ－2, 620ff.）。アレゴリーが〈破壊された自然〉の復活の希望でもあったように、そうした初期産業化の名残りも、産業化のもたらした死相からの蘇りの希望となる。〈変わり者〉がそういう〈ガラクタ〉を集めているのもそのためなのである（第六章参照）。

こうした経験はシュルレアリストにとってはあくまで個人的な次元にとどまったが、ベンヤミンはこのような〈古道具〉のなかに潜む夢のうちに神話的性格の発掘とその〈爆砕〉を試みた。「現代技術の世界と、神話のアルカイックな象徴世界のあいだに照応関係が働いていることは、軽薄な観察者だけが否定しうることだ」(N2a, 1 ——『パサージュ論』の遺稿メモによる。以下同)。

太古の神話はさまざまにかたちを変えながらも理性の時代に生き続けている。例えば、初期の蒸気機関車にヘラクレスという名前がはやったのもその例かもしれない。日本でも最初の頃の蒸気機関車に弁慶号というのがある。あるいは、神話は商品の放つ不可思議な魅力の形態をとっているかもしれない。ベンヤミンはその最良の例をパサージュに見、かつ神話の夢から醒めることを目標とした。「建築。〈神話〉が潜在的に生きていることの重要な証言。そして十九世紀の最も重要な建築は『パサージュ』である。夢から醒めようとする試みこそは弁証法的逆転の最良の例。この弁証法的技術の難しさ」(D°, 7)。

初期の工業化の結果としての商品に込められている神話的エネルギーの解放、その組み替え、同時にパサージュという資本主義の神話からの目覚め、つまり、太古の神話的エネルギーの合理性への変換というベンヤミンのプログラムのいわばパリ版である。だが、すぐわかるように、ここには神話概念について矛盾がある。神話のエネルギーの解放と組み替えこそ必要だが、神話はそうしたものとして残すべきものなのか、それとも目覚めによって完全に否定し去るものなのか？　神話の救済という多少非合理的に聞こえる神秘的方向なのか、神話の克服という啓蒙の延長なのか、そのどちらなのだろうか？　実際にめざしていたのは、神そのどちらでもないようだ。よく見ると、〈神話〉の意味が以前と少しずれて来ている。つまり〈夢〉、それもフロイトやシュルレアリスムと異なって〈集団の夢〉と重ね合わされることによって、両義的な意味合いを強めている。かつてのようにテクストの核を焼結させる方法は、パサージュには適用されない。むしろ、夢と神話はそこから目覚めねばならない幻想であると同時に、また夢みられた像のなかには(たとえそれがムーラン・ルージュの踊りや新商品の広告であろうと)、現実の社会を越えるなにものかを示唆している要素がある、というように考えられているようだ。神話的エネルギーの救済の要素も消えていないが、どちらかといえば、夢からの覚醒による過去の支配の鎖の粉砕と同時に、過去の夢が思い起こさせる別の姿を救い出すというふたつの意味での——燃焼による核の救済とは違う——救済批評が目標だった。ふたつを一緒に行おうという、そのことを考えただけでも、パサージュを手がかりに十九世紀を論じきることの困難さが感じられる。

二つの梗概と膨大なメモ——通称『パサージュ論』

しかし、一九二七年にパサージュについて書く計画を立てた頃はそこまでは考えておらず、そう長くないエッセイを、ヘッセルと一緒に書くだけのつもりだった。それが中断されているうちに、ベンヤミン自身の仕事となり、亡命中の大きなプロジェクトとして、最終的にはニューヨークの社会研究所のプログラム「十九世紀の社会史」として採用されたわけである。このプロジェクトは多くの人に知れ渡っていて、交流のあったブロッホが『この時代の遺産』(一九三五年)で紹介したり、先にも触れたようにシュテルンベルガーがアイデアの盗用を行ったりするほどだった。

ベンヤミンはこの仕事のためにパリの国立図書館に通いつめ、ミサックが紹介しているが「地獄部」と言われる通常は閲覧禁止のあやしげなコレクションも含め[8]、十九世紀のパリを単にパサージュにかぎらず徹底的に調べつくし、膨大な量のメモを作った。亡命中のヴェルナー・クラフトが彼を見かけたのをきっかけに、つきあいが復活し、結果として不幸なことになったのもこの国立図書館のカタログ室である。やがて、中間的な成果のかたちで一回目は一九三五年にドイツ語で、二回目は、アメリカのメセナに見せるためもあって一九三九年にフランス語で梗概(エクスポゼ)が書かれた。それらをまとめて通称『パサージュ論』と言われているが、これは全集にひとつの巻としてまとめられているだけで、そのようなタイトルの本が存在しているわけではない。また、ボードレール論もいくつか関連して書かれている。

膨大なメモの主題はよく知られているとおり。万国博覧会、室内、ユーゲントシュティール、鉄道、遊歩者、モード、売春婦、賭博、株式市場、天候、コミューン、パノラマ、写真、倦怠、永遠回帰……などなど十九世紀ブルジョア社会に関わるありとあらゆる問題について自分の考えと同時に、新聞、雑誌、著作からの引用が集められている。例えば、モードと女性と死と売春の関連について深い考察があるかと思えば、自転車の導入にともない、女性のエレガンスと自転車の運転という実用のあいだで、モードにどのような緊張関係が走ったかの考察がある。亡命先のジャージー島でのユーゴーの降霊術の記録の写しがあるかと思えば、気球を使った広告についての考察がなされている。あるいは天候と憂鬱の関係を暖房施設とも関連させた資料のメモも。こうした雑多なメモに戦後に接したアドルノは、ひとつの輪郭を認めることができないと述べているほどである。

梗概(エクスポゼ)の方は、ホルクハイマーやアドルノにも回覧された。一八二〇年代から三〇年代にかけてのパサージュの成立、そこに潜む夢、オスマンの改革、ボードレールと街路などが理論的考察にともなわれながら論じられている。フランス語の梗概(エクスポゼ)には、アナーキストのブランキが獄中で書いた『天体の永遠』とニーチェの永遠回帰をめぐるきわめて重要な考察がある。だが、そのひとつひとつに立ち入る余裕はないので、現物をお読みいただくとして、夢と神話と幻影(Phantasmagorie)をめぐるさわりのところを引いてみよう。

当初はまだ古い生産手段の形態によって支配されているような新しい生産手段の形態(マルクス)には、新しい物が古い物と深く浸透し合っているような形象《ビルト》[＝イメージ]が、集団意識のうちに対応している。こうしたイメージは、願望のイメージであり、その中で集団意識は、社会が生み出した物のできの悪さや社会的生産秩序の欠陥を止揚すると同時に、それらをすばらしいものに見せようとする。それと並んで、このような願望のイメージのうちには、もう時代遅れになったもの――ということは、つい最近すたれたばかりのもの――と一線を画そうとする強い志向が現れている。こうした傾向は、新しきものからその衝迫力を受け取っているイメージのファンタジーが、実は太古の世界とつながっていることを明らかにしている。どの時代にとっても次の時代はさまざまなイメージをとって夢の中で現れる。だが、この夢の中で次の時代は根源の歴史(Urgeschichte)の要素、つまりは階級なき社会のさまざまな要素と結びついて現れる。階級なき社会についてのさまざまな経験は集団の無意識の中に保存されていて、こうした経験こそが、新しきものと深く交わることによってユートピアを生み出す。このユートピアは、長く残る建築物から束の間の流行にいたるまでの、人間の生活の実にさまざまな形状(Konfigurationen)のうちにその痕跡をとどめている(ドイツ語梗概)(9)。

「事実性に目を奪われた叙述」

太古の世界と最も新しきものとの通底するところに、暴力の源泉と同時にユートピアの潜在力を見るこうした文章は彼のいわば十八番《おはこ》である。先に触れた「弁慶号」の命名やオートバイの「ハーキュリーズ」(「ヘラクレス」)を考えると、そこにある「階級なき社会」の夢(あくまで「夢」だが)も感得できるであろう。グランヴィルによる商品世界の描き方にも、現実を皮肉に写し取るだけの要素と、それにとどまらないユートピア的要素の両様を見ようとする。

万国博覧会は商品の交換価値を美化する。博覧会が作る枠組みの中では商品の使用価値は背後にしりぞいてしまう。万国博覧会は幻像空間(Phantasmagorie)を切り開き、その中に入るのは楽しみ(Zerstreuung)のためとなる。娯楽産業のおかげで、この楽しみが簡単に得られるようになる。娯楽産業は人間を商品の高みに引き上げるやり方をするのだから。人間は、自分自身から疎外され、他人から疎外され、しかもその状態を楽しむことによって、こうした娯楽産業の術に身をまかせている。商品を玉座につかせ、その商品を取りまく輝きが楽しみをもたらしてくれる、これこそは［画家］グランヴィルの芸術のひそやかな主題である。それに相応して、彼の芸術はユートピア的要素とシニカルな要素に分裂している(10)(同)。

こうした理論的背景から見れば、誤った目覚めとしてユーゲントシュティールを批判する次のメモも、十分に理解できる。

つまり、あるエポックからの真の離脱には、それがすっかり計略によって司られているという点でもまた、目覚めの構造と同じものが認められる。われわれが夢の領域から身を引き離すのは、計略なしにではなく、計略をもってなのだ。しかし、誤った離脱というものもまた存在するのであって、その特徴は暴力性にある。この暴力性のゆえにユーゲントシュティールは最初から没落を運命づけられていたのである(G1, 7)。

あるいは、シュルレアリスムの作り出した純粋記号としての言語が――ちょうどそれはバロックにおける記号の解放、文字と意味の切り離しのさらにラディカルな形態と理解されているが——企業広告へつながるのも理解できるものとなる。現実にヨーロッパでも、また戦前の日本でもシュルレアリスト的芸術家たちが広告産業に一定の役割を果たしていた。同時にそうした広告記号の中にすら潜む神話と夢の解放の可能性も見えてくる。

ことばを会社名のように扱うのがシュルレアリストたちの作品だ。彼らのテクストは根本において、いまだ創業にいたっていない企業の宣伝パンフにほかならない。かつて「詩的」ボキャブラリーの表現領域のうちに蓄えられていると考えられていた想像力は、今日ではさまざまな会社名のうちに棲みついているのである(G1a, 2)。

取りようによっては、現在のコマーシャルや種々のコピーにも、商品販売のための意識操作につきない、記号の解放と舞踏による新たな可能性が潜んでいるという解釈もできるような文章が散見する。とはいえ、ベンヤミンを使って広告産業やメディア社会を肯定するような議論を組み立てるのは間違いである。メディアによるわれわれの知覚の変容を批判的にとらえるためならば別であるが。

だが、このような方法意識で書かれたボードレール関係のエッセイ及び梗概(エクスポゼ)は、研究所の首脳部の気に入るところとはならなかった。理由は比較的簡単である。ひとつ例をあげてみよう。ベンヤミンがパサージュに並ぶ商品の輝きにマルクスの『資本論』から取った幻影(ファンタスマゴリー)という語を用いたことはよく知られているとおりである。「商品形式の秘密めいたところ」とか「商品の言語」といった『資本論』の他の用語も使われている。[11] これは先にも見た神話や夢の現象形態といってもいいであろう。そこにベンヤミンが両義性を見ていたことは述べた。「両義性(Zweideutigkeit)」は、この時期の重要な概念には違いないが、言葉からして概念の基準には耐え難いこともたしかである。いずれにせよ、そうしたかたちで論じられるファンタスマゴリーは、所詮は個人の意識の中のことである。こうした「意識内の事実」を、マルクス主義以来の経済的下部構造と文化的上部構造についての比較的単純な理解によってベンヤミンが説明しようとしたことが、アドルノやホルクハイマーには気に入らなかった。つまり一方でベンヤミンは、マルクス主義の議論が見ることのできなかった市民社会の夢や神話を、そして古い道具につもった埃が持つ起爆力をバロックのアレゴリー論の延長で見ていたが、他方でその問題全体の扱いを、研究所の指導者たちに合わせたつもりで、つまり「従属の先取り」によって俗流化し単純化してしまった。合わせたつもりが、気に入られなかったのだから、よくよくついていない。

つまり、収集と破壊と記憶の理論としての『パサージュ論』——当然そこには陶酔や類似性に関するこれまでの議論が生きてくるのだが——だったのが、社会史的関連を弁証法の名の下に導入せざるを得なかったために、折角集めた膨大な材料のひとつひとつが持っている「飛躍」への指示を十分に生かすことができず、それどころかときには、それらを単なる歴史の弁証法的発展なるものの、言ってみれば下部構造と上部構造の単純な関係の例証の事実として使うことしかできなかった。ベンヤミン自身が感じている事実の魅力を全体の叙述に組み込むことができずに、ただの実証主義に、「事実性に目を奪われた叙述」(アドルノのベンヤミン宛の手紙、一九三五年八月二日)になってしまった。俗流マルクス主義と実証主義という癒着しやすい下品な二つの流れが合流しかかっている危険に気づいたアドルノは、この事情を指摘し、ボードレールの詩「酒の魂」を当時の葡萄酒税から帰結させようとする単純さを批判している。「なにか鳥肌をたてながら冷い水に飛び込んでいるような」感じがすると述べるアドルノは、手紙を続けている。「ヴァルターよ、無理しなさんな。もっと自分のいいところを生かしなさい」と言っているかのようである。

アドルノの理解とベンヤミンの確信

それもそのとおりで、十九世紀の夢を都市とそのパサージュに結ばせ、それをブルジョアの虚偽意識や資本の策略という決まり文句で切って捨てるのではなく、いわば内側から理解しながら、かつ資本主義、この「ヨーロッパ最後の恐竜」(R2, 3)への徹底的な批判とも結びつけようというのがベンヤミンのプログラムであり、そのために、それなりの魅力を認めざるを得ない、過ぎ去った時代のパリの生活の細部をことごとく描こうというのである。そこで見られていた夢からの目覚めを通じて、つまりは夢を打ち破ることを通じて革命的エネルギーを解放しようというのだから、シュルレアリスム的問題感覚と、弁証法的格子に捉えられる歴史上のさまざまなことどものあいだに、うまく調整がつかず、理論的に苦しむことになるのは目に見えている。果たして青年運動以来の決断主義が受け入れたシュルレアリスムによって歴史を描くことができるのだろうか。バロック論以来のアレゴリー思考と歴史的事象とは結びつけられるであろうが、そうしたものと弁証法的社会史とはつなげることができるのだろうか。断絶と飛躍の名の下に描かれるパサージュの歴史とはどのようなものなのだろうか。〈弁証法〉という言葉はどこまで拡張可能なのだろうか。

ベンヤミンは最終的にはこの問題に答えられなかった。とはいえ、アドルノが、本当のところ、ベンヤミンの意図を理解していたかといえば、これもまた怪しいと言わざるを得ない。彼はやはり、ヘーゲル、マルクスの伝統に立っていて、正統派マルクス主義からいかに距離をとってはいても、〈媒介〉こそが彼にとって決定的なキーワードだった。彼から見れば、夢やファンタスマゴリーは、「社会の総体的な過程」と〈媒介〉されねばならない。総体的過程とはもちろん、下部構造ではない。下部構造も近代化及び資本主義の進展という総体的過程の一ファクターでしかない。商品が消費者の心象風景に束の間浮かばせる残像のように理解されたファンタスマゴリー(アドルノはそのように受け取った)からは、いかなる意味でも、地獄としての近代の理解とそこからの解放は不可能であり、そのようなやり方をすれば、当然太古の神話と結びつき、それは、彼らが共通して憎んでいたユングと、そしてベンヤミンもようやく距離をとりはじめたクラーゲスと同じ穴の狢《むじな》になってしまう、とこのようにアドルノは考えている。だが果たしてこれはベンヤミンの意図についての正当な理解であろうか。(12)

明白なのは、アドルノはやはりそうしたファンタスマゴリーにイデオロギー批判的に対応することを結局のところ求めているることである。「意識の事実」(つまり感覚を通じての意識上の与件)というベンヤミンの使っていない、実はディルタイに発する語でレッテルを貼り、決めつけているところにもそれは現れている。ベンヤミンがあまりに俗流マルクス主義に合わせて議論している箇所に反発したにすぎない。しかし、ベンヤミンが見たファンタスマゴリーの夢の像は、意識の現象、もしくは心象風景であって、「意識の事実」とは異なる。社会的媒介性はもちろん否定できないが、それを暴露したところで、無意味化できないものである。先に引いたいくつかの引用を見ても、ファンタスマゴリーであれ、商品の中に回帰する太古の神話の夢であれ、それらは意識の現象である以上、個別的形成体として自立的なものである。これはベンヤミンの初期からの確信である。「翻訳者の使命」に出てきてもおかしくない具体例で見ていこう。

突出したもの。別の表現で言えば、すべての事物のうちにある最高の生は破壊し得ないこと。頽落の予告をする連中に対抗してこれを言っておきたい。たしかに『ファウスト』を映画化するというのは、ゲーテに対する凌辱かもしれない。文学としてのファウストと映画としてのファウストとのあいだには、ひとつの世界ほどの膨大な距離が拡がっているかもしれない。たしかにそうだ。だが他方で『ファウスト』の拙劣な映画化と上等な映画化のあいだにも、別のひとつの世界ほどの距離が拡がっているとは言えないだろうか。「大きな」コントラストなどはどうでもいい。弁証法的コントラストだけが問題なのだ。

この二つのコントラストはニュアンスの差のようであって、時として取り違えるほどにまで似ているが。だが、この弁証法的コントラストからこそ生はたえず新たに生み出されるのである(N1a, 4)。

「類似性のアーカイブ」の構築

この引用を読めば、初期のロマン派論でなされていた、芸術のジャンルやもろもろの形式がまったく自立的な存在としてあり、しかし相互に非連続に接し合っているといった議論、あるいは、翻訳論で展開されていた、芸術作品の「死後の生」が――人間一人一人の子孫と同じで――まったく離れた独自の存在としてあり、しかもそれらが真理のまわりを回っているというイメージとの連続性は明らかであろう。『ファウスト』の映画化はどんなにゲーテにとって失礼であろうと、結果は、もしもそれが拙劣な制作でなければ、まったく別の形成物として独自の存在であり、独自の批評の対象、つまり独自の解体と目覚めの対象となる。同じことは、それがいかにイデオロギー機能を持っていようと、そしていかに産業のマニピュレーションの産物であろうと、ファンタスマゴリーの自存性についても言える、とベンヤミンが考えるのは、彼のこれまでの思考経路から見て当然である。とすれば、「類似性のアーカイブ」(第三章第一節参照)ということが言語論で言われていたが、十九世紀のパリについての、壮大な類似性のアーカイブの構築を考えていたと言える。そのようなかたちでの記憶の世界が、ちょうど自然の中の「再生」の希望における神の記憶と同じ位置にあると言えよう。

覚醒による神話の破砕と、同時に神話の中の夢のイメージの解放、そのための類似性のアーカイブの構築。社会史的=弁証法的なイデオロギー批判との媒介は無理な相談である。弁証法としてのマルクシズムの視点からのイデオロギー批判は、「研究所」に合わせて、やむを得ず考えたことである。このあたりについてアドルノは基本的に理解が届いていない、といってよい。例えば、ベンヤミンは、この仕事を「引用符なしで引用する」術の開発と考え、モンタージュ技術ともつながると考えていた。データの集積を独自の組み合わせにもたらす以外には手を加えないという方法である。

この仕事の方法は文学的モンタージュである。私の方から語ることはなにもしない。ただ見せるだけだ。価値のあるものを抜き取ることは、いっさいしないし、気の利いた表現を手に入れて自分のものにすることもしない。だが、ボロ、くず——それらの目録を作るのではなく、ただ唯一可能なやり方でそれらに正当な位置を与えたいのだ。つまり、そのやり方とはそれらを用いる(verwenden)ことなのだ(N1a, 8)。

現在『パサージュ論』として残っている膨大なメモは、それ自身としてひとつの絨毯、ひとつのモザイク、つまり引用の集積として組み合わせることを考えていたというように見るならば、それは『トーラー』についての神秘主義と同じ次元をも持つことになる。ベンヤミンはすべて引用からなる書物こそ最高のテクストと考えていた。その組み合わせ〈コンステラツィオーン〉ができあがったときには、十九世紀がひとつのイメージ空間として「全面的かつ総合的なアクチュアリティ」に励起される。〈世俗の啓示〉が起きる瞬間である。ちょうど『トーラー』の正しい配列を見つけた者は、「死者も蘇らせうる」（ショーレム）と神秘主義者が、特に危機の時代の神秘主義者が考えていたように[13]。

こうした考え方が、パサージュという十九世紀資本主義の産物の研究に、しかも二十世紀の危機の中でなされる研究に適合的であるかどうかは、別に論じる必要があろう。しかし、アドルノはまずこのベンヤミンのもくろみを確認してから批判すべきであったろう。そしてそうしたコンセプトとは理論的に嚙み合わない社会史的＝弁証法的枠組みと共存していてもいいと考えるべきではなかったろうか。なまじベンヤミンに両方の媒介を考えさせようとしたのが、そしてベンヤミンがその宿題を引き受けたのが間違いだった。もっとも、だからこそ魅力的な、未完成のアーカイブが残ったのだが。

〈静止状態における弁証法〉

同じことは、ファンタスマゴリーと並んでもう一つの重要な概念〈静止状態における弁証法〉もしくは〈停止した弁証法〉についても言える。パサージュにならんだ商品の輝きには、太古の神話が別の形でなおも暴力として潜んでいる。今日でも六本木や銀座の高級商店に並ぶ有名ブランドもその点では同じである。この暴力を秘めた夢からの覚醒を、神話のエネルギーの解放と組み替えによって行うというプログラムは、商品の夢のなかに抑圧と解放の均衡状態を見ることである。そこにシュルレアリスト的視線があたるだけで臨界・爆発に達するようなぎりぎりの均衡状態を。ドイツ語の梗概（エクスポゼ）にこうある。

まさにこの現代性(die Moderne)こそは根源の歴史(Urgeschichte)を常に引用している。ここでそうした引用が行われるのは、この時代の社会的状況と産物に特有な両義性のゆえでもある。両義性は、弁証法のイメージ化であって、静止状態にある弁証法の法則でもある。こうした静止状態は、ユートピアであり、弁証法的イメージはそれゆえに夢のイメージである。商品そのもの、つまり物神としての商品が、こうしたイメージである。家であるとともに道路でもあるパサージュも、こうしたイメージである。売り子と商品を一身にかねる娼婦もこうしたイメージである。(14)

パサージュ、そこに並ぶ商品、自らが商品としての自らのユートピア的身体イメージの売り手である娼婦たち、それぞれ弁証法的イメージとしてファンタスマゴリーと同義であるが、こうした見方もアドルノは同じように手紙で批判し、両義性という言葉も使うことを否定している。つまりイデオロギー批判を要求したのである。ただし、俗流マルクシズムでない、戦後に彼が西ドイツの論壇で華やかに展開したような否定弁証法的批判である。そのためか一九三九年のフランス語の梗概（エクスポゼ）からは、〈弁証法的イメージ〉の語も、〈両義性〉

も消えている。

実は、〈静止状態における弁証法〉には今一つ別の意味がある。つまり、過去においてもしかしたら実現し得たかもしれない一瞬のアウラ的遭遇を意味することがある。ベンヤミンがよく使う比喩でいえば、ひょっとしたら実現したかもしれないある女性との愛の充実の瞬間への思い出、起きなかったことへの思い出といった要素がある。この原型であるボードレールの「通りすがりの女《ひと》に」の翻訳についてはすでに触れた(本書一七六頁)。すんでのところで、歌謡曲のキッチュ寸前のイメージだが、これは「歴史の概念について」で、また『パサージュ』のためのメモ(特に認識論についてのメモ)に多い「静止状態の弁証法」のもうひとつの意味合いである。商品の夢のイメージにおける抑圧と解放の爆発寸前の均衡状態という意味と、過去との緊張的出会いという意味、両者はずいぶん異なるが、アドルノが知っていたのは、そしてそれゆえに先程述べたように批判したのは、商品の中の静止状態のことである。

以上、アドルノの批判的指摘は鋭いものがあるが、そのアドルノですら見えなかったベンヤミンの、ある根源的な目論見——類似性のアーカイブ、もしくは引用からなるコンステラツィオーンの読みとり——を今少し、パサージュと不可分なフラヌール(遊歩者)をひとつの例として、辿ってみよう。それによって、ベンヤミンがしようとしていたのは、ファンタスマゴリーという否定的な幻影のうちに、なんらかの肯定性を読み取るといった単純な弁証法的作業ではないことをもう一度はっきりと確認しておきたい——そのように読めるメモがあることはたしかだが。否定性のうちに肯定性の契機を読み取るというだけのことなら、ヘーゲルの弁証法でもとうに行われている。

遊歩者は追想家であり、研究者である

遊歩者の方法はそれとは大きく違い、陶酔のなかでの幻影のうちにまったく異なったものへの示唆を読み取る方法である。ベンヤミンはハシッシュも実験してみたし、それ以外の薬物にも結構通じていたそうである。幻影と目覚めについてこう記されている。「既在こそ弁証法的転換の場となり、目覚めた意識が突然出現する場となるべきなのである。……既在についてのいまだ意識されざる知が存在するのであり、こうした知の掘り出しは、目覚めという構造をもっている」(K1, 2)。「いまだ意識されざる知」は否定的な既在の肯定性への逆転(弁証法)によって取り出すのではない。例えば次のメモを読んでみよう。

十九世紀の集団的夢の現象形式は無視するわけにはいかないというだけではない。……それら現象形式は、正しく解釈されるなら、きわめて実践的に重要なのであり、われわれが航行しようとする海と、われわれが離れてゆく岸辺とを認識させてくれる。……着手されるべきは、十九世紀の麻酔的な歴史主義やその仮装癖に対する批判なのである。そうした仮装癖のうちにこそ、真の歴史的存在のシグナルが潜んでいる(K1a, 6)。

十九世紀は歴史による仮装が好きだった。新しい建物にゴシック風の、あるいはルネサン

ス風のファサードをつけるのもそうだし、政府や公共の建物はギリシア風の柱で飾られた。またベルリンの宮廷では、中世の服装を纏って皇帝以下登場するパーティなども盛んだった。滑稽そのものだが、そこにもベンヤミンは「シグナル」を読み取ろうとする。「シグナル」や示唆をキャッチすることが重要なのである。それをベンヤミンは遊歩者に認めた。遊歩者がどのような特性を持っているか、かいつまんで見ていこう。

遊歩者の出身はまぎれもなくパリである。「遊歩者というタイプを作ったのはパリである」(M1. 4)。だが、このパリは遊歩者にとっては、ひとつの部屋空間でもある。ちょうどユーゲントシュティールにとっての室内(アンテリュール)と同じ意味を持っており、また同時に風景でもある。「遊歩にとって聖なる土地」(M2a. 1)である都市風景なのである。「突然一つの屋根、石ころに反射する太陽の光、道路の匂いが私の足をとめるのだ」(同)と書くプルーストが引用されているのもそのゆえであろう。「足をとめる」のは記憶が突然湧きだしたからである。都市風景のなかの遊歩者は遥かな空間と時間が「今の風景と時間のなかに侵入してくるのを経験する」(M2. 4)存在である。石ころをきっかけに侵入する過去は、例えばこうである。

> 遊歩者はノートルダム・ド・ロレット教会の前に立つと、彼の靴の底ざわりで思い出すのだ。この場所はかつてマルティール街からモンマルトルの丘に上がってゆく乗り合い馬車に加勢の馬をつないだところだ、ということを。いまなお彼は、その辺の飼い犬でもす

るように、ある戸口の匂いを嗅いだり、タイルの感触を得るためには、バルザックやカヴァルニの住まいに関する彼の知識を……放棄することもしばしばであろう(MI, 1)。

ほとんど忘れ去られている瑣事こそ、誰それがこの通りに住んでいたという似非教養よりも、追想(Eingedenken)の対象となる。遊歩者は室内としての都市風景のなかの追想家なのである。この追想は無意志的記憶(mémoire involontaire)である。思い出が突然襲ってくるのである。なにかをきっかけに今まで思い出したこともないことが思い出されるということはよくある。例えば、似た顔の人を偶然見かけることで、この数十年忘れていた人の存在がふっと脳裏をよぎるような場合である。そのような直接の関係がない場合も珍しくない。この「今」の中に遥かな過去と遠い空間の出来事が侵入してくるのである。やがて、「歴史の概念について」では、実際に起きなかったこと、しかし起きたかもしれないことの思い出の侵入も意味するようになる。

追想は遊歩者にあっては陶酔のなかで起きるということも同時に忘れてはならない。

遊歩者が町を徘徊するときに耽っているあの追憶《アナムネーシス》としての陶酔の素材となるのは、[石ころに反射する太陽の光や家の壁といった]彼に感覚的に見えるものだけではない。この陶酔はしばしば、ただの知識を、いや埃をかぶった資料さえも、自ら経験したり生きたものであるかのように吸収しつくすのである(MI, 5)。

陶酔は、あてどもなく町を歩き、しかも無為のなかで鋭く観察と研究の目を光らせることから来る。遊歩者が研究者であることはいくども強調されている。彼は通行人の性格や職業や素性を表情から読み取ろうとする(M6, 6)。歩きながら食事もとらない瑣事の研究と追想の結果としての疲労困憊こそが、陶酔の感覚を、つまり瑣事の研究と追想をますます鋭くする循環を遊歩者は生きている。それはほとんどハシッシュによる陶酔感覚、麻痺感覚と同じで、同じ顔に別の表情を読み取り、別の顔に同じ表情を読み取る。「二つのものが同じに見える」この〈重層現象〉は都市の表情に関しても同じである(M1a, 1)。そこから別のものが見えてくる、というのだ。

遊歩者にとってこうした都市の表情は、先にも触れたが安手の行商本の挿し絵と同じである。今一度引いておこう。「挿し絵化の現象のゆえに、当該の空間においてのみ潜在的に起こったかもしれないことが、同時的に知覚できるのだ」。ファンタスマゴリーのうちに積極的・肯定的なものを読み取るのでなく、それが別の可能性への〈シグナル〉を与えていることを読み取るのだ。過去に起きたことばかりでなく、ここでならあり得たかもしれないことを読み取るのだ。「思い出とは過ぎ去ったものの中への果てしもない書き込みの能力」なのである。

都市を室内と見ながらその風景の中を遊歩する。そして疲労困憊にいたる「研究」をしながら陶酔のなかで遥かな空間と時間の侵入を経験しつつ、瑣事に触発されて「起こったかもしれない」潜在的な瑣事を追想し、別の表情を読み取るこの遊歩者はまた、優柔不断であり、疑念をもつことを本来的状態としている。なにものも信用していないのである。シラーの悲歌にある「蝶の疑念」が彼の態度であり、また蝶の飛翔はそのままハシッシュによる自由な想像でもある。「翅《はね》をもって飛ぶことと、ハシッシュの陶酔に特徴的な疑念の感情」(M4a, 1)との間には関連があるとされる。つまり絶対的な疑念と追想・陶酔とは不可分のようである。周囲のいわゆる「現実」ではなく、追想の中の「果てしもない書き込み」が、いや、起こったかもしれないことが、その意味で、思い出すことによってはじめて見えるイメージが浮かびあがってくるのだ。遊歩者こそ追想のアーカイブを作るのである。

「お忍び」と「目立ちたがり」の矛盾に生きる

また遊歩者は、こうした疑念にもかかわらず他方で、絶対的な好奇心に駆られている。群衆のなかの人としての無為の遊歩者にとっては、「必ずまだまだ見るものがある」。「無為は無限に続く欲求をもつべく定められている」(m5, 1)。彼にあってはボードレールが書いているように、「好奇心が、宿命的で抗い難い情念となっている」(MI4, 1)。したがって彼は探偵にもたとえられる(MI3a, 2)。探偵はたえず研究が必要であり、都会のジャングルのなかを泳ぎ回らねばならない。そして遊歩者が陶酔に耽るこの風景としての都会は砂漠にもジャングルにもたとえられる。「大都市は新世界の森と同じように神秘的ではないだろうか」(MI3, 4)。都会のモヒカン族としての遊歩者についてもいくども語られる。

あるいは一転して「お忍びを楽しむ王侯」というボードレールの定義も遊歩者の特徴とされている。つまり孤独で万事控えめに目立たないようにしている。そうでなければ観察も、研究もできなければ、陶酔もおとずれない。「お忍びを楽しむ王侯」は自分の本来の地位にも現在の行為にも疑念を抱きながら(バロックの王侯の優柔不断の延長である)、陶酔のなかで、研究し、自由に想念をめぐらすであろう。ところが逆にダンディの言い換えでもある遊歩者は目立とうともする。群衆のなかに埋没した野次馬ではない(M6, 5)。「この男[遊歩者]は、誰からも注目されていると感じていて、まさにいかがわしさそのもの。他方では、まったく人目に触れない、隠れこもった存在。おそらくは『群衆の人』が繰り広げているのはこの弁証法なのであろう」(M12, 8)。

「お忍び」と「目立ちたがり」という矛盾に生きることで、本当の意味で「孤立している者」にとっての「最新の麻酔薬」(M16, 3)が観察の対象としての〈群衆〉である。都市は風景であるだけでなく、また室内であるだけでなく、大衆によって迷宮となり、陶酔の幻覚のなかで「冥界の相貌が都市像のなかに刻み込まれる」ともいわれる。そして、遊歩者のこうしたいっさいの経験は十九世紀の歴史主義的仮装癖もしくは仮面劇——この資本主義的現実の隠蔽装置を打ち破るためであり、資本主義の集団的な夢から目覚めるためである。仮装劇は例えば、名流のお嬢さまのふりをしながら、客に自分の仮装をほどいてもらうゲームをすることで、値をつりあげる娼婦のうちに現れている。「仮面に対するこの時代の異常な熱中ぶり」(O2, 1)を知りつつ、絶対的な懐疑の蝶となって遊歩者はみずから賭博と娼婦に耽っている。どうやら、ボードレールに仮構したベンヤミンその人のナルシシズムと近い感じすらある。パリでベンヤミンは娼婦の世界とそれ相応の交流があった。また、彼のカジノ好きはすでに触れたとおり。

そしてこの遊歩者の歩くパリは世界都市である。つまり、その通りの名前にフランスの各地方を人口や地勢に応じて割り振り、それによってパリがフランスの縮図になり、フランスがパリの拡大図になるような都市(P2, 4)であり、街路名によって「言葉の宇宙」(P3, 5)となるような世界(universal)都市である。室内も風景も迷宮も世界都市としての性格を持っている。あるいは世界のバロック的迷宮性が現れていると言うべきか。

この迷宮のなかで瑣事への追想を陶酔のなかで疲労困憊しながら研究によって求める遊歩者、目立ちたがり屋でありながら、控えめなこの探偵、「お忍びを楽しむ王侯」であり最後のモヒカン族である、好奇心そのものの収集家――彼はいったいなにものなのであろうか。一方にあるのは最終的な絶望の予感である。なぜなら、彼はファンタスマゴリーを振り払うために収集する。同時に、そこに別のものを読み取り、そして目覚めるために瑣事を収集する。だが、その瑣事は無限にあり、集め切れるものではない。それは歴史の破局がもたらす断片であって、収集不能という絶望があるのみだからである。「知るに値することの収集は基本的には完結不可能であり、そうしたものの利用可能性は偶然次第であって、そうした完結不可能性のプロトタイプは研究調査である」(m2, 1)。収集が完成しなければ、アクチュアリティの全面的展開もあり得ない。残るは絶望だけである。すでにバロック論で、「収集の熱狂と配置のだらしなさ」が言われていた。他方で、今までに挙げたさまざまな特性――研究者、懐疑家、賭博師、娼婦を買う男、陶酔のなかの追想家、探偵、ジャングルのモヒカン族、収集家などなどの矛盾しあうすべての性格を兼ね備えている者、それは神以外にはいない。そういえば、目立ちながらどこにいるのかわからないようにするのは、かつての「隠れた神」のモチーフの延長かもしれない。「無為に過ごす者におけるイミタチオ・デイ[神にまなぶ]」。彼は遊歩者として遍在であり、賭事師として全能であり、研究者として全知である」(m4.3)。だが、絶望している以上、ほとんど神であっても、やはり神ではないのかもしれない。ハンナ・アーレントは、遊歩者とは「歴史の概念について」にある、パウル・クレーによる「新しき天使」であると言っているが、あるいはそうかもしれない。しかし、〈矛盾の統合(coincidentia oppositorum)〉としては、かつての弁神論(例えばニコラウス・クザーヌス)を想わせて、ほとんど神である。

十九世紀の破壊

なんでもあるがゆえに、そしてそれらが矛盾しあっているものの統一であるがゆえに、ほとんど神であるような存在を想うことは狂気の一歩手前である。フローベールの一節が引用される。

> 私は、歴史上のさまざまな時代にいる自分の姿がとてもはっきりと見える。……私は、

ナイル川で船頭だったし、ポエニ戦争時代のローマで奴隷商人だったし、次にはスブルでギリシア人の修辞学教師だったが、そこで南京虫に食われた。十字軍遠征中に、シリアの海岸で葡萄を食べ過ぎて私は死んだ。私は、海賊や修道士、軽業師や馭者、おそらく東洋の皇帝だったし、それに……(MI7a, 5)。

想いだされるのは狂気に陥る直前に「わがいとしの王女アリアドネ(コジマ・ヴァーグナー)」に宛てたニーチェの文章である。「私が人間だというのは偏見です。私は……人間が経験できるすべてのことを、卑小なことから、最高のことまで知ってはいます。しかし私はインドでは仏陀でしたし、ギリシアではディオニュソスでした。……アレクサンダーとシーザーは私の化身です。最後にはヴォルテールとナポレオンでもありました。……私は十字架にかかったこともあります」(一八八九年一月三日)。これは、永遠回帰の狂気の転身物語である。ニーチェも十九世紀の破壊を企てた。それに失敗したときの絶望による自己矛盾の形象が、このほとんど神である存在の遍在欲望である。あったかもしれないものへの夢である。

だが、ベンヤミンはニーチェのようにそれを「永遠回帰」のドグマとしてまた実体化することなく、群衆の中の遊歩者と彼の視線に浮かぶものの分析的収集に向かう。駅、展覧会ホール、百貨店はすべて集団的な事柄を対象としている。「このような……「忌み嫌われた、日常的な」建造物にこそ遊歩者は魅される。こうした建造物においては、歴史の舞台における巨大な群衆の登場がすでに予定されている。それらは、最後まで残っていた私人が喜んで自己をみせびらかす常軌を逸した枠組みをなしている」(M21a, 2)。「忌み嫌われた」はちょっと理解に苦しむが、一般的に日本と違って、この種の公共の建造物は、教養市民層の嫌悪の対象となる(時には本当は興味がありながら嫌悪しなければならない)という文化的習慣を背景にしてのことであろう。この「常軌を逸した枠組み」と「巨大な群衆」が今でも続いている以上、遊歩者の、特に疑念も続いているはずであるし、永遠回帰の狂気にほとんど神として呑み込まれかねない事態も続いているはずである。

遊歩者による引用の堆積は、引用された原文の思い出、原文の潜在力を解き放つための思い出であることも以上のことから理解できるだろう。同じように、現実の一断面の記述としての現実の引用、特に『ベルリンの幼年時代』や『パサージュ論』におびただしい現実からの「引用」は、現実の潜在力を解き放つための思い出であろう。思い出――つまり〈根源の歴史〉へのアナムネーシスである。

> 十九世紀の根源の歴史――こうした標題は、もしもそれが十九世紀の在庫品のうちに根源の歴史に相応するもろもろの形式を再認する目論見として理解するのならば、なんの興味を引くものでもなかろう。十九世紀の根源の歴史という概念が意味を持つのは、十九世紀がこの根源の歴史の本源的な形式として描かれたときである。つまり、根源の歴史の全体がこの過ぎ去った世紀にあったもろもろのイメージによる新たな集合となるようなかたちに描かれたときである(N3a, 2)。

遊歩者の懐疑と破壊のまなざし、幻影の中に浮かぶ別の物の陰影へのシグナル、あり得たかもしれないものの夢。過去のエネルギーを遊歩者が現代に解放するという考え方。このように実にさまざまな側面と素材を駆使して展開するベンヤミンのやり方は、商品のきらびやかなイメージに対するイデオロギー批判とも、そしてそれを通じての資本主義の真相の暴露とも遥かに遠い。だが、もちろん、それをまったく無視できないことは自明であろう。資本主義を肯定した形での遊歩者とは、形容矛盾でしかない。よくこの『パサージュ論』やベンヤミンのメディア論が、ＮＴＴや電通出入りの広告理論家やメディア論者、消費社会論者の青山通り遊歩論などに使われるが、まったくの誤用でしかない。資本主義の暴力を注視する根源的で懐疑的な視線が欠けているかぎりは。

3　アウラ

一回かぎりの尊厳が消失していく

ヘーゲルのように歴史を大きな流れのなかで捉えようという意志を、ベンヤミンが基本的に持ち合わせていなかったことは、今まで述べてきたことから明らかであろう。もちろん、まったくなかったわけではないが、それは多くの場合、ギリシア悲劇において英雄たちが神話から脱出する歴史の起源についての話であったり、類似性を自然の中に読み取る能力の衰退を暗示したりするときだけだった。――ショーレムはそのような議論にすら批判的だった。しかし、そのベンヤミンでも「大きな物語」に乗りかかったことが少なくとも二度はある。一度は、バロック論から一連のボードレール論にかけて、アレゴリーの歴史的変化を論じたことである。

つまり、バロックにおけるアレゴリーの役割とボードレールの時代に商品が「アレゴリー的なものへ歪められている(entstellt ins Allegorische)」状態とのあいだにある歴史的変化についての物語がこしらえられた。例えば、「セントラルパーク」で、しかしまた、『パサージュ論』の草稿においても、バロック時代にアレゴリーの「様式形成的な力」の源泉になっていた諸関係はもはや存在しないことを、彼は指摘している。実際に、〈苦悩する君主〉に代わって〈計画する都市建築家〉が出てきたし、宮廷の〈世界劇場〉に代わって資本主義的な〈商品市場〉が生まれ、バロックのレーゼドラマ(上演されずに、読まれるだけの目的で書かれたドラマ)に代わって、ウジェーヌ・シューのそれのような連載風俗小説が出てきた。アレゴリーが自らに与えた役割、つまり自ら破壊したものを悼むという役割を果たす力は慣習の働きにも負っていたが、その慣習に代わって支配的になっているのは、ただの形式的な契機である。つまり、新しさという契機である。

「十七世紀にアレゴリーが弁証法的形象のカノンであったとすれば、十九世紀においてはそれは新しさ(nouveauté)である」(P1. 56)。「事物がその意味によって奇妙に卑賤になるというのが十七世紀のアレゴリーに特有だが、これに呼応するのが、事物が商品としてのその価格によって奇妙に卑賤になることである」(PI, 71)。また「十九世紀におけるアレゴリーは、世界を消去し、内面世界に住みついた」とも言われている。「アレゴリーにおける事物世界の価値剝奪は、事物世界自身のなかで商品によってさらに上回ったものとなる」(I－2, 660)。「商品経済におけるアレゴリーの機能変更」(I－2, 671)。いずれも「セントラルパーク」に出て来る表現だが、「機能変更」という社会学上の表現そのものが、「大きな歴史物語」を想定せざるを得ない。本章冒頭のエピグラフとして掲げた引用ももう一度確認していただきたい。こうした発言の全体は「ボードレールが企てたこととは、商品に即してそれに固有なアウラを現象にもたらすことであった」(同)という命題に帰着する。つまり、バロックのアレゴリーにはなかったアウラが十九世紀資本主義の新商品には備わっていることになる。このあたりは、個々の非常に正確な観察と別に、大きなアレゴリーの歴史に関しての話は必ずしも整合的にできていない。

同じことは、そしてもっと大規模に、今出てきた〈アウラ〉をめぐる物語——これが彼が乗った二つ目の大きな物語による〈歴史的正当化〉の試みである——についても言える。言わずと知れた「複製技術時代の芸術作品」においてのことである。この論文は一九三六年にクロソウスキーのフランス語訳で『社会研究誌』に載ったが、実際には編集部の手が入っている。また一九三九年にいたるまでいくつかの草稿があって、研究所のパリ事務所にいたレイモン・アロンなども巻き込んだ背後の複雑な事情も含めて、これについての全集編者の報告だけで、二百頁近くあり、細かいことを言えばきりがないが、今はその場ではない。

いずれにせよ、ベンヤミン自身、この論文で、近現代における芸術の機能変化を「世界史的な尺度で」捉えていると自称している。大きな流れを語る欲望に流されている。問題になっているのは、芸術におけるアウラの消失であり、映画に代表される複製技術の持つ新たな可能性の追求であるが、結論的にいえば、やはり個々には繊細かつ精密な観察がありながら、全体としては、うまくいっていない。弁証法における大きな流れを、現代の実践と結びつけるという、彼としては今までほとんどしたことのないことを試みたためであろう。

彼の議論をおおよそまとめれば次のようになるだろうか。現在我々が芸術作品として見ている大昔の所産は、教会を見ればすぐ分かることだが、基本的には宗教的な儀礼の道具であった。それは近づきがたく、触ってはならない存在としての輝きを持っていた。世界史的な脱魔術化のプロセスの中で、そうしたものの礼拝上の価値が失われ、芸術としての展示的な価値が増大してくる――近代化にともなう芸術の自立化のプロセスである。それに応じて過去の大伽藍を芸術的なものとして見る知覚形式が生まれるだけではなく、芸術作品の生産と享受のありようにも変化が生じる。展示と言えば、額縁絵画の方がモザイクやフレスコ画よりも展示のための移動が可能である。つまり、展覧会のための芸術作品という形式が生じてくる。それとともに、かつては宗教的価値を持っていた、例えば聖なる像の存在価値、つまり、〈今ここで〉目の前にあるという、一回かぎりの尊厳、ありがたさといったものが消失していく。このいわば本物性、そこに輝くあるなにものかをベンヤミンはとりあえずアウラと名づけ、図版や絵はがきのような複製技術の登場とともにそれの決定的な消失が生じたことを指摘する。カテドラルは複製可能な絵はがきになり、かつ普通なら見えないところも見える部分を拡大した写真にもなって、世界中に頒布されていく。写真の歴史にはその事情がもっとはっきり見える。そこでは、展示価値が礼拝価値を押しやりながら、また肖像写真という形で、なんとか礼拝価値の砦の維持がはかられてきた。『写真小史』には、着古したコートを纏った老シェリングのアウラが論じられ、作家ダウテンダイが子供の頃一家で写っている写真が分析されている。母親のまなざしは不気味なアウラを秘めている。彼女はこの写真の翌年には、六人目の子供を産んだ後で手首を切って自殺する(II‐1. 371)。だが、そうした肖像写真にはあったアウラも大量複製とともに消失していった。

複製技術による技術の暴力のコントロール

だが、そうした複製技術の頂点はベンヤミンの見るところ、なんといっても映画である。映画は、オリジナルと複製の区別がない。カメラの前で生産される工程そのものがこれまでの芸術作品とまったく異なった分散した工程でなされる。最終場面から撮影が開始されることすらあろう。さらにはカメラの被写体となる俳優は、舞台俳優と異なり、目の前にいない観客大衆によるコントロールを、カメラのレンズを通してたえず受けており、もはや自分であることはできず、作家ダウテンダイの母親にあった、ユダヤ神秘主義で言うツェーレム(tselem)、つまり〈人格のアウラ〉を断念せざるを得ない。そのようにしてできた映画に対処する観客大衆の態度は――これもベンヤミンで有名になった言葉だが――〈気散じ〉、ようするにぼんやりした娯楽的態度である。

だがそれは決してヘーゲル的な意味での〈芸術の終焉〉ではなく、むしろ現代における政治と芸術の新たな関係を築くためのチャンスであると、ベンヤミンは考える。そしてハリウッドのようなスター・システムではない、観客やスタッフも作品創造に参加する映画のあり方に真の芸術的合理性を見ようとする。エイゼンシュテインの映画『戦艦ポチョムキン』におけるあの有名なオデッサの町の群衆シーンなどが彼の考えている具体的な例であり、方法としては、モンタージュ手法による異化効果をブレヒトに倣って重視する。またダダイズムが一足早く別のジャンルでやろうとしてうまく行かなかった(第三章参照)ショック効果を映画によって狙う。「芸術作品が技術的に複製可能である事態は、大衆と芸術との関係を変える。例えばピカソに対するときのようなきわめて遅れた関係が、例えばチャップリンに対するときのようなきわめて進歩的なそれへと一気に転換するのである」(I-2, 459)。

もちろん、実際には映画は映画産業という巨大資本に握られている。したがって、俳優を、筋書きを、作り方を、カメラを通じてコントロールしているのは、大衆ではなく、美人コンテストを生み出すのと同じメカニズムである。美人コンテストの優勝者にも、ハリウッドのスターにも一種のアウラがある。だが、それは疑似アウラである。したがって、映画が革命的な機能を発揮するためには、映画資本の接収がプロレタリアートの急務となる。そしてそのようになった段階で、先に触れたいわば全員参加型の制作が可能となる。その段階では、仕事の細分化というおよそ近代の原理がさらに貫徹されるため、発信する知識人と黙って受け取る一般大衆という図式は解消し、誰もが自分の担当分野では事柄に通じた専門家として著作家の仲間入りをする。しかもそのための条件はソビエト・ロシア型の学校、つまりヨーロッパ型の階級制の学校でない学校制度に整えられている。この段階にいたって人類ははじめて、技術の暴力を社会的にコントロールできるのだ、とベンヤミンはいささかオプティミスティックに論じる。おそらくめざすところは、スター・システムでない映画が本当のアウラを獲得することであろう。「初期の写真にアウラがあったのなら、なんで映画にはないのだろうか」とメモにはある(I－3. 1048)。この議論は、ニュルンベルクの党大会などの疑似アウラを批判的に捉えるためでもあったとする解釈もある⑮。ファシズムの暴力が荒れ狂う現実を前にして書かれたこの論文の最後は、少なくともドイツでは、六〇年代後半の学生反乱の中でも有名になったので、とりあえず紹介しておこう。

政治を美学化しようとするあらゆる努力はある一点に帰結する。その一点とは戦争である。戦争は、そして戦争こそは、猛烈に大規模な大衆運動に、これまでの所有関係を変えないままに一個の目標を与えることを可能にする。……「芸術よ行われよ、世界が滅びるとも」とファシズムは言い、技術によって変貌した知覚を芸術的に満足させることを、マリネッティがはっきり述べているように、戦争に期待している。これはおそらく〈芸術のための芸術〉の完成であろう。人類は、かつてホメロスにおいて、オリュンポスの神々の見せ物の対象であったが、現在では自分自身にとっての見せ物の対象となった。人類の自己疎外が現在達している度合いと言えば、自分自身の抹殺を第一級の美的な楽しみとして自らに体験させるほどである。ファシズムが推進している政治の美学化とはこのようなものである。そのファシズムに対してコミュニズムは芸術の政治化をもって応えるのである(II－1, 506ff.)。

「政治の美学化」とは今触れた疑似アウラのことであろうが、「それに対してコミュニズムは……」という最後のところは、初出のフランス語訳では「人類の中の建設的諸勢力は芸術の政治化をもって応えるのである」とされているのも象徴的である。今はそれは措くとして、論文全体はほぼこのような内容である。

「アウラ」の概念の問題性

詳しくあげる余裕はないが、アジェの写真、ダダの位置づけ、無声映画とトーキーの違いなどなど、個々には非常に優れた着眼があることは間違いない。また、ファシズムによる映像の利用(例えばリーフェンシュタール)、そして光と音を駆使した党大会、それが戦争に行き着く文化的メカニズム(「政治の美学化」)については、まったくそのとおりである。「所有関係を変えないままに」という挿入句の意味は大きい。もう少し一般的に言えば、映画という二十世紀のメディアが、人々の知覚の形式をいかに変えてきたか、またその変わり方がいかに資本主義の政治と不可分であったかを批判的に見る視覚を、この論文は提供してくれる。また、余談だが、前年の一九三五年にハイデガーが講演「芸術作品の起源」で、かつては世界の中で人間の位置を設定し、空間と方位を与えてくれた神殿が、近代においては、展覧会から展覧会へと「じゃがいもと同じように」運送可能な絵画や彫刻と化し、芸術が〈体験〉の対象になった連関を、やはり世界史的に論じているのは面白い[16]。この講演でハイデガーは、履き古された靴を描いたゴッホの絵について論じているが、同じくベンヤミンも、「ハシッシュ吸引の記録」でアウラを扱いながら、何よりも純正なアウラの明確な理念を与えてくれるのは、ゴッホの後期の絵であり、そこに描かれている種々の対象からはアウラが発している、と述べている(VI, 588)。同じ危機の所産であろうか。

だがそれ以外の点では、ベンヤミンのこの論文はあちこちで内部分裂しているという、ショーレムの指摘は認めざるを得ない[17]。特に、アウラの消失と複製技術の関連が明確でない。アウラは近代における芸術の自立化とともに消失しはじめたようであるが、ところどころには、市民社会の演劇の俳優たちや、初期の写真が持っているアウラの話も出てきて一貫性に欠けている。

アウラに対するベンヤミンの関係はきわめてアンビヴァレントである。一方ではその喪失が芸術の大衆化の条件として、アウラの再生も含めた新たな可能性を生むかのように述べながら、他方では、喪失を悼む心情は明らかである。「経験と貧困」にはガラス建築にアウラが欠けているという指摘がある。ちなみに、大聖堂を絵はがきで見ることと不可分な新しい知覚についての議論は、最初にパリに行ったときに知り合った名門古本屋の女性主人アドリエヌ・モニエとの会話に由来している。「パリ日記」にその話が出てくるが、ベンヤミンは芸術作品を写真や絵はがきで見るのは邪道だと述べたのに対して、彼女が、大きな建築物の場合などは、まさにそういう方法でしか楽しめない視角や側面があることを彼に教えている。このあたりのベンヤミンの記述では、アドルノが炯眼にも指摘しているように、アウラは「人間的なもの」であり、その喪失は嘆きの対象である。こうした両義性が生産的であればいいのだが、この論文ではむしろ、技術と映画の将来へのカウツキー的に単純な夢へと収斂してしまっている。アドルノは『美の理論』で、ベンヤミンがアウラ対機械生産という単純な対立軸で捉えてしまったことが、この論文をわかりやすくし、そのために有名にしたと皮肉を述べながら、その点では「写真小史」の方がずっとよくできていると述べているが、あるいはそうかもしれない[18]。

また、チャップリンの笑いがもつショック効果、解放効果に触れているベンヤミンの記述は、アドルノが即座に批判したとおりの問題をはらんでいる(ベンヤミン宛、一九四〇年二月二十九日)。つまりこのショックは、アドルノに言わせれば、観客において必ずしもすぐに、現代社会の疎外された人間のあり方についての認識を生み出すわけではない。むしろ、自分も陥ったかもしれないとんでもない目にチャップリンが映画の中で出くわしていることへの、残酷な快楽がこの観客の笑いには潜んでいるのだ、とアドルノは指摘している。また、先に引用したピカソやチャップリンに対する、「遅れた」ないし「進歩的な」関係も簡単に賛成しがたいところがある。チャップリンはその後、結局は現代のレトロ消費文化の一部でしかなくなっているし、逆にピカソが長期的に我々の知覚を変えてきた効果、それも彼の絵の膨大な複製によって変えてきた効果も無視できないところがある。

以上はよくなされる批判であり、そうした点で誤りだらけのこの論文は今ではそっとしておいた方がいいかもしれない。だが、〈アウラ〉の概念だけは、一定の有効性を持っているのか、一人歩きして、ベンヤミンと言えば〈アウラ〉と言われるようになっている。だが、この言葉はベンヤミンでも実に多様な使い方がなされていて意味が特定しにくい。いわく「アクチュアリティのアウラ」「商品のアウラ」(「セントラルパーク」)、「ロシア精神のアウラ」(ドストエフスキーの『白痴』論)、「事物の権威、伝統の重みとしてのアウラ」(「複製技術時代の芸術作品」)などなど。この概念の背景、ベンヤミンでの使われ方、今日的意義をめぐる議論について簡単に触れておこう。

「どんなに近くにあろうとも、遠くにあることの現れ」

〈アウラ〉という表現は決してめずらしいものではなく、世紀末以降、さまざまな形で議論されてきた。例えば、十九世紀前半のメスメリズムを経て、身体の電気現象への興味が広がりはじめた十九世紀後半以降、アウラを写真に写す試みがあった。有名なところでは、画家のムンクは、撮影中にレンズを動かしてみたり、あるいは、二重写しにしたりして、重層化現象にもとづくアウラの定着を試みた。他方で、〈情緒〉〈雰囲気〉という意味でも使われていて、ベンヤミンが、学生時代に読んだ芸術史家アロイス・リーグル(「複製技術時代の芸術作品」でも好意的に扱われている)の論文「近代芸術の内容としての情緒(Stimmung)」(一八九九年)から影響を受けていることは確実である。リーグルは山の上から見た美しい風景のアウラ〈情趣〉について語っている。アウラの第一の意味はこの「情趣」ないし「情緒」、あるいは「雰囲気」である。元々ギリシア語では「息吹き」とか「風」の意味であり、すべてのものにあってておかしくないはずである。第二は、まなざしの触れ合い、もしくは対等性(ハーバーマスならコミュニケーション的関係というかもしれない)である。これも特定の人物だけでなく、すべての自然と結ばれてもおかしくないはずである。ここにはユダヤ神秘主義の影響もある。第三は、アウラと記憶との関係であり、第四は、消えゆくもののアウラというアウラの瞬間性であろう。

第一については、戦後になってアドルノが『否定弁証法』や『美の理論』の各所で指摘している。その定義は、「自己自身を越えたなにものかを指し示す」ことである。「アウラという概念は、その完結性のゆえに自分自身を越えたものを指し示す現象といった意味が近いだろう。……いわば〈雰囲気〉である」[19]。あるいは、アウラとは、「芸術作品の種々の契機の連関が、個々の契機を越えたものを指し示し、また個々の契機自身が自己を越えたものを指し示している」ことと述べ、〈情緒性〉と言うだけでは間違ってはいないが、概念的には足りないというようにも述べている[20]。

これは我々が、ある誰か魅力的な人物の〈アウラ〉について語るのと同じであろう。その人に客観的な大きさや能力を越えたなにものかを感じるから〈アウラ〉という語が出てくるのである。グラウンドに立つ一流プレーヤーには〈アウラ〉がただよっている。その意味では見ようによってはただの石の塊であるものが、彫像に見えるということは、自分自身を越えたなにものかを示唆していることであり、アドルノが続く数行で述べているように、そもそも芸術作品の構成要件である。

第二は、ベンヤミンが複製技術についての論文で自らあげている、近くにありながら遠いものとのまなざしのふれあいの経験である。近さと遠さの弁証法のなかでの密かな交流と言ってもいい。なによりも自然との交流である。

歴史的な対象について提案したアウラの概念を自然界の対象のアウラの概念で例示するのがよかろう。自然的対象のアウラは我々の定義によれば、たとえ近くにあるものであってもそれが与えるある遠さの一回かぎりの現象のことである。夏の午後、静かに憩いながら、地平線に連なる山並みを目で追うとき、あるいは、憩う者の上に影を投げかける木の枝を目で追うとき、我々はこれらの山々や、この枝のアウラを呼吸しているのである。

リーグルは、アルプスの高みから眺めた下界の姿に静かな情緒を見ていたが、リーグルから借りた風景の情緒をベンヤミンは、いわば自然のエロスとでもいうものとの相互交流に読み替えている。痕跡（シュプール）との比較がわかりやすい。

痕跡(シュプール)とアウラ。痕跡は、痕跡を残した者がたとえどんなに遠く離れていようとも、近くにあることの現れである。アウラはそれを呼び起こす者がたとえどんなに近くにあろうとも、遠くにあることの現れである。痕跡のうちに我々は[例えば刑事や探偵がするように]事柄を捉えるが、アウラにおいては事柄が我々を取り押さえる(『パサージュ論』のメモ、M16a. 4)。

探偵や刑事と、恋する者の差異が問題である。恋する相手は、近くにいても遠い。その存在がこちらを見つめてくれたとき、あるいは美しい自然がこちらのまなざしに応えかけてくれるかのように思えるとき、アウラの幸福はあるのだろう。「ボードレールにおけるいくつかのモチーフについて」にはこうある。

アウラの経験は、人間社会によく見られる反応形式が、生命のないものと人間の、あるいは自然と人間との関係に移されて生じているものである。見つめられている者、あるいは見つめられていると思っている者は、伏せていた目を上げて目を開く(schlägt den Blick auf)、ある現象のアウラを経験するとは、この現象に、こちらを見つめる能力を賦与することである(I－2, 646)。

あるいは、『パサージュ論』には次のような表現もある。

アウラについての私の定義。見られているものが気がついてこちらを見る時のまなざしの遠さ(J47, 6)。

密かに好きな人を見つめていると、そのことに気がついた相手がこちらをなにげなく見返したとき、その瞳がこちらには、かぎりなく遠い——という経験は、誰にもあるだろう。しかし、ここでは、それ以上に、「生命のないものと人間の」そして、「自然と人間の関係に移されて」いるところが重要である。さきほどの引用でも、「遠くの山並みのアウラを呼吸する」ということが言われていたが、遠くの山並みがこちらを見返す、といった趣旨の表現もある。我々の日常感覚には反するが、生命なき自然がこちらを見返す、つまりいっさいのものにアウラがありうるのである。「象徴の森が親しいまなざしで人間を見守る」というあの有名なボードレールの一節が当然背後にあるが、さらには、「自然が目を上げてこちらを見返す」という意味の表現は、フルトという研究者の私家版の論文によれば、二〇年代の通俗小説家ヘルツォークの『オプターベルク夫人の子供たち』という小説からだとのことである。美しい自然に向かって子供が「自然が目を上げてこっちを見てくれてるよ ihren Blick aufschlagen」と感激して母親に言うシーンがあるそうである。(21) ベンヤミン自身は先のボードレール論からの引用の直前の箇所で、「見てもらうには注目が必要」(Die Wahrnehmbarkeit ist eine Aufmerksamkeit. 直訳すれば「知覚可能性とは注目である」）というロマン主義者ノヴァーリスの言葉を引いている（Ⅰ－2, 646）。逆に言えば、「我々は、こちらを見てくれるものだけを見ているのである」（「遊歩者《フラヌール》の帰還」Ⅲ－198. これは、先にも触れたとおり、ベルリンを散策する友人ヘッセルの著作からの引用である）。通りすがりの女性は見返してくれなかったが、そもそも見返してもらうためにはこちらが注視しなければならない。そしてそれは自然に対しても同じだということである[22]。そのときにのみアウラが閃くのである。あるいは漂うのである。

ここには、ショーレムやアガンベンが述べるように、自然と人間との対話的関係の回復における人間の言語の役割というあのユダヤ神秘主義のモチーフ（第三章参照）も生きていると見るのがいいだろう[23]。つまり、イサアク・ルリアにおけるあの壊れた壺のモチーフである。ユダヤ神秘主義における自然の救済とボードレールのパリの路上での通りすがりの女性とのはかない経験がまたしても結びついている。

こうして見ると、密かに恋している人のまなざし、通りすがりの女性が見返してくれた時の「近さの遠さ」だけではなく、つまり特定のものだけではなく、いっさいの自然が、ベンヤミンが好きだった古本だけでなく、また家具だけでなく、現代生活の細かい道具がアウラを発するようになるのが、『パサージュ論』および「複製技術時代の芸術作品」など晩年の目論見であったことがわかる。こうした物たちの「アクチュアリティのアウラ」という言い方もすでに早くからしているが（Ⅳ－1. 449）、それ以上に、そもそも我々が星の関係のうちに読み込む星座も、ベンヤミンに言わせれば、星座がこちらを見つめているのである。「星々がまなざしを向けてくれる(ihren Blick aufschlagen)地上の生き物や物たちがあるのではなかろうか? 星座こそは彼方からのまなざしを通じて、アウラの原現象なのではなかろうか?」(II-3, 958)[24]。大熊やさそりは、星々が見てくれることによって、星同士の関係がむすぶ姿ないし図柄となるのである。

太古の昔に特定の宗教的崇拝物が発したアウラが、見返してくれるいっさいの事物から発してもらえるようになることである。その意味では太古の、神話のセマンティクスの組み替えないし転換という初期からの一貫したプログラムに新しい用語がつけ加わったにすぎない。ハシッシュ吸引の記録の中でも、「純正のアウラはいっさいの事物に発するのであり、多くの人々が考えるようになにか特定の物に現れるのではない」と強調されているのもそのゆえである(VI. 559-618, 引用は588)[25]。同時に、ブラバッツキーの神智学やシュタイナーのようなあやしげな現代の神秘主義と自分の考えは根本的に異なると彼がこの記録文で主張するのも、あくまで合理性の究極の形態としての神学的思考を追求していたからに他ならない。ベンヤミンは、「きわめて魔術的=神話的な見解」には反対で、「合理的秘教性 rationale Esoterik のなかでいっさいの魔術的要素の抹消」を企てたとショーレムが、この「世俗の啓示 profane Erleuchtung」について言うとおりである[26]。

第三は、アウラ概念と、プルーストの「無意志的記憶」との密接な関係である。「近くにありながら遠いもの」という点では、時間を越えて突如思い浮かぶ、コントロールされざる過去の記憶もそうである。「ベルリン年代記」はまさにそうした記憶の宝庫である。「思い出すことによって初めて見るイメージ」や「思い出す前は見たことのないもの」(II - 3, 1064)も、まさに連続的な時間の中から突然非連続に思い出のアウラを放ちながら、こちらを見つめ始める。

　目に触れる対象の周囲に、無意志的記憶のうちにその故郷をもつさまざまな表象が群れているとき、そうしたさまざまな表象のことをアウラと呼ぶとすれば、その目に見える対象のアウラは、まさにその使用対象に慣れ親しんでいるうちに染みついた経験に相応している(I - 2, 644)。

古い道具のもつ雰囲気を思えばいいだろう。アウラとは無意志的記憶の集積でもある。あるいは、骨董品に我々がアウラを感じ惹きつけられるのは、かつてそれを見た無数の視線がそこに休らっていて、見つめる我々に対して伏せていた目を上げて開くからであるというプルーストの文章が引かれる。無意志的記憶とアウラの関連は、さすがにアドルノが正確にみていた。ベンヤミン宛の手紙(一九四〇年二月二十九日)でアウラと忘却の関係について触れている。「私の考えでは、私たちが考える最もいい考えは、最後まで考え抜くことができないような考えのことでしょう。その意味でアウラという概念はまだ十分に考えきられてはいないようです。……つまり、物における忘れられた人間的なもの(das vergessene Menschliche)の痕跡がアウラなのではないでしょうか?」。さらにアドルノは、物象化のなかで物が忘却

(Verdrängung)されている事態を指摘している。ようするに資本主義的労働社会のなかで忘れ去られ、無視されているものということであろう。

それに対するベンヤミンの返答がいいヒントになる(アドルノ宛、一九四〇年五月七日)。彼はアドルノに裕福な家庭に育った幼少の頃の思い出を語る。それは、夏の休暇の最中の思い出であるが、ここで彼が挙げるフロイデンシュタット(南ドイツのシュヴァルツヴァルト地方の保養地)、ヴェンゲン(スイスのアイガーを望む有名避暑地)、シュライバーハウ(現在ポーランド領のニーダーシュレージエンのウィンタースポーツで有名な町)などの地名が、そしてそのときの散策の光景がアウラを発揮して蘇るのである。ちょうど「過去の化石を見る時の我々の形容のすべてにおいて、その化石が我々を見返している」、というベンヤミンがノヴァーリスから引く言葉のとおり、過去がこちらを見返すのである(『ドイツ・ロマン主義における芸術批評の概念』I-1.55)。第一章で「イリエ」が放つ「地名の幸福」について語ったことを思い出していただきたい。アウラとは時間の中の幸福の思い出でもある。つまり、アウラとは、「歴史の概念について」に見られるとおり、まずは特定の過去が、そしてやがては、いっさいの過去がその損壊状態から回復され、引用可能になるときに一瞬光る(aufblitzen)現象でもあるのだ(I-2.695)。そしてベンヤミンは、さらに返答の中で、自然の中のすべてが労働によって物象化されているわけではないのでは、と反応していることも重要である。つまり、資本主義以前の神学的な段階でもベンヤミンは考えようとしているのだ。

こうして見ると、「複製技術時代の芸術作品」のベンヤミンには申し訳ないが、それ以外の議論でのアウラという言葉の含みの方が、はるかに彼の思想において中心的であることがわかろう。アドルノは、自然であれ、芸術作品であれ、このアウラ概念で重要なのは客体の契機であることを指摘する(『美の理論』)。ハーバーマスのようにここに対等なコミュニケーション的関係を見るか、アドルノのように客観性の契機を重視するかは別にして、自然および過去と「目が合う」時の荘厳な幸福感は、宗教的礼拝物のアウラとは異なるであろう。そして「複製技術時代の芸術作品」に極限されてしまったように、芸術作品の社会的位置の「世界史的基準での」変化を描く補助概念としては無理があろう。

仮象が滅びゆく束の間の美

少し長くなったが、アウラ概念の第四の、そしてこれも重要な含みに移ろう。それは、瞬間的なものと結びついた〈アウラ〉の概念である。たった今引いた「過去の記憶が一瞬光る(aufblitzen)」という「歴史の概念について」の一節でも、それの瞬間性が強調されている。そういうことが起きるのは「危機の瞬間」である、と。

思い出されるのは、『親和力』の最後のオッティーリエである。死への道を静かに歩む彼女の美しさは、運命を甘受するだけで真の和解ではない、仮象の美でしかなかった。しかし、その仮象が滅びゆく束の間、つまり仮象の仮象ともいうべきものは、ゲーテが「青春に容認したこと」、つまり「自己自身の持続のうちから自己自身の死を受け取るような完全な生」として、被われたもの、被いを取れば消えてしまうものとされていた。言葉ではもう届かない作品の〈秘密〉であると。それは、抱擁し合う二人のシーンの「空から降る星のように、希望が二人の頭上を流れすぎていった」というあの有名な『親和力』の文章(第四章参照)とも深く呼応しあっている。我々のどんな生も断片でしかないが、まさに断片であるゆえに希望の瞬間を、そしてそのアウラを宿すときがあるのだ。

このように、芸術と芸術経験における瞬間的なものに、つまり〈現象の消滅という現象〉に潜むアウラをベンヤミンが見ていたことを、アドルノは見逃さない。芸術において概念の手に捉えこまれないもの、それこそ、シュルレアリスムに代表される瞬間の爆発の経験である、とアドルノは言う。

芸術作品においては瞬間が超越していく。客観化は芸術作品を瞬間へと変じせしめる。〈静止状態の弁証法〉というベンヤミンの定式を思い起こして欲しい。……芸術作品が芸術作品になるのは、自己自身のイメージ内容の破壊を通じてなのである。それゆえにこそ芸術は爆発と深く通じ合っているのである。……アレゴリーだけが芸術作品なのではなく、アレゴリーの破局的充実もそうなのである。最近の芸術作品が与えるショックこそは現象の爆発なのである。ショックにおいて、かつては[芸術作品の]自明のアプリオリであった現象は、破局によって解体する。そしてこの破局を通じて現象の本質がはじめて完全に掘り起こされるのだ。……美的超越が気化することもなおまた美的なのだ。……ベンヤミンは後光をなくしてしまった男についてのボードレールの寓話を解釈しているが、彼が描いているのはアウラの終焉ではなく、アウラそのものなのだ(27)。

啓蒙とは、啓蒙が覆いを取ってつかみ取ろうとする当のものが消えてしまう、という意識でもかならずあった(28)。

消滅と破壊の瞬間のアウラ、現象が消えるという現象の輝き、それがアウラであろう。消えるものにこそアウラがあるという、発想である。ベンヤミンはその先取りをボードレールにある「ショックにおけるアウラの解体」に見たが、アドルノはまさにその解体のアウラに着目する。

ところで、ベンヤミンがこのような意味での(つまり「複製技術時代の芸術作品」での歴史哲学的意味でなく)アウラと瞬間性の関連を知り、考えたのは、第一次大戦中のミュンヘン時代にさかのぼるようである。当時彼は、クラーゲスたちの仲間のアルフレート・シューラーが個人的に催していた講演を知っていた。シューラーはちょっとした山師で、大した学もないのに、壮麗かつ簡潔な言葉に無数のラテン語の引用をちりばめながら、古代ローマの生活について語り、現代ヨーロッパが失ったものの喚起力に訴えていた。その後のナチスとも無縁でない、血の思想も持っていた。だが、活字になっているシューラーの講演を見ると、〈アウラ〉の語が消えゆくものに関連して使われている。「ホラチウスが事物に吹きかけるアウラ」、あるいは「消えゆくものにこそアウラである」、「芸術を作ったのは、アウラの燃えるような紗を通したまなざしである」などなど。

さらには、近さと遠さの弁証法的関連も、このサークルの議論、特にクラーゲスから貰ってきたようである。(29) クラーゲスも「遠くの青い山脈」(30) の「近さ」について、そしてその「近さ」が「遠さ」から来ていることについて語っていた。

こうしたそれぞれ異質なものを融合させた〈アウラ〉の概念だが、〈静止状態の弁証法〉における瞬間、〈アクチュアリティのアウラ〉といった意味が濾過されて残るようだ。そしてまさにこれこそ絶筆となった「歴史の概念について」の中心的問題なのである。

4　歴史の天使

パリ脱出……

一九三九年九月一日、ヒトラーのポーランド侵攻とともに第二次世界大戦が始まった。ベンヤミンはとりあえず敵性外国人としてフランス当局の収容所に入れられるが、ペン・クラブの骨折りもあってじきに釈放された。その後は、戦時下であるにもかかわらず、国立図書館で『パサージュ論』の仕事をする生活を基本的に変えようとはしなかった。一九三九〜四〇年の暗い冬に書かれたのが、丁寧に見ると彼のこれまでの仕事のほとんどすべてが凝縮されている「歴史の概念について」である。翌年五月、西部戦線のドイツ軍がパリをめざして動き出すとともに、彼も妹のドーラとパリを脱出、ルルドに逃げ、やがてそこからマルセイユに向かう。マルセイユのアメリカ領事館に、ホルクハイマーがうまく取ってくれたアメリカ入国のビザが用意されていたためである。当時のマルセイユは、港沿いの大通りには、アメリカ行きを待つドイツからの亡命者が沢山歩いていて、聞こえる言葉はドイツ語ばかりだった、と言われている。ゾーマ・モルゲンシュテルンの回想では、町で落ち合うと、ベンヤミンは歩きながら「通りではフランス語で話そう」と提案していたそうである。(31) 目立たない方がいいに決まっている。喫茶店で仕事をしているクラカウアーに偶然会うこともあったし、ハンナ・アーレントたちとの連絡もあった。

緊急事態ではあったが、下落したフランとドルとの交換価値がよかったため、ベンヤミンは時折友人と高級レストランで食事をしていた。ある時、そんなレストランのメニューに店主の名として書いてあったアルヌーという名が『感情教育』(フローベール)の登場人物と同じだということに彼はいたく感心し、その日の食事の話題は終始フローベールだったという。シまじないや偶然の暗合に彼は独特の重点をおいていた。それにしても、第一次大戦中に、シュタルンベルク湖畔でヘルダーリンをギリシア語で朗読して以来、文人気質は変わっていない。ドイツでも兵隊に取られる教養人たちは、前の晩、妻がフランス語で朗読するプルーストを聞いて、兵営に向かったという時代である。

共犯関係

「歴史の概念について」は、次々と積み上がる瓦礫の山(破局)を凝視しながら、楽園からの風によって未来へ押し流され、翼を閉じることのできない〈歴史の天使〉のアレゴリーを記した第九テーゼでよく知られている。クレーの「新しき天使」による瞑想である。もっともこのテーゼの解釈には、そのモットーとなっているショーレムの「天使の挨拶」の引用がこれまであまりになおざりにされてきた。引用したのは、ベンヤミンなのに。「私の翼は今にもはばたこうとしている。帰れるものなら喜んで帰りたい。たとえ、生ける時間にずっととどまっていたとしても、幸せはないだろうから」。この引用は、自殺の予告か、あるいは楽園願望か。ショーレムの天使と第九テーゼの中の天使との相互関係は？　論じるスペースが今はないが、さらにはベンヤミンのこれまでのテクストに出てきたさまざまな天使の形態を、一緒に考える必要があろう。それらはもちろん相互に排除しあうものではない。

だが、このテーゼ群の大きなポイントは、社会民主主義型の「反体制」運動のなかにも、「支配階級の歴史」との共犯関係が嗅ぎつけられていることである。特に批判の矛先を向けるのは、ドイツ社会民主党およびそのイデオロギーに指導された労働運動であり、歴史の必然的法則による労働者階級の勝利という信仰であった。

この点への批判は、ホルクハイマーにしても、『歴史と階級意識』(一九二三年)のルカーチにしても、両大戦間の代表的知識人の多くに共通していた。階級的勝利の信仰は、現代史の大きな節目ごとに、実際には運動の戦闘性を削ぎ取り、現代社会の権力システムおよび経済システムへの妥協を生んできた、と彼らは思っていた。一九一八年の十一月革命における社会民主党の既成勢力との妥協による法と秩序の回復、ローザ・ルクセンブルクおよびカール・リープクネヒトの殺害、ヴァイマール連立体制への参加というように、体制内への組み込みが一貫して続く。

自分たちは流れに乗っているという考えほどにドイツ労働者階級を堕落させたものはない。彼らにとって技術の発展は、自分らが乗っていると信じた流れの傾斜であった。ここから、技術的進歩の線上にある工場労働を政治的成果とみなす幻想までは、ほんの一歩だった(第十一テーゼ)。

だが、堕落はドイツ社会民主党だけではない。彼の世代の経験の究極的形態としての独ソ不可侵条約(一九三九年八月)が背景にある。「ファシズムに反対する者たちの期待を集めていた政治家たちが地に倒れ伏している」(第十テーゼ)事態である。独ソ不可侵条約に対して平沼内閣は「複雑怪奇」と声明を出したが、ベンヤミンにとっては、絶望の暗黒が拡がった。こうした破局は実は歴史の進歩への信仰と、市民文化を標準にした文化主義に潜んでいた。進歩主義者が依拠する文化的価値そのものが、膨大な数の犠牲者の上に築かれていることを見ようとしなかったためである。

今日にいたるまで勝利した者はすべて、今地に倒れている人々を踏みにじってゆく今日の支配者たちの凱旋の行列に加わって、いっしょに行進している。いつもそうであったように、この凱旋行進では戦利品がいっしょに引き回される。戦利品は文化財と呼ばれている。……歴史的唯物論者が文化財を見て受け取るものは、すべて戦慄をおぼえずには考えられないような由来をもっている。……文化のドキュメントであって、同時に野蛮のドキュメントでもないようなものはない。そして、それ自体が野蛮から自由ではないように、それが手から手へつぎつぎと渡ってきた伝統の過程も野蛮から自由ではない（第七テーゼ）。

こうした無限に続く犠牲の連鎖を克服しない進歩は、むしろ退歩であるとベンヤミンは考える。古代ローマの凱旋門はそれをくぐって市内に帰還する勝利の軍隊を、戦地で彼らがそのかぎりをつくした略奪と殺戮の血から清める機能をもっていたと、彼は『パサージュ論』のノートに専門文献から書き写している。勝利の栄光は退廃の隠蔽でしかない。

それゆえ、革命の課題は、次代を担う進歩的階級なるものが政治権力を奪取し、技術の進歩を推し進めるといった単純なことではなく、これまでの殺戮の歴史の連続性を打破すること、彼の言葉で言えば「爆砕する」こと、そして過去の犠牲者を救済することとなる。我々がどんなに民主的で豊かな社会を作っても、その下敷きに時間軸の最底辺で呻吟している人々の声を無視するならば、その社会はかえって大きな抑圧を宿すことになるということであろう。過去の犠牲者の救済をもたらさない解放は、単に生活水準の向上として、別のところにまた犠牲者を生み出すだけである。過去からのひそかな委託の声を聞き取ることこそ、歴史認識である。

「イメージは静止状態の弁証法である」

抑圧と殺戮の歴史の連続性を打破するのは、危機の瞬間の認識であるとベンヤミンは考える。危機の瞬間に、壊滅していった過去が我々の眼前に一瞬光るその光を捉えるのが「革命」である。「歴史的唯物論にとって重要なことは、危機の瞬間に思いがけず歴史の主体のまえにあらわれてくる過去のイメージを捉えることだ」(第六テーゼ)――「静止状態にある弁証法」。

その瞬間のイメージにおいて過去のある特定の時代が蘇る。例は、フランス革命におけるローマ回帰である。「ロベスピエールにとっては、古代ローマは、今をはらんでいる過去であって、それを彼は、歴史の連続性から叩きだしたのである」(第十四テーゼ)。フランス革命がローマの共和制を目標にしたという歴史的事実をベンヤミンは、過去の中にある今の可能性を引き出すこととして捉える。もちろん、帝政以前の共和制ローマに本当に救済が成就し、幸福が実現していたわけではない。だが、そこにはあり得たかもしれない可能性が潜んでいる。フランス革命にしてもしかりである。巨大な断絶で引き離されているふたつの時代が、そのあり得たかもしれない可能性と、これからあり得るかもしれない可能性において直面しあうときに、そのことによってのみ一瞬生まれる認識こそ、ベンヤミンにとっては、アクチュアリティを、そして真の革命的救済の可能性を保証するものであった。それは〈過去の引用〉、つまり過去をそのコンテクストから外すこと、過去を中断することである。「過去がその光を現在に投射するのでも、また現在が過去にその光を投げかけるのでもない。そうではなく、イメージのなかでこそ、かつてあったもの(das Gewesene)は、この今(das Jetzt)と閃光のごとく一瞬に出会い、ひとつの状況の組み合わせ(Konstellation＝星座)を作り上げるのである。言い換えれば、イメージは静止状態の弁証法である」(N2a, 3)。これこそ、複製技術論とは別個に、〈アウラ〉という言葉がめざしていたものである。瞬く間に消え去ることも含めて。

過去において実現しなかったが、もしかしたら実現したかもしれない可能性を現在に実現するという意味での〈過去の救済〉というこの考えを、彼は例えば、「我々に身をゆだねる可能性があった女性」(第二テーゼ)が持つ幸福のイメージに託す(すでになんども言及したボードレールの詩「通りすがりの女《ひと》に」を今いちど思い出していただきたい)。もし敵が勝てば、「死者もまた安全ではない」(第六テーゼ)。絶対にやり直すことのできない、修正不可能な過去の殺戮ではあるが、死者と我々のあいだにかけられている神話的呪い(暴力の連鎖)の呪縛力を取り払う可能性が模索される。なぜなら、歴史の〈弁証法的イメージ〉においては、「過去は、救済の方向を指し示すひそかな示唆《インデックス》の目録を携行しているのだ。昔の人々の周りに揺れ動いていたその同じ空気のそよぎが、我々に当たっているのではなかろうか。我々が耳を傾ける声の中には、今では沈黙している声のこだまが響いてはいないだろうか。わたしたちが求める女性たちには、彼らが知ることのなかった姉たちがいるのではなかろうか？」(第二テーゼ)。

通常の歴史記述、つまり「栄光」という名の勝利者の自己讃美の歴史は「均質で空虚な」

時間の中で動いている。それに対して過去の引用に向けられた歴史的唯物論は、危機の一瞬の充実した時間における過去の解放をめざす。ベンヤミンが「今の時」と呼ぶその一瞬は、過去の全体が引用可能になるときである。過去のアーカイブにあるインデックスがすべて開かれるときである。

このテーゼ群は、理不尽に殺されていった死者たちを哀悼しよう、心から悼もうといった、情緒的なものとして捉える向きがあるが、そのようなものでないことは、この簡単な要約からも分かろう。死者、特に非業に倒れた死者を悼み、その記憶を保持しようとするのは、多くの人の心情である。もちろん、死者のグループ分けをして特定の死者にそうした弔いを拒否する事態もすぐに起きる。一般に、どのような形においてであれ、知っている人と見知らぬ人とのあいだにも差がある。こうした問題は、そのつどの当事者にとってはきわめて重要だが、ベンヤミンのテーゼ群の直接の問題ではない。過去の記憶を公共の追悼やモニュメントによって維持しようという〈運動〉、あるいは〈主体〉の活動、そういったことは、非常に重要なことであろうが、彼の発想とはもっとも遠い。

アクチュアリティの中の弁証法的イメージの持つアウラ、そこに原則的に引用可能な、起きなかったことも含めたいっさいの過去——無機的自然から生命を経て人間から神にいたるいっさいの言語の交響的関係と同じことが考えられている。非感覚的類似性のアーカイブが真理にとって持つ役割と同じことを、いっさいの過去の潜在的なインデックスが担っている。いっさいの名前が伝達のためにあるのでないように、いっさいの過去の認識も、解釈の伝達による歴史認識の運動のためにあるのではない。アダムの堕罪の後では、シュルレアリスティックに経験されるアレゴリーによる破壊と復活の希望だけが残っているように、メシアの到来しない歴史空間においては、コンテクストの破壊によるプルースト的な無意志的記憶と引用可能性への希望だけが残っている。それこそが過去がアウラを持つための唯一の「方法」だというのだ。「歴史の概念について」は、歴史の引用可能性に向けた、『ドイツ悲劇の根源』の「認識論的序説」の継承なのである。

　青年運動とユダヤ神秘主義の出会ったところから出発し、シュルレアリスムおよびアレゴリー論によって、そしてプルーストの「失われた時」にある突然の記憶を通じて時代のアクチュアリティを求めてきたベンヤミンの最終到達点は、アクチュアリティとしての過去の引用がもたらす一瞬のアウラへの希望であった。追想(Eingedenken)とは、本来いっさいの記憶がそうであるのだが、無意志的に突然過去のイメージに襲われることである。それを多少とも組織化することは不可能ではないだろうが。しかも、フロイトをかなり勉強したこの時期のベンヤミンには、意識的な行為としての追憶や思い出が無意識を越えることができないのは自明だった。したがって「無意志的追想(mémoire involontaire)」が自ら生じるような〈文化〉、例えば、たぐいまれな記憶の文化であるユダヤ神秘主義の文化の活性化を志向することぐらいが、せいぜいの意識的行為となる。

　ちなみにハイデガーが『存在と時間』の後半で類似の思考を展開していることは、違いを確認するためにも指摘しておいた方がいいだろう。西欧の形而上学によって覆われた歴史を解体するハイデガーのプログラムのなかで重要な役割を果たすのが、「繰り返し」「再び取り戻す」という二重の意味を込めた Wiederholung という思想である。繰り返しとは、過去の単なる再現や再構成ではなく、「かつてあったものの可能性の力」[32]の取り返しのことである。ちょうどキルケゴールにあって、真のキリスト者はかつてあったキリストを今一度自分のうちに取り返し、繰り返すことへと実存的に決断するように、ハイデガーは、真に自分の未来と、未来における死を見つめて過去からの可能性を引き受け、「〈自分の時間〉へと向けて瞬間的である」[33]存在者(つまりここでは実存)のみが、過去において可能であったこと、つまり、ハイデガーの場合は、形而上学によって覆われる以前の、永遠の生成の原理を内在させているようなギリシア的自然の取り返しを、つまり異教的過去の再来を可能にする。こうした思考からガダマーは、過去と現在の対話という解釈学のモデルをこしらえることになるが、それはさておいて、〈瞬間〉や〈可能性の力〉を言うハイデガーのこうした考え方には、「歴史の概念について」のベンヤミンとある近さがあることはたしかである。時代の共通性は大きい。だが、〈救済〉というモチーフや、力と文化の共犯関係への批判性がないという、すぐわかる違いは別にして、理論的にもっと重要な相違は、極度に集中した主観性の決断というニュアンスが色濃いハイデガーに対して、ベンヤミンの場合には、徹頭徹尾、そして一見したところとはちがってこの歴史哲学的な断片においても、主観性の決断といういわゆる〈主体的〉な要因はないことである。無意志的な記憶は、先に引いた第六テーゼで、「危機の瞬間に思いがけず歴史の主体のまえにあらわれてくる過去のイメージ」と訳したドイツ語 ein Bild der

Vergangenheit festzuhalten, wie es sich im Augenblick der Gefahr dem historischen Subjekt unversehens einstellt(危機の瞬間に歴史的主体に突如として生じる過去のイメージを保持すること)という表現からも明らかである。sich einstellen という再帰動詞の用法は、こちらから働きかけてなにかするのでないことをはっきり示している。我々にできることは精々がそのイメージを festhalten, つまりプルーストのように「保持」することなのである。ベンヤミンが高く評価しているローゼンツヴァイクもその『救済の星』の中で、救済への不安のあまり、やみくもに布教活動をして動き回るキリスト教徒に対峙させて、徹頭徹尾、受動的なユダヤの信仰を置いていることも思い出される。

一九三三年五月、ベンヤミンはすでに亡命していたが、ハイデガーはフライブルク大学総長になり、あの悪名高い就任演説「ドイツ大学の自己主張」を行った。その演説を、フーゴー・マルクスというチューリヒ在住の人物が、『社会研究誌』第三巻で、同じくナチのイデオローグであったエルンスト・クリークの「ドイツ大学の革新」を含む書物と並べて短く批評している。「ハイデガーほどの代表的な哲学者が、総長演説で次のようにご託宣している。我々は我々自身を意欲するのだ、と」。皮肉たっぷりである[34]。この同じ巻には「現代フランスの著作家の社会的立場について」というベンヤミンの論文も載っていた。十行ほどのこのコメントをベンヤミンが読んだかどうかは分からないが、二つの世界の違いは、すでにあまりにも橋渡しが不可能になっていた。「歴史の概念について」はベンヤミンの絶筆である。

遥かな声、近くの苦悩――

ベンヤミンの死についてはよく知られているので、手短にしよう。彼はアメリカ入国のビザはあるものの、フランス出国の許可がおりなかった。そうこうしているうちに、一九四〇年九月二十四日、ヒトラーとペタンの会談があり、フランスのナチス占領下でない地域の、つまりヴィシー政権下のユダヤ人にも収容所送りの恐怖が迫ってきた。その二日後の九月二十六日、ベンヤミンたちは、後にエーリヒ・フロムの妻となるヘニー・グーアラントと彼女の息子、それに国境越えの助けを専門としていたリーザ・フィトコとピレネーを越えて、事実上スペイン領内に入ってしまうために出発した。このルートはある程度確立していて、その二週間前にハインリヒ・マンやアルマ・マーラー、彼女の夫で作家のフランツ・ヴェルフエルらが通過している。トーマス・マンの息子のゴロ・マンも一緒だったが、彼は回想で、ちょっと疲れたけど、それほどドラマチックな路程ではなかったと述べているほどである。

ところが、ベンヤミンはついていないといえばついていない。まさに彼らが国境に向かった二日前からスペイン当局の方針が変わって、スペイン入国ができなくなっていた。スペイン領にさえ入れば、汽車でリスボンに出て、アメリカ行きの船に乗れるという算段だった。国境の町ポールボウで足止めを食い、とりあえず安宿に泊まることだけは許されたその晩、ベンヤミンは、かねてよりの自殺願望もあってか用意してあった大量のモルヒネを飲んだ。

彼の突然の死に驚いたスペイン当局は、軟化して残りのメンバーの入国を許した。一説には一行は予定どおり袖の下を使ったとも言われている。一人の通過に二十五ドル。前の日に使っていればよかったのに！　また、当局の厳しい姿勢はじきに変わり、その二ヵ月後にはハンナ・アーレントたちが無事に通過している。グーアラント夫人が五年分の地代を払って買ったはずの墓地は、その時点でもうどこだか分からなかった。「今までに人生で見た最も美しい景色」とアーレントも書いているとおりの絶景の地である。現在では、フィトコを記念してフランス側からポールボウまでの歩いて五時間の道は「Fルート」と呼ばれ、さらに二〇〇七年以降は、「ヴァルター・ベンヤミン路」という名前がつけられている。また、彼の死を悼んで「パサージュ」という、人が通り抜けられる野外の記念碑も作られている。

同行者やその知り合いから、ベンヤミンの死の知らせがニューヨークに亡命中のフランクフルト社会研究所に届く前の十月十一日、ニューヨークで出ていた亡命者たちの英字新聞『アウフバウ』に、若干不正確だが、「ソルボンヌ大学の客員でもあるベンヤミン教授」の死が報道された。

十月十八日には同じくユダヤ人亡命者でチューリヒにいたハンス・マイヤー（その後高名な文学評論家となる）が『行動』誌に短い追悼文を書いた。最初の部分を引いておこう。

フランスのどこからか、ドイツの著述家ヴァルター・ベンヤミンの死の知らせが届いた。終わりへの意志を引き起こしたものがなんであるか——何年にもわたる仕事の成果である原稿が占領下のパリで失われたことなのか、あるいはベンヤミンが深く結びついていると感じていたひとつの文化の崩壊が原因なのか。いずれにせよ、最終的なきっかけとなったのは、あのフランツ・カフカの場面を思い起こさせる、閉じたり、開いたりする国境、そして出国ビザ、入国ビザ、通過ビザというわけの分からないメカニズムであったことは確実である。ベンヤミンの死によって亡命中のドイツ語著作における、終わることのない喪失の暗い名簿が今一つ長くなった。去年は、ヨーゼフ・ロートの緩慢な死、エルンスト・トラーの自殺の知らせが届いた。今年は政治ジャーナリストのルードルフ・オルデン、劇作家ヴァルター・ハーゼンクレーファー、あまりにも知られていないが、重要な作家エルンスト・ヴァイス、そしてこれに加わったのが、彼の世代でもっとも重要な批評家の一人ヴァルター・ベンヤミンである。(35)

彼への弔辞、弔詩は尽きない。その代表的なひとつであるハンナ・アーレントのそれを引いて、本書を閉じよう。

W・B

いつかまた夕暮れになり
星々から夜の帷《とばり》がおりてきて
わたしたちは手足を伸ばして横たわる
近くでも、遥か遠いところでも

暗闇から響きわたる
やわらかな静かな旋律
耳を傾けながら、わたしたちは生から離れ
少しずつ数が減っていく

遥かな声、近くの苦悩――
あの死者たちのあの声
わたしたちが使者として先に送った彼ら
眠りへとわたしたちを導くために(36)

注

(1)「セントラルパーク」II-1, 677.「血まみれの破壊の道具 L'appareil sanglant de la Destruction」は、ボードレールの詩「破壊」の最終句。サディズムの道具とも、女性を破壊する男性のファロスとも読める。これについては阿部良雄訳『悪の華』(『ボードレール全集』第一巻、筑摩書房)五八九頁の訳者注参照。

(2) Scholem, Gershom, *Walter Benjamin – die Geschichte einer Freundschaft*, Frankfurt 1975 (dritte Aufl. 1990), S. 223.

(3) Ebenda.

(4) Ebenda.

(5) Scholem, a. a. O., S. 228.

(6) Brief von Soma Morgenstern an Gershom Scholem am 22. Januar 1973, zit. in: Puttnies, Hans, Smith, Gary (hg.), *Benjaminiana*, Giessen 1991, S. 102f.

(7) 例えば亡命中にスイスの出版社で出した選集『ドイツ人の手紙』の妹ドーラへの献本には、「ユダヤの模範に倣って作られたこの方舟をドーラに。ヴァルターより」と記されていた。

(8) Missac, Pierre, *Walter Benjamins Passage*, Frankfurt 1987.

(9) Benjamin, Walter, *Das Passagen-Werk*, Bd. 1, Frankfurt 1983, S. 46f.(『パサージュ論』第一巻、岩波現代文庫、七頁以降)。

(10) A. a. O., S. 50f.(同一五頁以降)。

(11) マルクス『資本論』第一巻、第一章第四節「商品のフェティシュ的性格とその秘密」(今村、三島、鈴木訳、筑摩書房版)一〇九頁以降。「ファンタスマゴリー」については一一一頁など。

(12) こうしたやり取りは現在では、ベンヤミンとアドルノの往復書簡集に比較的よく読み取ることができる。Adorno, Theodor W., Benjamin, Walter, *Briefwechsel*, hg. v. Henri Lonitz, Frankfurt 1994(『ベンヤミン・アドルノ往復書簡』野村修訳、晶文社)。

(13) ショーレム『カバラとその象徴的表現』(法政大学出版局)五二頁。

(14) Benjamin, Walter, *Das Passagen-Werk*, Bd. 1, Frankfurt 1983, S. 55f.(『パサージュ論』第一巻、岩波現代文庫、二三頁)。

(15) Fürnkäs, Josef, Aura, in: Opitz, Michael, Wizisla, Erdmut (hg.), *Benjamins Begriffe*, Bd. 1,

Frankfurt 2000, S. 141f.

(16) Heidegger, Martin, Der Ursprung des Kunstwerks, in: Heidegger, *Holzwege*, Frankfurt 1963, S. 7-68.

(17) Scholem, a. a. O., S. 257. 枠組みにそれにふさわしくない物を忍び込ませているという意味の、Subreption という言葉を使っている。

(18) Adorno, Th. W., *Ästhetische Theorie*, in: *Gesammelte Schriften*, Bd. 7, Frankfurt 1970, S. 89ff.

(19) A. a. O., S. 123.

(20) Ebenda.

(21) Fuld, Werner, *Die Aura: Zur Geschichte eines Begriffes im Werk Walter Benjamins*. Privatdruck, Guhlde 1979 (Deutsches Literaturarchiv Marbach 所蔵)、また Fuld, Werner, Die Aura: Zur Geschichte eines Begriffes bei Benjamin, in: *Akzente. Zeitschrift für Literatur*, 26 (1979), S. 352-370.

(22) DiDi-Huberman, Georges, *Ce que nous voyons, ce qui nous regarde*, Paris 1992.

(23) Agamben, Giorgio, Walter Benjamin and the Demonic: Happiness and Historical Redemption. in: Agamben, *Potentialities: Collected Essays in Philosophy*, trans. and ed. Daniel Heller-Roazen, Stanford 1999, pp. 145-148.

(24) このあたりの議論は、以下の秀逸な論文に負うところが多い。Hansen, Miriam Bratu, Benjamin's Aura, in: *Critical Inquiry*, 34 (Winter 2008), pp. 336-375.

(25) アドルノ宛の手紙で(一九四〇年五月七日)、物象化を物について論じることを要求するアドルノに対して、ベンヤミンは、労働の産物ではない物にも「忘れられた人間的なもの」があると論じている。ここでいう「人間的なもの」は、類似性の能力によって物がこちらを見返す能力のことである。同年二月二十九日のアドルノからの、アウラ概念が「まだ十分に考えられていない」という内容の手紙への反論である。アドルノにおいては「忘れられた人間的なもの」は物象化によって破壊された人間性のことであるが、ベンヤミンはそれをユダヤ神秘主義の方向で理解している。

(26) Scholem, a. a. O., S. 250.

(27) Adorno, a. a. O., S. 131f.

(28) A. a. O., S. 130.

(29) それゆえ、アドルノは、一九三五年八月二日～五日付けの手紙で、クラーゲスを使うのは気に入らないと批判している。

(30) Klages, Ludwig, *Vom kosmologischen Eros*, in: *Sämtliche Werke*, Bd. 3, Bonn 1974, S. 428-432 (ここは、注(24)のハンゼンの論文に教わった)。

(31) Morgenstern, Soma, Brief an Gershom Scholem, 21. 12. 1972, in: Puttnies, Hans, Smith, Gary (hg.), *Benjaminiana*, Giessen 1991, S. 199.

(32) Heidegger, Martin, *Sein und Zeit*. Elfte, unveränderte Aufl., Tübingen 1967, S. 395.

(33) A. a. O., S. 385.

(34) *Zeitschrift für Sozialforschung*, hg. v. Max Horkheimer, Jg. 3, 1934, wiederabgedruckt, Deutscher Taschenbuchverlag, München 1980, S. 139.

(35) Mayer, Hans, Walter Benjamin. Ein Nachruf, in: *Die Tat*. Zürich, 5. Jg. Nr. 246, S. 5, nachgedruckt, Mayer, *Der Zeitgenosse Walter Benjamin*, Frankfurt 1992, S. 83-85.

(36) *Walter Benjamin 1892-1940. Eine Ausstellung des Theodor W. Adorno Archivs*, bearbeitet von Rolf Tiedemann, Christoph Gödde und Henri Lonitz, *Marbacher Magazin*, 55/1990, S. 320.

終わりに

テクストの欄外の文字を求める必要

ベンヤミンがスペイン入国を拒まれて自ら命を絶ってから、もうほぼ七十年が経つ。その彼を亡命の生活に追いやったナチス体制が打ち砕かれてからも、六十年以上が経つ。世界はその間にすっかり変わってしまった。ナチス後の東西冷戦体制に終止符が打たれてからも二十年が経つ。二十世紀後半の西欧では戦争は考えられなくなった。少なくとも西欧には豊かさと安定が続いている。にもかかわらず、二十世紀を富と成功の世紀と考える人は少ない。むしろかぎりなき破局に襲われた世紀だったと見るメンタリティが世界的に広がっている。二十世紀前半のふたつの巨大な戦争のゆえのみでなく、また二十世紀後半、工業社会の外でなおも進行している殺戮のゆえのみでなく、先進工業国の中心部でも破局は形を変えて、二十一世紀のこの今でも起きていると見るメンタリティである。ポスト・ファシズムの時代に我々はなおもいる――つまり、ファシズムがあって可能になった時代の問題性を抱えているという意識である。

ベンヤミンのテクストから暗闇の中にかき消えそうなアクチュアリティの淡い光(アウラ)が我々の目に届くのは、こうしたメンタリティのゆえであろう。「起きていることは破局である」と彼は、「破壊的性格」に記している。しかしまた、「回想は紫外線のように、誰にあっても、生という書物のなかになにかの文字を、それまでは目に見えない予言としてテクストの欄外におかれていた文字を、浮かび上がらせる」(『一方通行路』)とも書いた。二十世紀の回想に浮かぶ「欄外の文字」を知りたい気持ちも、この淡い光を灯させているようだ。

ベンヤミンのテクストには綱領(プログラム)めいたものはほとんどない。また、地図の上に赤い線を引いて、人々に針路を指し示すようなものもほとんどない。にもかかわらず、我々の時代に先行したファシズムの批判だけでなく、我々が生きているリベラル・デモクラシーの現在のあり方にも疑念をつきつけるなにものかが彼のテクストにはある。「テクストとは、次第に濃密になってゆく内面の森林を通り抜ける街道なのだが、それがどのように切り開かれていったのかは、ただ読むだけの者には分かりようがない」。テクストとは心の中の、いや頭の中の街道、つまり整理の道筋をつけてくれているのだが、どのようにしてその整理ができたのか、道筋がついたのかは、読んだだけでは、ちょっとやそっとでは想像がつかないはずである、と、本人が言うのだから、ましてや「欄外の文字」は、そしてその裏にあるものは読み取りにくいであろう。

思想の星座の図柄(コンステラツィオーン)

ベンヤミンは、その意味で普通の著述家以上に、分かりにくいところがある。通常の政治的基準では左翼知識人でありながら、ドイツの保守革命や政治的ロマン主義の思想と無縁でなかった。ショーレムの言うとおり「どんな反動にもその地層の下に革命の匂いをかぎつける」ところがあった。(1) クラーゲス、シューラー、カール・シュミット、そしてバッハオーフェンなどへの関心は、月並みな左派には常に謎だった。六〇年代から七〇年代にかけてのネオマルクス主義の流行期に、彼をマルクスに引きつけて理解するか、それともユダヤ神秘主義を背景にして理解するかで、論争が延々と続いたのも無理はない。ショーレムは、ベンヤミンがブレヒトとつき合うのを露骨に快く思っていなかった。多かれ少なかれアドルノもそうだった。

マルクス主義かユダヤ神秘主義かという問いに、両者をつなげるのは無理だったと明確に述べたのは、もう大分前のハーバーマスである(一九七二年)。「歴史的唯物論が受容された[二〇年代のドイツの]背景を、ベンヤミンは、救済する批評をモデルにして自ら展開したメシア的歴史観と合体させようとした。歴史的唯物論を馴致した上で、[ブルジョア社会以降の]芸術史および文化史の主体はなんであるかという未解決の問いに、唯物論的であるとともに、ベンヤミン自身の、経験の理論にも適合しうるような答えを生み出そうとしたのだ。この目論見が成功したと思ったのは、ベンヤミン自身の思い込みであった。そして、そう見るのはまた、彼のマルクス主義の友人たちの願望でもあった(2)」。

しかし、そのようにして論争に決着をつけようとしたハーバーマスでも、こうした二項対立のあいだの媒介もしくは整合性の問題を立ててしまっている。整合性がないから、媒介ができていないから、失敗と見るわけである。しかし、他の見方はできないだろうか？　もちろんハーバーマスは、マルクス主義とユダヤ神秘主義以外にも、ボードレールのモデルニテ、シュルレアリスムにおけるショック効果、プルーストにおける記憶の問題などがベンヤミンにおいて重要なことは承知しており、多くのドイツ系の研究者とは異なって、それらにも正確に目を配っている。だが、そうしたさまざまな要素を見る目は整合性を求める目である。

それゆえ私はむしろ、星座の配列を表すベンヤミンの〈コンステラツィオーン〉の概念を手がかりに、こうした諸要素の関連を考えてみようとした。ベンヤミンは、クラーゲスらのように美学と神学を、観相学と人類史を一元的に統合しようとするような思想には、最終的に非合理主義しか見ることができなかった。その点は、社会民主主義やマルクシズムでも同じに、一元的な歴史の説明は、その説明が乗り越えようとする野蛮にしかならないことを知っていた。むしろ、さまざまな要素、つまりユダヤ神秘主義に由来する、メシア的瞬間における過去の救済という理論と、視線が帰ってくる瞬間を待ち焦がれながら通りすがりの女性を見るボードレールのモダニズム、「思い出とは過ぎ去ったものの中への果てしもない書き込みの能力である」(VI, 476)とするプルースト的な〈意図せざる記憶〉ないし〈無意志的記憶〉、日常の時間と空間の、そしてその中での意味の常識世界を一瞬でも破壊しようとするシュルレアリスム的ショック、引き出しの中のガラクタにも等しいさまざまな事物のバロック的な収集、万物の言語的類似の理論、そして社会的現実批判として希望の理論であるマルクシズム――その他も含めて、こうしたさまざまな要素の組み合わせ、もしくは配列から浮かび上がってくるのは、なんであろうか、と目を凝らしてみたかった。例えば、マルクス主義的なベンヤミンの読者はボードレールについて考えることがまずないようだし、ボードレールに酔い、プルーストを好む読者は、ユダヤ教の伝統やゲーテの『親和力』とは無縁なことが多い。これでは星座が組めない。

ただし、いくつかの要素の関係に、つまりそれらが織りなす星座の図柄に目を凝らすといっても、すでに星座についてベンヤミンが述べているとおり(第八章四六七―四六八頁)、星座は向こうからこちらを見てくれることによってできあがる組み合わせ(Konstruktion)(「歴史の概念について」第十四テーゼ、I―2.701)である。オリオン座も大熊座も、向こうがそのような組み合わせでこちらを見返すことによって、見る者によっては一瞬そう見えるのである。そうでないかぎり、数多い星をじっと見つめても、カール・クラウスが単語について言った、ベンヤミンの好んで引く言葉があてはまるだけである。「ひとつの単語をじっと見つめれば、見つめるほど、その単語はますます遠くからこっちを見るだけになってしまう(3)」。この経験は誰にもあるだろう。さまざまな項を並べても、図柄が浮かんでこないかもしれない。

ようするに、この星座の配列と目が合わねばならない。目が合って、なんらかの模様が、パターンが、姿が、ようするに図柄が浮かんでこなければならない。それが可能なのは、ベンヤミンの思考にあっては危機のなかでのみである。夕方、仕事が終わってのんびりと星空を仰ぐのとは異なる。現代のどの瞬間も「破局」と見る視線でなければならない。この種々の項目のコンステラツィオーンをベンヤミンが見ようとしたのは、まさにそのどれひとつに賭けても一元化に伴う偏りが生じ、破局に至らざるを得ない危機の時代だったからである。

いくつも並べてみたのは、危機の時代を生き抜く知的戦略だったのだ。図柄が見えてくるまで決断できないのは、笏や王冠や玉に囲まれてなにも決断できないバロックの君主(第五章)と同じだったのだ。

本書では、今挙げた種々の要因の中でも、特に究極のモダニズム(ボードレールとプルースト)とユダヤ神秘主義と革命的マルクシズムの三連星に、シュルレアリスムとバロック的収集の双子星を重ねて見た(言語的類似性の理論は広い意味でユダヤ神秘主義に含まれる)。それによってこの時代の破局の暗い夢の中に浮かんでくるのは、神話的世界もしくはアルカイックな類似性の世界における意味のポテンシャルの組み替え、それも合理性への組み替えであり、そのことによる神話の暴力的世界の救済という図柄となった。乗り越えではなく、救済である。それはまた、ブランキの名前を歴史から抹消した社会民主主義批判に見られるとおり、アナーキズムの視線でもある。「起きていることへの深い疑念」(「破壊的性格」IV-1, 398)に満たされ、現在の支配にはいかなる意味でも正当性を認めず、めざすは「国家の粉砕」(VI, 478, 本書一〇一頁参照)という意味でのアナーキズムである。すべてのロマン主義者は、深い不信の念を秘めている。疑り深いそのまなざしが遥かに見やる、合理性とアナーキズムの収斂が彼の星座である。もちろん、合理性と言っても、近代科学や資本主義的生産体制を支える合理性のことではなく、魔術と神話の救済である。そうした目論見が当座はアナーキズムとして結晶する以外にない時代であった。

これまでの歴史はすべて神話とその暴力によって支配されていた、というのは、ベンヤミンのみならず、アドルノやマルクーゼも含めて初期のフランクフルト社会研究所の共通観念であった。ベンヤミンに一貫してある人類学的関心もさることながら、神官による人身御供のみでなく、近代以降も国家や民族、企業や富という神話である。その呪われた世界の打破こそベンヤミンが「世俗の啓示 profane Erleuchtung」と呼んだものであろう。星座として浮かんでくるのは、まさにこの「世俗の啓示」である。「合理的秘教性 rationale Esoterik のなかでいっさいの魔術的要素の抹消」を企てたとショーレムが述べているのは、正しい。「魔術的要素の抹消」という表現はおそらく「模倣の能力について」(一九三三年)のなかの次の文章を隠れた下敷にしている。「言語とは、模倣的態度の最高の段階であり、また非感覚的類似性の最も完璧なアーカイブである。……言語は、大昔の模倣の所産と想念の諸力(Kräfte)がそっくりそのまま流れ込んでいて、しかも、魔術の諸力(Kräfte)を抹消する(liquidieren)に至ったメディア(媒体)なのである」(II－1. 213)。魔術の力が、その魔術性を消去することによって、しかも単なるコミュニケーション記号ではない理性のポテンシャルを展開しうるはずだ、とベンヤミンは考えていたのだろう。これが「合理的秘教性」の意味であろう。啓蒙の合理性と矛盾しないながら、神話→宗教→理性という啓蒙の俗流図式では見えてこない合理性、すなわち支配批判のアナーキズムの追求である。それのみが過去と自然がふたたびアウラを獲得する救済に至るという考えである。

だが、重ねて言うが、それは、第一次世界大戦前のベンヤミンが育ったきわめて豊かな、そして落ち着いた世界(もちろん上層の市民層にとってのみ落ち着いた世界)の崩壊、そのなかでのユダヤ人の安定した位置の解体、そしてその後の絶えざる危機の時代の中に見えてきた星座である。本書の扉に、「歴史的現象としての神秘主義は、危機の産物にほかならない」というショーレムの言葉を引いたのは、そのゆえである。

危機の中の神秘主義――一般的背景

いっさいの魔術的要素を抹消した合理的秘教性というこの点が、危機の中の神秘主義の他のバージョンと異なるところである。そしてブーバーとそのシオニズムといった具体的な行動へとベンヤミンが向かうことは決してなかった理由である。本書第三章で紹介した(一一七頁以降)ブーバーへの書簡は重要である。

ところで一般的に言うと、神秘主義は「歴史的現象」としては、比較的簡単に行動に走る。迫害と飢餓の中で、メシアの再来を求めて立ち上がる神秘主義的指導者とその集団は珍しくない。ブロッホの描くトーマス・ミュンツァーもそうだった。

一見迂遠だが、神秘主義が具体的行動に走った十九世紀の例を、ベンヤミンの世界とも無縁でない例を、比較のためにふたつほど挙げてみよう。ひとつはドイツ、それも南ドイツのシュヴァーベン地方に十九世紀半ばに起きたパレスチナ建設運動である。ユダヤ人によるのでなく、ドイツ人による運動である。シュトゥットガルトからそう遠くないコルンタールを経てルートヴィヒスブルクに至る地域は敬虔主義の盛んな地方だった。ナポレオンが黙示録のアンチクリストに見える、そういう伝統があった。この地域は、現在はドイツでも最も豊かな地域のひとつだが、当時はきわめて貧しかった。十九世紀前半、この一帯の敬虔主義の多くの指導者は、徹底した合理主義批判から黙示録的な終末待望論を展開し、一八三六年こそこの世の終末と予言する者もいた。貧しく、遅れたこの地域でこうした思想は、底辺の農民の心をとらえた。彼らの多くは、貧困からの脱出を企て、十九世紀前半、ロシアのオデッサ周辺に、またアメリカ各地に移住し、「新しき村」ならぬ楽園の建設に邁進していた。

こうした前史を受けて一八五〇年代には、この地域にテンペル協会が作られる。十字軍のテンペル(聖堂)騎士団にあやかったこの協会は、キリストの僕として約束の地パレスチナでの神の国の建設を目ざした。全世界のシュヴァーベン人が最盛時には三千人ほど参加し、ロシアの黒海地域から、アメリカから、そして主力は南ドイツからパレスチナを一斉にめざした。彼らはパレスチナの地にシュヴァーベン風の家を立て、その様子は「家の蠅まで持ってきたかのようだ」(アルフォンス・パケー)とまで言われるほどだった。(4) 主として今のファイファ近郊である。風俗習慣から食事まですべて故郷のままの生活を建設し、短い間にかなりの生活水準まで到達した。だが救い主は来ない。いよいよ世界の終わりと思った普仏戦争も、祖国ドイツの勝利となる。故郷が豊かになっては、後進も来なくなり、残ったのは、ただの経済共同体とドイツ・ナショナリズムのパレスチナ版である。第二次大戦後に一部は祖先のいたドイツの町々に戻り、多くはオーストラリアに移住し、そこでテンペル協会を続けているという。神秘主義としてはじまったのが、ただの中産階級化に終わってしまった。こうした成れの果ては、はじめに行動にうつしたためである。

危機における宗教的神秘主義のいまひとつの例は、アメリカ先住民（俗称「インディアン」）のスー族のゴースト・ダンスにまつわるさまざまな教説である。次第に白人に追われ、保留地に移住させられたスー族には、一八六〇年代から、世界の終わりが近づいており、メシアの到来が近いという神話が生まれた。諸説があるが、一八九〇年になると、メーソン・ヴァレーを中心としてこの信仰がさらに強化され、広まる。自称メシアのウォボッカは、日蝕（一八八九年一月一日にこの地域で皆既日蝕が起きている）の時に昏睡状態に落ち、夢の中で山に登り、そこで大いなる霊（大精霊）とこれまでのすべての死者に出会う幻視を見た。「善を行い、おたがいに思いやりを持って暮らすように、白人と平和に暮らすように、そうすればやがて来る世界の終末のあとで復活するであろう」との託宣を大精霊から受けた。言い伝えによっては、「私の教えを守れば、白人の銃弾にあたっても死ぬことはない。そして世界終末には白人は滅び、インディアンだけが復活する」というバージョンもあったらしい。そして、この教えを実現するために大精霊に教えられたゴースト・ダンスなるものをさまざまな地域のスー族に広めた。背景には、南北戦争前後からの保留地でのインディアンの貧困化や飢えがある。

銃弾にあたっても死ぬことはない、という教説に恐れをなしたアメリカ政府がさまざまな調査と同時に弾圧も行い、最後はウーンデッド・ニーの大虐殺（一八九〇年十二月二十九日）に至った話はよく知られている。

この世界終末とメシア到来説には、ユタ州のソルトレーク市にあるモルモン教の本部が関心を持ち、密かに調査を行ったと言われている。それは、このスー族の一部族が「イスラエルの失われた第十二支族」ではないか、という関心からだそうである。ユダヤ神秘主義の匂いを感じ取ったらしい。実際に、教えの近さから、このウォボッカの説教内容そのものに、当時多少は知られていたはずの旧約聖書のモーゼのシナイ山の話や新約聖書のキリストの説教などがすでに影響を与えているのではないかという説もあるが、真相はわからない。

モルモン教による調査も含めて、このメシア到来説とゴースト・ダンスの調査を行ったのが、アメリカ人類学の祖の一人ジェームズ・ムーニー(一八六一―一九二一)である。彼は早くから、フロンティアのインディアンを討伐するアメリカではなく、それと多少は共犯関係にあるものの、一体ではない、むしろ失われゆく種族とその文化の研究にいそしむアメリカの代表者だった。スミソニアン研究所の外局として一八七九年に設立されたアメリカ民俗学部門(Bureau of American Ethnology)の所員に一八八五年に任命された彼は、実態を知らないジャーナリストや政治家が新聞その他でスー族のメシアニズムを誇大宣伝し、世論を煽って掃討に駆り立てる様子に憂慮し、研究所の委託で調査を行った。実際にメシアのウォボッカに一八九二年の正月に会っている。結論は、合衆国とその市民にいかなる危険もない運動であるというごくあたりまえのものだったが、ウーンデッド・ニーの大虐殺に心を痛めながらの調査であったと専門家の解説にある。(5)

神秘主義が危機の思想であることを、このムーニーも人類学者として知っていた。報告の冒頭部には、「失われた楽園は、世界が若かった頃を思う夢の国である。……地に倒れ、外来者の鎖に服し苦しむ種族には、救世主の夢はきわめて自然なことではなかろうか。捕囚から戻り、長い眠りから起こしてくれるアーサー王の夢である。そして、征服者を追い払い、彼の民が失ったものを取り戻してくれる救世主を夢見る気持ちである。希望は信仰となり、信仰は、司祭と予言者の信条となり、英雄は神となり、夢は宗教となる。自然の頂点と完成をめざす大いなる奇跡を求め始める。ヒンズーのアヴァター、ヘブライのメシア、キリスト教の千年王国、インディアンのゴースト・ダンスのヘシュナニン、それらは本質的には同じである。そしてその根は人類のすべてに共通する希望と渇望にある」。また別のところでは、「ヘブライやモハメッドの伝統、またジャンヌ・ダルク、中世ヨーロッパの鞭打苦行、そしてクエーカー」などに類似の現象を求めている。(6) そして「貧困と抑圧によって堪え難い苦悩を味わっている人々の対応」としてのメシアニズムをムーニーは描いたと、編者のワラスは述べているが、まさにそのとおりであろう。

ところが、面白いことに、すでに大西洋横断の学問世界ができつつあって、ドイツ帝国のユダヤ人学者アビ・ヴァールブルクが、一八九五年彼のアメリカ滞在中に、スミソニアンでムーニーと親しく交流し、インディアン研究の手ほどきを受けているのである。成果は「蛇儀礼」をめぐる二十五年後の有名な講演である。(7) のちにベンヤミンはフリッツ・ザクスルをはじめ、ヴァールブルク周辺の人々の仕事をバロック研究を始め、さまざまに援用することになる。ミュンヘン時代を含め、人類学への関心の深さは本書でもなんどか触れた。知的サークルの交流は意外と緊密であり、一見無関係なところにもすでに関係があることがわかる。(8)

ベンヤミンの神秘主義もまずは、このような一般的な枠組みの中に位置づける必要があろう。スー族も、規模は小さくとも集会その他の活動を始めたため、結果は周知のとおり、惨めなことになった。

ベンヤミンの固有性

少し横道が長くなったが、これによって、神秘主義一般のあり方を背景に、ベンヤミンの〈合理的秘教性としての神秘主義〉の特徴が浮かび上がってくるであろう。その第一の特徴は、今述べたふたつの回復運動と異なり、そして遥か昔の再洗礼派とも異なって、いっさいの具体的な行動を要求しないことである。「まえがき」の冒頭のエピグラフに引いたとおり「まちがった状況に正しく対応することは私には無理です」、と彼は手紙に書いている。盛んに「決断」を論じるベンヤミンだが、それは〈AかBか〉の対立項が認識上正しく提示されている場合だけである。それがあり得ない時代だからこそベンヤミンは、ユダヤ神秘主義やボードレールの瞬間、プルーストの記憶、シュルレアリスムの破壊、マルクスの革命と五つも六つも項目を並べ、そのコンステラツィオーン(星座的図柄)を求めたのである。第二の特徴は、いっさい集団的要素を持たないことである。それが彼をシオニズムから分ける特徴でもある。遠くはモーゼの昔から、近くはパレスチナに向かったシュヴァアーベン人やスー族のメシアまで、皆、自分とその民族が神との神秘的交流の基盤だった。ユダヤ人のある種の非在を説いたフランツ・ローゼンツヴァイクでも、まだ民族を残していた。彼は、ユダヤ人というのは、いっさい自分の文化も言語も、もちろん国家も持たない、いや、持つ必要がない、ただ神からの愛の衝撃にのみ生きていると主張した。ベンヤミンは彼を非常に重視し、いたるところで言及している。だがそのローゼンツヴァイクでもまだ「ユダヤ人」の名前を使っていた。ベンヤミンにあっては、そうした神秘主義と民族との結合が抹消されている。その意味では、民族なき、宗教なき神秘主義としての普遍主義的神秘主義である——だからこそ合理的秘教性(rationale Esoterik)なのである。

ホルクハイマーの挑発

ベンヤミンの死を遠いきっかけにして、そして彼の仕事に刺激されて、「哀悼」や「記憶」という言葉がこの二十年ぐらいよく使われ、社会的・政治的にも大きな意味を持つようになった。戦争やホロコーストの記憶にパブリック・メモリーやオフィシャル・メモリーといった定義の区別も行われている(例えばオフィシャル・メモリーは千鳥ヶ淵であり、パブリック・メモリーはヒロシマである)。もちろん、ベンヤミンにおける「記憶」はあくまでプルーストの「意図せざる思い出」であるから、記念碑や追悼式典、記念ミュージアムといった、広く行われている建築物や行事とは、理論的にはまったく無関係である。これは混同してはならない。にもかかわらず、ベンヤミンが特に、「歴史の概念について」で「追想」を語ったこと、ベルリンにできているユダヤ・ミュージアムやホロコースト記念のサイトのような、現在の追想ブームとはもちろん無縁ではないだろう。この連関、その理論的からくりについては、別の論稿が必要なので、今ここでは論じない。ただ、ベルリンの壁崩壊後も、ユーゴスラヴィアやスーダンのみでなく、世界各地で続く「破局」を見ていると、ドイツを中心とする各国でホロコーストの記憶の記念碑やミュージアムの建設が盛んに行われてきたのは、現実に起きている殺戮から目をそらす機能さえもっていたかのようである。「アリバイ」という言葉も浮かんでこざるを得ない。ホルクハイマーはすでに、一九五九年にこう書いている。

同じ者同士——今日ではドイツの億万長者たちが、有名ユダヤ人たちと握手をしている。有名ユダヤ人たちはすでに許してくれている。友情のめくばせが意味するものといえば、有名人たちにはもはやなにも心配ないということである。彼らはポケットにお金とパスポートを持っている。以前に仲間たちに苦しみが襲ったとしても、それはなにかの間違いだったのだ。有名人と金持ちたちは分かりあっている。彼らの合意は同語反復なのだ。彼らは同じ存在なのだ。たとえ有名ユダヤ人たちが自分たちの財産を芸術とラディカルな理論で作り上げているとしても。それがどんな害を与えるというのだ！ みんな知っているとおり、芸術や理論は表向きなのだ。本当の問題は収入なのだ。虐殺された者たちをしのぶのは、楽しいものだ(Der Gedanke an die Erschlagenen ist Spaß.)(9)。

ホルクハイマーの筆によるのでなければ、ポリティカル・コレクトネスに触れそうな挑発的文章である。もちろん、ここでは、たとえ金持ちの自己満足であっても、過去の死者を追想する方が、過去を無視して目前の経済に狂奔するだけの社会より、まだしもいいではないかという問いは立てられていない。むしろ、レフトリベラルの欺瞞が告発されている。だが、この一文は、深くベンヤミンと関連している。ほぼ三十年前にホルクハイマーがベンヤミンに宛てた一九三七年三月の手紙が背景にある。ヒューマンな追想による過去の復活とも読めるベンヤミンのいくつかの文章に対して、亡命先のアメリカからまだヨーロッパにいるベンヤミンに向けた手紙でホルクハイマーは絶望的な真理を提示している。「虐殺された者たちは、本当に虐殺されてしまったのです」(Die Erschlagenen sind wirklich erschlagen.)と。過去は戻らない。過去の復活へのかつては宗教的だった希望は空疎でしかない。そして、戦争を挟んだ二十年後には、この文章が「追想の欺瞞」のあくまで私的なメモにおける告発に使われている。このことの意味は重たい。この批判を踏まえて、無意志的追想を意志的追想に組み替えるのでなければ、つまりは、現在も起きている破局に抗する追想でなければ、哀悼の記念碑や催しはただ「楽しいものだ」ということになろう。

ベンヤミンの比喩

最後に本書では内容の性質上できなかったことを今後の自分に課した宿題として挙げておきたい。それはベンヤミンの独特の比喩である。彼は、ベールを取ると、自分たちが焼かれてしまうので中の真理が結局は見えないというザイスの弟子たちをめぐるロマン派以来のイメージを好んだ。しかし、それだけでなく、有名なところでは、神の前で一瞬賛歌を歌っては次々に消えてゆく天使たちという、真理の比喩がある。また、「我々はバベルの塔を上から作っている」ようなものだという独特の比喩もある。他にも思いつくままにあげれば、真理への手段としてのイロニーについて「芸術の超越論的な秩序を覆うカーテンを吹き上げる嵐」(I-1. 86)などとも言うし、アナーキズムについて、それはコレクターと同じだと言ったりする。これは、「よく見損じられてはいるが、収集家の情熱とはアナーキスティックであり、破壊的なのである」(「人形礼賛」III. 216)という三三〇頁で説明した内容抜きには誰にも分からない比喩だろう。あるいは、アドルノに宛てた手紙のなかで、大西洋を隔て、文通も途切れがちになる自分たちのことを、大きな樹木のおたがいに遠いところの枝に下がっている二枚の葉に例えている。一足の靴下を丸めてからほどいて見ると、どっちが中味でどっちが覆いか分からなくなるという例も比喩に使われている(「プルースト論」)。あるいは『親和力論』では、芸術と学問を二人の姉妹に例えて、美人の彼女がふだんどうであるかは、もう一人の姉妹に聞くのがいい、といった指摘をしている。先に引いた文章では、テクストを頭の中の森林を切り開いてできた道路に例えている。モザイク画の図柄とそれを構成する個々の断片といったどちらかと言えば「哲学的」な比喩もあるが、それ以外にもこのように奇想天外な比喩が多い。これらを丁寧に辿ってゆくことで、「真理は意図の死である」といった彼の文章の意味ももっと具象的に浮かび上がってくるのではないだろうか。しかし、それについては稿を新たにして論じたい。

文献

最後に技術的なことを挙げておく。

ベンヤミンのドイツ語全集は、ズーアカンプ書店で出ている。書簡も同じである。アドルノその他との往復書簡も重要なものは出そろっている。

Briefe, hrsg. und mit Anmerkungen versehen von Gershom Scholem und Theodor W. Adorno, 2 Bände, Suhrkamp, Frankfurt am Main 1955.

Gesammelte Schriften, unter Mitwirkung von Theodor W. Adorno und Gershom Scholem, hrsg. von Rolf Tiedemann und Hermann Schweppenhäuser, Bde. Ⅰ–Ⅶ, Suppl. Ⅰ–Ⅲ (in 17 Bänden gebunden), 1. Auflage, Suhrkamp, Frankfurt am Main 1972–1999.

Gesammelte Briefe, hrsg. vom Theodor W. Adorno-Archiv, 6 Bände, hrsg. von Christoph Gödde und Henri Lonitz, Suhrkamp, Frankfurt 1995–2000.

以上がベンヤミン自身の筆によるものである。往復書簡集としては次のふたつが重要である。

Briefwechsel 1933–1940, Walter Benjamin und Gershom Scholem, hrsg. von Gershom Scholem, 1. Aufl.. Frankfurt 1980.

Briefwechsel 1928–1940, Theodor W. Adorno und Walter Benjamin, hrsg. von Henri Lonitz, 1. Aufl.. Frankfurt 1984.

なお、書簡に関しては現在では上記のタイトルで簡単に参照できるので、本文中には日付のみを挙げておいた。

それ以外に、ショーレムの日記などは本文の注に必要に応じて挙げてある。また典拠などの注は本文に組み込み、前後関係から分かるようなものは、煩瑣になるので、典拠は省略している場合もある。引用の翻訳は、著者が自分で行ったものが多いが、既訳をそのまま使わせていただいたり、前後関係を顧慮して、失礼ながら多少変更させていただいたものもある。ひとつひとつ挙げないが、筑摩書房の『ベンヤミン・コレクション』(現在全七巻)にはお世話になった。代表的に挙げさせていただくが、著しい誤訳にあふれた晶文社版の『ベンヤミン選集』でも、そうした先駆的な仕事がなければ、本書も成り立たなかったであろう。感謝の気持ちを込めて付記したい。

参考文献としては、本文の注に挙がっているタイトル以外には、以下の著作がさまざまな形で参考になった。なかには、見解がまったく異なることで著者の解釈に逆影響を与えているものもある。必要最小限を挙げておく。

Adorno, Theodor (hg.), *Über Walter Benjamin*, Frankfurt 1970.
Kaiser, Gerhard, *Walter Benjamin. Zwei Studien*, Frankfurt 1974.
Witte, Bernd, *Walter Benjamin, der Intellektuelle als Kritiker: Untersuchungen zu seinem Frühwerk*, Stuttgart 1976.
Ders., *Walter Benjamins Theorie der Sprachmagie*, Frankfurt 1980.
Tiedemann, Rolf, *Dialektik im Stillstand. Versuche zum Spätwerk Walter Benjamins*,

Frankfurt 1983.
Menninghaus, Winfried, *Schwellenkunde. Walter Benjamins Passage des Mythos*, Frankfurt 1986.
Kaulen, Heinrich, *Rettung und Destruktion. Untersuchungen zur Hermeneutik*, Tübingen 1987.
Recki, Birgit, *Aura und Autonomie. Zur Subjektivität der Kunst bei Walter Benjamin und Theodor W. Adorno*, Würzburg 1988.
Brodersen, Momme, *Spinne im eigenen Netz. Walter Benjamin — Leben und Werk*, Zürich 1990.
Missac, Pierre, *Walter Benjamins Passage*, übers. v. Ulrike Bischoff, Frankfurt 1991.
Buck-Morss, Susan, *Dialektik des Sehens. Walter Benjamin und das Passagen-Werk*, Übers. v. Joachim Schulte, Frankfurt 1993.
Bohrer, Karl Heinz, *Der Abschied. Theorie der Trauer, Baudelaire, Goethe, Nietzsche, Benjamin*, Frankfurt 1996.
Van Reijen, Wilhelm, *Der Schwarzwald und Paris, Heidegger und Benjamin*, München 1998.
Kohlenbach, Margarete, *Walter Benjamin. Self-reference and religiosity*, Palgrave 2002.
Bock, Wolfgang, *Walter Benjamin — die Rettung der Nacht. Sterne, Melancholie und Mes-*

sianismus, Bielefeld 2004.
リーザ・フィトコ『ベンヤミンの黒い鞄』野村美紀子訳、晶文社、一九九三年。

また雑誌論文などはいちいち挙げないが、下記のものはきわめて秀逸なので、挙げておく。残念ながら、読書と経験と物語の関係は本書では扱えなかったためでもある。

Stierle, Karlheinz, Walter Benjamin und die Erfahrung des Lesens: In Erinnerung an Peter Szondi, in: *Poetica: Zeitschrift für Sprach- und Literaturwissenschaft*, 12 (1980), S. 227–248.

なお、一九九八年に講談社の「現代思想の冒険者たち」シリーズの第九巻として出版された本書がこのたび同社学術文庫に入るにあたっては、当時はシリーズの性質上できるだけ簡単にとどめたり、本文に組み込んだ注を今回は少し詳しくした。また本文も必要に応じて相当に加筆訂正をした。事実上新著に近い部分もある。特に第八章は大幅に訂正し、また書き足した。初版よりも、ユダヤ神秘主義とモダニズムの内的関連を強調したかもしれない。もちろん、これは神秘主義が必然的にモダニズムになるということではなく、バウハウスのような方向とともに、神秘主義のひとつの選択であるということである。当時の間違いや思い込みも修正したが、まだまだあるかと思う。ご指摘をお願いします。

第六章に出て来るオークションについてのベンヤミンの記憶違いを指摘した書誌研究については、資料にもう一度あたっていただき、第一版での小生の思い違いを指摘してくださったハイデルベルク大学の日本学教授をすでに定年退任されているヴォルフガング・シャモーニさんに感謝したいと思います。シャモーニさんにはベンヤミンの難解なドイツ語をなんども教えていただきました。また、その点では慶応大学教授のヨーゼフ・フュルンケースさんにもお世話になりました。この場を借りてお礼を申し上げます。

講談社学術文庫に入るにあたっての提案を頂いた同社の林辺光慶さん、編集実務にあたられた同社の馬淵千夏さんには深く感謝したいと思います。特に馬淵さんの献身的な編集業務がなかったら、本書は設定された期日内に出版されることはなかったにちがいません。

二〇〇九年十一月十八日　ソウルの客舎にて

三島憲一

注

(1) Scholem, Gershom, Walter Benjamin, *Neue Rundschau*, 76 (1965), S. 19.

(2) Habermas, Jürgen, Walter Benjamin. Bewußtmachende oder rettende Kritik (1972), in: Habermas, *Philosophisch-politische Profile*, Frankfurt 1991, S. 336-376. 引用は、S. 363.

(3) Kraus, Karl, Pro domo et mundo (1912), in: Kraus, *Schriften*, Bd. 8, *Aphorismen*, Frankfurt 1986, S. 201.

(4) テンペル協会についての研究書は多いが、秀逸なのは、旅行ジャーナリストのアルフォンス・パケーのルポである。特に幻滅の中で生きるパレスチナのシュヴァーベン人の様子は、神秘主義の実現の空しさについて考えさせられる。Paquet, Alfons, *In Palästina*, Jena 1915. この本については三島憲一「ドイツ人のパレスチナ建国」(雑誌『図書』岩波書店、一九九九年五月号)を参照。

(5) ムーニーの調査報告は、以下に再録されている。Mooney, James, *The Ghost Dance Religion and the Sioux Outbreak of 1890*, abridged, with an Introduction by Anthony F. C. Wallace (originally published as Part 2 of the Fourteenth Annual Report of the Bureau of American Ethnology to the Secretary of the Smithsonian Institution 1892–1893. 早稲田大学図書館所蔵). 解説というのは、このワラスによるものである(vii頁)。モルモン教との関係については、ムーニーの報告文の三六頁に詳しい。報告全体も大変面白いものである。多くのインディアンの友人を持っていることで相手の信用を得、それによって情報を得るムーニーを見ると、「信用」の両義性についても考えさせられる。

(6) Mooney, a. a. O., S. 43.

(7) ヴァールブルク、アビ『蛇儀礼』(三島憲一訳、岩波文庫)。

(8) ニーチェの指導教官ウーゼナーがインディアンの儀礼に関心を持ち、ギリシア研究のギルバート・マーレーも同じような関心を抱いていた時代である。これについては、ヴァールブルク『蛇儀礼』の編者および訳者解説を参照。

(9) Horkheimer, Max, *Notizen 1950 bis 1969 und Dämmerung, Notizen in Deutschland*, Frankfurt 1974, S. 98.

ベンヤミン略年譜

（論文名は、本書で取り扱われているか、あるいは重要度の高いものにとどめた）

一八八九年 ニーチェ狂気に陥る。ハイデガー、ウィトゲンシュタイン、ヒトラー生まれる。

一八九二年 七月十五日ベルリンの裕福なユダヤ人家庭にヴァルター・ベンヤミン生まれる。正式名は、ヴァルター・ベネディクス・シェーンフリース・ベンヤミン。

一九〇二年 ベルリンのフリードリヒ・ヴィルヘルム・ギムナジウムに入学。

一九〇五年 テューリンゲン地方のハウビンダの私立校「田園教育舎」に転校。同校の教員グスタフ・ヴィネケンから影響を受け、一四年までドイツ青年運動のなかの自由学校運動で活躍。

一九〇七年 ベルリンのフリードリヒ・ヴィルヘルム・ギムナジウムに戻る。

一九一二年 大学入学資格試験（アビトゥーア）に合格。イタリア旅行。夏学期にフライブルク大学で哲学の学生となる。冬学期にはベルリン大学に移る。

一九一三年 夏学期再びフライブルク大学。五月、聖霊降臨祭の前後二週間、最初のパリ旅行。秋からベルリン大学に移る。『出発』誌にエッセイ「〈経験〉」「授業と評価」（後者は一九一二年秋から一三年初冬に執筆）などを発表。

一九一四年 五月、ベルリン大学の「自由学生連盟」の会長となる。就任講演「学生の生活」。

一九一五年　ヴィネケンと絶交。この頃ショーレムと知り合う。ミュンヘン大学に転学。

一九一六年　「言語一般および人間の言語について」を書く。

一九一七年　マクス・ポラックとの離婚が成立したドーラ・ケルナーと結婚。ベルン大学(スイス)に転学。

一九一八年　四月、長男シュテファン・ラファエル(通称シュテファン)誕生。

フーゴー・バル、エルンスト・ブロッホと交流。

一九一九年　四月、ベルン大学に博士論文「ドイツ・ロマン主義における芸術批評の概念」提出。

七月、論文審査終了。「最優秀」の成績で学位授与される。

九月から十一月はじめまでルガノで休暇。「運命と性格」を書く。

一九二〇年　三月、ベルリンに戻る。

初頭、父と争い、ヴァルターおよびドーラの若夫婦は友人グートキント家へ仮寓。

グラフォロギー(筆跡学)のアルバイトなどで生計を維持する。

九月、親の家へ戻る。

この年、博士論文『ドイツ・ロマン主義における芸術批評の概念』がフランケ書店から刊行される。

一九二一年　四月、再会したユーラ・コーンに情熱を傾ける。ドーラはヴァルターの友人エルンスト・シェーンと恋に陥る。

七月、ハイデルベルクに滞在。

十一月、ハイデルベルクに滞在。『親和力論』書き始める(一九二二年二月終了)。

一九二三年　この年、「暴力批判論」および「翻訳者の使命」を書く。またヴァイスバッハ書店の誘いで、雑誌『アンゲルス・ノーヴス』を計画したが、実現せず。ボードレールの「パリ風景」の翻訳を序文「翻訳者の使命」をつけてヴァイスバッハ書店より刊行。

グルーネヴァルトの家を出てマイヤヤオットー通りに一人住まい。この頃から自宅と一人住まいの繰り返し。住居はベルリン西部の各地を転々。

夏、クラカウアー(『フランクフルト新聞』の編集部に勤務していた)およびアドルノと知り合いになる。ショーレムはパレスチナに移住。

年末、フランクフルト大学で教授資格取得の可能性が出てくる。

一九二四年　五月から十月まで、カプリ島に滞在。アーシャ・ラツィスと知り合う。
『親和力論』をホフマンスタールが彼の編集する雑誌に掲載してくれる。

一九二五年　五月、教授資格申請論文『ドイツ悲劇の根源』を正式にフランクフルト大学に提出。ドイツ文学のシュルツ教授は右記論文の審査をコルネリウス教授に依頼。

八月二十九日、アーシャ・ラツィスと共同執筆したナポリ論が『フランクフルト新聞』に載った。ブロッホは激賞。アドルノも非常に注目した。

八月末から、スペイン旅行。帰りにイタリアを回る。

九月、教授資格申請を撤回。フランツ・ヘッセルとプルーストの翻訳に着手。

十一月、リガにアーシャを訪問。

一九二六年　三月から十月、パリ滞在。

一九二七年
七月、父の死。
九月、ユーラ・コーンと南仏へ旅行。
九月、『一方通行路』脱稿。
十二月六日から二七年二月一日モスクワに滞在。

一九二八年
夏から秋、フランスに滞在。『パサージュ論』の始まり。ショーレムと再会。
リビエラ旅行。コルシカ滞在。

一九二九年
一月、『ドイツ悲劇の根源』および『一方通行路』刊行。
十一月から二九年一月、アーシャ・ラツィスと一緒に暮らす。プロレタリア革命作家同盟の会合にしばしば出席。「プロレタリア児童劇場の綱領」書く。

五月、アーシャ・ラツィスにブレヒトを紹介してもらう。
離婚訴訟始まる。
九月、ケーニヒシュタインでアドルノ、ホルクハイマーと『パサージュ論』の構想についての決定的な対話。
この年からフランクフルトの南西ドイツ放送に定期的に出演。「シュルレアリスム論」「マルセル・プルーストのイメージについて」発表。
十二月から三〇年はじめパリ滞在。

一九三〇年
春、アーシャ、モスクワに向けて去る。
四月二十七日、ドーラとの離婚成立(パリのゲシュタポの書類では、離婚の日付は一九三〇年三月十三日となっているが、まちがいであろう。離婚判決は同年四月二十四日)。

一九三一年　夏、北欧旅行。

秋、ブレヒトとともに『危機と批判』という「ブルジョアインテリの政治化」のための雑誌を計画するが実現せず。「ドイツ・ファシズムの理論」。

「知識人の政治化」「小説の危機」「左翼メランコリー」。

一九三二年　自殺を考える。

四月から七月までイビサ島に滞在。その後友人のヴィリー・シュパイアーについてイタリア滞在。「特権的思考」(ヘッカー批判)。『ベルリンの幼年時代』書き始める。

一九三三年　三月中旬、ドイツを離れる。三月十九日パリに。

四月四日、セルツ夫妻とイビサ島へ。十月まで滞在。最後はマラリアを患う。

亡命中のフランクフルト社会研究所の研究員となる。「経験と貧困」「シュテファン・ゲオルゲの回顧」「模倣の能力について」。

一九三四年　六月から十月、スヴェンボルのブレヒトの亡命先に滞在。

十一月から三五年三月までイタリアのサンレモでドーラのペンションに滞在。「生産者としての作家」「フランツ・カフカ」。

一九三五年　四月、パリに戻る。

『パサージュ論』ドイツ語梗概成立。

「複製技術時代の芸術作品」成立。

一九三六年　夏、スヴェンボルに滞在。『社会研究誌』編集部によって修正された「複製技術時代の芸術作品」のクロソウスキーによるフランス語訳『社会研究誌』に掲載。「物語作者」。

一九三七年　夏及び年末から翌年初頭までサンレモのドーラのペンションに滞在。「エードゥアルト・フックス」『社会研究誌』に掲載。

一九三八年　六月から十月、スヴェンボルに滞在。

一九三九年　九月から十一月まで、敵性外国人として収容所に入れられる。「ボードレールのいくつかのモチーフについて」書かれる。

この年から四〇年の春にかけて「歴史の概念について」書かれる。四月頃、一応の完成を見る。

一九四〇年　六月、ドイツ軍接近に伴い、パリからルルドへ逃げる。その後マルセイユへ。

九月二十六日、ピレネーを越えてスペイン入国をはかるが、フランス出国のビザがないため足止めを受け、同日深夜、薬物使用による死を選ぶ。

岩波現代文庫版あとがき

本書には二重の経歴がある。第一の経歴は講談社の「現代思想の冒険者たち」の一巻として一九九八年に世に出していただいたことである。というよりも、当時の編者の誰もベンヤミンを引き受ける気がないので、筆者にお鉢が回ってきたのが実情だった。聖書に習ったドイツ語の定型句で言えば「この杯が私の前を通り過ぎますように」(マタイ伝二六・三九)と思っていたのだが、やむをえなかった。第二のそれは、二〇一〇年にこの講談社の提案を受けて、同社の学術文庫にかなりの加筆訂正を加えて入れていただいたことである。特に第八章などは全面的に書きかえた。また最後の「終わりに」はほぼ全部が新しい。今回岩波現代文庫に収めていただけることになったのは、この講談社学術文庫版である。前回の加筆訂正もかれこれ十年近く前のことなので、その後考えたことなどを含めて訂正したいところだが、筆者の事情が今回はそれを許さない。

もしも今回、全面的に書きかえるなら、ベンヤミンにおけるボードレールやプルーストの影響をもっと書き加えるべきだろう。さらにロジェ・カイヨワやピエール・クロソウスキーらとの知的交流についても。この交流がベンヤミンの最後の数年の思想形成にとってどれだけの意味を持っていたか正確なところはわからないが、現代という暗黒の夢に満ちた時代を考えるにあたって、この交流から重要な知的資源を今に生きる我々が汲み出しうるとのいわば直感を持っている。それはベンヤミン研究のためではなく、この聖社会学サークルを通しての現代研究のためである。また、現代ドイツの映画製作者にしてきわめて活発な文章書きでもあるアレクサンダー・クルーゲと筆者がともに強調するベンヤミンにおける「もしも」の意義を、初期の文章にまでさかのぼって辿り直してみたいとも思っている。つまり、危機にあたって「もしもあの時こうしていたら、歴史は違ったようになったかもしれない」ということである。違った可能性への夢である。そしてそうした危機の瞬間にこそ公共圏における議論が意味を持つという考え方に依拠して、時として戦闘性や急進性に欠けているかに見えるハーバーマスの公共圏の考え方を危機の「もしも」という発想と結びつけて読み直すこともしてみたい。そこにはベンヤミンやハーバーマスが毛嫌いするハイデガーの『存在と時間』の思考を救済する批評の可能性もあるかもしれないが、これらは今後の課題としたい。

ベンヤミンは、第二次世界大戦が始まる直前の一九三九年八月六日、亡命中のパリのあまり光の射さない薄暗い部屋から、すでにニューヨークに逃れリヴァーサイドの宏壮なマンションに落ち着いていたテオドール・アドルノ、および一時は自分と深い関係にあったグレーテル・アドルノ夫妻宛の手紙に自分のボードレール論の進展について以下のように記している。「今私は、自分のキリスト教的ボードレールを、大勢のユダヤ教天使の力添えで天に昇らせようとしています。でも昇天まで最後の三分の一というところまできて、栄光への入り口を目前に、その天使たちがまるで偶然の出来事のように彼をふたたび落下させるかもしれないことは、すでに織りこみずみです」(『ヴァルター・ベンヤミン/グレーテル・アドルノ往復書簡 1930-1940』みすず書房、三三六頁)。先が見えてきて、もうこれで終わったと思える最後の三分の一で失敗というのは、いかにもベンヤミンらしいし、二〇世紀の歴史の、いや二一世紀の今でも続いている歴史の悲惨の形容のようにも思える。「もしも」と「最後の三分の一での落下」に絞ったベンヤミン論、ある意味ではクルーゲに倣ったベンヤミン論の可能な季節になった気配がある。

私の大阪大学時代の友人のヴォルフガング・シュヴェントカー教授(比較文明学、現代日本思想史)は、「学生へのひとこと」といったパンフレットの中で、思想のまとめ方は、「著者とは違った言葉で著者の考えをまとめること」であると言っておられるが、その点にももう少し配慮して、いずれあらたな議論を起こしたいと思っている。いつまでも「配置 Konstellation」とか「アウラ」といった語彙をそのまま嘴《くちばし》に乗せ、現代に合わせて再理解することもなく騒いでいる時代でもないだろう。とはいえ、「難しいものをやさしく書くことができるという信念を本書は……共有していない」というまえがきの文章は撤回不可能と思われる。

現代文庫への収録にあたっては同編集部の中西沢子さんに企画から編集、そして校正まで全面的にお世話になりました。心より感謝の言葉を述べさせていただきます。

二〇一八年一二月一四日　フランクフルトにて

三島憲一

本書は一九九八年六月、「現代思想の冒険者たち」第09巻『ベンヤミン　破壊・収集・記憶』として講談社より刊行され、その後、増補・改訂されて講談社学術文庫に収録された。底本には講談社学術文庫版を使用した。

人名索引

あ行

か行

さ 行

た 行

な 行

は 行

ま行

や 行

ら 行

わ 行

ベンヤミン――破壊・収集・記憶

2019年3月15日　第1刷発行

著　者　三島憲一《みしまけんいち》

発行者　岡本　厚

発行所　株式会社　岩波書店
〒101-8002 東京都千代田区一ツ橋 2-5-5

案内 03-5210-4000　営業部 03-5210-4111
現代文庫編集部 03-5210-4136
http://www.iwanami.co.jp/

印刷・精興社　製本・中永製本

ISBN 978-4-00-600400-2　Printed in Japan

岩波現代文庫の発足に際して

新しい世紀が目前に迫っている。しかし二〇世紀は、戦争、貧困、差別と抑圧、民族間の憎悪等に対して本質的な解決策を見いだすことができなかったばかりか、文明の名による自然破壊は人類の存続を脅かすまでに拡大した。一方、第二次大戦後より半世紀余の間、ひたすら追い求めてきた物質的豊かさが必ずしも真の幸福に直結せず、むしろ社会のありかたを歪め、人間精神の荒廃をもたらすという逆説を、われわれは人類史上はじめて痛切に体験した。

それゆえ先人たちが第二次世界大戦後の諸問題といかに取り組み、思考し、解決を模索したかの軌跡を読みとくことは、今日の緊急の課題であるにとどまらず、将来にわたって必須の知的営為となるはずである。幸いわれわれの前には、この時代の様ざまな葛藤から生まれた、人文、社会、自然諸科学をはじめ、文学作品、ヒューマン・ドキュメントにいたる広範な分野のすぐれた成果の蓄積が存在する。

岩波現代文庫は、これらの学問的、文芸的な達成を、日本人の思索に切実な影響を与えた諸外国の著作とともに、厳選して収録し、次代に手渡していこうという目的をもって発刊される。いまや、次々に生起する大小の悲喜劇に対してわれわれは傍観者であることは許されない。一人ひとりが生活と思想を再構築すべき時である。

岩波現代文庫は、戦後日本人の知的自叙伝ともいうべき書物群であり、現状に甘んずることなく困難な事態に正対して、持続的に思考し、未来を拓こうとする同時代人の糧となるであろう。

(二〇〇〇年一月)